우리문학비평 04
정현기 문학비평집

안중근과 이등박문 현상

우리문학 비평 04

정현기 문학비평집

안중근과
이등박문 현상

정현기

채륜

글을 쓴다는 행위는 자아 나를 드러낸다는 뜻이다. 사람은 일생을 살면서 자기 '나'를 직접 본 사람이 없다. 운명이다. 그뿐인가? 이 세상에서 가장 모르는 이는 바로 자기 자신이다. 그래서 남의 눈앞에 자아 나를 자꾸 드러내려고 한다. 글쓰기란 그러니까 어쩌면 바로 이렇게 못 본 자기 무지에 대한 열등감 때문에 자꾸 자아를 드러내려는 열의에 속할 수가 있다. 게다가 글 종류에 관한 한 지상에 얼마나 많은 틀과 격이 쌓여 있겠는가? 문학비평이라는 이름으로 글을 써 온 한국사람 쳐놓고 한국 사람만이 지닌 열등감에 시달리지 않은 사람은 거의 없을 거다. 한국에는 제대로 된 비평이나 비평가가 없다고 젊은 문학도들이 툭하면 던지는 말 팔매질이라든지, 문학의 서양이론 베끼기에 치우쳐 자기인 '나'의 논리적 전개가 무가치한 것으로 여기는 오래된 식민지 백성의 훈습 버릇이라든지, 자기 값을 똑 부러지게 매겨 나야말로 이 지상에는 유일한 존재라는 도저한 생각 길에 들어서지 못하는 졸장부 버릇이라든지, 한국의 역사 이래 이 나라 문인들이야말로 이웃 나라 악당들이 저질러 온 악행과 행패 억압을 눈치 보느라고 제대로 자아 나라는 걸 크게 떠들어 보지도 못한 형편이다. 그래서 늘 나를 이야기하려면 남을 등에 짊어지는 오래된 나쁜 버릇에 우리는 길들여져 왔다. 신라적 최치원을 당나라로 유학 보내면서 그 아비가 했다는 말을 들으면 지금도 속이 뒤틀린다.

나의 이 비평집(또는 평론집)은 작년에 내려고 인쇄해 놓았던 글 모음이었다. 그런데 그 글을 다시 보니 너무 거센 말투가 마음에 안 들어 지금까지 미뤄왔던 것이다. 지금부터 한 5~6년 전부터 나는 안중근 전기출간 작업에 참여하였다. 안중근은 알다시피 전문적인 문인은 아니다. 그러나 안중근을 깊게 알기 시작한 것은 북한 작가 림종상의 『안중근 이등박문을 쏘다』(서울: 자음과 모음, 판본기록 누락)를 읽고부터였다. 소설이라는 종류의 문학작품을 통해 실재 인물을 알게 되는 경우는 따지고 보면 드문 일이 아니다. 이 위대한 한 한국인의 영혼을 만나면서 나는 문학글쓰기의 존재이유를 깊이 묻기 시작하였고, 그동안 써서 출판한 책 분량도 결코 적지 않다는 생각에 이르렀다. 말은 그렇게 많이 했고 또 그걸 글로 써서 내 놓았는데 정말 그 글의 값은 얼마나 되는가? 이런 물음에 대한 답을 찾기 위해 쓰기 시작한 것들이 이 비평집의 대부분 말씀들이다. 모두 일곱 편의 논문(?) 또는 평론 글을 가지고 나는 정말 우리는 왜 사는 지, 또 잘 사는 것은 어떤 것인지를 따져 물으며 찾고 또 물었다. 그러다보면 나를 지켜보는 남의 이야기 속으로 빠져 들지 않을 수가 없다. 이것 또한 운명이다.

나의 있음 값을 매기는 방식에는 스스로 자기 값을 높이 매겨 여기저기 떠들어대는 방식이 있고, 또 하나는 남의 값 매기는 일에 몰두하면서 자기를 숨기는 길이다. 내 경우는 어느 쪽일까? 어쩌면 두 쪽 다가 아닐 것인가? 여기서 자기 부끄러움의 문제가 발생한다. 모든 글 쓰는 이들은 대체로 부끄러움을 아는 사람들이다. 악덕으로 더럽혀져 온통 부끄러운 짓들로 뒤덮인 시대일수록 문인은 역설적으로 부끄러워하는 존재일 터이니까. 1941년도라는 엄혹한 왜정시절에 쓴 윤동주의 저 절창 「서시」를 유심히 눈여겨 볼 일이다. 문인들이란 어쩌면 부끄럽지 않은 삶을 살려고 글 쓰는 길로 들어선 사람들이기 쉽다. 문인이 부끄러움을 잃는다면 그때부터 그의 생애는 꾀죄죄해지고 더러워진다. 이것 또한 문인의 운명이다.

　힘든 시절에도 자기 정신을 지키며 잘 살았다고 여겨지는 인물들을 찾다가 보니, 부끄럽지 않은 삶의 길로 들어선 이들이야말로, 인류의 오랜 역사 이래 존경을 받아온 성인들이며 또 지성인들이었다. 그런데 자세히 살펴보니 그들 성인이나 지성인들이란 더럽혀진 당대 권력 틀 속에서 가장 고통스럽게 부끄럽지 않는 삶 길을 향해 살다가 극심한 고초를 견뎌야 했던 사람들이었다. 그런 성인됨의 길이나 지성인 됨의 길을 가려고 나서는 사람들을 향한 격려가 어쩌면 이 글의 한 의도일 수도 있다. 지금 이 세계는 너무 눈에 띄는 악행들로 뒤덮여 불행한 시대이다. 그런데도 많은 앎 꾼들은 눈을 감고 있거나 아예 못 본 체하고 눈을 딴 데로 돌린다. 비겁한 앎 꾼들이 모여 세상을 꾸미면 그 시대는 반드시 썩는다.

　우리들은 어떤 제도로 된 권력 틀에 모두 갇혀 있다는 게 나의 생각이다. 이런 권력 틀을 나는 물신 악마들의 놀이터라고 읽고 있다. 이런 악마들의 놀이터에서 인간은 그가 지닌 제대로 된 값을 찾기 어렵다. 아니 아예 그것은 불가능할 지도 모른다. 이 책 제목으로 붙인 안중근과 이등박문 현상이라는 말 속에다 나는 아주 많은 속뜻을 담고 싶었다. 그것을 좀 풀어보여야겠다. 모든 있음은 그 깜냥껏 자기 그림자를 거느리고 산다. 현상을 지녔다는 뜻이다.

이 세상은 남을 먹잇감으로 삼아 남이 지닌 가치 모두를 제 것으로 삼으려는 악당들이 있다. 그들이 저질러 뿌려대는 현상을 나는 깊이 있게 살펴보고 싶었다. 남의 존엄성을 찍어 누르며 그의 존재 값을 빼앗는 일에 걸신처럼 걸터듬는 사람들! 인류역사상 그런 인물이 어디 한둘일 것인가? 영웅입네 천자입네 천황입네 왕입네 영수, 주석입네, 대통령입네 하는 따위 별의별 이름으로 사람 위에 올라앉은 것으로 착각하는 사람들과 그들 행적을 나는 이등박문 현상이라고 보았다. 이 말을 가지고 책 제목에서 담고자 한 뜻을 요약하면 이렇다.

이 세상은 이등박문처럼 남의 생명이나 재물을 걸터듬어 탐식하려는 패들이 있고, 또 다른 한쪽에는 안중근처럼, 그런 탐욕을 밀어붙이는 권력패를 총으로 쏘아 쓰러뜨리려는 사람들이 있다. 그대 당신은 이제 정말 어느 쪽이 옳은 삶이라고 믿어 그 편에 서겠는가? 이런 물음에 대한 해답을 나는 열 네 차례로 내는 비평집의 논리적 발길 목적지로 삼았다. 나를 철벽으로 둘러쳐놓고 움쭉달싹할 수 없도록 우리를 가둔 어떤 세력이든 우리는 맞서 따져야 하고 비판해야 한다. 그렇게 함으로써 그런 일들이 세상에서 조금씩이라도 사라져 가게 해야 한다는 마음이 나의 이 비평론집에는 들어있다. 그게 내 믿음이었다. 그러나 그건 어디까지나 내 생각일 뿐이고 나머지는 오직 독자들이 읽는 마음 눈길의 몫이다. 바라는 게 있다면 이 책이 좀 많이 읽히기를 바라는 것뿐이다. 이런 책을 몇 년씩이나 궁싯거리며 뭉그적거린 것을 끝까지 참고 지켜봐주고 출간해 준 채륜 서채윤 사장과 편집책임자 김승민 그리고 편집부 직원들에게 그저 고맙다고밖에 더 할 말이 없다. 쓰는 이와 읽는 사람이 다 행복한 만남이기를 빈다.

2015년 10월 20일
정현기 적다.

차 례

1

사람됨, 있은 값

안중근과 이등박문 현상

1. 드는 말

1909년 10월 26일 오전 6시 30분, 안중근은 새 양복과 모자를 쓰고 김성백의 집에서 나왔다. 7시쯤 안중근은 하얼빈 역에 도착하여 역 대합실에서 차를 마시며 누군가를 기다렸다. 9시, 이등박문伊藤博文이 하얼빈 역에 도착했다. 차에 올라온 소련 재무장관 꼬꼬브쩨브와 약 15분쯤 환담을 나눴다. 9시 30분 안중근은 러시아 의장대 사열을 마친 다음 일본인 환영단 쪽으로 향하던 이등박문에게 세 발의 권총을 발사하여 이등박문을 즉석에서 처단하고, 그 수행원 네 사람들에게도 부상을 입혔다. 이등박문이 나자빠져 뒹굴고 러시아 병이 안중근을 덮치자, 안중근은 쓰러지면서 "꼬레아 우레!"를 세 차례 목 놓아 외치고 체포되었다. 1909년 10월 26일, 러시아 장관과 왜국 병정들이 둘러싼 하얼빈 역 광장에서 왜국 초대 내각총리대신을 역임한 이래 세 차례나 총리대신 직을 맡았던, 왜국의 검은 탐욕 화신 하나가, 안중근이라는 붉은 협기의 총알 세례를 받아 숨졌다. 안중근이 외친 러시아 말은 "대한민국 만세!" 삼창이었다. 이 사건은 1900년대 초기에 일어난 하나의 커다란 사회현상이었다. 이것은 세계역사에서 자주 일어났던 탐욕의 결말 보이기인, 1840년대 영국의 호화

유람선 타이타닉 호 침몰현상과 닮은, 탐욕에 대한 저주라는, 자연현상과도 닮게 벌어지는 사회현상이었다. 이 현상에는 두 낱의 현상이 언제나 맞선 채 다가선다. 『테스』의 영국 작가 토마스 하디는 타이타닉 호의 파선을 일러 '쌍둥이'라는 시로 읊은 바가 있다. 욕망의 증폭이 타이타닉이라면 그 욕망을 깨부술 암초가 동시에 싹텄다는 것이 그 요점이었다. 이등박문 현상과 안중근 현상. 호화선 타이타닉 호 현상과 그 탐욕을 깨뜨릴 빙산의 돌출 현상이 바로 그것이다. 나는 이 두 현상에 대한 이야기를 가지고 인문정신 문제를 살펴보려고 한다.

인문정신에 대한 이야기는 우리 시대에 끊임없이 다시 반복해야 한다. 사람이 알게 모르게 기계처럼 부림 받으며, 숨겨진 채 다가서는 커다란 악의에 의해 전 세계 사람들이 모두 다 좀비로 전락한 시대임으로, 우리는 특히 인문정신에 대해 묻고 또 묻는 눈뜨기와 그 발걸음을 멈춰서는 안 된다. 사람끼리 묻고 또 묻는 것은 사람됨을 확인하려는 가장 직접적인 자기 찾기일 터, 그것은 아마도 가장 뚜렷한 자기됨을 증거 삼는 본성의 하나일 것이다. 사람의 이런 본질적인 물음이 곧 인문정신이다. 그런데 오늘날 인문정신은 쇠퇴하여 사그라져 가고 있다. 왜 이럴까? 그 이유는 아마도 여러 측면에서 살펴져야 하겠으나, 분명한 것은 어딘가 숨겨진 음모와 교묘한 술책의 휘둘림이 있다는 것이다. 지상의 인민이 이처럼 불공정하고 불평등하며 부조리한 것에는 어딘가 거대한 큰 손이 인간을 지배하고 있지 않고는 이럴 수가 없는 것이다. 여러 위대한 작가들이 이 문제를 놓고 따져놓은 이야기들은 쌓였다.[1] 이들 작가들이 증언하는 이야기 속에 등장하는 악당들 이야기에 의하면, 여러 권력패 음모와 술책을 뒤에서 조절하는 부라퀴 돈놀이꾼들이 거기 숨겨져 있음에 틀림이 없다는 것이다.[2] 문학예술이나 역사학, 철학은 이런 진실을 까발림으로써, 지상의 부조리를 밝히려는 사람들이 짊어진, 윤리·도덕 건설 노동자들의 현장이다. 조지 오웰이 증언한 당대 미얀마 현실 이야기를 조금 옮겨 보이면 이렇다.

> 오웰의 계산에 따르면 이 시기(1930년 대공황을 겪던 시기-필자)에 200만 명의 실업자가 있었던 것만이 아니고 실업수당을 바라고 살아가는 사람 100만, 거기에 그날 생활을 꾸리기도 어려운 쥐꼬리만한 급여밖에 받지 못하는 사람이 1000만 명이나 있었다 한다.
>
> -피터 루이스 저, 김기웅 역, 『조지 오웰』(환상과 창작, 1984), 81쪽 참조[3]

---

1 독일의 괴테가 1773년부터 집필하기 시작하여 1831년 여든두 살 나이에 완성한 『파우스트』는 독일 고전작품의 대표격인데, 이 작품의 내용을 인문정신의 정수라 일컫곤 한다. 저 유명한 악마 메피스토펠레스, 그와 대결하는 파우스트 이야기는 바로 자기 삶 따지기와 관련이 깊다. 집필 기간이나 이야기 길이로 볼 때 박경리의 『토지』또한 거기 맞세울 만한 작품이다. 한국 사람의 사람됨의 문제를 묻고 따지던 장장 48년 동안 한국 사람들이 살아내야 할 무거운 현실 문제를 짚어낸 것은 가히 눈부신 바가 있다. 제국주의 정책을 정식으로 쓰면서 남의 나라를 맘놓고 짓밟았던 영국 시민이면서 특히 그런 악독한 제국의 앞잡이인 미얀마 주재 인도경찰국에 들어가 버마(현재 미얀마)여기저기서 월급쟁이를 한 조지 오웰의 저작들(『동물농장』이나 『버미쉬 데이』, 『1984년』)은 이 지구 위에서 벌어지고 있던 부조리와 야만행위가 눈 시리게 그려져 증언되고 있다. 피터 루이스 저, 김기웅 역, 『조지 오웰』(환상과 창작, 1984) 참조.

2 쑹훙빙의 『화폐전쟁』 얘기 속에 들어있는 〈금붕어 기르기 책략〉과 〈양털 깎기 책략〉은 아마도 이 금융마피아들의 악행을 들춰내는 데 커다란 사례가 될 터이다. 쑹훙빙 지음, 차혜정 옮김, 『화폐전쟁』(랜덤하우스, 2009) 참조.

3 1930년 대공황이 벌어지던 시기의 국제은행 마피아들이 벌인 행적에 대한 이야기를 보이면 이렇다.
"국제청산은행은 독일의 히얄마트 샤흐트의 작품이다. 샤흐트는 1927년 뉴욕 연방준비은행 모든 작가는 자기가 살아내야 한 시대를 기록한다. 그들은 늘 이긴 자나 이등박문 현상으로 거들먹대는 패들을 기록하지 않는다. 어둡고 부조리한 관계가 그들의 주된 눈길 뜨기를 부추긴다. 1961년도에 『광장』을 발표하여 한국의 큰 작가임을 확인한 최인훈崔仁勳은 아직도 원로로 생존해 있다. 광장이란 넓은 마당을 뜻하는 한자말이다. 마당은 공동 생산터전이며 삶의 나눔 장소이며 공동 놀이 마당이기도 하다. 사람들이 둘러 모여 마음 놓고 말하고 들으며 존재를 확인하는 만남의 장소 그게 광장이다. 그런데 그가 확인한 것은 한반도 이 나라에는 여기도 저기도 이런 만남의 장소가 밀폐되어 있다는 깨우침이었다. 여기도 저기도 꽉꽉 막힌 채 어둠에 묻힌 골목길. 대한민국이라는 나라는 1950년대 초 어느덧 두 동강이 난 꼴 새다. 돈을 풀었다 감았다하는 꼼수를 뼈대로 삼는 자본주의를 사회조직 틀로 삼기 시작한 남쪽 나라 어디에도 이런 열린 광장은 없다. 정치적 술책을 가진 권력 조직 패들은 그런 더러운 꼼수 따위를 밝히려는 그걸 아예 막는다. 그런 사람들은 착한 사람들의 입에 재갈을 물리는 데 이골이 난 부라퀴들이다. 『광장』 이야기의 주인공 이명준李明俊은 이 문제를 놓고 젊음을, 기진맥진 탕진하다가, 새로운 광장을 찾아 나서기로 결심한다. 이명준의 아버지는 이미 월북하여 북한에 살고 있다.

세계가 이미 두 낱의 맞선 이념으로 굳어져 하나가 공산주의

의 벤저민 스트롱, 잉글랜드 은행의 노먼과 함께 1929년 증시폭락을 밀모한 장본인이다. 그는 1930년에 나치즘에 열광하기 시작하였다. 그가 설계한 국제청산은행은 각국 중앙은행가들에게 비밀자금을 제공해서 추적할 수 없도록 하는 것이 목적이다. 사실상 제2차 세계대전 기간에 영국과 미국의 금융재벌들이 이곳을 통해 나치 독일에 대량의 자금을 지원해 독일이 전쟁을 최대한 오래 끌도록 도왔다." 쑹훙빙 지음, 차혜정 옮김, 위의 책, 232~233쪽.

사회건설이라는 꿍심으로 권력을 낚아채면서 한반도는 어느새 두 동강이 난 상태로, 사람들 생각의 틀도, 반 동강이 났다. 평등 이념에 대한 금기와 자유 이념에 대한 금기가 한반도 남북한에 널리 퍼져 있다는 것은 이미 상식으로 통한다. 한반도에서 이 두 관념은 사람들 입을 막고 주리를 트는 덫으로 굳혀져 왔다. 남한이 돈놀이 패들이 뿌려댄 자본주의 이념 체제를 굳혀가며, 민주주의라는 거창한 사탕발림으로 민중들 정신을 마비시켜 일부 돈놀이꾼들의 맛들임 길로 나섰다면, 한반도 북쪽의 북한은 공산주의라는 거창한 사탕발림으로 굳혀져 밥맛없는 왕권세습의 길로 나아갔다. 이 두 체제의 사기술은 민중의 눈과 입을 막는 단단하고도 튼튼한 철망으로 굳어져 근 60년 동안 한반도 주민들은 그 두 철창에 갇힌 꼴로 억눌리는 수인囚人이 되어왔다. 남한에서 평등 이념은 함부로 지껄일 수 없는 금기의 생각 틀이었다. 그런 금기 사항을 법령으로 잘 조절하면서 권력을 장악한 패들은 민중 억압의 흉악한 갖가지 억압술책을 익혀왔다. 북한이 자유 이념을 억압기재로 조절하면서 그들 권력 왕권 세습 패들의 세습 틀로 만들어 온 것 또한, 한반도 북쪽 인민이나 남쪽 인민이나, 똑같이 불행한 진흙탕에 뒹굴림 당하는 현상으로서는 닮을 꼴 형국이었다.

광장은 대중의 밀실이며 밀실은 개인의 광장이다. 인간을 이 두 가지 공간의 어느 한쪽에 가두어버릴 때, 그는 살 수 없다. 그럴 때 광장에 폭동의 피가 흐르고 밀실에서 광란의 부르짖음이 새어 나온다. 우리는 분수가 터지고 밝은 햇빛 아래 뭇 꽃이 피고 영웅과 신들이 동상으로 치장이 된 광장에서 바

다처럼 우람한 합창에 한 몫 끼기를 원하며 그와 똑같은 진실
로 개인의 일기장과 저녁에 벗어놓은 채 새벽에 잊고 간 애인
의 장갑이 얹힌 침대에 걸터앉아서 광장을 잊어버릴 수 있는
시간을 원한다.

-최인훈, 『광장』(문학과 지성, 1961), 저자 서문

　원로 작가 최인훈은 1961년도에 이미 그런 진흙탕 길의 어둠
을 뚫고 작품 주인공 이명준을 시켜 남한을 탈출하여 북한으로
넘겨 보냈다. 그러나 북쪽 땅 그곳 어느 곳에도 광장이나 밀실은
없다. 거기 또한 이미 선점한 권력악당들이 만들어낸 밀실이자
숨 막히는 폐쇄사회였던 것을 주인공 이명준을 통해 우리는 확
인했을 뿐이다. 남쪽이나 북쪽 어디에도 도망쳐 살아 볼만한 데
가 없다. 광장도 밀실도 다 잃어버린 채, 사람들 모두가 참살이
삶을 꿈꿀 수 있는 그런 시간을 원하지만, 지상에 그런 곳은 아무
데도 없다. 그가 스스로 선택한 제3국 행 배를 타고 뿌리 뽑힌 유
민으로 흘러가다가 그는 어두운 바닷물에 빠져 죽는다. 이런 한
반도 인민의 비극적 결말을 최인훈은 1961년도에 만들어진 꼴
새로 보여 주었다.[4] 왕권이나 황제 권력, 대통령이나 주석 따위
어떤 형태의 권력조직이라도 권력을 기반으로 하는 정부란 해악
의 둥치일 뿐이다. 사람살이 문제를 따지고 드는 인문정신이란,
그런 부라퀴들의 행악에 의해서 쇠퇴하거나 사라지기 때문에,
인문학인들의 책임은 그만큼 무거워지고 등짐지기가 버겁다.

4　이 작품 『광장』(문학과 지성, 1999년도 판)은 작가가 20여 년 동안 다섯 차례 개작에 개작을
　거듭한 작품으로 남북한 분단 문제를 다룬 한국 소설의 가장 뛰어난 문학적 자산으로 나는 평
　가한다.

착한 사람들이 마음 놓고 지껄이며 뛰놀고 즐거워하면서 살아갈 곳은 이미 오래전부터 이 지상에서 사라져 왔다. 이 나라 한반도의 고릿적 민요 가운데 아름다운 별곡조로 지금도 우리들 마음에 살아 가슴 저미는 노래가사가 하나 있다. 이름하여 「청산별곡」이다. 이 가사에 대한 해석은 중구난방이다. 고려조 후기에 들어서면 무력패들에 의해 정권이 장악되어 민중은 권력자들의 노동력 등쳐먹는 먹이로만 인식되어 사람 한 살이의 고되기가 그야말로 참담히였던 시절 이야기로 짐작된다. 무신 정권 이후 몽골 세력에게 침략을 당하면서 고려 사람들의 하루, 하루살이는 고되기가 말로 표현하기 어려울 정도로 극심하였다.[5] 이 가사는 이 나라 중등학교 교과서에 오래전부터 실려 젊은이들에게 알려 왔으나, 정권을 장악한 왕이나 그런 왕권조직을 굳게 만들며 자기 욕망을 키워가는 악당들의 악행 탓이었다는 점을, 부각시키지는 않는다. 「청산별곡」의 시작, 가운데, 끝 연을 다시 읽는다.

살어리 살어리랏다
靑山애 살어리랏다
멀위랑 다래랑 먹고
靑山애 살어리랏다
얄리얄리 얄랑셩 얄라리 얄라
(중략)

---

5 원로작가 김주영의 장편소설 『화척』은 이 고려시대 무신 정권이 권력을 휘두르던 무신란(武臣亂)시절을 시대배경으로 하여 쓰인 작품이다. 이 소설이 증언하는 바에 따르면 이 시대 민중 삶이란 컴컴한 어둠 그 자체였고 약육강식의 지옥을 연상케 하는 흉악한 세상이었다. 김주영은 『고려사』를 촘촘히 읽으면서 당대의 민중 삶을 그렇게 그려놓았다.

어듸라 더디던 돌코

누리라 마치던 돌코

믜리도 괴리도 업시

마자셔 우니노라

얄리얄리 얄라셩 얄라리 얄라

(중략)

가다니 배브른 도긔

설진 강수를 비조라

조롱곳 누로기 매와

잡사와니 내 엇디하리잇고

얄리얄리 얄라셩 얄라리 얄라

    -〈악장가사〉,〈시용향악보〉

  이 가사를 나는 이렇게 풀었다. 이것은 서민 남자 여자들의 돌림노래다. 모두 여덟 연으로 된 이 가사를 잘 음미해 보면 네 명의 남자들이 네 명의 여인들을 옆에 앉히고 돌아가며 불렀던 노래 가사였던 것으로 보인다. 네 연 각 연마다 끝에는 혀 굴림소리로 된 맑고 청아한 후렴구가 있다. '얄리얄리 얄랑셩 얄라리 얄라!' 이 후렴구는 한 사람이 노래의 본 가사 가락을 뽑으면 다같이 따라 울리는 북돋움 덧대기 추임새 후렴구가 아닐까? 여덟 사람이 번갈아 가면서 부르며 즐기던 이 노래는 어쩌면 그런대로 당대에 먹고사는 일에 유족한 건달들이 즐기던 놀이의 한 가락이었을 것이라고 나는 추정하였다.[6] '얄리얄리 얄랑셩 얄라리

---

6 몽골 말글을 연구해 온 언어학자 최기호 교수는 몽골 울란바토르 대학교 총장직을 맡고 있었

알라=이기자, 이기러 가자!' 각주에서 밝혔듯이 고릿적 당대 이 나라는, 몽골족 세력이 휩쓸고 있던 시절이었다. 그러므로 몽골 식 말이 노래 가사에 끼어드는 것은 이상할 것도 없는 일이었다. 오늘날 이 나라 말 속에 스며든 영어 낱말들이 얼마나 기승을 부리고 있는가를 잠시 떠올리면 고릿적 몽골 말 쓰임이 흔했으리라는 것쯤은 충분하게 이해할 수 있는 일이다.

　문제는 이 노래 가사의 내용이다. 당대 현실 삶에 싫증이 난 사람들이 낭대 현실 삶으로부터 벗어나고 싶은 마음이야 그때나 지금이나 마찬가지였을 것이다. 그리고 이 가사가 푸른 산靑山이냐 바다냐? 그러나 자기 것을 지키고 살아남기 힘겨웠던 백성들이 현실탈출을 꿈꾸고 그리던 그런 피난처란 그때나 지금이나 어디에도 없다. 그것이 우리가 짊어진 덫이라는 걸 이미 고릿적 당시 지식인들은 알고 있었던 것이다. 누군가가 던진 돌에 맞아 우는 억울하고 서러운 일은 또한 그때나 지금이나 똑같이 퍼져 있다. 어느 시대에나 남에게 돌을 던져 아프게 하고 남의 재산을 빼앗거나 사기 쳐 제 것으로 삼는 나쁜 놈들은 늘 있어 왔다. 그런데도 이 건달들이 모여 앉아 돌아가며 노래도 부르고 술이나 마시면서 시름을 잊고 그럭저럭 살아간다. 마지막 노래 가사는 '맛 좋은 술이 익어 나를 잡으니 어디로 갈 것인가?' 각박하고 더러운 현실 삶으로부터 벗어날 곳이 없는 현실에 꼼짝할 수 없이 갇힌 인간 존재들의 황무지를 고릿적의 「청산별곡」은 밝혀 놓고 있었다. 오늘날 그럭저럭 나날을 버티며 살아가는 나의 꼴

는데 그는 이 노래 후렴구를 몽골말이라고 추정하여 해석하고 있다. 몽골말로 '알리알리 알라 셩'은 '이기자 이기러 가자'는 말이라고 그는 논문으로 학술발표로 주장하고 있다.

과 너무 닮아 있다.

　모든 지식인들은 늘 자기 현실을 꿰뚫어 읽는다. 현실을 읽다 보면 좋은 사람과 나쁜 놈은 늘 우리 옆에 붙어 있다. 게다가 우리는 이미 태어난 이상 어디로도 탈출할 곳이 없는 삶을 그냥 버티고 살아야 한다. 존재의 덫이자 운명이다. 왜국의 이등박문伊藤博文이 자기존재를 확장하려고 제 나라에서 높은 벼슬자리를 타고 올랐고, 그것도 성에 차지 않아, 이웃 나라 이 한반도를 쳐들어와 가진 악행을 저질렀다.[7] 누구도 남의 악행을 곱게 여길 사람은 없다. 남의 악행을 뻔히 보고 들으면서도 사람은 거기 맞서 대들기를 꺼려한다. 두려움 탓이다. 이런 존재의 두려움을 극복하는 인물들은 어느 때나 나타난다. 안중근安重根 현상은 바로 그것을 보여주는 역사적 사례였다. 나의 진정한 나됨을 찾아 나서는 이들이야말로 참된 뜻의 지성인이자 용기를 갖춘 의사義士이다. 이등박문과 안중근 현상은 좀 더 풀면서 살펴 보일 필요가 있다.

2. 1900년대 안중근과 이등박문 두 현상

1) 안중근 현상

　모든 사람은 다 하나씩의 현상을 거느린 존재이다. 개인 존재 자아 '나'가 역사존재 '나'와 사회존재 '나'를 거느린 현상으로서

7　그는 일찍이 제국주의 국가로 전 세계에 악행의 씨앗을 뿌리고 있던 영국에 유학함으로써 나쁜 버릇 하나를 익혀왔던 인물이다. 그는 자기 확장의 야심을 크게 품었던 인물로 근대 일본의 사회 및 정치체제를 확립해 놓았던 발군의 인물이어서 일본 돈 1만 엔짜리 지폐의 얼굴로도 기억되었던 악당이었다.

의 있음 꼴이 바로 나이다. 1900년대에 살았던 안중근이나 그에게 죽임당하려고 살아 있었던 이등박문이나 실은 다 하나씩의 현상이다. 어떻게 자기 꼴 새를 갖추느냐는 오직 그 자신이 만들어 내는 뜻매김에 의해서 결판난다. 자아 나는 어느 시기를 살든 자기 삶의 때와 곳을 살피면서 자아를 지탱한다. 안중근! 그는 누구였나?

안중근은 그가 살았던 당대 현실을 꿰뚫어 읽었다. 나의 나됨을 지탱하기 위해서, 나를 죽이려 들고 억압하려 대드는 악낭은 반드시 나서서 막아야 한다는 것이, 안중근 그가 지닌 철학적 금도였다. 남의 악행을 막고 나서는 일에서 눈을 감으면, 개인존재 나는 반드시 그런 악당들에게 죽임당하거나 억압당해 종살이로 떨어지는 수밖에 없다. 1900년대 한반도는 이웃 나라 왜국으로부터 계획적이고도 악랄한 침략 술책에 떨어지고 있었다. 그 시대를 분탕질 치면서 악당의 길로 나선 가장 앞잡이가 바로 왜국의 이등박문이었다. 그가 한때 왜국으로부터는 영웅 칭호를 받았겠으나 이 한반도 조선 사람들에게 그는 꾀죄죄하고도 악랄한 침략자요 더러운 욕망의 악귀일 뿐이었다. 안중근은, 죽음을 앞둔 중국 여순 감옥에서 집필한 『안응칠 역사』에서, 이런 말을 남겼다.

만일 어떤 사람이 한 사람을 죽여 그 죄의 시비를 판별할 때 죄가 없으면 그만이겠지만 죄가 있다면 그 한 사람을 다스리는 것만으로 족할 것입니다. 그러나 어떤 사람이 수천만 명을 죽인 죄가 있다면, 어찌 그 육신을 다스리는 것만으로 그 죄를 대신할 수 있겠습니까. 그리고 또 만일 어떤 사람이 수천만 명을 살린 공로가 있다면 어찌 짧은 이 세상의 영화로써 그 상을 다 받았다고 할 수 있겠습니까.

-『의사 안중근 (도마)』(안중근의사기념사업회, 2009), 35~36쪽

나는 안중근이 규정한 사람됨의 문제 가운데 죄악과 형벌이라는 위의 발언을 안중근 현상의 밑그림으로 살려낸 도덕적 잣대라고 읽을 생각이다. 안중근이 수천만 명을 죽이는 악당을 벌 줄 수 있는 길은, 그 악행을 저지시키는 일이며, 그것은 곧 그 악당을 죽이는 길뿐이라는 것이 그의 논리였다. 이 세상에는 오직 이런 두 갈래의 삶 길만이 존재한다. 그런 갈래를 글로 남기는 일은 또 다른 길이기는 하되 그것을 글로 남기는 이가 어느 쪽에 서서 안중근 현상을 읽었느냐는 중요한 또 하나의 갈림길이 된다. 우리는 영웅이나 왕 또는 천자, 천황, 대통령, 주석 따위 이름으로 남위에 올라앉았다고 착각하는 인물들의 행악에 대해서는 대체로 눈을 감고 못 본 체하거나 의례 그들의 행적은 그렇거니 하고 용인한다. 인간이란 무엇인가? 사람의 사람됨의 값은 무엇으로 정하나? 인문정신의 눈빛은 여기서 빛을 발한다. 따지는 능력이 인문정신의 핵심일 터이니까!

안중근이 1909년도에 민족말살의 원흉인 이등박문을 척살하기 전해에 안중근 현상의 또 한 떨기에 속하는 인물들은 이미 미국을 중심으로 상당수가 옹위해 있었다. 겉으로는 조선의 외고 고문이면서 실제로는 이등박문의 하수인이었던 미국 사람 스티븐스D.W. Stevens(1851~1998)를 총살한 두 명의 한국인 의사義士 전명운全明雲(1884~1947)과 장인환張仁煥(1873~1930)이 그런 사람들이었다. 미국에 가서 조선정부 외교고문인 스티븐스란 놈이 지껄

인 말은 오늘날 들어도 한국 사람의 피를 끓게 한다.[8] 이런 따위 공공연한 제국주의식 친일악행 발언에 격분한 조선 사람들을 대표하여 〈공립협회〉를 중심으로 한 조선인 모임에서 최정익, 문양목, 정재관, 이학원을 대표로 뽑아 스티븐스에게 찾아가 기자회견 내용을 정정하도록 요구하였으나 거절당하였다. 정재관이 스티븐스를 거꾸러뜨리고 다른 대표들이 의자로 쳐서 얼굴이 터져 피가 낭자하자 호텔에 있던 사람들이 뜯어말렸다. 이 사실을 자세하게 들었던 조선 사람들 모두 다 격분하여 치를 떨 때 전명운이 나서서 스스로 암살하겠노라고 자원하였다. 겁이 난 이 양놈 스티븐스가 급히 피신해 워싱턴으로 가려고, 샌프란시스코 왜국인 영사 소지(고이께)와 함께 샌프란시스코 역에 당도하였다. 그곳에서 지키고 있던 전명운이 쏜 총알이 불발되자, 말없이 숨어 있던 의사 장인환이 쏜 세 발의 총탄 가운데 한 발은 전명운의 어깨에 맞았고 또 다른 총탄 두 발이 스티븐스 허리와 가슴에 적중하여 미국인 적당은 총알 제거수술을 받다가 죽었다. 이 두 의사와 함께 우리는 의사 이재명李在明이 이완용을 척살하려고 총을 쏘았으나 실패한 사실도 모두 안중근 현상에 속하는 실천 행위였음을 기억할 필요가 있다.

안중근은 이등박문이란 현상이 당대 세계역사에서 씻을 수 없

---

8 그가 1908년 3월 21일 미국에서 일어나고 있던 반일 분위기를 무마시키기 위해 지껄인 말은 이랬다. 1. 한국이 일본의 보호를 받은 후에 발전이 계속되며 보호정책을 좋아하여서 한일 양국 백성의 교의는 매우 친선하게 되어 있다. 2. 일본의 한국정책은 미국이 필리핀을 다스리는 것보다 나은 대우를 하고 있다. 3. 일본 보호 아래에 한국 정부를 새로 조직한 후에 정부요직을 얻지 못한 소수 사람들이 불평을 가지고 일본을 반대하는 것이고, 백성 전체는 농촌의 농민까지도 일본의 보호정치를 좋아하는데 지금 정부는 전과 같이 학대하지 않는 까닭에 환영을 받는 것이다.

는 죄업을 쌓고 있는 악당 패이므로 그를 척살하지 않고는 죄 없는 수천만 인민들이 죽거나 억압당할 것이라고 판단하였다. 그런 판단에는 반드시 자기 목숨을 걸도록 되어있다.[9] 이등박문의 행적을 탐지하여 알게 된 안중근이 이등을 죽이기 전날 밤에 채가구蔡家溝(지아이지스고) 역 근처 여관에서 쓴 시 한 편이 있다. 지금 읽어도 마음을 들끓게 한다. 이 시 제목은 「장부가丈夫歌」로 현대맞춤법에 맞게 옮겨 보이면 이렇다.

> 장부가 세상에 처함이여 그 뜻이 크도다
> 때가 영웅을 지음이여 영웅이 때를 지음이로다
> 천하를 응시함이여 어느 날 일을 이룰고
> 동풍이 점점 차짐이여 장사의 의기가 뜨겁다
> 분개히 한번 감이여 반드시 목적을 이루리로다
> 쥐도적 이등伊藤이여 어찌 즐겨 목숨을 비길고
> 어찌 이에 이를 줄을 헤아렸는가 사세가 고연固然하도다
> 만세 만세여 대한독립이로다
> 만세 만만세여 대한동포로다

안중근 현상의 꼭짓점은 바로 이런 의기와 도도한 인문정신으로 적장을 척살하였다는 데 있다. 그러므로 한국 사람으로 이등박문이라는 현상은 오직 안중근이라는 현상에 의해서만 곁에 드러나게 되어 있다. 먼저 나는 누구인가부터 찾아 나서야 할 차례이다. 안중

---

9 이 문제에 대한 문학작품으로는 알베르 카뮈의 『정의의 사람들』이 있다. 이 작품은 테러리즘의 도덕적 순교법칙 이야기이다.

근을 포함하여 나는 누구나 다 같은 존재조건을 지니고 살아간다.

개인존재 '나'는 그냥 단독으로만 존재하는 그런 현상이 아니다. 나는 개인존재 나이면서 동시에 역사존재 '나'이기도 하다. 이런 존재 현상을 가장 간결하면서도 똑 부러지게 표현한 시가 있다. 내가 왜 나이면서 동시에 부모의 자식이며 조상의 후손이자 후손의 선조가 되어야 하는가? 그리고 나는 엄연하게도 '나 스스로'인데 어째서 이웃 사람의 이웃이며 남의 눈앞에서만 존재하는 그런 존재인가? 역사라는 오랏줄과 사회라는 올무에 꽁꽁 묶인 채 나는 나의 나됨을 만들어 가야 한다. 개인존재 나를 강조할 때 우리는 훈훈하고 때론 안온한 자아 나됨을 느끼곤 한다. 이른바 낭만적 자기 착시현상일 터이다. 이런 존재의 혼란스럽고 무지막지한 자아현상을 노래한 시인이 있다. 본명은 김해경金海京이고 필명이 이상李霜인, 1930년대 시인으로 그는 독특하고도 어렵기 짝이 없는 시편들을 남겼다. 여기 인용하는 그의 때깔 나는 시를 보이기로 한다. 그 시는 이렇다.

詩第2號

나의아버지가나의곁에서조을적에나는나의아버지가되고또
나는나의아버지의아버지의아버지가되고그런데도나의아버
지는나의아버지대로나의아버지인데어쩌자고나는자꾸나의
아버지의아버지의아버지의⋯⋯아버지가되니나는왜나의아버
지를껑충뛰어넘어야하는지나는왜드디어나의아버지와나의
아버지의아버지와나의아버지의아버지의아버지노릇을한꺼
번에하면서살아야하는것이냐

−이어령 교주, 「이상시전작집」(갑인출판사, 1978) 참조

이 시를 놓고 한때 어떤 젊은 문학 비평가는 프랑스 철학자 라깡의 무슨 잣대를 들이대면서 정신분석 틀로 이미 고착된 듯이 보이는 외디프스 콤플렉스 이야기를 하고 있다. 외국 사람 이론을 빌어다 모든 작품에 대입하는 한국 비평계의 병은 왜정시대 이래 고질병으로 굳어져 왔다. 엉터리로 잘못된 해석이 굳어져 퍼지면 시가 엉뚱한 눈길로 망가질 일은 불을 보듯 빤하다. 사람들의 모든 이야기나 말은 늘 잘못 전해지거나 잘못 풀이되곤 한다. 그게 모든 역사기록의 병폐다.[10] 이 시가 품고 있는 무거운 의미의 하나는 인간존재가 알게 모르게 짊어진 책임 문제이다. 누구의 자식이든 그는 그 자식으로서의 의무와 책임이 있다. 힘겹더라도 살아내어야 하는 그런 의무와 책임, 그것은 어쩌면 인간존재의 권리를 보장하는 삶의 윤리적 터전일 수가 있다. 그렇게 그는 태어났다.

지금 서울의 효자동, 그곳 어느 작은 집에서 가난한 부모에게서 태어난 시인 이상, 김해경은 그림이나 글쓰기에 뛰어난 재능을 지니고 있었다. 그러나 그는 가난 질병 덫에 걸려 폐병으로 고난고난 하던 천재였다. 왜놈들이 서울 한복판에 와서 게다짝을 딸각거리며 설치던 시대, 그는 당대 자기 주변과 도무지 화해로울 수가 없는 천재였다. 1930년대 대공황이 세계를 휩쓸던 그런 때 세상과 자아를 비웃는 말 고르기는, 그의 번뜩이는 재능

---

10 역사 기록은 대체로 누군가를 이겼거나 남위에 올라탔던 승리착각에 빠진 사람들이 기록하여 실제로 있었던 일을 왜곡, 거짓사실로 기록하기 쉽다. 한국의 오랜 역사 기록이 왕권중심으로 씌여져 온 것부터가 다 이런 사실기록 왜곡사의 증표다. 왜국 역사 기록 거의가 다 그렇게 왜곡 날조된 기록들로 가득 차 있다는 것은 널리 알려져 오고 있다. 왕권중심 역사 기록의 필연적인 귀결이다. 민간의 눈길로 어떤 날강도가 나를 짓밟아 어떻게 사람들을 학대하였는지를 기억하려는 역사 기록은 꼭 필요하다.

의 글을 통해 오늘날까지 살아 반짝인다. 가난살이로 찌그러진 데다가 폐병까지 걸린 이상李箱에게 당대 시절은 처참하다. 패러 독스와 아이러니 그리고 절망의 비명소리! 나와 아버지의 시간 거리는 30년으로 잡는 게 상식이다. 1세대 30년! 나와 아버지를 열 차례 불러 그 시간을 따지면 300년이 된다. 100번쯤 부른다 면 몇 년일까? 3,000년이 순식간에 나와 아버지를 100번 부르 는 동안 내 앞에 다가선다. 'A4용지' 한 장에 10 포인트 활자로 아비지의 아버지는 몇 빈이나 직힐까? 아마도 500빈에서 800빈 은 충분하게 적혀질 것이다. 500차례만 불러도 이미 시간은 1만 5천년이 된다. 나는 이렇게 나 홀로만 존재할 수 없는 존재임을 이상李箱은 그의 간명한 「시제2호」로 써보였다. 내 개인 존재 나 는 어째서 이렇게 길고 긴 내 개인 존재의 끄나풀인 역사 속 조 상의 노릇까지를 다 감당하면서 살아야 하는가? 이런 고통스런 비명소리가 이 시 속에는 들어 있다.

조선이 왜국에게 병탄이 되었던 1910년도 9월에 태어난 이상 김해경金海京! 그가 태어난 해에 이미 조선 이 나라는 왜놈들 천 지로 바뀌어, 그들만 절그럭거리며 서울을 활보하던 그런 엄혹 한 시절에, 모든 한국 사람들은 왜놈들보다 몇 층 낮은 존재로 전락하였다. 그러므로 자기 값이나 스스로 이루어나갈 삶의 목 표가 왜적들 간섭 걸림돌을 제쳐놓고는 생각조차 할 수가 없었 다. 이제까지 나라의 상징으로 믿고 알았던 경복궁 문턱에서 1 미터도 못되는 코앞에 시멘트 건물 조선총독부는 지어졌다. 왜 적 이등박문과 그 졸개들이 그렇게 조선에서 설치던 시절. 왜 적 총독부 바로 그 이웃한 동네 효자동 근처에서 태어난 머리 좋 은 사내 이상의 기분은 어떠했을까? 이상보다 몇 해 뒤에 태어

낳던 농학자 유달영 박사는 직접 겪고 난 이야기를 이렇게 공개적으로 전했다. 1911년도에 태어나 2004년도에 돌아간 유달영柳達永, '**내가 태어나고 나니 나라가 없어졌어요. 내가 태어나기 바로 전해에 나라를 잃었다네요. 나라가 없다는 말이 무슨 뜻인지 지금 사람들이 알기나 할까?……! 조선 사람은 짐승만도 못한 대접을 받았지요.**' 그렇게 캄캄한 왜정시절! 천재 시인 이상은 되묻는다. 어쩌다가 내 못난 아버지와 할아버지와 그 아버지의 아버지는 이렇게 남의 나라에게 침탈당해 굴욕을 견디고 살아가게 만들었나? 생각할수록 나도 아버지도 다 싫은 존재이다. 이럴 때 비명은 저절로 나온다. 자기존재 값 문제로 씨름하는 시인에게 그런 치욕은 견디기 어려운 운명이다. 나도 가족도 나라도 다 끔찍한 존재 덫에 걸려 찌그러져 있던 그런 시대를 견디던 시인의 비명이 위에 옮겨온 「시제2호」에는 담겨있다.

이 시는 일체의 띄어쓰기 원칙이 무시되고 있다. 그 의도를 찾는 일은 비평가의 몫일 터이지만, 이런 일은 시인이 지닌 일종의 특권 가운데 하나임으로, 그것은 이 시인 이상李霜의 가장 강력한 특성의 하나로 읽힌다. 문법 틀을 일부러 뒤틀어버리는 일은 의례 시인들이 글 쓰는 기법의 하나이기도 하다. 세상 됨됨에 대한 끊임없는 물음과 잘잘못 따지기란 어쩌면 참된 시인들의 인문정신을 읽는 열매일 터, 그래서 그들은, 아예 문법규칙까지 훼손하거나 규칙뒤집기를 하려고도 마음 쓴다. 그래서 바로 이런 특출 난 시인들을 통해 그 나라 언어는 풍부해지고 문법규칙까지도 폭과 깊이를 넓히고 깊인다.

우리가 아는 인문정신을 추구하는 학문의 꽃은 철학이다. 어떻게 사는 일이 정말 잘 사는 것인지를 끊임없이 묻고 대답하는 배움 자리를 철학이라 부른다면 마땅히 철학은 인문정신의 으뜸이 되는 판이다. 그런데 실은 철학보다도 문학 쪽에서 철학이 감당하던 물음의 슬기를 보여준 사례는 여기저기서 찾을 수가 있다. 1922년도쯤에 씌여져 출판된 티 에스 엘리엇의 「황무지」에서 그는 이렇게 20세기 유럽사회뿐만 아니라 전 세계의 정신적 불임증을 읊었다.

> 현실감 없는 도시 unreal City,[11]
> 겨울 새벽의 갈색 안개 밑으로
> 한 떼의 사람들이 런던 다리 위로 흘러갔다.
> -황동규 시인 옮김, 『황무지』(민음사, 2004), 56쪽

현대 서양문명을 이미 썩을 대로 썩는 물신숭배로 가득 찬 '황무지'로 읽었던 엘리엇은, 1888년도 미국 미주리 주에서 태어난 하버드 대학교 출신에다가 노벨문학상까지 받은 유복하고 또 명성깨나 떨쳤던 인물이다. 그가 인용한 프랑스의 보들레르에 비하면 그는 그냥 머리 좋은 속물[12]이었다. 할아버지, 아버지 대부

---

11 엘리엇의 이 시 바로 윗구절에는 각주가 달려 있다. 도시 길바닥에 엎드려 구걸하는 늙은이들을 그린 보들레르의 「일곱 노인」을 참조하라고 하였다. 엎드려 구걸하는 도시의 일곱 늙은이들의 눈빛은 증오와 '번뜩이는 눈빛 때문에' 적선의 손길을 막고 있다고 옮은 이 시를 보들레르는 빅토르 위고에게 바치는 것으로 기록해 놓고 있다. 박남수 옮김, 『보들레르 전집』(신생문화사, 1956), 222~225쪽. 현대문명, 아니 우리들 시대는, 각종 거지들의 날카로운 증오의 눈빛으로 가득 차 있다고 그는 옳았다고 나는 읽는다.

12 영어로 속물취미를 이야기할 때 쓰이는 필리스티니즘(phillistinism)이란 팔레스타인 사람들의 속성을 빗댄 말이다. 유대인들이 퍼뜨린 이 말의 어원은 참으로 끈질긴 역사를 지니고 있다. 유대인 이스라엘과 블레셋 민족 간의 영토 싸움은 그 역사가 길고도 오래되었다. 블레셋 민족은 팔레스타인 족속이다. 구약성경에 다윗의 손에 블레셋 민족을 붙이사 어린이들까지 다 죽여 없앴다는 말이 나온다.

터 그런 속물집안[13]이었는데 유독 그의 시는 유럽은 물론 미국에서 크게 부풀려져 전 세계로 이름을 떨쳤다. 그러나 그의 시를 가지고 이 세상 됨됨을 이야기하려고 한다면, 세속적이었던 그의 눈으로 보기에도, 이 시대 문명 껍데기를 쓴 현대사회란, 모래먼지만 펄펄 휘날리는 황폐한 사막이라는 진단이었다. 그런 그의 진단은 사실 오늘날 이 사회에 깊고 넓게 퍼져 번진 황폐함에 대한 예언이었음을 알 수가 있다. '현실감 없는 도시~!' 이 구절에 붙인 보들레르의 「일곱 노인」 첫 구절은 이렇다.

붐비는 도시, 몽환에 가득 찬 도시,
여기서는 유령이 대낮에도 지나는 길손을 낚아챈다!
신비는 곳곳마다 수액마냥
이 억센 거인의 좁은 관 속을 흐른다.

여기 시에 등장하는 주인공은 그런 더럽고도 황폐해진 도시에서 마음도 몸도 이미 도시와 똑같이 황폐한 발걸음으로 교외를 걸어가다가 늙은 거지 일곱 사람을 만났다. 엘리엇은 20세기 서양문명이 만들어 가고 있던 도시와 자본, 물질, 무기장사, 돈놀이따위로 죽어가던 정신의 죽음을 날카롭게 꿰뚫어 읽고 있었

---

13 이 속물에 대한 정의로; 나는 일체의 현세적 출세를 꿈꾸거나 그것을 부추기는 사람들을 속물로 읽을 생각이다. 현대에 와서 이 용어는 더욱 절실하게도 우리 목을 막아 숨통을 조이는 체증과도 같다. 세상 전체가 속물주의를 부추기는 시대이므로! 조선조 시대로부터 오늘날까지 내려오는 이른바 양반관념이라든지, 근세에 들어 일류병에 빠져 각종 대학교를 순위로 매겨 일류 이류 따위로 읽으려는 모든 관념은 곧 속물취미 그 자체임에도 지식인 누구도 이 문제를 들고 나서지 않는다. 절망과 분노를 잃은 시대 사람들, 그들은 바로 엘리엇 식으로 말해 정신이 말라버린 시체들이며 좀비들이다.

다.[14] 우리는 이미 19세기 이래 지구를 갈취해 재부를 쌓던, 서양 부라퀴들이 파놓은 무덤 속에 파묻힌 채, 움쭉달싹할 힘을 잃은 상태의 좀비들로, 침침하고도 어두운 일생을 서성거리고 있다. 영국 호화선 타이타닉은 영국 탐욕의 상징이었고, 그것을 깨부술 빙산 또한, 권력에 대응하는 쌍둥이 원리로 상징된다. 그렇다면 이 조선 땅에서 태어나 안중근 현상[15]을 만들어 낸 대응 현상은 무엇일까? 이등박문 현상이 바로 그것이다.

2) 이등박문伊藤博文 현상

하필 이등박문 현상이라는 말로 이 글을 쓰는 이유는 이등박문이 거론할만한 위대한 인물이래서가 아니다. 이등박문 이전에 왜국에는 풍신수길豊臣秀吉, 미국에는 시어도르 루스벨트, 부시 따위 악당들이 즐비하다. 앞에서 이미 안중근의 말을 통해 말길을 밝혀놓았듯이 사람이 사람을 죽이는 일은 악행에 속한다. 그런 악행에 대한 죄는 그 악행을 저지른 한 사람만 벌하면 된다. 그러나 익명의 수많은 인물을 죽이는 악행을 저지르는 사람은 가히 악마라 부를만하다. 그런 점에서 이등박문은 악마에 해당

---

14 잘 알려졌다시피 엘리엇은 그의 시 「황무지」에 쓰인 모든 시어에다 그리스 신화에 나오는 여러 음침하고도 상징적인 옛이야기를 빌어다 담았을 뿐만 아니라 구약성경의 〈이사야〉, 〈에스겔〉, 〈전도서〉, 음악가 바그너의 「트리스탄과 이졸데」 등 수많은 신화 전설을 불러다가 현대 문명을 꾸며가는 이 사회의 황폐한 정신적 가사상태를 짙게 그려내고 있다.

15 안중근은 1879년 황해도 해주부 수양산 아래에서 아버지 안태훈과 어머니 조마리아 사이에서 장남으로 태어났다. 독실한 가톨릭 집안에서 토마스로 영세 이름을 받은 그는 죽을 때까지 천주교 신자로서의 자세를 지킨 꿋꿋하고도 당당한 사람(義士)이었다. 그는 왜국 괴수 이등박문을 하얼빈에서 척살하고 나서 왜국 재판부의 법에 따라 사형선고를 받고 1920년 3월 26일 10시쯤 사형집행으로 절명하였다. 죽기 직전 그는 『안응칠 역사』와 『동양평화론』을 집필하였다. 그의 유해는 오리무중, 지금도 안중근 기념사업회 회원들은 그 유해를 찾는 일로 마음을 쓰고 있으나, 왜국 부라퀴들의 간계에 의해 사라진, 유해를 찾기는 불가능해 보인다.

하는 인생 쓰레기였다. 사람을 어떻게 쓰레기라는 말로 비판하는지에 대한 풀이는 필요할 터이다.

세상을 더럽히며 수많은 사람들을 정신적 죽음상태의 좀비로 만드는 악당은 누구인가? 사람들 마음속에는 늘 이런 쓰레기 심성도 들어있다. 생각과 행동으로 일으키는 쓰레기 짓은 인간됨의 존재조건일 수도 있다. 앞에 인용했던 안중근 자서전의 뒷부분에서 안중근은 사람이 수시로 마음이 바뀌어 행동 또한 마음 따라 바뀌는 존재임을 뚜렷하게 밝혀 놓았다. 사람의 사람됨에 대한 그의 통찰력은 뛰어난 바가 있다.

> 혹 지금은 선하다가도 내일은 악한 일을 하기도 하고 혹 오늘은 악하다가도 내일은 선하기도 하는 것이니…
>
> -『의사 안중근 (도마)』(안중근의사기념사업회, 2009), 36쪽

문제는 한 사람이 자기 일생을 악한 일로 나아감으로써 스스로 쓰레기 삶을 살 것이냐 아니냐는 오직 그 자신에게 달려 있다는 점이다. 바람, 욕망, 탐욕! 이것은 사람을 좋은 사람이 되게 하는 활력으로도 작용하고 사람을 쓰레기로 만들게 하는 힘으로도 작용한다. 사람의 사람됨을 만들어 가는 요인 가운데, 자기 욕망의 조절능력은, 어쩌면 가장 중요한 잣대가 될 수 있을 터이다. 자아 나를 확대하여 스스로 욕망을 증폭시킬 때, 그의 옆에 사는 이웃이나 다른 사람들은, 모두 다 그를 위한 수단으로 소모되는 길로 접어들기 쉽다. 이렇게 한 **개인의 욕망을 증폭시켜 사람이나 생물 모두를 자기 탐욕의 먹이로 만들면서, 스스로 자기됨의 크기를 키우려는 존재됨을 일러, 나는 이등박문 현상이라 부**

를 생각이다. 오늘날 이런 현상의 인물들은 주로 미국에 많이 살아 있다. 현재 미국 대통령 오바마나 미국의 전 대통령 부시, 미국 국무장관이었던 키신저 따위 인물은 다 여기에 속하는 현상으로 나타난 악령들이다. 최근세 한국의 대통령이었던 박정희나 전두환, 이명박 따위 인물들 또한 다 이 이등박문 현상에 속하는 인물이었다고 나는 판단한다. 여기에 현 대한민국 대통령 박근혜도 꼭 거기 들어맞는 현상의 한 인물로 나는 읽는다. 더 확장하면 북한의 김일성이나 그 아들 김정일 그리고 현재 북한권력을 틀어쥔 김정은 들이 또한 이등박문 현상에 걸맞은 인물이라는 것 또한 틀림이 없다. **권력의 부피와 높이, 그 행적의 죄업은 그가 지닌 욕망의 숨겨진 그늘에 의해 결판난다. 나를 키워가는 욕망의 팽창 지수가 높으면 높을수록 악행의 행적은 드높이 쌓이는 법이다.** 이런 판단은 모든 사람이란 어느 누구에게도 억압받거나 굴종 살해되기를 바라는 사람이 없다는 아주 평범하면서도 가장 고귀한 삶의 가치를 잣대로 놓고 내리는 결론이다.

어느 시대에나 권력의 꼭짓점에 올라선 사람을 일단 악당이라 규정짓는다면, 전 세계의 역대 황제나 제왕 따위는, 다 악마 집단에 속하는 이등박문 현상의 역사적 증거라고 나는 쓸 생각이다. 모든 악의 근원은 권력이라는 탐욕에서 비롯한다. 남의 권리를 장악하여 홀로 그 권리를 여러 곳에 써먹으려 할 때 권력은 덩어리로 커지고 그것이 일반 관념으로 굳어지면, 악은 온 세상으로 그 악취를 내뿜는다. 인류 역사는 이런 권력화한 악행들로 이어져 내려온 사람 발자취였다. 최 현세 한국 역사에서 박정희, 전두환, 이명박, 박근혜 권력 틀이야말로 가장 더럽고 비열한 비행과 폭력, 강도질들을 일삼은 역사로 진행 중이다. 이 나라에 퍼져 흐르는 쓰레기 냄새는 한국 전역 도처에 넘쳐난다. 이등박문 현상으로 뒤덮인 대한민국!

　인간 세상에는 이 두 종류 사람들의 행적으로 가득 차 흐른다. 하나가 이등박문 현상이었다면 또 하나는 그것을 막으려고 나선 안중근 현상이었다. 탐욕이 커지고 그것이 확대되는 것에는 일종의 독특한 특징들이 겹친다. 결핍으로부터 벗어나려는 인물은 누구나 누군가를 닮으려고 애쓴다. 성공한 인생! 그가 닮으려고 애쓴 사람의 꼴에 따라 그의 목표는 굳고 힘차게 솟아오른다. 이 나라 조선에 죽음과 치욕을 안겨주었던 풍신수길, 그가 이등박문이 닮고자 하여 꿈꾸던 인물이었다고들 믿는다. 코미디! 그들은 제 나라를 장악하는 것에 만족할 수 없었다. 넘치지도 않는 욕망의 물줄기! 강둑의 물은 넘쳐도 인간의 욕망은 넘치지도 않는다고 샤키아모니는 가르쳤다. 이등박문 그는 조선의 토지를 강탈하는 데까지 앞장선 악마였다. 안중근이 죽임당한 해가 바로 〈한일병탄〉이 강제로 이루어졌던 1910년이었다. 이등현상은 당대 왜국민의 전체로 퍼져 나갔다. 모든 욕망은 전염한다. 안중근이 볼 때 이등박문은 죽여없애야 할 악마였다. 그가 거론한 이등박문의 죄악은 이렇다.

　　첫째, 조선왕비 민비 시해한 죄.
　　둘째, 1905년 을사 5조 강제 늑약한 죄.
　　셋째, 1907년 정미 7조약 강제로 맺은 죄.
　　넷째, 이등이 조선황제 폐위시킨 죄.
　　다섯째, 한국군대를 강제 해산시킨 죄.
　　여섯째, 의병을 토벌한답시고 양민들을 많이 죽였던 죄.

일곱째, 한국의 정치 및 그 밖의 모든 권리를 빼앗은 죄.

여덟째, 한국의 모든 좋은 교육용 교과서를 빼앗아 불태운 죄.

아홉째, 한국국민들은 신문을 못 보게 한 죄.

열째, 이토는 충당시킬 돈이 전혀 없는데도 불구하고, 한국 국민 몰래 못된 한국 관리들에게 돈을 주어 결국 제일은행권을 발행하게 한 죄.

열한째, 한국국민의 부담으로 돌아갈 국채 이천삼백만 원을 모집하여 이를 국민들에게 알리지도 않고 괸리들 사이에서 분배하거나 토지 약탈을 위해 사용한 죄.

열두째, 동양평화를 교란한 죄.

열셋째, 한국국민은 원하지도 않는 한국 보호명목으로 이등이 독선적인 정치를 하고 있는 죄.

열넷째, 지금으로부터 40여 년 전 지금 황제의 아버지를 살해한 죄.

열다섯째, 이등은 한국국민이 분개하고 있음에도 불구하고, 일본 황제와 세계 각국에 한국은 별일 없다고 속이고 있는 죄.

-이기웅 저, 『안중근 전쟁 끝나지 않았다』(열화당, 2000), 34쪽

황현·임형택 외 옮김, 『역주 매천야록』하권(문학과 지성사, 2006),

629~630쪽 참조

(이 안중근 의사가 이등박문이 죽어야 할 이유로 댄 죄악 조항은 필자가 줄이거나 말을 짧게 가려 뽑았다. 황현의 역주 『매천야록』에서 기록한 내용은 이보다 간략한 문장으로 요약되어 있고 열다섯째 조항이 빠져 있다.)

1909년 2월 26일 안중근이 이등박문을 척살하고 나자 중국인

민들을 비롯하여 전 세계 사람들은 조선을 다시 보게 되었고 조선 사람의 사람됨에 대해서 또한 눈을 크게 뜨고 보게 되었다.[16] 미국에서 그럭저럭 편안하게 잘 지내던 한국사람 이승만이 안중근을 폄하하면서 뒤돌아섰던 현상 또한 그가 곧 이등박문 현상의 한 꼴이었다는 것으로 풀이할 증거가 된다. 그 또한 이등박문 현상에 걸맞은 야심과 꿍심을 지닌 꾀죄죄한 부라퀴였음을 읽게 하는 대목이기 때문이다. 중국에 있던 많은 지식인들은 중국인을 비롯하여 중국이름으로 변성명한 한국 사람들이 안중근의 이등박문 척살을 찬양하는 시로 적은 것들도 많이 있다. 중국인 반종례潘宗禮와 일본인 니시자카 유타카西坂豊가 투신자살로 이등 현상을 비판한 것은 물론, 홍종표洪宗杓, 계봉우桂奉瑀, 양계초梁啓超, 나남산羅南山, 흡림洽霖, 정선지程善之, 주호周浩, 이건승李健昇, 김택영金澤榮 등 무수한 지사들이 지상의 악행에 대해서 분개하여 울분을 글로 토로하였다. 이런 현상 가운데 대체로 안중근을 편들어 쓰는 것이 대부분이었지만, 안중근 현상 가운데서 이도 저도 아닌 기회주의적 눈길로 글을 쓴 패거나 모르는 척 눈감는 패도 있었다. 이승만 같은 기회주의적 야망의 화신이 그런 현상에 속한다. 어느 시대에나 그런 인물은 있다.

---

16 놀랍게도 당대 이승만은 미국에서 만주지역에 피란살이하는 가운데 한국 사람들이 거두어 준 돈으로 호의호식하면서 안중근의 이등 척살을 비난하였을 뿐만 아니라 왜국을 적극적으로 돕던 미국 스티븐스를 죽인 전명운과 장인환을 심판하는 재판에서 변호통역을 해 달라는 요청을 묵살하였다. 이등박문 현상 속에 이승만 류는 반드시 낀다. 그도 욕망의 악귀일 뿐인 사람 쓰레기에 속하기 때문이다.

3. 인문학의 운명

인문학은 엄격하게 따져볼 때 역사 이래로 번성해 본 적이 없는 학문이다. 말글 그것 자체로 엮는 학문이 곧 인문학 소관이 아닌가? 바른말 많이 하다가 잡혀 독약을 강제로 먹게 하여 죽어간 소크라테스나, 절대군주 한漢나라 무제武帝에게, 동료 장군 이릉伊陵을 변호하다가 부랄을 까여, 필생을 분노의 이를 갈며, 나쁜 제왕들과 바른 이들 행적을 기록하는 일로 생애를 버틴 사마천司馬遷이나, '사람이 곧 하늘이니 하늘님을 잘 모셔야 한다人乃天 侍天主'고 퍼뜨리며 다니다가 목 잘려 죽은 최제우崔濟愚나 최시형崔時亨 등은 모두 다 인문학자 반열에 드는 인물들이었다. 인문학의 위기에 대한 논의는 서양에서도 많은 철학자 교수들이 진행하고 있다. 열일곱 나이로 나치 박해를 받았던 유대인 학자 W.A. 카우프만은 인문학이 '깊은 어려움에 빠져 있다'고 전제한다. 그가 밝히는 현대 인문학 분야 변화얘기를 조금 빌어 보이면 이렇다.

인문학의 분야와 관련해서는 대체로 다음과 같이 여섯 가지를 언급할 수 있다. 종교, 철학, 예술, 음악, 문학, 역사에 관한 연구가 그것이다. 일반적으로 앞의 네 가지 분야는 대학에서 개별 학과가 담당하는 반면, 문학은 영어나 독일어같이 각각의 언어군에 따라 다양한 학과들에서 연구한다. 인문학에 속하는 이 여섯 가지 분야는 자연과학이나 사회과학과는 뚜렷한 대조를 보인다. 한때는 인문학이 가장 명망 있다고 여겨졌으나, 제2차 세계대전 이후에는 자연과학이 가장 높은 명성과 경제적인 후원을 누리고 있다. 사회과학은 비교할 만한 특별한 성과는 지적할 수 없지만 '과학'이라는 반사적 영예를 얻고 있다. 그래서 최근에는 많은 역사학자들이 자신을 인문학자보다는 사회학자로 보기를 바라며 이것은 다른 '인문학'분야의 교수들 역시 마찬가지다. 인문학이 처해있는 문제 중 하나가 바로 이것이다.

〈한겨레〉신문 기자 한승동은 2013년 9월 23일 자 26쪽에 이런 책을 소개하고 있다. 중앙대 오창은 교수는 『인문학의 미래』라는 책을 내었다. 이 책을 읽고 소개하는 '책과 생각'이라는 책 소개 칼럼, 「자본의 인문학에서 사람의 인문학으로」라는 소개 글에서 기자 한승동은 아래와 같은 진단내용을 적고 있다.

그런데 자본주의 체제하에서, 특히 1980년대 이후 금융자본이 세계를 평정한 신자유주의 체제하에서 인문학의 산실인 대학이 자본의 식민지로 변했다. 교육의 수월성을 높이고 경쟁력을 높인다는 미명하에 대학에서 가르치는 인문학은 기성 체제를 떠받치는 이데올로기의 산업예비군 재생산 도구로 전락했다. 〈절망의 인문학〉 제1장 '호황의 절망'에서 지적하는 절망의 근원이 바로 자본의 식민화다.

이미 전 세계 주민들은 금융 자본가들에 의해 완벽하게 빚더미로 노예가 돼버렸다. 자본주의 사회는 이렇게 사악한 돈놀이 천국으로 바뀌어 버렸다. 오늘날 철학은 바로 이 금융문제인 돈놀이꾼들의 음모에 대해서 날카로운 눈길을 치떠야 한다. 그러나 현대 철학 교수들은 이 돈에 대해 눈을 감고 있거나 못 본 체하여 잠들고 있어 보인다. 수많은 대학 철학교수들 모두가, 이미 그들 금융마피아들에게 장악된, 식민백성으로 전락하였기 때문일 터이다. 이미 그들 금융 자본가들은 이 시대의 제왕으로 군림하여 완벽한 부라퀴로 행세한다. 동서양을 막론하고 철학이 왕권 주위를 맴돌면서 왕권 패나 당대 실권자들 눈치나 살피지 않은 철학자가 어디 있었는가? 그럼에도 불구하고 근본적으로 인문학이란 모든 권력에 대항하는 반역의 학문이다.

인문학자들이 당대 비루한 깡패정치나 사악한 사회구조에 반역을 꾀하지 않는다면, 그것은 학문 그 스스로 자기 목에 칼을 들이댄 채 눈을 감은 꼴 새일 터이다. 인문학적 진실을 믿고 진정한 뜻의 반역을 꾀할 때면 자기 생명인 목숨을 내놓아야 한다. 자기 목숨을 귀하게 여기지 않는 인생이 어디 있는가? 그래서 철학자들은 깡패권력 눈치를 살피게 되어 있다. 지동설을 말했다가 죽을 뻔한 갈릴레이 갈릴레오 얘기만큼 웃기는 코미디가 어디 있나? 왕이나 대통령, 재벌가 총수란 근본적으로 날강도이거나 악당들이었다. 권력자들이란 수많은 남의 권리를 모두 모아 권력화한 다음 그것으로 자기 마음대로 여기저기 금줄을 치고 법령을 만들며, 자기에게 백성 모두가 권리를 다 맡겨주었다고 호언한다. 심지어 그들은 자기 권력은 아예 하느님으로부터 물려받았다는 생짜 거짓말 관념조차 만들어 뿌렸다. 마케도니아의 사람 알렉산더(기원전 356~323)는 그리스를 정복한 여세를 몰아 페르시아로 진격하는 전장에서 자기가 신의 아들이라는 걸 자주 강조하였다.[17] 서양 왕권 권력자들의 이른바 왕권신수설王權神

---

17 아주 오래된 저술 가운데 『플루타크 영웅전』은 전 세계의 수많은 사람들로 하여금 영웅을 마

授說은 말할 것도 없고 동서양에서는 고래로부터 왕권을 쥔 사람은 '하늘의 아들天子'[18]라는 관념을 만들어 어떤 왕권이든 다 하늘의 뜻인 자기를 따라야 한다고 믿게 만들었다.[19] 모든 권력은 의견몰이 또는 밀어붙이기라는 헛된 망상을 기초로 해서 생겨난다. 이런 민중의 망상을 조절하면서 일단 정권을 쥐고 나면 그놈들은 무소불위無所不爲의 집약적 행악을 저지른다. 그들은 일반 사람들에게 민중들이 지켜나가야 할 마땅한 권리를 압살하거나 억압한다. 그게 국가라는 이름으로 수천 년 동안 지속시켜 온 동서양 왕권 패들의 날강도 짓이었다. 참으로 끔찍한 운명을 사람들은 타고 태어날 수밖에 없는 삶의 감옥이었다. 나라란 무엇인가? 일정한 내림으로 물려받은 종족공동체인가? 아니면 살아남기 위해 여기저기 떠돌다가 우연히 모여든 사람들이 꾸며 만들어 낸 집단인가?

영국의 정치가였던 토마스 모어Thomas More(1478~1535)가 쓴 저술로 아주 널리 알려진 인문저서 『유토피아UTOPIA』 속에서 모어

땅히 인정해야 하는 인식 틀로 묶어 놓았다. 이등박문 바이러스를 전염시키는 바이러스에 해당한다.

18 하늘의 아들, 천자만이 하늘에 제사를 지낼 수 있다는 관념 또한 동양에서는 오랫동안 전해 내려왔다. 기원전 555~479년 중국의 노(魯)나라 사람 공자가 각 나라마다 찾아다니며 하늘에 제사 지내는 법을 가르쳤던 이야기에는 상당히 상징적이 뜻이 담겨 있다. 오늘날 4대 성인 반열에 든다는 공자가 실은 당대 사회의 왕권의 정치적 사기극을 도와주는 교리를 만들었던 것이 아니었던가! 공자 어록 『논어』 및 안핑 칭 지음, 김기협 옮김 공자 평전(돌베개, 2010), 참조. 마케도니아에서 엄청난 살육전쟁을 일으킨 알렉산더 대왕은 신탁에서 그가 '하늘의 아들'이라는 말을 들었다고 사기를 쳤다고 플루타크 영웅전에서는 전한다. 한반도 신라 국가에서도 왕들은 다들 이렇게 신이한 탄생을 부각시켜놓았다. 중 일연의 책 『삼국유사』 참조

19 이은봉, 단군신화를 통해 본 천신의 구조, 이은봉 엮음, 단군신화 연구(온누리, 1994), 170쪽에는 이런 얘기가 있다. 『삼국유사』에 나타나는 불교의 천신은 天帝釋말고도 兜率天, 梵天王, 辯才天女같은 것이 나타나고 있는데 신라에서는 특히 天帝釋을 호법호국(護法護國)의 천신으로 숭배하는 경향이 있다. 진평왕에게 옥대를 내려 보낸 상황(上皇)이 천제석이었으며 진평왕은 또한 제석궁(帝釋宮)을 지어 천신이 이 당에 상주하도록 하였다.'

와 마주 앉아 나누는 대담 가운데 이 왕권에 대한 논의 하나를 옮겨 보인다.

라파엘-그러면 또 다른 경우를 상상해 봅시다. 어떤 왕의 재정고문관들이 왕의 자본을 증가시키는 방안을 토론하고 있다고 합시다. 어떤 고문관은 왕이 지출해야 할 때에는 화폐가치를 인상하고(각주-왕실경비를 충당할 목적으로 영국 국민으로부터 돈을 거둬들이기 위해서 영국 주화의 평가절하를 한 것은 1554년부터였다.)그가 지불을 받을 때에는 화폐가치를 터무니없이 인하할 것을 건의합니다. 이렇게 하면 왕의 수입은 증가하고, 왕의 부채를 갚는 비용은 감소되는 효과를 거둘 수 있습니다. 둘째 고문관은 왕이 전쟁을 일으키는 것처럼 꾸며야 한다고 건의합니다.(각주-헨리 7세가 1492년에 프랑스와의 전쟁을 위해 특별세를 징수했던 것을 말하는 듯. 그해 11월 3일 에타폴 조약으로 평화가 회복되었는데, 이 조약은 샤를르 8세가 매년 5만 프랑을 영국 왕에게 지불하도록 되어 있다.)그러면 특별세를 징수할 구실이 생깁니다. 그리고 나서 편리한 때에 왕은 엄숙하게 화해를 하는 한편, 서민을 위하는 나머지 유혈을 감당하지 못하는 친절한 지배자로 처신하는 것입니다. 셋째 고문관은 왕에게 오랫동안 잊혀져 있던 좀먹은 낡은 법률-아무도 이런 법률이 있다는 것을 모르기 때문에 누구나 위반하고 있는 것입니다-을 상기시키고, 위반자로부터 벌금을 징수할 것을 주장합니다. 그것은 도덕적 의미에서나 재정적 의미에서나 왕의 신망에 크게 이바지할 것입니다. 왜냐하면 정의라는 미명 아래서 운영될 수 있기 때문입니다. 넷째 고문관은 왕에게 어떤 범죄,

특히 반사회적인 형태의 범죄에 중한 벌금을 과하는 법률을 제정할 것을 권고합니다.(각주-셋째 및 넷째 고문관이 건의한 방법은 헨리 7세가 수입증가를 위해 임의로 사용하던 방법이었다.) 그 다음에 왕은 이 법률에 불편을 느끼는 자에게는 누구에게든 면죄증免罪證을 판매합니다. 그러면 일반 서민 간에서는 왕의 인기가 보증되고, 이중의 수입원천源泉이 마련됩니다.

-토마스 모어 저, 황문수 역, 『유토피아』(범우사, 1990), 68~69쪽

우리가 잘 알고 있다고 생각하는, 이 토마스 모어의 저술 이름이 품고 있는 이야기는, 실은 개인 재산을 인정하는 '사유재산권' 문제를 탐색하는 일종의 자본주의 탐색서이다. 그럼에도 불구하고 그는 16세기 영국 왕권시대에 변호사로 일했고, 1515년 통상문제로 네덜란드에 건너가 외교 교섭에 뛰어난 수완을 발휘하여 헨리 8세에게 신임을 얻어 1529년에는 대법관직에 임명되었다. 그러나 그는 어디까지나 인문주의자였던 것 같다. 부정한 통치구조에 비판을 서슴지 않았고, 때로는 반역을 꾀하기도 하는 인문정신을 지녔던 그가 왕권이 부리는 행패를 참고 넘기기는 어려웠을 터다. 1534년 〈왕위계승권법〉에 반대하자 그는 반역죄로 잡혀 런던탑에 갇혀 있다가, 다음 해에 사형선고를 받고는, 목이 잘려斬首죽었다. 왕권에 대한 위와 같은 시퍼렇고 명쾌한 사기술 폭로의 글을 써놓고 제명에 죽기를 바라는 것은 어쩌면 왕권에 대한 느슨한 판단이었을 수 있다. 왕이란 모어 자신이 밝혔듯이 그냥 날강도에 지나지 않는 악당들일 뿐이다. 영국 철학자들 중에도 이런 왕권의 날도둑질 사실을 꽤나 정확하게 알고 있었던 사람은 있다. 영국의 현대철학자 버트란드 러셀도 왕

이란 싸움꾼이며 날강도라는 뜻의 말을 쓴 적이 있었다.

> 호전적인 소수자가 평화적인 다수자를 정복하였을 때, 처음에는 오직 힘으로써 지배할 뿐이지만 차차 이것이 세습적인 지배계급으로 성립되면, 그들의 우월성을 영구화하기 위해 반드시 어떠한 신화를 꾸며내는 법이다. 그런데 무엇보다도 놀라운 것은, 피지배계급이 정복자의 신화를 참으로 쉽게 받아들인다는 사실이나. ……, 현재의 왕이란 결국 폭력에 의하여 왕위를 강탈한 어떤 조상의 후예일 뿐이다. 힘의 권리가 얼마나 짧은 시일로 충분한가, 참으로 놀라울 지경이다. 찰스 1세가 신권에 의하여 영국을 다스린 것도, 사실은 헨리 7세가 보스워스의 싸움에 이겼기 때문이 아닌가?
>
> -최석규, 『기억의 빛, 양심의 길을 찾아』(채륜, 2013), 72~73쪽

인문학의 쇠퇴라는 말을 나는 별로 달갑게 여기지 않는다. 원칙적으로 인문학이란 당대 정치 부라퀴 패들에게 반역을 일삼는 존재들이기 때문에, 권력자들이란 어느 시기 어느 나라를 막론하고, 그런 반역적 사유 자체를 억압하거나 말살할 수밖에 없다. 왜냐하면 그들 권력자들이야말로 악당들이기 때문이다. 악당들은 그가 저지른 악행을 까발려 세상 햇빛 아래 드러나는 것을 달가워하질 않는다. 요즈음 우리 사회에서 청와대에 머물렀던 몇 몇 날도둑 대통령들의 뒷얘기를 상기해 보면 이 이야기가 얼마나 정확하고도 바른말인지를 확인하게 한다. 섬찟한 일들이 우리들 면전에서 수시로 벌어져 왔다. 한국 현대사에서 박정희나 전두환, 노태우, 이명박 따위가 저지른 도둑질 이야기는, 모

두 16세기 영국 인문학자 토마스 모어가 이미 밝혀놓았던 대로, 각종 고문관 처방이 고스란히 그대로 이어져 도둑질에 몰두하였음을 확인하게 하고 있지 않는가? 오늘날 그런 악당 패들에게 붙어 치부하거나 돈 푼깨나 훔쳐 쌓은 사법, 입법, 행정 부처 벼슬아치들의 더러운 치부 얘기에 토악질을 내지 않는 사람이 몇이나 될까? 아니지! 많은 민중들은 그런 날도둑들이 우리 지도자라고 떠받드는 어둠 속에 갇힌 채, 다들 눈을 감고 지내고 있는, 엘리엇이 일찌감치 시로 써서 내보였던 대로, 좀비들이다. 그런 패들이 얼마 전 4.19학생 혁명정신을 뒤집었던 독재자의 딸을 다시 청와대에 던져놓는 어리석음을 저지르고 있다. 하지만 누가 알 것인가? 그의 뒷일을 지금은 아무도 모른다. 4대 강물 파헤친 대가로 얼마나 챙겼을지 알 수 없는 이명박이 아직도, 악인들에게 내려친다던 날벼락에 맞지도 않은 채, 자전거를 타고 씽씽 한강변을 달린다. 아직 그가 어딘가 숨어 있을 안중근 같은 임자를 만나지 못한 탓이다. 이등박문 현상에는 반드시 이런 어리석고 탐욕에 눈이 먼 자들이 이렇게 옹기종기 모여 수군수군 중얼중얼 모의에 모의를 거듭하고 나날을 지낸다. 이 세상은 꼭 코미디 대본을 읽는 무대 같다.

4. 맺는말

이제 인문정신에 대한 문제를 다시 따져봐야 할 차례다. 종교, 철학, 역사, 예술, 문학, 음악 등을 인문학으로 좁혀 사회학이나 자연과학에 대응하는 학문으로 연구를 심화시킨 것은 역사가 그렇게 오래되었다고 보기 어렵다. 그러나 오늘날 이 학문분야는 그 깜냥껏 그 분야의 역사도 만들어지고 연구방법론도 각기 정립되어 많은 수의학자들이 각자 제 갈 길에서 활동하고 있다. 인문정신 앞을 가로막고 버티고 서 있는 것은 늘 당대 권력 틀이다. 권력이란 '쇠도 녹인다'는 '뭇 입'[20]조차 재갈을 씌워 노예로 만드는 위력을 지닌 무서운 관념이다. 그러나 그것은 어디까지나 그것을 유지할 수 있을 만큼의 세력; 이를테면 군부, 재벌, 언론, 억지 따위가 세력을 형성했을 그때뿐이다. 한국 현대사에서 익히 보아온 대로 이승만 정권이 그랬고, 박정희 정권이 그랬으며, 전두환 정권이 그랬고 또 이명박 정권이 그랬다. 그들이 떵떵거리며 군홧발자국을 절그럭거릴 때 별의별 해괴한 거짓말과 도둑질을 일삼지만 그 행적은 반드시 까발려 사람들 눈에 드러나게 되어 있다. 이승만은 미국을 등에 지고 민주주의의 화신인 것처럼 권력 맛을 즐겼다. 먼저 12년 동안 온갖 거짓과 민권 도둑질을 일삼아 왔던 이승만의 사람됨 얘기 하나를 들어 본다.

내 앞에 별로 두껍지 않은 복사본 한 부가 놓여 있다. 6년 전 미국 프린스턴대학을 방문했을 때 그 도서관에서 복사한 이승만의 박사학위 논문이다. 〈미국의 영향을 받은 전시 중립 개념〉이라는 제목의 논문으로 이승만이 1910년에 학위를 받았다. 공교롭게도 같은 해에 대한제국이 강점당했는데, 요

---

20 오래된 한국 고전에 속하는 『삼국유사』 〈수로부인〉장에 순정공의 부인 수로부인이 용(龍)에게 납치당해 갔을 때 어느 한 노인이 가로되; "뭇 입은 쇠도 녹인다(衆口鑠金)'하였으니, …이 경내 백성들을 불러 모아 노래를 지어 부르면서 막대로 언덕을 치면 부인을 볼 수 있을 것." 이라 하였다. 이가원, 『신역 삼국유사』(태학사, 1991), 127쪽.

즘의 석사 논문 분량(도합 115쪽)인 이 박사학위 논문에서 '코리아'라는 국명을 찾는 것은 허사다. 이승만은 러-일 전쟁 때 고종의 전시중립 선언이 결국 일본의 강압으로 무효화된 것을 6년 후인 1910년까지 생생하게 기억했을 터인데, 그의 출신 국가는 문턱 높은 프린스턴대학의 연구대상에 오르기에는 그에게 참으로 하찮게 보였던 모양이다. 이와 대조적으로 미국에 대한 서술은 찬양조다. '미국의 독립선언은 만국의 평화를 증진시키고 무역의 자유를 장려하고, 특히 전시 중립의 권리와 의무 등과 관련하여 국제법의 원칙들을 확장시킬 새로운 국가의 탄생을 알렸다(14쪽)' 참! '만국의 평화를 증진시키는 미국', 이건 아부치고도 좀 심한 게 아닌가? 이승만이 이 글귀를 적었던 1910년에는, 1899년부터 미국에 강점당한 필리핀에서는 아직도 빨치산들이 정복자들과의 혈전에서 피를 흘리고 있었다. 국제사정에 밝았던 이승만이 이를 모를 리가 있었을까?

-박노자, 「뉴라이트들의 역사: 출세주의와 굴종의 교과서!」(한겨레, 2013년 10월 02일), 33쪽

출세주의자들이야말로 지상에서는 이등박문 현상의 가장 뚜렷한 인물 군이다. 출세를 위해서 그들은 방법을 가리지 않는다. 잔혹한 살육과 비겁한 굴종, 수단과 방법을 가리지 않는 사람들은 곧 이등박문 현상의 겉보기로 드러난 인물이다. 그런 패들을 일러 나는 인간쓰레기라고 부를 참이다. 이런 인간쓰레기들은 여러 꼴 새의 이름으로 가면을 쓰고 있어서 여간해서 그 옳고 그름을 잘 가려내기 어려운 형편이다. 인문학의 망망한 어둠은 바

로 이런 가려내기 눈길 고르기로부터 그 시야가 막혀있기 때문이다. 이승만이 1960년 4월 19일 이른바 학생혁명으로 권좌에서 쫓겨날 때까지 그가 부린 권력은 거짓과 속임수로 일관된 것이었다. 미국 힘에 의지해서 그는 광복된 이 조국을 미국에 의존해야만 살아갈 수 있는 국가로 전락시켜놓았다. 이 말을 바꾸면 미국이라는 제국주의의 앞잡이 노릇으로 그는 12년 동안 한국 사람들을 농락했다. 그런 농락에 의한 한국사회의 서양, 미국 찬양 일변도 눈길은 이예 고질병처럼 굳어져 왔다. 인터넷에 뜬 이승만 이야기가 요즘 퍽 희극적으로 나돈다.

미국 국가기록원에 보관되어 있는 이승만에 대한 기록입니다. 문서는 1918년에 기록된 것이구요.

나이는 44살.

이름은 이승만.

국적은 일본.

이 기록 다음에 붙인 내용은 너무 낯 뜨거워 올릴 수가 없을 정도의 욕설에 해당하는 글이다. 이 사실이 얼마나 분했으면 저런 식의 욕설을 내뱉었을까! 그가 미국에 살면서 상해로부터 보내주는 독립자금을 받아 호의호식에 엽색행각을 벌이고 있었을 때, 아니 조선이 왜놈들에게 강제병탄으로 신음하고 있었던 1910년대에 그는 버젓이 일본 국적 사람으로 행세하였다는 사실만 알려둘 필요가 있다. 이등현상의 극악한 모습은 저런 식으로 악취가 난다. 철학자라는 패 이야기로 넘어간다.

프랑스의 저명한 계몽주위 철학자로 몽테스키외라는 인물이 있다. 그의 저술 가운데 『법의 정신』(1748년 펴냄)은 전 세계 젊은 이들이나 학자들의 필독서로 추천을 받는 책이다. 그에 대한 다음 얘기가 그것을 증명한다. 한국의 이름난 국립대학교 지식인들이 아무런 비판도 없이 소개하여 지식바이러스를 전염시키는 사례 또한 이렇다.

서울대 선정 『인문고전』시리즈 제17권 《몽테스키외 법의 정신》. 본 시리즈는 서울대 교수진이 추천한 꼭 읽어야 할 동서양 고전 중 50권을 골라 만화로 만든 것입니다. 어렵고 따분한 인문고전을 재미있는 만화로 각색하여 쉽고 재미나게 짚어주는 어린이용 인문 교양서입니다. 내용의 신뢰성 확보를 위해 서울대 출신의 학자, 연구자, 일선 학교 선생님들이 원서를 연구하여 밑글을 집필했고, 중견 만화가들이 만화로 재구성했습니다.

그러나 그의 법의 정신 속에 들어 있는 악마의 속삭임을 아는 사람은 그리 많지 않다. 이름난 저술이나 인물들 가운데 들어 있는 독소는 언제나 그럴듯한 장광설이나 드높은 세속적 지위 속에 숨겨져 있다. 몽테스키외보다 먼저 한국 근세사에서, 드높은 지위로 도덕적 독소를 숨겨 담고 있던, 사람 하나를 보인다. 안중근이 활동했던 그 시대 서울에 본부를 뒀던 가톨릭의 최고 종교 권력자였던 뮈텔(프랑스 출신 주교로 당시 한국에서는 가장 높은 가톨릭 성직자였다.)이라는 사람이 있다. 그런데 뮈텔Mutel주교는 구한말 한국 천주교를 부흥시켰다고 천주교 신자들에게 크게 기림 받는 인물이다. 그러나 그는 그냥 제국주의 국가 프랑스가 식민지 영토를 많이 지니고 있던 자기 조국의 힘을 믿는 한 속물일 뿐이었다. 그는 이등박문을 척살한 안중근의 천주교 신자 자격을 박탈해 종부성사(죽기 전에 주는 천주교 의식)마저 거부했을 뿐만 아니라 그 아래 지위에 있던 발렘 신부가 그토록 안중근 종부성사를 주려고 했던 것을 막았던 제국주의 앞잡이에 지나지 않는 속물이었다. 프랑스 출신 뮈텔 주교는 안중근의 동생 안명근이 데라우치 총독 암살을 꾀하고 있는 사실을 일제 아카보 장군에게 밀고(1911년 1월 11일 자 일기)하는 등의 친일 행적으로 논란이 된 인물이었다. 종교라는 이름으로 뭔가 구원을 얻겠다고 맹세한 사람들이 지닌 편견이나 아집은 철학자의 이름을 지닌 패들도 별로 다르지가 않다.

몽테스키외!Montespieu, Charles(1689~1755), 프랑스 철학자!

서울대 출신 학자와 선생들이, 몽테스키외의 다음에서 보일 사특하고 편견에 가득 찬 철학적(?), 눈을 제대로 읽으라고 알려준 것인지 아닌지는 밝혀지지 않았다. 프랑스 역사에서 수많은 지식인들이 뭔가를 지껄여왔지만, 그들 가운데 제 태어난 나라 조상들이 저질렀던 죄악을 꿰뚫어 읽고, 그 죄의식에 떤 인간들은 별로 없었다는 것이 나의 생각이다. 몽테스키외는 제 나라 사람만 사람으로 읽을 줄 알았지 다른 나라 사람들의 사람됨은 읽지 못하는, 프랑스 철학자 미셸 푸코 식으로 읽으면, 미치광이에다 고지식한 제국주의 신봉자였다. 이 프랑스 사람 버릇은 아주 오래된 훈습薰習(『법구경』 게송 251에서 부처가 가르친 사람됨, 버릇 이야기)에서 벗어나지 못한 심성 탓일 터이다. 이른바 십자군 전쟁이라는 아랍 사람 살육전쟁 이야기 당사자가 바로 프랑코 악당들이었으니까! 오랫동안 프랑스에서 언어학을 가르쳤던 한국인

(최초의 프랑스 국가박사학위를 취득한 국제적인 학자) 최석규崔碩圭 교수가 1962년 12월에 쓴 「사대주의와 새로운 국제사회」에서 인용한 몽테스키외의 『법의 정신』의 한 구절은 이렇다.

흑인을 노예로 삼는 우리의 권리에 대해서 나의 생각을 말한다면 이렇다.

유럽 사람들은 아메리카의 흑인들(아메리칸 인디언을 말함)을 모조리 죽여 버렸으므로, 그 넓은 땅을 개척하기 위해서는 할 수 없이 아프리카의 흑인노예를 쓰지 않을 수 없었다. 만일에 설탕나무 재배에 노예를 사용하지 않았던들 오늘날 설탕 값은 얼마나 비쌌을 것인가?

그들의 몸은 머리에서 발끝까지 새까맣고, 게다가 코는 어찌나 납작한지 도저히 동정의 대상으로 삼을 수도 없다. 지혜로우신 하나님이 인간의 영혼을, 하물며 훌륭한 인간의 영혼을, 이렇게 새까만 몸속에 담았을 리는 만무하다. 흑인에게 인간의 지각이 없다는 증거로는 흑인들이 금목걸이보다도 유리목걸이를 더 귀하게 여기는 것만 보아도 알 수 있다. 모든 문명국가에 있어서 금이란 얼마나 중대한 재물인가?

흑인을 인간으로 생각하기란 도저히 불가능한 일이다. 만일에 그들을 사람으로 생각한다면 우리는 결국 기독교인이 아니라는 논리가 되고 말 것이다.

-최석규, 『기억의 빛 양심의 길을 찾아』(채륜, 2013), 69쪽

요즘 한국에서는 유영익이라는 이상한 인물이 나타나 박근혜 대통령 비서실장 자리를 차고앉았다. 이등박문 현상의 또 한 사

례로 딱 맞는 인물이다. 저 사람은 이승만을 마치 세종임금이나 다른 성인군자에다 비교하는 해괴하고 우스꽝스러운 발언이나 행동을 보여주고 있다. 그런 꼴은 마치 19세기 프랑스 몽테스키외와 꼭 빼닮았다. 미국을 등에 진 채, 그들의 조정에 건들대면서, 평생 권력이나 누렸던 이승만이나, 몽테스키외가 칭찬해 마지않은 백인이라는 망상은, 둘 다 이등박문 현상의 전형이다. 편협한 시각은 말할 것도 없고, 지식인다운 양식은 씨앗도 없는 인물의 전형이 바로 그린 자들이다. 누군기를 지배하려는 욕망촉수를 몸에 달고 다니는 천한 사람됨! 최석규 교수는 몽테스키외의 저런 글을 옮겨 놓기 전에 이렇게 그의 사람됨을 전제한다.

지배자의 심성이란 나의 관점을 힘으로 남에게 강요하는 심성이며, 나와 남을 대등한 사람으로 보지 않고, 오직 나의 필요를 충족시키기 위한 도구로만 보는 것이다. 이때에 이미 남은 사람이 아니라 물건이며, 그의 존재는 오직 나의 필요에 다라서 규정될 뿐이다.

-최석규, 위의 책, 68~69쪽

모든 권력은 그것 자체가 해악이라는 사람들 믿음은 이런 밝은 눈길들 위에서 꽃이 피고 열매가 맺어 생겨난다. 위기에 처한 어느 인간집단을 위해서 인물 하나가 발 벗고 나서서 그 위기를 극복하게 하였다면 그는 고귀한 인간정신을 돋보이게 한 위인임에 틀림없다. 그리고 그가 진짜 위인이려면 그렇게 인간집단의 위기를 벗어나도록 발 벗고 나서서 위험을 해결했다면 그 자리에서 그는 사라져야 한다. 그가 자리에서 머뭇거리면 그는 반드시 사람들의 아우성에 따라 권좌에 앉게 되어 있다. 그런 인물이 일단 권좌에 앉고 나면 그는 반드시 악마가 되고 만다. 그게 사람됨의 운명이다. 그러므로 이승만이나 박정희, 전두환, 이명박 따위 야바위꾼들은 결코 그런 위인偉人일 수가 없다. 권력을 향해 질주하여 그것을 탐했으니까! 그러하니 더구나 박근혜는 더욱 아니다. 앞에서 길게 인용한 프랑스의 몽테스키외 같은 떨거지 지식인들이 한세상에 이름을 드높이려고 행한 모든 저술활동에 대해서 지식인들은 눈여겨 살피고 따져야 한다. 그 악영향은 얼마나 널리 인류 정신에 뒤덮여, 요즘 우리가 두려워하는 원자핵 발전소가 퍼뜨리고 있는 방사능의 세슘이나 요오드처럼 우리를 조여 온다. 모든 권력도 다 그렇다.[21]

이 지구상에는 두 종류의 인류가 동거 중이다. 우리는 편의상 이등박문을 하나의 현상으로 읽었을 뿐이지만 히틀러나 시어도르 루스벨트, 부시, 이승만, 이명박, 오바마, 위쪽으로는 징기스칸, 한니발, 알렉산더 현상 따위로 읽어야 할 인간이 그 큰 한 종류로 서 있다. 남을 자아 확장의 수단으로 여기는 그런 악당을 일러 이등박문 현상이라 읽는다면, 그 반대편에 서 있는 사람들이 있다. 나는 그것을 일러 안중근 현상이라 부를 생각이다. 남을 내 탐욕의 실행수단으로 여기는 모든 악당을 향해 마음의 눈총을 겨누거나 실제로 권총을 겨누는 사람. 또는 글쓰기로 그들을 매양 땅에 파묻는 그런 이들이 안중근 현상에 소속되는 인물이다. 어느 쪽에 서서 자기 삶 길을 걸어야 하는가? 이게 오늘 이

---

21 원자력 발전소가 터져 인류를 공포에 떨게 만들고 있는 미국의 스리마일 원자로 사고나, 러시아의 체르노빌 원자력 사고, 일본의 후쿠시마 원자력발전소 사고들은 모두 다 권력구조와 그들의 탐욕과 사기행각에 직결되어 있다.

발표 글의 주제이다. 우리는 오늘도 이런 두 흐름으로 흐르는 존재의 강둑 위에 서 있다. 악을 선택하고 천치처럼 웃느냐? 착한 쪽을 택하여 분노에 떠느냐? 불의나 부정을 읽고도 분노를 느끼지 않는 사회라면 이미 그 사회는 죽었다. 분노는 우리 삶의 정직한 자기표현이다. 문제는 그런 분노를 지닌 사람을 이등박문 현상이 크게 번진 사회는 짓밟는다는 데 있다. 대다수 사람들이 억눌린 분노를 품고 있다. 그것은 혁명으로 가는 자양분이다. 혁명은 분노의 다른 이름일 뿐!

끝으로 이 발표 글에서 나는 우리들 삶의 고단한 인생여정이 저런 이등박문 현상 때문에 벌어지는 걸 빤히 알면서도 눈을 감거나 모르는 척 눈을 딴 데로 돌리는 어둠 속에 살 수밖에 없다는 걸 확인한다. 그러나 인문정신이 극도로 쇠퇴해져 가는 것으로 보이는 오늘날, 될 수만 있다면 인문정신의 뚜렷한 행적을 보여준, 안중근 현상의 벼락 치는 듯한 정신이 여기저기서 들끓기를 바란다. 아니다. 그런 들끓음이나 용틀임하는 분노의 꿈틀댐은 용광로의 깊은 속불꽃처럼 여기저기서 꿈틀대고 있다고 나는 믿는다. 그가 누구이든 그가 어디 사람이든, 어떤 종족이든, 그들의 안온한 삶을 가로막는 어둠을 향해 맞서는 안중근과 같은 이들로 이 세상이 가득차기를 꿈꾼다. 그 꿈은 조만간 무서운 폭발력을 가지고 터져오를 것 또한 틀림없다.

2013년 12월 6일

성인과 지성인
-만일 그대에게 악마가 뭔가를 묻는다면-

1. 드는 말

무엇인가를 알려고 묻는 일은 두려운 일이다. 병풍 저쪽에 무엇이 있는지를 알려고 한다면, 은유적으로 말해서 안개 낀 어둠 저쪽에 무엇이 있는지를 알려고 한다면, 그대 목숨이라도 걸 각오는 돼 있는가? 이렇게 되묻는 일은 두렵다. 뿐만 아니라 악마가 그대에게 뭔가를 묻는다면 어떻게 대답할 수 있겠는가? 그대가 바라는 게 무엇인가? 소원을 말하라. 그 소원을 악마가 다 들어주겠다고 어르며 바라는 걸 묻는다면 그대는 어쩔 것인가? 우리 시대는 악마의 손에 잡힌 삶 판이 아닌가? 악마란 욕망의 둥치 그 자체이다. 권력은 이 악마의 다른 이름이기도 하다. 그래서 가끔씩 빙긋이 웃으며, 악마들은 우리에게 뭔가를 알려고 파고들거나, 묻지 말라고 당부한다. 물어봤자 그대에게 좋은 일이란 하나도 없으니 그저 모르는 체 눈감고 시키는 대로 한세상 꾸벅거리다가 그냥 가라고 이른다. 김승옥은 「무진기행」을 가지고 우리에게 묻는 일의 두려움을 알려주었다. 1960년대 대한민국에서 벌어진 일이었다. 1960년대 「무진기행」은, 이른바 자본주의가 유입되어 공고한 기틀을 다지면서 만들어지던 속물악당이

사회화해 온, 우리 남한 역사의 컴컴한 질곡 상징이었다. 뽀얗게 안개 낀 사회, 누가 누군지도 모르겠고, 언제 낀 안개인지도 모를 저 시커먼 주둔군 안개 늪에 갇힌 채 누군가가, 저기 뭐가 있느냐고 넌지시 묻는다면, '에비!' 그냥 넘어가라고, 음습한 목소리로만 어디선가, 손짓하고 돌아설 터이다. 속물과 악마가 세상을 장악하고 나면 묻는 일은 곧 두려움이다. 겁 없는 사람이나 자꾸 캐어묻는다. 그런 사람을 나는 성인聖人이라고 또는 지성인知性人이라고 부를 생각이다. 우리가 믿어온 세계 4대 성인이라는 이들은 끊임없이 뭔가를 묻고 그 답을 찾아 나섰다가 악당(마)들에게 쫓기거나, 혹은 가출해 둥지를 떠나면서 모든 기득권을 잃어버렸거나, 아예 그들 악당들에게 살해당한 사람들이었다. 홀로 섬, 소외, 버림받음, 쫓겨남 따위의 고통을 진정한 내 것으로 삼았던 사람들을 우리는 성인이나 지성인이라고 불러 왔다. 자기 욕망을 극도로 자제한 채 극한의 외로움을 견딘 사람이 곧 성인이거나 지성인이다. 바르지 못한 일은 결코 용납하지 못해 반드시 짚고 넘기고자 나선 사람, 그들이 성인이자 지성인이다.

이 성인에 대한 동양적인 해석은 독특하다. 오랜 세월 저쪽 중국 노魯나라에 살았던 공자의 학설을 중심으로 하여 이루어진 유교儒教가 일종의 종교행위로 얽어지면서, 그 가르침의 틀을 만들었다고 전하는, 성인聖人에 대한 풀이는 이랬다. 한자의 성인 성자聖는 글자 뜻풀이로 서경書經에 쓰인 대로 '세상일에 대하여 모르는 게 없는 이를 성인이라 이르고於事無不通知謂聖'이고, 〈설문說問〉에 쓰인 대로 '모든 큰일에 정통한 것 또한, 성聖이라 일컫는다凡一事精通亦得謂之聖.'고 풀었으며, 〈예운 주소禮運 注疏〉에는 '재능이 만인을 넘어서는 것이 걸출하며, 걸출함이 두 겹인 것을 가로되 성聖이라 이른다才過萬人曰傑倍傑曰聖.''고 풀었다. '세상살이에 대한 이치를 꿰뚫어 읽어 모든 일의 인과관계를 알며 사는 이를 성인이라 부른다.'고 본다면, 삶의 이치를 꿰뚫어 알고 그 이치에 맞도록 실제 삶을 산다는 것이야말로 지성인의 가장 큰 특징일 터인데, 그런 앎을 가진 사람에 대하여, 나라마다 여러 사람들을 지배하는 사람들 쪽에서 본다면, 달가울까? 권력을 지상최대의 자산으로 여겨 그것을 탐하는 쪽 사람이 볼 때, 그들은 결코 달가운 존재가 아니다.[2] 당대의 주류 권력을 지닌 이들 앞에 나서서 묻고 따지는 이들이 곧 지성인이자 성인이라고 본다면, 이런 성인이나 지성인은 어느 시대, 어느 나라에나 있다. 권력패악당 눈에 늘 쓴 오이 같은 존재, 그런 이들은 어느 시대 어떤 나라에나 있다. 그렇다면 우리가 사는 이 시대 삶 마당에는?

우리 시대에 성인은 없다(?). 정말 그럴까? 그렇다면 지성인은? 여기서 우리는 '우리 시대'라는 말의 범위를 정해놓고 말을 시작해야 한다. 1800년대 중반부터 동아시아 전역; 중국, 조선, 왜국에는 서양의 야만스런 세력이 대포를 펑펑 쏘아 위협하면서 한 손에는 성경을 들고 마구 몰려들어 왔다. 영국 제국주의에 맞선 중국의 아편전쟁이 이 시기에 이루어졌고, 검은 흑선을 끌고 일본해에 나타난 미국이 갈겨대는 대포 위력에 일본 또한 문을 활짝 열고 야만스런 미국 세력을 받아들이지 않을 수 없었

---

1 김경탁, 『유교철학사상개요』(성균관, 1950), 97~98쪽.

2 그리스 신화에서 제우스를 권력의 화신으로 읽고 프로메테우스를 권력에 반항하는 지성인이라 읽는 틀도 이런 삶의 현상에서 만들어진 인류의 슬기로 읽히는 대목이다. 미리 아는 이를 프로메테우스로 본 것이다. 독재자가 어느 나라 어느 시대에나 앞일을 미리 아는 자를 미워한 것은 필연적이다.

사람됨, 있은 값 59

다. 1938년도에 그리스의 뛰어난 현대작가 니코스 카잔차키스(1883~1957)는 여행기 『일본·중국 기행』을 써서 20세기 세계 지성사에 엄청난 반응을 일으켰다. 32일간의 배 여행에서 그가 일본에 도착하여 기록한 다음과 같은 이야기가 있다. 그는 미국인 깡패 페리제독이 이끌고 들어간 검은 함선부대가 일본의 문을 활짝 열게 한 이후, 일본열도가 어떻게 바뀌어갈 것인지에 대한 이야기를 이렇게 썼다.

> 목가적인 풍경은 이제 사라졌다. 일본은 문을 활짝 열었고, 서양의 바람이 밀고 들어가 소용돌이 친다. 그래서 여러 가지 것들이 생겨난다. 공장, 노동자 계급, 인구과잉, 의심……기계는 작동을 시작했다. 기계를 돌린 손은 그것을 멈추게 할 수 없다. 우리 시대의 무서운 악마들이 풀려났다.[3]

악마惡魔. 도대체 악마란 무엇인가? 성인이나 지성인은 바로 이 악마라는 거친 세력 앞에 마주 서서 정신을 지키려는 사람들이다. 악마의 겉모습에는 여러 꼴의 이름과 빛깔, 색채, 명분, 사람을 홀리는 말씀들이 따라붙어 있다. 악마의 기운은 사람들이 지닌 욕망 여럿을 합친, 바램 꼴이고 그 바램 꼴이 구체적인 몸꼴로 바뀌는 집단무의식을 이름이다. 악마는 결코 한 개인의 것으로 존속할 수 없다. 그러나 이런 집단의식에서 생겨난 이 기운은 점차 개인의 꼴 새로 몸바꿈을 이룬다. 참 무서운 현상이다. 동서양의 고대로부터 중세, 근대까지의 인류사는 이런 악

---

3 카잔차키스 지음, 이종인 옮김, 『일본·중국기행』(열린책들, 2008), 61쪽.

마의 꼴이 왕권이란 이름으로 세상을 장악하고 있었다. 왕권이란 무엇인가? 모든 개인존재가 지닌 삶의 권리를 거두어 권력으로 움켜쥔 사람의 정점에 왕이라는 악마가 버티고 있다. 이 왕권에는 또한 여러 꼴의 이름이 있다. 제왕, 황제, 천황, 천제, 수상, 영수, 지도자, 영웅, 대통령, 주석 따위 화려한 말의 의상을 입힌 '권력'이 모든 사람들의 권리를 탈취하여 제멋대로 권력을 행사함으로써 인류를 비참한 어둠에 빠뜨려왔다. **왕은 일단 악마를 상징하는 변태적인 이름이다.** 이런 악마는 남의 생명이나 권리 따위에는 관심이 없다.[4] 그들은 탐욕의 수레바퀴만을 마음 놓고 굴리려 드는 말 그대로 악마일 뿐이다. 한 집단에서 그런 의상을 입은 악마들은 이웃 나라나 이웃한 지역을 쳐들어가 사람의 생명을 도륙하고 재물을 빼앗으며 여인들을 겁탈한다. 권력을 바꾼 말이 제국주의이며 제국주의라는 말은 곧 이 악마왕의 다른 이름이다.

　'민주주의'라는 그럴듯한 말을 근세 철학자나 현대 인문학자들은 써오기 시작하였다. '사람 위에 사람 없고 사람 밑에 사람 없다', 거 참 거창하고도 그럴듯한 말이다. 주민이 주인이 되는 세상이라! 그걸 민주주의라는 말로들 써왔지만, 그것은 인간이 꿈꿔온 그냥 바램일 뿐이다. 민주주의가 피를 먹고 자란다는 말을 잘 생각해 보면 그런 사회를 만들려면 어떤 대가가 필요한지를

4　일찍이 중국의 공자조차 '하늘'은 사람의 운명을 결정하는 주재자이고 모든 사람은 다들 하늘이 정해준 명(命)이 있어 사람은 그저 이 하늘의 명에 따라 살아야 한다고 가르쳤다. 그런데 실은 이런 하늘 관념을 왕들은 제 것으로 만들어 왕으로 태어난 사람을 자임함으로써 일반 사람들을 억누르며 다스린다는 해괴한 논법으로 무장하여 자기 이익을 극대화하였다. 김경탁, 앞의 책, 93~96쪽 참조.

잘 보여주는 말이 저 말이다. '피를 먹고 자라는 나무! 민주주의!' 그리고 한때는 '공산주의'[5]라는 말도 그럴듯한 언설과 궤변으로 우리 앞에 불어 닥친 생각 틀로 생겨났다. 능력에 맞게 일하고 거기서 나온 산물은 공평한 분배를 통해 너와 내가 함께하는 그런 사회를 만들자! 그것을 정부가 관리하여 지구 자원을 공산화하자! 꿈꾸는 일은 누구나 할 수 있고 그런 꿈이 역사를 만들어 가는 것이지만 이런 공산사회라는 꿈은 개인의 욕망을 부추기는 자본주의라는 악당 생각 앞에서는 맥도 출 수기 없다. 20세기 들어 가장 빼어난 사상가의 한 사람으로 우러름 받았던 마르크스도 레닌도 악마의 한 모둠을 대표한 사람들이었다. 조금 더 보태어 디 에이치 로렌스의 생각의 한 끈을 빌어다 보이면 이렇다.

레닌은 성인이었다. 그는 성인이 갖추어야 할 자질들을 모두 갖추었다. 오늘날에도 그는 성인으로 추앙되고 있다. 그러나 인간에게서 권력의 의지를 살해하려 하는 성인들은 악마들이다. 그들은 사나운 새들에게서 아름다운 털들을 모두 뽑아내고자 하였던 청교도들과 다름없다, 악마들![6]

영국의 작가 로렌스는 비록 가난한 광부의 자식으로 태어난 사람이었지만, 그가 꿰뚫어 읽은 세계는 자기 나라 영국이 내지르던 제국주의라는 식민지 개척이나 남의 것을 빼앗는 악행에

---

5 '공산주의'라는 말의 발상은 빼어나지만 인간됨에 대한 지나친 낙관론에 기초된 것이어서 결코 이루어질 수 없는 사상이라는 게 내 생각이다. 인간이란 그냥 욕망에 휘둘리는 그냥 짐승일 뿐이다.

6 데이비드 허버트 로렌스 지음, 김명복 옮김, 『로렌스의 묵시록』(나남출판사, 1998), 38쪽.

길든 삶 판이라는 것이었다. 자기조국이 강도나라라는 사실을 알았던 사람, 그런 악행을 그가 비록 알았다고는 해도, 그는 근세 세계역사에 영국이 저지른 원죄로부터 자유로운 사람은 아니었다. '권력의 의지'-남을 침해하여 권세를 확장하는 것이야말로 악행일 뿐이라는 생각의 틀은 널리 모든 사람에게 알려야 할 철학적 과제이다. 이 죄의 역사는 어떤 형태로든 재정비하고 몰아내어, 주저앉혀야 할 침침한, 인류의 어둠이다. 악행! 그것은 남을 해치는 힘쓰기이다. 오늘날 철학이 쇠퇴해진 것은 바로 이런 악행에 대해서 세계 모든 철학자들이 눈을 감고 있었기 때문이다. 철학이 윤리적 감수성을 제거하고는 학문으로 살아남지 못한다. 철학이 악행과 맞서는 자리에서 비켜서 있다면, 그게 무슨 밝은 배움이고, 슬기를 맑히는 배움 틀이 되겠는가? 이 자리에서 내가 말하고자 하는 성인 이야기는 바로 이런 악행과 맞선 주장이자 외침을 그들 성인이나 지성인이 보여주다가 해코지를 당했다는 사실 확인을 위한 말씀을 남기려고 나선 것이다. 악당일수록 자기 죄악을 감추거나 숨기려고 별의별 술수를 다 쓴다. 공자가 『서경』과 『춘추』를 정리하면서 왕의 실록을 도덕적 가치 잣대에 들이댄 것은 바로 그런 자기 뜻을 내세우려고 했기 때문이다. 왕이나 황제, 천자 따위의 무법자에다가 날강도 같은 욕망의 악귀들 행적을 그가 죽은 뒤에 기록한다는 이 '춘추필법' 이야기는 동양 역사의 처참한 죄의 역사를 보여주는 사례일 뿐이다. 여북하면 왕이라는 악당 패 자식들이 죽은 뒤에나 그들 악행을 기록해야 한다고 중얼거렸을까? 남을 억누르며 마음을 짓밟는 재미 맛을 들인 자들은 그 악행의 값으로 죽으면 지옥 같은 험한 곳으로 떨어진다고 기독교에서는 퍼뜨려 왔다. 당대의 왕권권력으로 저지르던 악행이 얼마나 무섭고 두려웠으면 그런 위협으로 사람들을 가르쳤을까? 우리는 바로 그런 악행의 더러운 삶의 늪에 빠진 채 허우적거리며 살고는 있지나 않는 것일까? 인류사는 이런 슬픈 원죄를 짊어진 채 지금까지 그 어두운 그림자를 드리워 왔다. 그것이 나이 70을 넘긴 세월 동안 내가 배워 알게 된 깨우침의 전부다. 누구도 이런 식으로 내게 직접 가르쳐준 스승은 없었다. 자 이제 다시 성인 이야기로 넘어가기로 한다. 이 지상 삶의 원리는 이렇게 뭉뚱그려 정리가 될 것이다.

'삶은 약육강식의 역사일 뿐이다, 그래서 약한 자가 도태되는 것은 자연법칙에 맞는 것이다. 약한 것, 그게 곧 악이다. 그러니 수단방법을 가리지 말고 살아남거라!'

누가 누구를 이긴다는 것은 무슨 뜻인가? 수단 방법을 가리지 않고 살아남기 위해서는 반드시 남을 이겨야 하고 이기는 것은 남을 짓밟거나 죽여야 된다. 내가 살아남기 위해서는 불가피한 것, 그게 살인이다. 자! 이런 삶의 원리란 결국 '약육강식' 곧 강한 자만 살아남는 게 우리들 삶이라는 거다. 이런 험하고 참혹한 삶의 발판을 꿰뚫어 알았을 때 드디어 거기, 그 참혹한 원리에 반역을 꾀하는 인물이 나온다. 그들이 곧 성인이자 지성인이다. 엄격한 뜻으로 읽으면 성인이나 지성인들은 현세에서 결코 이긴 적이 없는 이들이다. 남을 억누르거니 죽이는 행위를 악으로 규정하여 거기 반역한다면 필경 그들은 엄청난 행악패들 세력에 맞설 수밖에 없다. 강력하고 잔혹한 악행! 누구도 사람을 죽여서는 안 된다는 원칙을 바른 원칙으로 살려내야 한다면, 악당들이 수시로 일으키는 전쟁은 곧 그것 자체가 악행이자 끔찍한 행악이다. 거기다 어떤 핑계를 거느린 채 일어나고 일으킨다고 해도,

전쟁 그 자체는 악이다. 성인이나 지성인은 남을 죽일 수 없는, 도덕의 덫에 갇힌, 불쌍한 존재들이다.

나는 이 글에서 우리가 익히 알고 있다고 착각하는 이름난 성인들 넷에 대한 이야기로부터 그들이 지껄였고 또 행해 오면서 던진 말씀들을 오늘에 되살려 진짜 좋은 삶이란 어떤 것인지를 살펴 보이려고 한다. 지성인들도 전 시대로부터 오늘날까지 동서양을 막론하고 우리 곁에 여럿 있었다. 그리고 지금도 그런 지성인은 살아 아파하고 고뇌에 빠져 불 밝히려는 몸부림을 어떻게 치고 있는지 그걸 밝혀 보려고 한다. 과연 그게 제대로 이루어질까? 먼저 성인됨에 대한 정의로부터 이 이야기는 시작되어야 할 판이다. 널리 팔린 국어사전(두산동아 판본 2008)에 성인에 대한 정의는 이렇게 규정하고 있다.

성인聖人 1. 지덕이 뛰어나 세인의 모범으로서 숭상받을 만한 사람(유교에서는 요堯, 순舜, 우禹, 탕湯, 및 문왕文王, 무왕武王, 공자孔子등을 가리킴.) 2. 가톨릭에서, 신앙과 성덕聖德이 특히 뛰어난 사람에게 교회에서 시성식諡聖式을 통하여 내리는 칭호. 성자聖者, 성녀聖女.

오늘 내가 이 글에서 쓰고자 하는 성인과 지성인 규정으로 볼 때, 이 사전의 정의는 정면으로 뒤틀려 있다. 가톨릭에서 행하는 성인식 이야기 또한 내게는 별 울림이 없다. 정의 첫째가 내 뜻과 뒤틀려 있다는 말은, 바로 왕을 성인 반열에 두고 정의를 내린 것이 잘못되었다는 것이다. 왕은 그들이 어느 시절에 그 노릇을 해왔던 모두 다 악당에 해당하는 존재들이다.[7] 그래서 그들을 성인 이야기 속에 자리를 내주어서는 안 된다고 나는 주장하려고 한다. 동양 특히 중국에서 성인聖人을 거론할 때마다 요, 순, 우, 탕(그들이 그렇게 추켜올려 놓았던 당우시절唐虞時節)을 마치 최고의 바람직한 이상공화국으로 그려낸 것은 왕권정치란, 어째 볼수 없는, 필요악처럼 여겼음을 잘 보여주는 생각 틀이다. 그러나 민주주의를 삶틀의 가장 바람직한 제도원리로 사람들이 오랫동안 꿈꿔왔듯이, 무정부 상태로 제비를 뽑아 모여살이의 공적사무를 맡게 하는 제도를 꿈꾸는 것 또한 부당한 바람만은 아니라고 나는 생각한다. 중국에서 생각하는 성인됨에는 가장 이상적인 정치를 하였다고 전해지는 요, 순, 우, 탕 심지어는 문, 무왕까지 임금들을 성인 반열에 놓았고 그런 내용으로 사람들을 가르쳐 왔다. 어째서 그랬을까?

권력 쪽으로 몸을 기울이는 뒷사람들에게 주고 싶은 교훈적인 어떤 의도가 있었겠지만, 아예 왕권이나 권력, 그것은 자체가 악이라고 가르치고, 뒷사람들에게 알리는 것이 더 낫지 않았을까? 왕권 자체를 인정하면서 좋은 정치로 가기를 꿈꾸는 철학자들이 요순우탕에다 문무왕까지를 성인 반열에 집어넣었던 것에는 앎꾼들이 지닌 두려움도 한몫했을 수 있다. 그런 까닭으로, 마땅하게도 권력패들 쪽을 기웃거렸던 공자가 자기 조국 노魯나

---

7 이런 왕 관념은 너무 오랫동안 사람들 마음속에 심어져, 마땅히 왕이나 황제, 천제, 천황 따위 바이러스로 인간의 굳어진 마음 바이러스로 자리 잡혀 왔다. 그들 왕권 세력은 워낙 폭력에 익숙한 악당들이었기 때문에 지성인이나 성인들은 그들의 권력에 대항하여 말릴 힘이 없었다. 그래서 권력자들을 당연한 폭력배로 읽으면서 저런 '성인 반열'에 넣고 왕권을 미화해 온 것은 뒤틀렸다고 나는 본다.

라에서 대사구大司寇(지금 법무부장관쯤?되는 벼슬)를 맡아 몇 년 동안 벼슬살이를 하였음에도 불구하고 그를 성인 반열에서 늘 빠뜨리지 않는 인물로 추앙하고 있다. 권력이 악이라고 여겼다면 그런 악 쪽 패들에게 빌붙어 벼슬살이를 한 것은 성임됨에 큰 흠결이 될 수밖에 없다. 그러나 확실한 것은 공자 자신이 권력을 교화하는 일에 가장 큰 역점을 둔 것으로 읽는다면 그의 잠시 벼슬살이는 크게 잘못으로만 읽을 수는 없을 터이다. 왜냐하면 그는 17~18년 동안을 각국 나라 권력패들에게 쫓기는 수모를 견디면서도 끝끝내 '어짊仁원리'를 버리지 않고 모든 인간들에게 펼쳐 보였으니 말이다. 성인이란 어쩌면 권력과는 담을 쌓는 사람됨의 길일지도 모른다. 각종 종교원리가 이것을 어느 정도 실천하느냐 하는 문제 또한 우리는 살펴볼 필요가 있다. 이미 오랫동안 성인으로 알려져 온 인물들 네 사람들에 대해서 나는 따져보는 생각을 펼 것이다. 각종 종교단체에서는 그들 종단이 인정하는 성인됨의 실례들이 꽤 있다. 그런 눈길로 읽으면 가장 오래된 종교 가운데 성인들을 가장 많이 인정하는 종교는 아마도 가톨릭일 터이다.

그러나 가톨릭교회에서 만들어 내는 성인 이야기를 여기서 모두 따라잡기는 어렵다. 예수 크리스트를 너무 강하게 내세우는 그들 기독교 종파들 때문에 오히려 그들이 내세우는 이들 또한 내게는 시들하게 느껴질 뿐이다. 그들 기독교 믿음집단은 그저 예수 장사꾼들일 뿐이라는 게 오히려 나의 생각을 이그려뜨렸다는 게, 실은 나의 슬프게도, 굳은 믿음이다. 그런데다 그들은 예수 이름을 빌미로 모든 사람들 위에 선 사람인 것처럼, 검은 옷을 치렁치렁 차려입고 말도 안 되는 헛소리로, 사람들 넋을

낡는 사기꾼들이라고 나는 자주 생각하고 있는 형편이다. 각 도시나 지방도시 곳곳에 새워져 묘지처럼 밤마다 번쩍이는 십자가 걸린, 드높은 교회당부터, 나는 모두 다 현실적 악행에 대한 민중분노를 누그러뜨리려는, 또 다른 권세부림이라고 생각하고 있다. 게다가 근-현대로 접어들면서 교회당이나 성전이라는 건축물들 거기에는 자본의 욕망덩어리들이 잔뜩 구부려 앉아, 뭔가 달콤한 헛소리들만 중얼댈 뿐이라고 나는 생각한다. 고통으로 가득 찬 사람들에게 인식이니 평안이니 하는 달콤한 위로의 말씀들은 다들, 교회당 속을 떠도는 헛소리들일 뿐이다. **성인이나 지성인은, 너무나 화려해서 더러워진, 그래서 오히려 누추한 그런 곳에는 절대로 기거하지 않는다.** 예전이나 지금이나 진짜 성인이란 누구인가? 성인을 모시는 교회당이나 절간들은 금을 너무 많이 입혀 번쩍거리지 않는가? 아씨씨의 성인으로 이름을 남긴 프란체스코가 자기 몸뚱이까지 모두 다 하느님 앞에 바치는 장면은, 비록 작가 카잔차키스가 쓴 소설 『성자 프란체스코』의 마지막 장면에서 읽어 알게 된 내용이지만, 성인됨이란 겉보기의 번쩍이는 물적 자산을 완벽하게 벗어버린 이들에게만 입혀지는 모심이라는 걸 알게 한다.

우리에게 널리 알려져 온 성인들 네 명은 대체로 이렇다. 그리스의 소크라테스, 인도의 샤키아모니(부처), 중국의 공자孔子, 이스라엘의 예수 그리스도, 이들은 오래전부터 4대 성인으로 떠받들려 왔다. 그런데 그들이 누군지는 거의 제대로 알려져 있지 않다. 왜 그럴까? 그들은 분명 **우리들 삶의 모범이 될 만한 삶을 산 사람들이 아니었다.** 그들은 그들이 살았던 시대에서 밀려나고 쫓겨났으며, 죽임당한 불쌍한 사람들이었다. 그들의 삶이 우리의 모범이 된다는 정의는 역설적으로 엉터리이다. 숭상되는 이유는 뭔가? 성인들처럼, 우리가 그렇게 살아내기가 정말 어렵고 힘든 사람들 편에, 늘 그들 성인이나 지성인이 삶의 지표가 되어 준다는 이유 때문이 아닌가? 그렇게 힘겹고 아프며 외롭기 짝이 없는 삶을 살다가 죽어간 그들이 왜 우리 삶의 모범이 될 만한가? 그들은 현실적인 부자도 아니었고 현세적인 명망가도 아니었으며, 권세가 엄청난 이도 아니었다. 그런 이들을 사람들이 숭상한다고 누가 감히 말할 것인가? 그런 고통을 견딘 이들이야말로, 늘 자기편이라는 위로를 받기 때문에, 그들을 숭상한다는 이런 해괴한 정의는 다르게 정리돼야 마땅하다고 나는 믿는다. 누가 정말 이런 성인이나 지성인처럼 자기 삶을 살려고 할까? 이 나라 각 대학교 교수들이나 대학생들이 모두 자기가 지성인이라고 믿고 있는 모양이지만 그들에게 예수나 소크라테스 공자처럼 살 거냐고 묻는다면 그렇다고 답할 자들이 몇이나 될까? 그렇다고 대답하는 젊은이들에게만 서울대나 연, 고대 따위 이름 난 대학교 입학자격을 준다면 하하하 꽤 볼만한 논의들이 나올 것이다. 하하하! 성인이나 지성인은 어떤 권력이든지 사람을 억압하는 모든 권세에 맞서는 이들이다. 요즘 교육마당에서 모든 권세에 맞서라고 가르치는 곳이 있을까? 인문학을 없애려고 가진 애를 쓰는 권력패들이, 근래에 써먹는 꼼수들을 생각해 보면, 우리들 삶의 정치판이라는 게 퍽 지저분한 시궁창이라는 걸 쉽게 알 수가 있다.

　모든 사람이 왕이며 천자이고 황제인 세상, 공식적인 정부는 없되 누구든 사회문제에 나서서 의견을 제출하고 공론을 모으며, 모아진 공론은 누구든 앞장서 실행하는 사회로 나아가야 한다. 이 주장은 얼핏 보기에 무정부사회로 무정부주의자 주장으로 보이기 쉽다. 뿐만 아니라 이런 주장자들이 모두 다 실패자로 몽상가로 배척되어 왔지만,[8] 이런 사회에 대한 꿈은 인류 마음속에는 늘 있어 왔고 또 어느 때든 이 주장은 거론되고 주창되는 사회 만들기로부터 우리를 다져나가야 한다.

2. 믿음틀(종교)의 씨잇들

1860년도에 천도교 첫 교주인 최제우崔濟愚 '대선사'는 『용담유사龍潭遺詞』라는 경문을 발표하여 조선왕조 말기에 해당하는 계급사회에 커다란 파문을 불러일으켰다. 이 사람은 종교체험을 겪고 그 깨달음을 인민들에게 펼침으로써 한국 종교의 첫 교주가 된 성인이었다. 그가 포교하여 3,000여 명 이상의 교인들을 가르쳤고 초기에는 정부에서조차 방관하다가 그의 세력이 아주 커지는 것을 보고 **1864년 3월에 체포**하여 대구 감영에서 목을 잘라 죽였다. 왕권이라는 거대한 장벽 아래 삶에 대한 진정한 가르침은 엄청난 위험이 뒤따른다. 성인이나 지성인은 이런 위험을 무릅쓰고 자기 앎의 알맹이를 전하는 사람들이다. 다른 말로

---

8 러시아 무정부주의자로 널리 알려진 미하일 바쿠닌(Mikhail Aleksandrovich Bakunin, 1814~1876)이 '저는 어떤 권위라도 그것이 무엇이든 간에 그 권위를 가지고 위에서 아래로 조직되는 방식이 아니라 자유로운 연합으로서 아래에서 위로 조직되는 사회와 집산체적 소유 또는 사회적 소유를 목도할 수 있기를 바랍니다. …그래서 저는 이런 결론에 도달하였습니다. 우리와 함께 자유, 정의, 평화를 수립하기를 바라는 사람, 인간성의 승리와 인민의 완전한 해방을 바라는 사람은 우리와 함께 모든 국가를 파괴하고, 모든 나라의 자유로운 생산자 연합이라는 세계연방을 국가의 폐허 위에서 수립하기를 소망하지 않으면 안 됩니다.' -인터넷 사이트 「바쿠닌, 파괴를 향한 열정은 창조적인 열정이다.」에서 인용

바꾸면, 그들은 고통의 칼날이나 불구덩이를 무릅쓰고 자기 맑은 마음을 드러내 보이다가, 악당 패들에게 쫓겨나거나, 창칼에 찔려 죽임당하는 사람들이다.

　동학 1대 교주 최제우의 사상은, 모든 사람이 다 '하늘님'이라는 말로 요약된다. 네가 하늘님이므로 나는 너를 하늘님으로 모셔야 한다고 많은 이들에게 가르치며 그것이 바로 하늘님天帝로부터 받은 율법이라고 주장한다면, 그런 생각 틀이 퍼져나가는 것이, 눈에 가장 거슬리는 족속은 누구일까? 두말할 필요도 없이 그들은 당대 현실 속에서 하늘님 핑계로 누리는 막강한 권력을 누리던 정치 권력자들일 수밖에 없다. 이 하늘님 이름을 빌려 수많은 사람들 위에 군림하였던 당대 권력자의 꼭짓점은 왕권이었다. 나와 너 그와 그들이 만일 '하늘님'이라면, 그래서 우리가 섬겨야 할 대상은 너와 그들이며 헐벗고 굶주리고 천대받고 억압받는 사람들이라고 외친다면, 막상 하늘님의 명을 받아 백성들을 다스린답시고, 조직적으로 법을 만들어 말 잘 들으라고 위협하며 횡행하던 왕권 권력자들에게, 그것은 아주 위험하고 위협적인 움직임임에 틀림없다. 게다가 수운 최제우는 하늘님의 직접 명령을 받았노라고 까지, 사람들 앞에서 주장하여 내 말을 따르라고, 여기저기 다니며 말씀을 퍼뜨렸다. 왕권 패들에게 이런 현상은 불길하기 짝이 없는 반역행위에 속한다. 미국 쇠고기 사먹지 말자고 광화문, 시청광장에서 시민들이 촛불집회를 벌였다가, 이명박 대령이 패 경찰부대를 시켜 물대포 따위 철퇴로 후려 갈겼던 바로 몇 년 전 우리 역사 사실이, 실은 다 이런 행적 이야기와 같은 끈으로 이어진 내용에 속한다. **권력패들이란 그들이 현세에서 함부로 누리는 권세만큼 은근히 두려움에 떠는 자들이**

다. 어리석은 욕망의 악귀들이 바로 그들이니까!

'시천주侍天主', '인내천人乃天', 이 사상은 아마도 조선조 말기의 굳은 계급사회 상층부를 이루는 악당 패들에게는 듣기가 아주 거북하기 짝이 없었을 사상이었다. '사람이 곧 하늘님'인데 우리는 마땅히 이 하늘님인 '너와 그, 그리고 그들을 받들어 모셔야 한다'는 생각 틀이, 막일꾼들을 부려 세력을 누리는, 악당들에게 얼마나 위협적이었겠나? 최제우 그가 읊었다는 「안심가安心歌」에는 이런 노래 말로 되어 있다.

> 이내 신명 좋을시고 불노불사 하단말가
> 萬乘天子 秦始皇도 여산에 누워 있고
> 漢武帝 승로반도 웃음바탕 되었더라
> 좋을시고 좋을시고 이내 신명 좋을시고
> 영세무궁 하단말가 좋을시고 좋을시고
> 금을 준들 바꿀소냐 은을 준들 바꿀소냐[9]

권력자들 눈에 이런 노래는, 불온할 뿐만 아니라, 반 왕권적이며 반 계급적이다. 그것이 불가피적인 조건이었는지 아니면 불가피한 필연성의 법칙에 맞는 일이었는지 인류는 도무지 이해할 수 없는 계급 먹이사슬에 꽁꽁 묶인 채 수천 년을 살아왔다. 그래서 사람은 일생동안 가슴 속에서 반역을 꿈꾸며 갇힌 자기 삶에 연민을 양 어깨나 옆구리에 끼거나 짊어진 채, 스스로 만드는

---

9   윤석산 지음, 『용담유사』(민족문화사, 1987), 54쪽.

착각에 길이 드는 척하면서,[10] 한 살이를 끝내곤 하여 왔다. 불쌍한 인생행로이다. 가끔씩 이런 삶의 자기 조건에 도전하여 떨치고 일어서거나 만나는 사람마다 자기 속 주장을 펼치다가 필경은, 거기 두려움을 느끼는 패들에게 주먹질 당하거나 손가락질 당하다가, 권력을 쥔 악당들이 그들 잣대에 맞는 형틀에 올려 잡아 죽인다.[11] 계급을 먹이사슬로 만들어 민중들 위에 올라탄 서슬 푸른 왕권 시절에, 저런 따위로 진시황이나 한무제를 노리개삼아 비웃고 있다는 것은 이미 계급질서에 금이 가고 있다는 증좌이다. 기득권자들이나 보수주의자들(?)은 어떤 형태로든 이런 질서 균열을 막아야 한다. 그래서 그들 왕권 권력패들은 그 핵심 세력을 죽여 뿌리 뽑아야 한다고 생각한다.[12] **어느 시대에나 가장 비겁하고 겁이 많은 자들은 늘 재산과 권력을 누리는 패들이다.** 움켜쥔 것이 많아서 그것을 빼앗기지 않아야 할 계급이란 많

---

10 사람은 뭔가 자기 삶의 값이 있는 것처럼 착각을 만든다. 일류대학교 출신이니 대기업 취직이니 판검사 이력이니 좋은 작품을 써서 이름을 날렸느니 따위, 다들 스스로 만들어 자기를 세뇌시키는, 착각의 일종이 아닐까? 나는 그것을 스스로 드높이려 자꾸 분바르는 착각이라고 부를 참이다.

11 시인 윤동주는 날도둑 나라 왜국 유학 시절, 전에 써서 미처 발표하지도 못한 채 가지고 있던 시, '하늘을 우러러 한 점 부끄러움이 없기'를 꿈꾼 「서시」 등을 썼다는 죄명으로 왜국경찰이 체포하여 복강감옥에 가둔 채, '생체실험'으로 죽였다. 아무런 죄도 없는 젊은이를 저렇게 죽이는 악마는 누구인가? 악마는 영국에도 왜국에도 미국에도 프랑스에도 한국에도 있다. 전에도 지금도….

12 동서양을 막론하고 왕권을 유지하였던 나라의 왕권행패는 다들 별의별 개똥 같은 법령이나 법률 따위를 만들어 사람을 묶어 가둔 채 착한 민중을 억압하여왔다. 꾸벅꾸벅 일만 하고, 그 일로 얻어진 재물은 누리지도 못한 채, 악당들에게 빼앗기거나 혹사당하는 일은 예전이나 지금이나 똑같이 진행되는 악행이다. 19세기 프랑스 여성작가 조르즈 상드의 소설 『마의 늪』 앞머리 「저자가 독자에게」라는 글에서 그는 이렇게 진술하고 있다. "'현대적 사악한 부자들'이 농민폭동을 막기 위해 들이는 공력이 모두 세력가들과 부자들의 불안과 공포를 어루만져 줄 요새 쌓기와 대포 만들기에 마음을 쓴다." 조르즈 상드 지음, 이재희 옮김, 『마의 늪 사랑의 요정』(우아당, 1987), 13쪽.

이 가지고 누리는 패들이니까!¹³ 1860년도에 발표되어 널리 퍼져나가기 시작한 이런 노래는 당대 조선의 계급사회에서는 용납할 수 없는 사상을 담은 노래가사였다. 모든 지성인은 어떤 불의든 **옳지 않은 것을 옳다고 내세우지 않는다. 왕권이나 계급사회는 근본적으로 옳지 못한 짓으로 쌓여진 욕망의 모래 탑이다.** 그것을 잘못이라고 주장하면서 그런 조직을 무너뜨리려고 하는 이들이 지성인이자 성인이다. 인간에게는 계급의 질서가 아니라 다름의 철학이 있을 뿐이다. 너와 니 사이에는 계급의 높낮이가 있는 것이 아니라 존재의 다름이 있을 뿐이라는 뜻 말이다.

왕권 계급이나 은행자본 계급이, 어느 시대 어느 곳이든 사람의 노동력이나 정성을 먹이로 삼는 한, 악행은 멈추지를 않는다. 권력이나 자본(곧 돈)은 늘 이자를 따먹는 악이다. **권력이 악이고 돈이 악이라는 정의는 우리가 앞으로 반드시 넓고 멀리 그리고 깊이 있게, 모여 살이 사람들에게 퍼뜨려, 그 악에 물들지 않는 방안에 마음 쓰도록 부추겨야 한다.**

동학 초대 교주 최제우 선사가 하늘님으로부터 들었다고 한 종교체험이란 구체적으로 무엇이었을까? 만일 하늘님이나 하누님, 하나님 또는 하느님이라는 실체가 있다면, 정말 있을까? 만일 있었다면 사람인 '너'는 곧 하늘님이라고 그가 전해주었기 쉽다. 자연이 '하늘님' 겉모습으로 드러난 것이라면, 스스로 있는

---

13 그리스의 현대작가 카잔차키스가 쓴 『영국기행』 프롤로그에 이런 기막힌 인간 통찰 이야기가 있다. '인간의 가장 뿌리 깊은 충동 두 가지를 든다면 〈굶주림〉과 〈두려움〉이다. 굶주림은 인간으로 하여금 최대한 자신의 힘을 확장시켜 공략하고 정복하고 착복하여 먹이를 획득하는 것이다. 반면에 두려움은 이미 획득한 것을 빼앗길지도 모른다는 감정으로서, 자신이 얻은 것을 최대한 안전하게 오래도록 지키도록 몰아간다.' 카잔차키스 지음, 이종인 옮김, 『영국기행』(열린책들, 2008), 11쪽.

그것이야말로 자연이자 곧 하늘님이 아니었겠나? 이 진리는 어떤 개자식이라 할지라도 깨뜨릴 수 없는 '참'이다. 유학자들이 바라본 하늘에는 크게 두 가지 뜻이 있다고 한 철학자가 풀어 보이고 있다. 유학철학자 김경탁의 하늘 풀이를 보이면 이렇다.

> 유교에서는 옛날부터 〈天〉은 모든 문화 즉 적어도 도덕 정치 종교의 근본이라고 생각하여 왔다. 그 명칭에 있어서는 여러 가지가 있으나, 이제 그 주요한 것을 들면, 첫째는 다만 〈天〉이라고 부른 것이오, 둘째는 〈天〉자 위에 다른 문자를 붙인 것이니, 예를 들면 〈蒼天〉, 〈旻天〉, 〈昊天〉, 〈皇天〉과 같은 것이오, 셋째는 다만 〈帝〉라고 부른 것이오, 넷째는 〈昊天上帝〉〈皇天上帝〉라고 부르는 것과 같다. 그리하여 그 뜻은 대개 두 가지로 나눌 수가 있으니 첫째는 다만 형태를 가리킨 〈하늘〉이오, 둘째는 사물의 주재자 되는 〈하늘〉이다. 바꾸어 말하면 물리적형태의 〈하늘〉과 철학적 윤리적 또는 종교학적 하느님의 두 가지 뜻이 있어서, 철학적으로는 근본원리가 되고, 윤리적으로는 도덕의 본원이 되고, 종교적으로는 절대의 인격적 신이 된다고 믿은 것이다.[14]

종교적으로 믿은 하느님의 문제는 믿음의 차원 문제에 닿는다. 믿느냐 믿지 않느냐의 이 문제는 곧 종교의 텃밭이다. 하늘이 우리를 주재하는 가장 높은 신이라고 믿는다는 것은 그것 자체가 아름다움일 수 있다. 농경민족일수록 하늘의 바뀌는 모습

---

14 김경탁, 앞의 책, 93~94쪽.

과 그 조화에 대하여 민감하게 반응할 수밖에 없었고 따라서 늘
이 하늘의 조화에 귀를 기울이는 겸허한 자세를 지닐 수밖에 없
었다. 그래서 '하늘'이 우리를 주재하는 '신'이라고 믿는 마음씨
(씀)에는 두려움과 몸 사림이 늘 뒤따른다. 우리는 망망한 어둠
속에 삶이라는 진을 치고, 하루하루 그럭저럭 끼니걱정과 자식
걱정으로, 마음과 몸을 버틴다. 어쩌다 주어진 이 삶을 죽는 날
까지는 견디고 살아야 한다. 그래서 우리는 '하느님'을, '신'으로
믿어 우리 삶이 그나마 힘겹지 않게 나아가게 되기를 빌고 또 빈
다. 참 불쌍한 존재가 인간이니까! 그러나 그것을, 자기들처럼
그렇게 믿지 않는다고, 누군가가 다른 이를 윽박지른다면 그 믿
음은 일종의 권력화한 폭력으로 바뀐다.[15]

유대인들이 만들어 전 세계에다 그 바이러스를 뿌린 '야훼 하
느님'은 유대인들만의 하느님이었기 때문에 엄청난 폭력을 등
에 짊어진 채 전 세계에 퍼뜨려졌다.[16] 유대민족은 그 민족이 지
닌 지정학적인 이유로 해서 그 민족이 살아낸 역사 내내 토지 싸
움에서 헤어날 수가 없는 종족이었다. 토지 빼앗기 싸움, 땅 뺏
는 싸움, 또는 투기 질, 이런 싸움에는 늘 인간이라는 주체가 있

---

15 예나 지금이나 이런 따위 일들이 얼마나 많은 지역에서 벌어지고 있는 만행인가? 일본에 상륙
한 기독교 신자들을 몰살시킨 원인 따위나 십자군 전쟁 이야기는 다들 이런 믿음 문제로 너와
나를 가른다.

16 근현대사 가운데 미국 정부 패들이 이란이나 이라크를 침공하면서, 군 장성이나 그런 따위 깡
패들이 군인들을 정렬해 놓고 하느님이나 예수를 찾아 기도하는 꼴을 보면 욕지기가 난다. 그
것은 꼭 코미디를 보는 느낌이다. 영국에 상륙한 기독교 사상 가운데서 유독 폭력적이고 살육
을 즐기던 앵글로 색슨 족들이 신약성경에 나오는 상냥한 기질의 예수 그리스도나 성모 마리
아에게 속지 않고 폭력적인 야훼 쪽으로 쏠리는 구약성경 믿음을 키워나갔다는 이야기를 그리
스의 작가 카잔차키스는 그의 『영국기행』(열린책들, 2008), 41~42쪽에서 하고 있다. 믿음이
란 으레 모두 다들 제멋대로일 뿐이다.

다. 그러기 때문에 사람과 사람 사이에 벌이는 전쟁이나 싸움질은 이 땅 차지하기가 가장 큰 목적이다. 땅 위나 그 속에 우리들 삶의 근원이 담겨 있으니까! 집단경쟁이나 싸움은 늘 이런 두려움이나 욕망이 뭉쳐 이루어진다. 사람들을 하나로 뭉치게 하는 데 믿음만큼 큰 힘은 없다. 믿음에는 일정한 근거가 있어야 한다. 신비한 어떤 것은 늘 이런 믿음 틀에 양념으로 따라붙는다. 믿음의 꼭짓점을 종교라 이르면, 이른바 유대인 그들이 성경이라고 세상에 퍼뜨린 『신구약』을 보면, 처음부터 끝까지 남을 멸망시키거나 죽이고 빼앗는, 그런 이야기 틀로 되어 있다. 유대인 영웅 전설들은 곧 성경 속에 담긴 그들 조상 숭배로 이루어진 것이어서 성경이란 곧 유대인들의 가승家乘이자 족보이다. 게다가 그들이 만들어 사용한 십자가라는 흉기 상징 또한 오래전부터 제국주의가 짊어져야 할 원죄의 원조로 작용하면서 부풀려 왔다. 『아랍인의 눈으로 본 십자군 전쟁』속에 그려진, 각종 종족과 종파들이 서로에게 저지르던, 가진 악행과 야만스러운 이야기들은, 각기 자기식 믿음 틀을 짊어진 채, 마음 놓고 악행을 저지르려는 사람됨의 치사하고 더러운 악마성이 어떻게 눈가리개로 십자가를 짊어졌느냐가 잘 들어난다.

1096년부터 예루살렘 성지를 탈환한다는 명분으로 일으킨 유럽의 이른바 십자군 전쟁은 그야말로 기독교 역사의 뻔뻔스럽고 더러운 행악이었다. 이 전쟁을 일으킨 이들은 모두 다 하나님을 믿는다는 예수 이름 밑에 숨어 탐욕을 채우려는 악당들이었다. 악당들은 늘 이런 따위 참혹한 살육전쟁을 즐긴다. 교황 우르반Urban 2세가 선동하여 일으켰던 이 유럽의 광기는 우리 나라로 치면 고릿적 사건이었다. 이 전쟁은 물경 174년을 끌어 온 전쟁이었으니, 예수님, 그가 정말 하나님 오른 편에 앉아 있었다면, 그이야 말로 이런 따위 행악질에 얼마나 괴로웠을까? 예수 그가 못박혀 죽었던 그 십자가 문양을 등에 진 농민 십자군 패와 황제 십자군 패들의 살육행위 이야기는 지금 읽어도 머리털이 곤두선다. 여인을 겁탈하여 죽이고 아이들은 성밖에 내던져 죽이고 집집마다 불을 질러 태워 죽이는 이런 전쟁을 성전이라고 말해도 될까? 위에 불러들인 아민 말루프가 쓰고 김미선이 옮긴 『아랍인의 눈으로 본 십자군 전쟁』 어느 쪽에는 이들 프랑코 원정대들이 사람의 살을 뜯어먹는 장면 이야기도 나온다. 아이들을 불에 구워 먹었다는 장면에 오면 서양인들이 아프리카나 아시아인들을 야만이라고 부르며 침략행위를 일삼던 야만성이 무엇인지를 몸으로 직접 느끼게 된다. 모두 다 믿음이라는 광기를 통해 그런 일들은 저질러진다. 십자군 전쟁을 종식시킨 살라딘이라는 이라크(티그리트 사람) 이야기는 이 십자군 전쟁에서 가장 크게 뛰어오른 문학적 재료가 되어있다. 그와 관련한 이야기 하나를 옮겨 보이면 이렇다.

두 기사단은 무모함과 신앙에 대한 열정 때문에 중죄로 다스려졌다. 포로로 잡힌 구흑사단과 성전기사단의 기사들은 모두 처형되었고, 그 수는 200여명에 이르렀다. 하지만 왕과 고관들은 훌륭한 대접을 받으며 다마스쿠스로 보내졌다. '3만 명'의 기독교도가 죽었다고 알려진 그 피비린내 나는 전투의 흔적은 그 후에도 오랫동안 전장에 남아 있었다. 산더미같이 쌓인 하얀 뼈 무더기는 1년이 지난 뒤에도 저 먼 곳에서 보일 정도였고, 언덕과 계곡에는 맹수들이 남겨놓은 유골들이 어수선하게 널려 있었다.

예루살렘의 기독교 왕국을 전복시킨 그 전투 장면은 수세기 동안 전통으로 축성되었다. 그리고 구세주 그리스도가 사람들에게 평화의 복을 가르치신 팔복산으로 믿어지던 '히틴의 뿔'은 지금 '평화'가 아닌 '검'의 중인이 되어 있다.[17]

예수 그는 그의 참혹한 죽음 이후 수많은 숭배자들에 의해서 지나치게 이용된 성인이었다. 그에 이어진 제자들과 그 스승을 모신 성전이라는 교황청과 역대 교황들은 어쩌면 예수를 잇는 성인들일 터이지만, 도킨스의 빈정댐처럼, 그것은 인간의 상상력에 의해 만들어진 관념의 성채일 뿐일지 모른다. 누구도 신이나 하느님을 본 사람은 없고 또 보이지도 않는 존재가 하느님이거나 신일 터이다. 그래서 믿음에 관한 한 어느 누구의 어떤 믿음이든 남에게 공격받거나 비판받아서는 안 되는 존엄한 것이다. 그러나 따져보는 문제는 인문학의 정신적 흐름으로 어쩌면 당연한 물음으로 살아날 수밖에 없다. '참'이거나 '진실'이 문제인 한 따져 묻는 물음에서 자유로운 주제란 없다.

3. 성인의 맨 얼굴

1) 예수

앞에서 슬쩍 내비친 이른바 우리가 믿어 온 네 명의 성인들에 대한 이야기를 하여 그들의 맨 얼굴이 어떠했는지를 살펴보는

---

17 스탠리 레인 풀 지음, 이순호 옮김, 『살라딘』(갈라파고스, 2003), 150~151쪽.

일이야말로 이 글의 목적이다. 문제는 그들을 나나 그대 또는 우리가 누구도 본적이 없고 또 만난 사람도 없다는 데 있다. 요즘 각종 광적인 기독교 종파에서 예수를 영접한다는 여러 꼴의 기도행사들을 벌이지만 내 눈에 그것들은 다들 코미디에 속한다. 성인 장사치들은 어느 시대에나 있어 왔다. 심지어는 예수 당년에도 사두개 파나 바리새파들 이익집단에 속한 이들은 모두 다 야훼 하나님 장사치들이었다고 나는 읽는다. 이런 예수 장사치들을 있게 한 예수의 맨 얼굴이 어떤 것이었는지부터 살펴보기로 한다. 예수를 성인으로 읽는 이유는 뭘까? 그가 짊어졌다고 교인들이 그처럼 잘도 뇌까리는 십자가의 뜻은 무엇인가? 고난! 1941년도에 쓴 윤동주의 절묘한 시 「십자가」가 있지만 나는 윤동주, 그와는 아주 다른 사람이다. 나는 스스로 무신론자를 자처하며 기독교 신앙에 대해서는 늘 떨떠름하게 생각하는 개자식이다. 내가 쓴 시 「십자가」는 이렇다.

십자가(1135)

대도시 서울은 교회당마다 밤이 되면 무덤표지로 온통 발갛다.

빨간 십자가 불빛 속에 텅 빈 의자와 하느님만 분주하다.

유대인들이 만들어 퍼뜨린 예수 장사, 싸게 너무 싸게 파는 장사꾼들 머리로 향한 십자가 끝 그게 하늘이고 내리그은 아래 땅 하늘로 이은 땅 그 한복판에 서서 똑바로 벌려 팔 뻗으면 이웃인 너와 그가 울부짖으며 한숨 쉬며 어깨를 들썩인다.

예수 죽이던 부라퀴 창으로 가녀린 청년 예수 옆구리 찔러

피가 흐르니

가시 모자 쓴 이마의 피와 같이 사두개다, 새누리다, 바리새다

판검사다 모두 다 피바다에 먹이 찾아 두릿두릿 지옥영혼 지천이다

대도시 곳곳마다 밤만 되면 피어오르는 십자가 무덤 표지 어둡다.

지옥이 따로 없다. 사두개며 새누리여 바리새며 판검사여,

아아 권력 발길 나발 불며 앞장선 이여 십자가에 흥건히 흘린 피

예수 피 양식 삼아 눈 빛내며 천국자리 보아두느라 바쁜 새 누리여!

유대인 예수 장사 보따리 주저리주저리 물려받은 조선의 양치기여,

무신론자 하나 이 세상에 나타나 그가 곧 하나님 아들 하느님이라

외쳐 가로되 너희가 몰래 쌓아 뭉은 재산 다 바쳐 가난하여라

그리하면 너희가 천국을 차지하리니! 정말 그들이 천국 차지할까?

이미 차지한 천국은 어쩌나? 강남 땅 이곳저곳 요지마다 점 찍어 놓고

십자가 열쇠 고리 지갑통장 숫자로만 한발은 되게 긴 은행잔고 수북수북

수치가 아까워, 아까워 지상천국 만들려 저리 드높은 빌딩 십자가에

대포까지 만들어 바친 헌금은 얼마냐? 돈 버느라 발바닥 다 닳아 닳아

울부짖는 회개 소리 천지 다 떠내려가도 그들은 이미 천국 속에 있었나니.

부끄러움은 이미 개가 물어 간지 오래였나니 십자가만 홀로 참 외롭구나.

예수를 그리스도라 일컬으며 전 세계에 퍼뜨려 내보낸 그 예수는 정말 살아 있었던 인물일까? 믿음 틀(종교) 문제는 믿는 자들과 안 믿는 이들로 갈린다. 믿는 자들에게 예수 생애는 그를 증거한다고 믿는 『성경』 속의 말씀으로 끝이다. 예수 생애는 네 복음서에 기록된 그대로 믿기만 하면 된다는 것이다. 그러나 믿지 않는 패들의 논리는 엄정하고도 현실적이다.[18] 리처드 도킨스가 논박하는 예수 부정 이론을 옆구리에 낀 다음, 나는 성경 속에 그려져 있는 예수를 이야기하면서 그가 정말로 살았었고 또 당대의 권력자 악당들에게 죽임당한 지 사흘 만에 다시 살아나, 우리가 저지르는 모든 죄악을 구원하러 왔다는 것을, 인정하려고 한다. 이 기록은 참으로 깊은 뜻을 지니고 있다. 그러나 그 기록의 중요한 대목을 가지고 나는 그가 진짜 성인聖人의 요건을 어떻게 갖췄는지 또 지성인 됨에 맞는 인물이었는지 그의 한 살이 이야기로 내보이고자 한다. 성인됨의 요건을 예수 생애에서 찾겠다는 것이 이 글의 요지라는 말이다. 그의 기적 부림이나 특이한 출생 따위 그런 신이한 이야기에 나는 별 관심이 없다.

나는 기독교 정신을 가지고 설립한 연세대학교에서 내 생애의

---

18 리처드 도킨스, 이한음 옮김, 『만들어진 신』(김영사, 2007) 참조. 이 책 122~135쪽에는 토마스 아퀴나스가 논증했다고 주장한 '증명' 다섯 조항을 조목조목 들어 그게 다 엉터리라고 반박한다. 부동의 원동자 이론, 원인 없는 원인론, 우주론적 논증과 정도 논증, 그리고 목적론적 논증, 이 모든 게 사실은 논리에도 맞지 않는다고 도킨스는 논박하고 있다. 과학과 종교는 어떻게 만나고 헤어져야 할까?

대부분을 보낸 사람이다. 연세대 부총장을 지냈고 목양교회 목사로 재직하였던 김찬국 목사에게 세례까지 받았다. 그런데 나의 어머니(한백옥)는 서울시 성북구 정릉에 있는 오래된 사찰 〈경국사〉에 가서 내 이름을 올려놓고 108배를 올리면서 자기 자식이 쫓겨난 대학교에서 다시 불러주기를 간절하게 빌고 빌었던 적이 있었다. 그래서 복직한 대학교 교직원 인사카드에 적으라는 종교 난에 무심하게 불교라고 썼다가, 그만 목사 교무처장 눈에 띄어 다시 쫓겨나는 수모를 받아야 했었다.[19] 그러나 나는 무신론자임을 자처하면서도 인간 예수라는 인물을 깊이 믿으며 또한 그를 사랑하는 사람이기도 하다. 왜 그런지 나는 그 이유를 대겠다.

독일 사람인 아퀴나스는 1904년 5월 4일 독일 뮌스터란트Munsterland의 작은 마을 엘테Elte bei Rhein에서 태어났다. 베를린대학교와 뮌스터대학교에서 철학, 법학, 사회학을 전공한 사람이다. 나는 그가 내세워 논증한 말들 같은 것은 믿지도 않고 별로 대단하다고도 생각하지 않는다. 그러나 기독교 신앙이 깊은 사람들은 이 아퀴나스를 성인으로 받들어 그의 모든 말들을 금처럼 믿는다. 그가 논증하려고 했다는 이른바 '원인없는 원인'이론에서 그는 이렇게 말했다고 한다.[20]

---

19 나는 그 목사를 당시에는 물론이고 지금까지도 끝끝내 멸시하는 마음을 버리지 않고 지내왔다. 이름은 잊었다. 그런 비지성인 따위를 내가 기억해서 무얼 하겠는가? 믿는 사람들의 도저하고 강팍한 성품은 참 무섭기 짝이 없다. 천국을 제 집이라고 굳게 믿는 패이니 그럴만도 하겠지만!

20 신을 논증한다는 것만큼 부질없고 쓸데없는 일이 어디 있을까? 보이지도 들을 수도 만질 수도 없는 것을 신이라고 한다면 그걸 무엇으로 증명하겠는가? 차라리 1960년대 조선의 최제우가 인간이 곧 하늘님이라고 주장한 외침이 더욱 신적이고 인간적이지 않는가? 서양 패들의 사기술은 알면 알수록 우습다는 생각을 떨칠 수가 없다.

자체가 원인인 것은 없다. 모든 결과에는 그보다 앞선 원인이 있으며, 여기서도 우리는 회귀의 압박을 받는다. 그것은 최초의 원인을 통해 종식되어야 하며, 우리는 그것을 신이라고 부른다.

모든 앎 꾼들은 다들 뭔가 자기 삶의 모든 것을 아는 체하려고 한다. 안다는 것 그것이야말로 다른 사람들 위에 올라타는 권력이자 힘이다. 어느 지역을 개발힐 터인데 그곳 땅값은 천정부지로 올라갈 터이니 미리미리 그 땅을 많이 잔뜩 사두어라 그러면 저절로 돈은 들어온다. 그게 한국 현대사의 더럽고 사악한 앎의 추락사건이었다. 미리 그 땅에 개발꾼들이 모이면 앎은 엄청난 돈을 불려주는 권력으로 불어나게 된다. 도대체 이 무슨 해괴하고 더러운 삶의 역사란 말인가? 현재 이 나라 부자라는 패들 쳐놓고 그런 땅 투기꾼 아니었던 사람이 하나라도 있을까? 땅에서 불린 돈은 다시 새끼를 치는 돈놀이로 바뀐다. 은행 부라퀴들의 돈 놀이 지랄들이 이 시대 문명을 병들게 한 가장 큰 질병 근원이었다. 누군들 그걸 모를까? 정말 잘들 그걸 알고 있을까? 푸꼬식으로 말해 그들은 모두 다 미친 새끼들이다. 그들은 자기 스스로 엄청난 존재라는 믿음 속에 꼼짝없이 갇힌다. 돈 버는 능력, 사회적 지위가 까마득하게 높다는 착각, 게다가 하느님의 가호를 가장 많이 받고 있다는 자기 최면에 빠져 지나치게 굳어버린 믿음 따위가 다 이런 정신병의 일종이다. 푸코는 이런 말로 정신병 이야기를 하고 있다.

종교적인 믿음들은 어떤 환각작용과 정신착란에도 적합한

환상적인 환경과 상상의 지평을 좋아한다. 오랫동안 의사들은 지나치게 강한 헌신과 신념에 대해서 의혹을 품어왔다. 지나치게 엄격한 도덕성, 구원과 내세의 삶에 대한 지나친 걱정은 종종 우울증에서 기인한다고 생각되었다.[21]

사람이란 권력의지를 지닌 존재라고 떠든 철학자들은 대체로 독일에서 태어났거나 살았던 패들이다. 왕권이라는 권력에 짓눌리다 못해 들고 일어난 평범하되 가장 뛰어나게 아름다운 인생들을 권력패들은 짓밟아 뭉개고 그들이 애써 일궈놓는 재물을 빼앗아 챙기며 예쁜 여성들을 잡아다 성욕을 맘 놓고 풀며 가진 악행을 다 저지른다. 그게 인류 역사의 참혹한 발걸음이었다. 왕이라는 개새끼들이나 오늘날 대통령, 주석 따위 그런 날강도 패들에게 인민은 늘 그렇게 겁탈 당하였고 아내나 딸들을 빼앗겼다. 참혹하고 더러운 인류 역사였다. 성인이나 지성인은 그런 악행에 맞선 존재들이다. 예수가 위대하고 또 신이라는 믿음을 준 것은 그런 악행에 맞선 사람이었기 때문이다. 예수는 가난한 목공의 아들이었다고 쓴 예수 이야기가 성경에 있다. 알게 뭔가? 정말 그런 인물이 있었나? 악당들의 행악 앞에서 사람들은 그런 더러운 악마들을 때려잡을 신이 필요하다. 아니 영웅이기도 하고 지도자이기도 하며 이웃이기도 하다. 예수는 우리 가난하고 삶이 슬프며 늘 외로운 존재의 이웃이었다고 성경 기록자들은 쓰고 싶었던 것이다. 로마의 날강도들이 전 유럽을 쑥밭처럼 짓밟아 점령, 가진 악행을 저질렀을 때, 누군가는 나타나 이런 더

---

21 미셸 푸코 지음, 김부용 옮김, 『광기의 역사』(인간사랑, 1991), 213쪽.

러운 악마들을 패대기 칠만한 힘을 지닌 이들이 나타나기를 바라고 빌고 울부짖는다. 안 그런가?

그런가 하면, 악마 한국 토박이말로 부라퀴들은, 일종의 겁쟁이들일 뿐이다. 겁이 가장 많고 두려움에 늘 깊은 밤잠 들기를 힘들어 하는 인물이 곧 왕이나 그를 따르는 양반 따위 계급이 높다고 착각하는 부자들이나 아닐까? 19세기 프랑스 낭만파 여성 작가 가운데, 바람둥이로 이름을 떨쳤던, 조르즈 상드는 이런 말로 그런 부자들의 정신적 허점과 사악함의 반대급부에 대해 썼다. 그걸 사악한 부자들에 대한 비웃음이라고 읽을 수만은 없는 일이다. 상드 그 자신도 글을 써서 엄청난 돈을 모아 거대한 저택을 짓고 마음에 드는 예술가만 보면 만나는 족족 대담하게 사랑을 실천하였던 모양이다. 그도 이젠 이 지구 위에 없다.

> 예술이 그들에게 사회 계급을 무너뜨릴 순간을 기다리며 비밀리에 조금씩 조금씩 음모를 꾸미는 것을 보여준 그 어떤 농민 폭동에 대한 생각을 떨쳐버리기 위해, 현대의 사악한 부자들은 요새를 쌓고 대포를 만들기를 바란다. 중세기의 교회는 면죄부를 파는 것으로 이 땅의 세력가들의 공포를 어루만져 주었고, 현대의 정부는 헌병과 간수를 많이 두고 총검과 감옥을 많이 만드는 데 드는 비용을 부담하게 함으로써 부자들의 불안을 가라앉혀 준다.[22]

---

22 조르즈 상드 지음, 이재희 옮김, 『마의 늪 사랑의 요정』(우아당, 1987), 13쪽. 이 이야기는 하도 명쾌해서 나는 2011년 9월 어느 글(「때와 곳이 겹친 예술론」, 김봉준 화백 전시회에서 발표한 글)에서 인용한 적이 있다. 창피하지만 한 말 또 한다는 부끄러움을 무릅쓰고 이 사실을 밝힌다.

엉뚱한 이야기가 너무 길고 많았지만, 이야기 본 줄기는, 성인의 맨 얼굴에 다가서는 참이었다. 그 첫째로 나는 예수의 맨 얼굴에 다가서겠다고 앞에서 썼다. 그러나 기원전 5년 또는 7년에 태어나 살았던 사람이라는 그의 맨얼굴을 무슨 수로 그려낼 수 있다는 말인가? 남에 대한 얼굴 그리기란, 직접 보았거니 보지 않았거나, 그냥 주관적인 내 방식으로 안다는 것을 그려낼 뿐이다. 그리고 사물의 진짜 모습을 우리가 알아챌 수나 있는 걸까? 보이는 것만 보고 또 보고 싶은 것만 보는 게 인간들이 행하는 앎의 전부가 아닐 것인가? 게다가 우리가 보는 것도 정말로 완전히 똑바로 볼 수나 있는 것일까? 어둡고 순간적으로 휙 날아가버리고 마는 티미한 존재, 그 있음 그림자! 그러나 우리 머릿속에는 4대 성인이라는 예수의 상이 꽤 짙게 들어와 있다. 범속한 세상에 알려진 대로 나는 성인의 한 사람인 예수의 맨 얼굴을 찾아 나선 판이다. 예수 그는 어떤 사람이었나? 그리고 그는 정말 신神이었나? 그에 대한 증언 기록은 상당히 많이 소개되어 있다. 그러나 그 많은 소개 자체가 신비에 쌓여 있는데다 말씀 자체가 은유나 비유법으로 되어 있어서 곧장 알아차리기가 어렵게 되어 있다. 믿느냐 안 믿느냐의 문제는 이미 앞에서도 밝혔듯이 각종 종교현상이 바로 그런 인간의 허점에서 비롯된 어떤 무엇이 아닌가? 예수는 누구인가?

첫째 그는 이스라엘의 변두리에서 낳고 자란 사람이었다. 그의 탄생지에 대한 성서학자들의 견해는 몇 가지로 갈리는 모양이다. 갈릴 수밖에 없는 것이 예수 그에 대한 정확한 기록은 사실 없다는 것이 역사학자들의 증언이다. 그는 베들레헴의 한 마굿간에서 태어났다.[23] 그리고 그의 출생과 함께 기이한 별빛이 비쳤다. 그래서 이런 신이한 신의 이야기 신화를 그들은 〈베들레헴의 별〉로 이름 붙여 놓았다. 나사렛에서 자란 그는 의붓아버지 요셉[24]의 직업인 목수 일을 함께 하였다. 그는 그가 택한 직업조차, 귀족이 하는 일도 아니었다. 그는 가난한 목수였다. 성인이나 지성인 됨의 핵심은 여기에 있다. 왕자였던 샤키아모니釋迦牟尼 이야기는 다른 가락으로 이야기 실을 뽑아내야 될 터이다.

둘째, 예수는 나사렛에서 자란 뒤 출기히여 여기저기 떠돌면서 많은 사람들에게 참 삶에 대한 가르침을 펼쳤다. 이이의 행적을 기록한 성경의 이 장면을 인용해 보이면 이렇다.

> 예수께서 온 갈릴레아를 두루 다니시며 회당에서 가르치시고 하늘나라의 복음을 선포하시며 백성 가운데서 병자와 허약한 사람들은 모두 고쳐주셨다. 예수의 소문이 온 시리아에 퍼지자 사람들은 갖가지 병에 걸려 신음하는 환자들과 마귀 들린 사람들과 간질병자과 중풍병자들을 예수께 데려왔다. 예수께서는 그들도 모두 고쳐주셨다. 그러자 갈릴레아와 데카폴리스와 예루살렘과 유다와 요르단강 건너편에서 온 많은

---

23 이때 하늘에 기이하게 빛나는 별이 나타나 팔레스타인 헤로데스 1세 왕이 이를 불안하게 여겨 갓난아기들을 죽이도록 명령하였다는 기록이 「마태복음」 2장 1절에서 12절까지 나온다. 왕은 그가 누구든지 그냥 날강도나 다름없는 나쁜 종자들이다. 늘 남위에 올라타려는 종자가 악마 아니고 무엇인가? 왕이라는 이름의 증거 기록은 모든 역사기록의 빠지지 않는 방식인데 이것부터 인간됨의 비참한 자기 기피현상이라고 나는 읽는다.

24 요셉을 예수의 의붓아버지라고 부르는 이유는, 예수 모친 마리아는 그와 성관계를 갖지 않고, 성령으로 예수를 배었다고 주장하고 있기 때문이다. 신비한 출생 그것은 신화의 일반적인 화법이다. 신비체험이란 신화나 종교의 빠지지 않는 말투, 화법이다.

무리가 예수를 따랐다.(-마태오 4장 23-25 ~루가 6:17-19-)[25]

  이런 사적들을 참조할 때 정말 예수가 있었다면 그는 분명하게도 병든 사람, 마귀 들린 사람(요즘 말로하면 정신병자들 아닌가?) 간질병에 걸려 몸을 뒤트는 사람, 중풍환자들을 고쳐 주고 있다. 사람의 고통은 질병과 늘 짝을 이룬다. 헐벗고 굶주린 사람, 그래서 병에 걸린 사람들, 그들의 삶은 누가 돌보며 그 아픔을 함께 견뎌주나? 예수는 그런 사람이었다고 기록하고 있다. 거기다가 그는 마치 종합병원의 수퍼맨 의사처럼 모든 질병을 다 쉽게 고쳐주었다고 기록하고 있다. 정말 그런 사람이 있을까? 없다. 그러니까 그는 하느님이고 신이다. 약자는 늘 이런 신이 나타나 자기를 구원해 주기를 꿈꾸고 바란다. 그래서 예수는 병들고 헐벗었으며 굶주린 사람들의 신이자 하나님 되기에 충분하다. 믿느냐 아니냐의 문제이기는 하지만, 그는 믿는 이들에게 뿐 아니라 지식인 척도로 읽어도, 성인이자 하나님임에 틀림없다. 누가 이 세상을 그렇게 사랑하여 헐벗고 굶주리며 절망에 빠진 채 외로워하는 사람 편에 손을 대어 치유의 눈길을 주겠는가? 신이나 하나님 아니고 누가 그러겠는가? 문학적 진실로 따져 읽더라도 그는 성인이자 하나님이라고 나는 생각한다.[26]

---

25 성서, 대한성서공회 발행 공동번역 1977년도 판 신약성서, 7쪽과 같은 복음서 15절-27에도 곰배팔이와 벙어리를 고쳐주는 신이한 행적이 기록되어 있다. 32쪽 참조

26 그러나 그가 이 굳은 땅에 만들어 세웠다고 제자들 말로 널리 퍼트려 만든 교회와 거기 기생하는 모든 업종들의 권위를 나는 믿지 않는다. 그것은 그냥 직업으로 바뀐 예수 산업으로 읽히기 때문이다. 직업으로서의 예수 신격화 명패는, 유럽에서 오랜 동안 권력으로 군림해왔고 지금은 전 세계로 번져 군림하고 있다. 한국 도시 곳곳마다 번쩍이는 교회당 뾰족탑의 위용과 권위에 누가 감히 맞서랴! 그런 하느님이 정말 계시다면 얼마나 좋을까? 그러나 나는 그런 권위를 믿지 않는다.

셋째 예수는 늘 바른말과 거기 맞는 행동으로 뭇 사람들을 가르쳤기 때문에 당대 많은 권력자들에게 미움 받았다. 모든 현세적인 권력자들은 빼어난 정신으로 사람들을 사랑하는 인물을 두려워한다. 그 두려움은 폭력으로 되어 그런 성인이나 지성인을 잡아 죽이거나 가둔다. 그게 우리가 지켜본 인류 역사의 서글픈 함정이었다. 예수가 살았다던 기원전 4~7년, 그리고 2013년 전 유대 땅에서 실권을 누리던 당대 권력자들은 누구였나? 예루살렘 성전을 쌓아놓고 헌금으로 땅과 재산을 넓히면서 번쩍이는 권력 서열 맨 꼭대기에 있었던 성직자들 그들이 권력자들 아니었나? 유대 땅을 점령하여 식민지로 개척한 로마 군단의 제국주의 권력패들과 거기 영합한 유대 권력자들, 이른바 예수 생전에 예루살렘 성전 지성소를 관리한다던 대제사장 안나스 일파는 하느님 이름 팔아 챙기는 권력자 아니었나? 예수는 그들에게 죽임당했다. 이 장면에 대한 성경기록은 이렇다.

십자가에 못박히신 예수(마테오 27:32-44; 루가 23:43; 요한 19:17-27)

그들은 예수를 끌고 골고타라는 곳으로 갔다. 골고타는 해골산이라는 뜻이다. 그들은 포도주에 몰약을 타서 예수께 주었으나 예수께서는 드시지 않았다. 마침내 그들은 예수를 십자가에 못박았다. 그리고 주사위를 던져 각자의 몫을 정하여 예수의 옷을 나누어 가졌다. 예수를 십자가에 못박은 때는 아침 아홉시였다. 예수의 죄목을 적은 명패에는 '유다인의 왕'이라고 씌어 있었다.

예수와 함께 강도 두 사람도 십자가형을 받았는데 하나는 그의 오른 편에 다른 하나는 왼편에 달렸다. 지나가던 사람들이 머리를 흔들며 하하, '너는 성전을 헐고 사흘 안에 다시 짓는다 더니 십자가에서 내려 와 네 목숨이나 건져 보아라'하며 모욕 하였다. 같은 모양으로 대제사장들과 율법학자들도 조롱하며 '남을 살리면서 자기는 살리지 못하는구나! 어디 이스라엘의 왕 그리스도가 지금 십자가에서 내려오나 보자. 그렇게만 한 다면 우린들 안 믿을 수가 있겠느냐?' 하고 서로 지껄였다. 예 수와 함께 십자가에 달린 자들까지도 예수를 모욕하였다.[27]

예수는 이렇게, 병들고 헐벗었으며 굶주린 백성들을 구원하기 위해 자신의 온몸을 던져 사람 사랑하는 법을 가르치다가, 탐욕 과 왕권 바이러스에 물든 계급 패들(사두개파나 바리새 파) 들에게, 죄 씌움을 당해 죽임당하였다. 그의 죽음 뒤에 그가 부활하여 권 능을 보여주었다는 설화는 이 성경 바로 뒤쪽에 감동적으로 나 온다. 그러나 이 부분은 종교 및 믿음 차원의 이야기임으로 성인 으로서의 그를 따지는 내 이야기에서는 눈길 줄 생각이 없다. **믿 음과 안 믿음의 문제는, 그냥 인간이 건너편 강둑에 마주선 채, 남끼리 자기 긴장의 펼침 막을 열 수 없는, 꼴 새일 뿐이다.** 예수 라는 하느님이 있다고, 그것도 바로 자기 옆에 늘 지켜서 있다 고, 아주 굳게 믿는 사람 눈에 그걸 안 믿는 사람이 어떻게 보이 겠는가? 천당영복도 영원히 사는 그런 축복도 받지 못하는 저 불 쌍한 인생이 얼마나 가련하고 측은할까? 그리스의 작가 카잔차 키스는 그야말로 신들의 나라 사람이다. 올림포스 신화 이야기

---

27 성서, 앞의 책, 98~99쪽.

와 이후 기독교 하나님이 뒤섞인 그 나라 사람이, 일본을 여행하면서 쓴 그의 일본기행에서, 그는 일본사람들의 믿음 이야기를 이렇게 하고 있다.

신념이 일본인의 혼속에 살고 있는 한 그 신념은 기름지고 위대한 과업을 이룩할 것이다. 망설임과 비난이 시작되면 신념은 미신으로 전락하고 수치스럽게 아무것도 낳지 못할 것이다. 그럴 경우 일본인의 혼이 아직 강하다면 다른 신념을 품을 것이다. 그리하여 다시 구원을 받고 업적을 낳을 것이다.[28]

일본은 봉건 영주들이 떠받들어 모신 천황이라는 신神을 모시고 사는 나라이다. 그곳의 날강도패들은 칼잡이 무사들을 무장시킨 채 이른바 무사도武士道라는 믿음宗敎을 만들어 세뇌시켰다. 그들이 믿음으로 삼았던 엄격한 계율은 어떠한가? 그리스인 카잔차키스가 그 우선순위대로 적은 것을 보이면 이렇다.

1. 명예와 책임 2. 천황에 대한 무조건적인 복종 3. 대담성, 죽음에 대한 경멸, 어느 순간이라도 죽을 각오가 되어 있어야 함. 4. 심신의 혹독한 단련 5. 친구에 대한 품위 있고 친절한 태도 6. 적에 대한 무자비한 복수 7. 관대함(인색함은 비겁함의 한 형태이다)[29]

---

28 카잔차키스 지음, 이종인 옮김, 『일본·중국기행』(열린책들, 2008), 156쪽.
29 위의 책, 146쪽.

저런 엄청난 믿음으로 세뇌되고 길들여진 종족을 이웃해 산다는 것은 참 불행하다. 신라적 이야기를 기록한 『삼국유사』 이야기 곳곳에는 주기적으로 이 나라를 몰래 쳐들어와 부녀자를 납치하거나 물질을 노략질해 가는 왜구에 대한 기록이 있다. 그런 옛 역사사실 말고도 우리는 우리 역사 바로 코앞에서 겪어내야 했던 왜제 36년의 아픈 흔적이 이 나라 곳곳 남아 있다. 엉뚱하게도 그리스 현대작가 카잔차키스의 『일본기행』에서 우리는 그들 일본인들이 저런 비철학적이고 야만스런 신념을 길러 백성들에게 심는 세뇌교육을 일삼아 왔다는 것을 알게 되고는 머리털이 곤두선다. 아시아는 그들 일본이 해방시킬 땅이라는 믿음을 일본인들은 지니고 있다고 이 작가는 썼다.[30] 믿음은 때에 따라서 사람을 괴물처럼 변종시킨다. 예수를 그렇게 믿음 틀의 강고한 꼭짓점에 올려 종교로 만들어 놓은 유럽 역사를 살펴보면, 그런 믿음을 의지해서 저지른 흉악한 악행들을 보고, 그 예수의 착한 교훈이라는 게 실은, 다 헛것이라는 결론에 도달한다. 그러나 예수가 성인이라는 점에는 의심의 여지가 없다. 예수 그를 요약 정리해 보이면 이렇다. 그는 오늘날 정치패들이 딱지를 자주 붙이곤 하는 **극좌파에다 빨갱이**에 속했던 인물이다. 왜? 늘 그는 약자 편에 서서 그들을 불쌍히 여겼고 그들 가난하고 굶주리며 슬퍼하는 이들을 위해 목숨을 바쳤기 때문이다. 그를 죽인 자들 패거리가 누구였나? 오늘날식으로 따지면 극우파에다 혼자만 배터지게 대대로 먹고살겠다고 가진 술수를 다 쓰는 악당들

---

30 카잔차키스, 위의 책, 186~192쪽 참조. 이 장의 대화내용은 박경리의 일본론과 통하는 바가 있어 놀랍다. 머리털 곤두서는 왜식 자만심과 독선이 이 이야기 속에 들어 있다.

이었다. 앞에서 나는 19세기 프랑스의 작가 조르즈 상드 이야기로 이런 극우파들의 비겁함과 천한 술수를 옮겨 보여준 적이 있었다. 사두개파 바리새파! 다들 자기 이익에 맞추어 살았던 패들이 바로 죄 없는 예수를 죽인 살인자들 아니었나? 어느 시대에나 성인을 만드는 것은 부라퀴들이다. 성인이나 지성인이란 부라퀴들의 악행을 바로잡고자, 바른 길로 자기 생애를 곧장 내닫던 사람들이었다. 그렇게 내닫다가 그들은 악당들에게 쫓겨나거나 죽임을 낭한다. 4대 성인이라고 우리가 빋고 있는 이들은 다 태어난 곳이나 태어난 때가 모두 다르다. 그러나 그들의 공통적인 생애는 그들이 다 당대 자기 이웃에게 쫓겨나고 비웃음 받았으며, 폭력에 시달리다가, 마침내 죽임당하는 형편이 비슷하다. 왜 그럴까? 나는 그걸 다시 찾아 나선 길에서 서성거리며 중얼거리는 판이다.

2) 공자孔子

중국 노魯나라에서 기원전 551년에 태어난 공자라는 인물 또한 우리는 성인이라고 믿어왔다. 그의 출신 성분 이야기는, 미국에서 공부하여 현재 예일대학교 역사학과에 재직하고 있다고 소개하고 있는, 안핑 친金安平-Annping chin의 『공자평전』 앞머리에서 꼼꼼하고 자세하게 소개하여 풀어 보이고 있다. 공자의 조상은 송나라에서 대대로 고관을 지냈던 집안이었는데 '기원전 7세시 중엽 정치적으로 큰 타격을 입은 후부터' 그는 크게 행세하지 못하여 선비士라는 평민을 겨우 면한 계층에 속하는 사람이었다. 게다가 그의 출생조차 예수와 거의 비슷한 이야기를 지니고 태어났다. 그의 아버지 숙량흘叔梁紇은 군인으로 노나라 지방관을 지내고 있던 무관이었다. 그는 본처에게서 딸 아홉에 첩 소생으로는 다리가 성치 못한 아들이 있어서 늙은 나이에 안顏씨 집안의 나이 어린 딸에게서 자기 아들을 낳아주도록 하였다. 안핑친이 인용한 사마천司馬遷은 공자를 이렇게 기록했다고 인용하고 있다. 맹자孟子나 사마천司馬遷은 다 공자의 제자에 속하는 뒷선비들로, 공자에 대한 기록을 꾸준히 남겨, 공자로 하여금 성인의 반열에 들게 한 공로가 큰 대학자였다. 게다가 맹자는 공자의 손자에게서 배운 제자였다. 사마천의 이야기이다. **"숙량흘이 안씨 집 딸과 야합하여 공자를 잉태했다."** 사마천은 공자를 이렇게 '야합'이라고 써놓고는 정실부인이 아닌 여인에게서 낳은 자식 공자에 대하여 이렇게 보충하여 적어놓고 있다.

> 공자는 니구尼丘라는 산에서 기도하고 공자를 얻었다. 노나라 양공襄公 22년에 공자가 태어났다. 나면서 머리에 우묵한데가 있어 이름을 구丘라고 지었다. 자는 중니仲尼고 성은 공씨다.(『사기』47)[31]

인류역사는 동서양을 막론하고 사람됨을 모두 다 계급으로 매겨, 층층다리로 높은 계급과 낮은 계급, 하층민과 천민 따위로 옭아 묶어 놓은 지옥이었다. 성인이나 지성인의 가장 우울한 깨우침이 바로 이것이었다. 어디를 가나 높은 놈들과 낮은 사람이 있어 노동하는 사람은 언제나 낮은 계급 사람의 몫이었고 노동에 의해 생산되는 곡물이나 자산의 큰 몫은 높은 계급의 나쁜 놈

---

31 안핑 친 지음, 김기협 옮김, 『공자평전』(돌베개, 2011), 37쪽.

들이 차지하게 되어 있었다. 우리가 성인이라고 불러 기리는 인물들의 생애가 다들 그렇듯이 공자의 출생 또한 기박하기 짝이 없다. 그의 어머니 나이 열여섯 살인 안징재顔徵在와 70세 숙량흘叔梁紇의 혼인은 지금 시절에도 기이하기 짝이 없는 야합일 수 있다. 남편과 아내의 나이 차이가 쉰 네 살인 부부 이야기가 바로 공자 생애에 따라붙는 탄생 화법이니, 공자가 기구한 삶을 살았다고 읽는 일은 당연하지 않는가? 2013년 6월 10일 월요일자 〈한겨레〉신문 29쪽 선면에는 계명대 사학과 강판권 교수가 쓴 「나무와 성리학」이라는 글이 있다. 이 글 앞머리에서 강 교수는 공자 탄생을 이렇게 표현하고 있다.

기원전 550년 봄, 안징재는 아침 일찍 일어나 간단히 밥을 먹은 후 시집와서 처음으로 고운 옷을 갈아입었다. 안징재는 한숨을 돌린 후 섬돌에 내려와 사립문 옆 살구나무 앞에서 멈췄다. 살구꽃 봉오리를 한참 동안 바라보았다. 꽃봉오리가 방년 16살인 자신을 닮았다고 생각했다. 그러나 그의 눈가엔 이슬이 맺히기 시작했다. 꽃다운 나이에 자신보다 무려 54살이나 많은 70살 숙량흘에게 시집온 자신이 처량했기 때문이다. 그는 남편을 볼 때마다 가난 때문에 딸을 시집보낸 아버지를 원망했지만, 시집온 이상 남편이 원하는 아들을 낳는 길만이 살길이라는 것을 잘 알고 있었다. 그래서 하루빨리 아들을 낳기 위해 집 근처 니구산에 올라 산신에게 빌기로 마음먹었던 것이다.

그렇게 해서 태어난 사람이 공자였다. 공자는 세 살 적에 아버지가 죽어 어머니 안 씨에게서 글공부를 배웠다. 아버지가 일찍 죽어 남겨진 모자는 어렵게 생활을 꾸려가야 했다. 게다가 어머니마저 공자가 젊을 때 돌아갔다. 그는 열여덟 살에 '병관井官 집안으로 장가들어 곧 아들과 딸 하나를 얻었다.' 이 장면은 예수에 비해 그 삶의 형편이 좀 나은 편에 속하는 것으로 읽힌다. 그는 키가 9척 장신에다가 기골이 장대한 사람으로 사마천은 기록하여 놓았다. (나는 지금 앞에 인용한 안핑 친의 책에서 구체적인 사실기록을 베끼고 있다. 37쪽) 사내로 태어나면 그가 자라서 무엇으로 자기를 세울까 하는 자기 물음이 늘 앞선다. 아니다. 여성도 마찬가지일 터! 자기존재의 '있음값'은 인간이 지닌 가장 순수하고도 엄혹한 물음의 꼭대기이다. 나는 무엇이 될 것인가? 나는 어떻게 살아나갈 것인가? 나는 무엇을 배워 익힐까? 어떤 길로 나갈 것인가? 내가 다 자라 무엇이 되고나면 나는 어떤 자리에 앉아 있을까? 게다가 나는 도대체 누구인가? 그리고 왜 나는 이 세상에 태어났을까? 내 앞길은 정말 어떻게 펼쳐질까? 그런데 나는 결국 늙으면 죽는 것인가? 이 마지막 물음은 사람이 가장 꺼리는 마음어둠에 속한다. 마음에는 밝음과 어둠이 함께 오락가락 한다. 배움은 바로 이 물음 꼭대기에서부터 시작한다.

공자는 옛 사람들이 살았던 자취를 필생 동안 찾아 나설 길로 정했다. 그는 무관 집 자손이어서 장군으로 출세할 것인가 아니면 문관 벼슬길로 나갈 것인가? 또 그게 아니라면 어떤 자기 길이 있을 것인가를 퍽 고심하여 찾아 나선 대학자였다. 그가 살았던 춘추전국春秋戰國 시대야말로 힘 센 날강도들이 횡행하면서, 권력을 키워내느라 죄 없고 힘없는 백성을 쥐어짜던 캄캄한, 바로 그런 삶 판이었다. 이놈이 나타나 사람들을 올라타 죽이고 그가 지녔던 것들을 제 것이라 줄을 그어 뱃구레에 헛기침을 부풀리면, 별안간 또 다른 어느 놈이 나타나 그놈을 죽이고는, 다시 똥 든 뱃구레에 힘을 준다. 패권霸權이라는 말이 응당 그러려니 하고 모든 사람들이 인정할 수밖에 없던 시대, 그런 시대가 중국에서는 춘추전국 시대였다고 전해진다.[32] 공자가 정리하여 편찬한 것으로 알려진 『삼경三經』의 『시경詩經』, 『서경書經』, 『예, 악경禮,樂經』의 내용들을 자세히 검토해 보면 이게 다 권력가진 자의 행패로부터 어떻게 자기를 지켜야하는 지 그자들에게 어떻게 혹독한 행악을 겪었는지 따위를 읊거나 적바림해 놓은 것임을 알 수가 있다. 본래 『시경』은 중국 전역에 퍼져 있던 민요로 채집되어 있던 것만 해도 3천여 수였으나, 공자가 가려 뽑아 305편으로(제목만 있는 시도 여섯 편 있다고 한다), 이른바 가르침 교재로 필요한 육례六禮의 으뜸 자리에 놓았다. 민심이 곧 하늘마음天心이기 때문이다.

춘추전국 시대에 위衛나라 선공宣公을 비난하는 시가 『시경』에는 두 편이 눈에 띈다. 하나는 「숫꿩雄雉」이고 또 하나는 「박은 있는데 잎이 쓰다匏有苦葉」가 있다. 위나라 선공은 왕위를 물려받자마자 채 1년도 안 되어 정鄭나라를 치러 전쟁을 일으켰고 그 가을에는 다시 성郕을 치러 갔으며, 그 다음다음 해에는 송宋나라와 함께 다시 정鄭나라를 치러 갔다. 이렇게 왕이라는 이 선공은 애꿎은 젊은이들만 전쟁터에 나가 집에 남은 부모와 아내들

---

32 그러나 나는 지금 우리가 살고 있는 이 시대 또한 그때나 별로 다르지 않다고 생각한다. 사람이 본래 그렇게 못된 본성을 몸에 지니고 있지 아니한가? 지금 미국이나 중국 일본 따위 나라들끼리 수군거리며 쑥덕쑥덕 남을 먹으려고, 별의별 방식으로 엿보는 꼴이, 예전 그것과 무엇이 다른가?

의 애를 끊이게 하였다. 그는 호전적이고 음탕하였다. 아버지 장공莊公의 첩이자 자기 서모인 이강夷姜와 정을 통해 아들 급伋을 낳고 아버지가 죽자 이강을 아내로 삼았다. 장자 '급'이 열여섯에 장가들이려고 제齊나라 희공僖公의 장녀 선강宣姜을 맞기로 하였다가, 며느리 될 처자가 뛰어난 미모라는 사자의 말을 듣고 곧바로 제 아내로 가로챈 인물이 위나라 선공이었다. 그런 선공의 날강도 같은 호전성과 음탕함을 빗대어 노래한 시가 「숫꿩雄雉」이다. 기원전 770년경부터 황하를 중심으로 퍼져 있던 고대 북방문학을 집대성한 『시경』 가운데 위의 한 수를 들어 보여, 공자가 꿈꾸던 이 세상 됨됨에 대한 이상향을 엿보이기로 한다.

수꿩이 날아가네雄雉于飛
푸드득 느리게 나는 날개泄泄其羽
내가 생각하는 이여我之懷矣
스스로 어려움만 주는구나自詒伊阻

수꿩이 날아가네雄雉于飛
내리고 오르는 그 소리下上其音
진실로 군자 됨이어展矣君子
정말로 내 마음 걱정스럽네實勞我心
저 해와 달 우러러보니瞻彼日月
멀고 아득한 내 생각悠悠我思
길은 멀다 이르니道之云遠
언제나 올 수 있다 이를까曷云能來

무릇 군자 됨이어百爾君子

덕행을 알지 못하랴不知德行

해치지 않고 탐하지 않으면不忮不求

어찌 좋은 일이 아닐까何用不藏[33]

　기원전 770년 전에 다섯 개 제후 국가를 떠돌며 노래 말로 옮겨 정리하였고, 그것을 정리한 공자가 제자들을 가르칠 때 반드시 읽혔다던 이 민요모음집, 게다가 공자가 직접 가려 뽑았다는, 이 『시경』에 대한 풀이는 상당한 견해들이 따라붙어 있다. 그런데 중국문학을 전공한 소설가 우현민禹玄民이 여러 고전을 뒤져 옮긴 이 책의 「숫꿩」에 나오는 수꿩의 울음소리는 '위'나라 선공이 여자를 즐겁게 하려고 소리 지르는 내용을 담고 있다고 풀었다. 왕이라는 패들의 하는 짓거리에 따라 그들 아래에 짓눌려 사는 백성들의 설움과 시름은 깊어진다. 시경은 널리 알려졌다시피 기원전 1천 1, 2백 년 전부터 중국 북방민족들이 부른 민요에서 비롯된 노래였다. 민간에 퍼지는 노래란 의례 마음속에 담긴 한恨이나 바램, 원망, 한탄, 비판 등을 담고 있다.[34] 위 노래는 남편이 군역에 글려간 뒤에 고향에 남아 남편걱정으로 밤낮을 지새우는 여인의 한이 담겨 있다. 19세기 초 우리나라에, 빼어난 지성인의 한 사람이었던, 다산茶山 정약용丁若鏞이 남긴 시편들 가운데는 바로 이 『시경』에 담긴 민중의 한들이 짙게 담겨 있다.

---

33 우현민 옮김, 『시경 상』(을유문화사, 1987), 125~128쪽.

34 공자가 이 시경을 그렇게 높이 평가하면서 시를 '생각에 사특함이 없다(思無邪)'고 푼 것은 민중의 마음이 그 시 속에 담겨 있다는 것을 깊이 꿰뚫어 읽었기 때문이다.

수평을 가지고 음탕한 왕 도적을 노래한 위 시편에 맞먹는 다산의 시는 여러 편이 있다. 다산의 「기민시饑民詩」 연작이나 「탄빈歎貧」 등 절편들은 공자가 가려 뽑은 『시경』이 내뿜는 시적 담론들에 못잖은 울림을 품고 있다. 위대한 지성인이나 위대한 시인은 그가 살던 시대로부터 버림받거나 내쫓기는 수모를 양식 삼아 큰 발자취를 남긴다. 공자는 가는 곳마다 착한 마음仁을 베풀라는 가르침으로 각국 제후들에게 소근거렸다. 어진 마음이라니! 그러면 내가 늘 꿈꾸어 갖고 싶은 저쪽 나라 땅은 어떻게 빼앗아 챙기나 글쎄? 이런 얼간이 좀 봤나 그래?

공자의 생애와 행적들을 자세히 읽다보면, 오늘날 편벽한 패들이 구분 지어 내치곤 하는, 그야말로 그 또한 얼간이에다가 극좌파 빨갱이에 속하는, 바보에 속한 인물이었다. 앞에서 보인 예수 또한 그렇지가 않았나? 성인이나 지성인의 자격조건은 바로 이런 극좌적인데다가 헐벗고 굶주리며 아픈 사람들 편에 서서 한 치도 눈길을 딴 곳에 두지 않는 사람들이다.

3) 소크라테스Socrates

고대 그리스 사람으로 기원전 470년에 태어난, 소크라테스는 일흔 한 살이 되던 바로 그해에 권력패들로부터 고소를 당해 유죄 판결을 받아 독약을 마시는 형벌로 죽었다. 그의 나이 일흔 한 살이었다. 죄명은 '신들을 모독하고 청년들을 타락시켰다.'는 것이었다. 기원전 사람이니 까마득한 시간의 저쪽 어둠 속에서 그는 중얼거린다. 그가 중얼거렸다는 말을 오늘날 내 말투로 옮겨놓으면 딱 이렇다.

야 이 개자식들아! 네 놈들이 안다는 거 그거 다 개똥이다. 적어도 나는 그런 게 개똥인 것을 알고 있을 뿐 아니라 진짜가 어떤 건지도 나는 잘 안다. 내가 감각을 가져 안다고 하는 것이란 실은 다들 헛 거일 수 있다. 너희 권력패들! 신을 핑계 대어 권력깨나 부려 처먹는 개 새끼들아! 자유? 네 놈들은 노예들이 굽실대며 밭갈이로 벌어들인 곡물들을, 빼앗아 챙겨, 쳐 먹었기에 배가 터질 지경이니까, 네 삶이 자유라고 떠들지? 못 된 놈들! 나는 저에도 내가 뭣도 모른다는 걸 꿰뚫어 안다, 이 개자식들아!

술 잘 마시고 말 깨나 잘 했다던 이 소크라테스를, 사람들은 또 다른 성인으로 지성인으로 믿고, 그의 맑은 정신을 기린다. 그는 당대 권력자들이 내린 독약을 마시고는 죽었다. 이 세상을 살아나가는 사람들은, 기원전 저 나라나 이 나라, 오늘날 저 나라나 이 나라, 가리지 않고 누군가에게 둘러싸인 채 살 수밖에 없다. 싸움패들은 수시로 전쟁을 일으켜 죽이고 빼앗고 불 지르고 겁탈하며 사람 죽이는 재미로 기고만장한다. 그들은 전쟁을 사랑한다. 권력은 곧 전쟁이니까! 펠로폰네소스 전쟁이 소크라테스가 살았던 바로 앞뒤 시대에 벌어졌다. 기원전 431년에서 기원전 404년까지 물경 27년 동안, 이웃 나라 스파르타와 아테네 사이에 벌인 살육전에서 두 나라가 모두 다 졌으면서도 서로 다 이겼다고 주장하는 어이없는 지랄들을 벌였었다.[35] 문제는 이

---

35 투키디데스가 쓰고 박광순이 옮긴 책 『펠로폰네소스 전쟁사』을 오래전에 사 읽고 느낀 점은; 참! 이 그리스 사람들 아가리질들이 참 뻔뻔스럽다는 점이었다. 30여 년 동안 벌인 살육전 결과를 놓고는 스파르타 사람이 나와 떠들기를 제 나라가 이겼다는 것이다. 그 웅변이야말로 도

전쟁이 미치광이 질이라는 사실에 있다.

이 전쟁이 일어났던 때에 소크라테스 그는 살아 세 차례나 참전했다. 플라톤이 쓰고 왕학수가 옮긴 신국판 831쪽 짜리 두툼한 『소크라테스의 변명/국가/향연』(동서문화사 판, 1997년도 초판)에는 왕학수 교수가 심혈을 기울여 풀이해 놓은 이야기로 소크라테스 생애를 속속들이 알게 한다. 그리스는 일찌감치 '폴리스'라는 집단 체제를 귀한 가치로 여겼다고들 지껄인다. 그걸 베껴대어 각 나라 여기저기에다 퍼뜨린 서양학자들 못잖게, 왕 교수도 이 폴리스의 가치를 지키기 위해 개인존재 '나'보다는 사회존재 '나'를 중시했다고, 소크라테스 이야기에 열을 올리고 있다. 이 책 666쪽에 '출정' 장면은 이렇게 나온다.

아테네는 한시도 고요할 틈이 없이 또다시 전쟁의 풍운에 휩싸였다. 그리고 소크라테스는 그러한 소용돌이의 한 가운데서 살아가지 않으면 안 되었다. 그리스에서 전쟁은 잠깐의 평화를 사이에 두면서 계속되고 있었다.

소크라테스는 전 생애에 걸쳐 세 차례나 전쟁에 참가했다. 그는 조국 아테네를 위해 용감하게 나서 혹독한 시간을 인내했던 것이다. 하지만 소크라테스는 그것을 당연하게 생각했을 것이다. 폴리스가 있고 나서 개인이 있는 것이며, 개인이 있고

도하기가 에게 해를 넘실거리는 짓푸른 바다물결 같았다. 그런데 웬걸! 아테네에서 또 한 인물이 나와 지껄이는 웅변은 스파르타 그 놈 못잖게 도도하고 그 열변이 엄청난데 그놈도 제 나라가 이겼다는 거다. 30년 동안 죽고 죽이며 불 지르고 파괴하는 짓거리들을 저질렀으면 다들 쑥밭이 되어 눈물바다를 이뤘을 텐데 승전 자랑만 떠들고 자빠졌었다. 토악질을 참을 수가 없었다. 원 개새끼들 같으니라고!

난 뒤에 폴리스가 있는 것이 아니었기 때문이다. 이것이 당시 아테네 사람들이 지니고 있던 〈폴리스적 윤리관〉이었다.

소크라테스는 기원전 432년에서 429년 사이에 있었던 포티다이아 전투에 참가했다. 그때 그는 서른여덟 살 무렵이었다. 또 그는 이후 기원전 424년의 델리온 전투, 기원전 422년의 암피폴리스 전투에도 나갔다.

그다음 글은 그가 철학자였기 때문에, 전쟁이란 죽고 죽이는 반윤리적인 행악이라는 걸 알면서도 그런 현실을 인정해야 하는, 아이러니에 그가 빠졌으리라는 짐작의 말을 썼다. 나는 왜 이따위로 긴 그리스 전쟁 이야기를 소크라테스 항목에서 끌어내는가? 첫째는 성인의 삶도 우리들 삶과 다르지 않다는 걸 확인하기 위해서이다. 둘째는 성인이 그래도 우리와 뭔가 다른 점이 있을 것이라는 그 무엇을 찾기 위해서이다. 그리고 셋째로는 성인들의 공통점은 어떤 것일까 하는 물음에 답을 주기 위해서이다. 앞 장에서 우리는, 키가 훌쩍 크고 머리통이 울퉁불퉁했던 공부자, 공자가 살았던 춘추전국 시대의 삶 이야기를 좀 하였다. 그런데 소크라테스와 공자는 삶을 누린 생애 기간도 70년을 전후하여 살았으니 살만큼은 살았다는 것이 확인된다, 그런데도 그들을 성인 반열에 올려놓고 뒷사람들이 그들을 떠받든다. 왜 그럴까? 게다가 그들 두 사람은(뒤에서 부처를 덧붙여 보일 터이지만 부처 또한 이 두 성인과 같이) 혼인도 하여 자식들을 낳기도 하였다. 그렇다면 그들의 생애나 우리의 생애가 실은 크게 다르지만은 않다는 것을 알 수가 있다. 그런데 그들은 성인 반열에 올라있고 우리는 까마득하게 그들을 떠받들어 존경을 보내야 하나? 그들에게는 돌이킬 수 없는 자기주장이 있었다. 그들 스스로는 남과 전혀 타협할 뜻이 없는 앎의 드높은 언덕 위에 스스로를 꼭대기 자리에 올려놓았다. 그들은 거기로부터 절대 내려올 생각을 하지 않았던 고집쟁이들이었다. 당대 권력패들이나 재산깨나 불려 배때기가 불룩했던 재산가들 앞에서 그게 참된 삶의 가치는 절대 아니라는 걸 계속해서 지껄이고 다녔던 사람들이 바로 그들이었다.

게다가 권력이니 권세, 재력 따위는 하나님 나라에서 보면 그야말로 허접 쓰레기일 뿐이라는 주장을, 동네방네 떠들면서, 젊은이나 늙은이, 남자나 여자나 가리지 않고 지치지 않고, 그게 참된 삶의 진실이라고, 그들 성인들은 가르쳤단다. 예수가 산꼭대기 위에 올라가 거기까지 따라온 많은 이들에게 가르친 이른바 〈산상수훈〉인 「여덟가지 복됨 八福」을 깊이 생각해 볼 일이다. '마음이 가난한 이, 슬퍼하는 이, 온유한 이, 옳은 일 하는데 굶주리며 목말라하는 이, 자비를 베푸는 이, 마음이 깨끗한 이, 평화를 위해 일하는 이, 옳은 일을 하다가 박해를 받는 이, 이런 사람들이 모두 다 행복하며, 하늘나라를 차지할 것이라!'니, 깃동이 무슨 해괴한 논법인가? 현실 세계에서는 토지 한 평이라도 더 가진 놈, 남보다 더 높은 자리에 앉아 떵떵거리는 놈, 남을 부려 먹느라 뱃구레가 띵띵 불어난 사람이 성공한 인생이고, 이름난 한국의 대학교 스카이SKY인지, 하바드, 옥스퍼드, 똥구덩인지 각종 명예의 전당(?) 졸업장을 이마와 어깨에 딱 붙이고 거리를 활보하며, 전국 각지 거리마다 번쩍이는 건물을 지어 장사속이 빤한 재벌 대기업 직원(막말로 하면 심부름꾼이거나 아니면 왜식 말로 고스카이)이 되어, 매달 받아 챙기는 연봉이 까마득하게 높아, 언제나 어깨가 으쓱거려지는 그런 것이 가장 값진 사람값으로 치는 시대에, 그 무슨 해괴 망칙한 언설을 중얼거리고 있다는 말인가? 가난한 것이 진짜 가장 좋은 삶이라는 주장을 감히 누가 할 수 있는가? 그것이야말로 성인이나 지성인이나, 그 길 가기로 결심한 뱃심있는 사람쯤 돼야, 돗자리 펴놓고, 큰 소리로 떠들어댈 수 있다. 총칼로 잡아챈 권력이나 돈으로 움켜쥔 권세 따위는 그야말로 하잘것없는 삶의 값이라고, 그런 가치를 최고로 올려놓으려는 모든 권력 속물패들의 말로 된 모든 가치를 별 볼 일 없는 것으로 까부시는 말꾼을 어느 빌어먹을 놈이 환영할까? 저것들이야말로 젊은이들을 꾀어 타락시키는 존재들이다. 그러니 저놈들의 아가리를 막아라. 아니 아예 그 아가리를 달고 있는 목숨을 빼앗아라! 악마들의 악행은 늘 이런 식이었다. 미국 쇠고기는 좀 그만 먹자는 주장을 위해, 촛불 좀 켜들고 몰려다녔다고, 물대포에다 경찰군대로 쫓아대던 이명박 대령(대통령이 아니라 대령 명칭이 맞다.) 사적이 바로 우리들 삶의 코앞에서도 벌어졌었다.

난세에 성인이 나는 법이라는 말도 누군가는 지껄였을 터이다. 권력을 추구하는 악당 패들이 떼로 뭉쳐, 남의 땅을 침범하여 거기 있는 재물은 말할 것도 없고 색욕을 맘 놓고 채울 수 있는 이쁜 여성을 잡아 챌 수 있다는 욕망은 전쟁의 가장 큰 유혹의 씨앗이다. 전쟁은 우리들 누구나 대부분은 겪거나 윗대 어른들에게 들어 알 수 있도록, 이야기로 전달되는, 우리들 삶의 컴컴한 그림자이다. 어찌 본다면 어느 시대에나 난세 아닌 때는 없었다. 오늘날 우리가 사는 이 삶의 벌판도 난세의 시궁창물이 도도하게 흐른다고 나는 쓴다.

4) 사키아모니 釋迦牟尼

우리가 석가모니라고 알고 있는 사람이 인도에서 태어났다. 기원전 6세기 (2,500여 년)에 지금의 네팔 남쪽 가필라 국, 룸비니 Lumbini에서 정반왕(숫도다니 왕)의 아들, 왕자로 태어난 사키아모니는, 우리가 오래전부터 부처, 부처님으로 부르며 4월 초 팔일이면 그의 탄생일을 기념하느라 전국 사찰에서 연등을 달고 탑돌이를 하며 부처의 탄생을 기린다. 한국 사람들에게 있어 이 부처 믿음은 이미 신라 적부터 있어 왔기 때문에, 한국에 두루 퍼진 믿음 틀 가운데 '무巫-Shamanism'를 빼고는, 유교儒敎나 도교道敎와 함께 가장 뿌리 깊은 토속종교로 받들어져 왔다. 석가모니, 그는 앞에서 다룬 세 성인들과는 퍽 다른 방식으로 다가서봐야 할 성인에 속한다. 2,500여 년 전에 그것도, 인도 북쪽 네팔 남쪽 어딘가에서 태어나 가출을 단행하여 삶의 바른 길道를 찾은 다음 여든 살까지 살았다는, 그를 안다고 말하는 것은, 사전적인 뜻의 앎을 이야기하는 것일 뿐이다. 그것은 앞에서 다룬 이른바 공자나 예수도 또한 마찬가지이다. 공자의 신분이 귀족이었다가 다시 평민에 가까운 사람이었고 16년에서 18년 동안 자기가 태어난 나라에서 평안하게 살지 못하고 쫓겨 떠돌아다녔다는 사전적이 이야기에서 버둥댈 뿐이라는 것도 사실이다. 예수가 비교적 간구한 목수로 살았다가 죄 없이 죽임당한 성인이었다면 부처는 비록 큰 왕국은 아닐지라도 왕국의 왕자였고 그가 가출할까보아 부모들이 전전긍긍한 기록으로 보면 삶이라는 감옥에 대해서 크게 반항하여 그것을 넘어서려는 마음 크기가 엄청난 사람이었음은 짐작이 간다.

앞에서 밝혀보려고 했던 예수나 공자, 소크라테스 들이 다들 당대 주류 사회에 퍼진 일반적인 믿음이나 관념으로부터 벗어난 생각이나 행동을 보여준 반항인이었듯이 그도 또한 당대 세계와 결코 화해하지 못한 사람이었다는 것으로는 다른 성인들과 비슷하다. 사키아모니 삶의 발자취 또한 왕족이라는 것에 덧붙여 탄생설화까지 불행의 단초는 있다.

> 마하빠자빠띠Mahapajapati 고따미Gotmi(고따마 족의 여인이라는 뜻)는 부처님의 이모이자 양어머니였다. 싯달타 태자의 친어머니인 마하마야Mahamaya왕비가 태자를 낳고 이레 만에 세상을 떠나가 마하마야의 여동생이며 난다의 어머니인 마하빠자빠띠가 숫도다나 왕의 정식 왕비가 되었던 것이다. 이때 그녀의 아들, 난다는 태어난 지 닷새째였다. 그녀는 왕비이자 태자의 양어머니로서 정작 자기의 친아들 난다는 유모의 젖을 먹여 키우고 태자에게 자기의 젖을 먹여 온갖 정성으로 태자를 키웠다. 마하빠자빠띠는 태자의 성장에 있어서 아주 큰 공로자라 할 수 있었다.[36]

사키아모니 그 또한 태어나는 있음의 시작으로부터 아픔의 끄나풀을 달고 나왔다. 친어머니가 자기를 낳자마자 죽었다는 사실은 그것 자체로 외로움을 견디게 하는 기댈 곳을 잃었다는 가장 큰 아픔 겪음 위에 던져졌다는 뜻이다. 비록 양어머니가 절대치의 사랑을 베풀어 주었다고는 해도 본태本胎를 잃는 아픔을 완전하게 낫게 할 수는 없다. 그것이 사키아모니 몸맘에 그어진 아

---

36 거해 스님 편역, 『법구경』II(고려원, 1992), 399쪽, 게송 391번.

픔의 칼집으로 읽힐만한 있음의 첫째 허방이다. 다른 세 성인들에 비해 결코 고통의 속살 못잖은 가시방석을 그도 또한 짊어지고 태어났다고 읽히는 대목이다. 그러나 여기서 내가 밝히고 싶은 내용은, 바로 그들이 모두 자아 나의 허방을 스스로 채워가면서 남들에게 그 아픔을 벗어날 마음먹기 갈 길을 가르치며 실천해 간 삶에 대해서이며 절실한 마음 전해주기 속살이다. 그것을 우리는 가르침이나 길 밝혀주기라고 말한다. 그는 세속적인 명예나 재부에 대해 결코 큰 값을 매긴 사람이 아니었다. 사키아모니 그는 태어나면서 지닌 왕자라는 명예와 왕권 재산까지 모두 다 훌훌 털어버림으로써, 스스로를 '천상천하 유아독존天上天下唯我獨尊'이라고 믿었다. 자아 나는 이 세상에 오직 하나뿐인 존재이다. 결코 누구와도 비교되지 않는 그런 하나뿐인 자아 '나'라는 깨우침이야말로 스스로 있음 값을 매길 수 있는 가장 위대한 정신일 것임에 틀림이 없다. 나는 누구와의 비교급 존재도 아니고 누구 밑에 놓이거나 남 위에 올라서는 그런 있음이 아니라는 생각, 이런 생각은 어쩌면 가장 실존적이고도 철학적인 자기 믿음일 터이다. 그러한 생각을 사키아모니는 믿었고 또 그것을 몸소 실천해 보여주었다. 그가 성인으로 읽히는 가장 확실한 삶의 태도였다.

1960년도 3월부터 개강하여 강의를 시작한 연세대학교에서는 교양과목으로 『사람과 사상』, 『사람과 우주』, 『사람과 사회』라는 과목을 두어 각계 전문 학자들이 일학년 학생들을 상대로 가르쳤다. 확실치는 않지만 이 교양과목들은 필수과목이었던 것으로 기억한다. 이 책들 가운데 『사람과 사상』은 당시 연세대 철학과 교수들이었던 정석해鄭錫海, 김형석金亨錫, 조우현趙宇鉉이 편집하여 놓은 신국판 647쪽짜리 두툼한 읽을거리 자료집이었다. 이이李珥의 「격몽요결擊蒙要訣」, 노자老子의 「도덕경道德經」으로부터 비간데, 쏘포클레에스, 플라톤, 등은 물론 독일의 슈펭글러, 프랑스의 사르트르까지 스물여섯 편의 인문 철학적 읽을거리들을 수록하여 꼭 읽어야 할 책을 정교재로 줌으로써, 1학년 초짜 젊은 대학생들, 눈을 휘둥그레 뜨게 만들었다.

보살이 열여섯이 되었을 때, 부왕은 왕자를 위하여 삼시전三時殿을 짓도록 명령을 내리셨다. 어느 궁궐이나 다 아홉 층의 높은 대궐이며, 그 대궐에는 여러 가지 음악을 잘하는 4만이나 넘는 아름다운 여인들이 늘 노래와 춤과 그 아름다움을 가지고 태자의 마음을 즐겁게 하여 주려는 것이었다. 보살은 이 가운데 있어, 그 모습이 엄하고도 아름다워 마치 선녀들 속에 거니는 천자의 모양과도 같았다. 태자는 봄에는 봄, 가을에는 가을의 철바람에 따라 이 궁전에서 저 궁전으로 마치 나비가 이 꽃에서 저 꽃으로 날아다니듯이 또는 즐거움의 주마등과도 같이 옮기며 살게 되었다. 태자가 사촌누이 동생이며 저 선각장자先覺長者와 감로녀甘露女 사이에서 태어난 야수타라耶輸陀羅 아씨를 아내로 맞아들인 것은 바로 이때이었다. 이리하여 왕자는 머리에 복수福水의 부음을 받고 왕태자의 자리에 오르게 되었는데 이것은 바로 기원 86년의 일이었다.[37]

---

37 『사람과 사상』(연세대학교출판부, 1960), 71쪽부터 시작되는 비간데의 「석가모니의 출가구도와 초전법륜(初轉法輪)」 첫 문장이다.

사내 나이 열여섯 살이면 한참 사춘기 시기여서 모든 여성이 꿀처럼 여겨지는 나이이다. 그런 나이의 사내 옆에, 살 냄새 물씬 풍기는 아름다운 소녀 4만 명이나 있어 아무 때나 눈웃음과 낭창대는 몸짓으로 유혹한다(?). 그런 유혹의 바다에 잘못 들었다가는, 어떤 남자도 필경 제명에 죽지 못할 판이다. 건강한 남자가 평생 할 수 있는 성교 횟수는, 어느 생물학자가 통계를 내어 말한 바에 따르면, 대체로 3천 회 정도라고 한다. 4만 명의 소녀들과 아무 때나 누구와도 교접을 가지려면 가질 수 있도록 궁궐에 미인들을 뽑아다 각방마다 배치해 놓았다는 것에는 무슨 뜻이 들어있나? 어느 시대 어느 나라를 막론하고 왕이라는 족속이 날강도에다 악마계급에 속하는 놈들이지만, 성인등급에 들게 된 사키아모니, 부처의 아버지라는 인물 정반왕淨飯王 또한, 꼭 부라퀴 꼴이 아닌가? 석가모니는 이미 그런 꼴을 자기 아버지로부터 보아 알았고, 그런 추악한 짓이 부질없는 욕망이 일으키는 질곡이라는 걸 깨우쳐 알았다고 했다.

　시간 속에서 모든 존재는 사라진다. 하지만 우리가 '살아' 있다고 착각하는 시간은 없다. 존재하지 않는 시간! 그것은 어쩌면 시커먼 어둠이고 뻘 늪이며 현상의 그림자일 뿐이다. 눈에 띄는 있음의 꼴 새! 현상, 그게 시간이 있다는, 착시의 생각 빨판이다. 사키아모니는 문득 그것을 꿰뚫어 보았던 것 같다. 모든 현상은 다들 그냥 헛것이며 사라지는 없음일 뿐이라는 걸 그는 알았던 것 같다. 낳고 자라서 늙고 병들며 그러다가 문득 사라지는 우리들 현상! 야, 이거야말로 나 말고도 모든 짐승들의 운명이로구나! 길짐승이나 날짐승, 물짐승, 사람이라고 가끔씩은 어깨에 힘도 주고 자기 열정에 들떠 칼부림 총부림으로 남을 난도질하여 죽이기도 하는 이 불쌍하고 부질없는 존재의 헛것들이 우리 삶이로구나! 이걸 넘어서는 길은 없는 걸까? 사키아모니는 그 길을 찾아 가출³⁸을 시도하여 집을 떠났다. 우리가 성인이라고 믿고 그들 삶과 한 말씀에 따르려고 애쓰는 이들 부처, 공자, 소크라테스, 예수, 이들이야말로 시간이라는 헛 그림자에 맞서 자아 나를 나이게 하려는 전쟁에 나섰던 전사들이었다. 진정한 전사는 늘 외롭다. 외롭지 않은 싸움꾼이란 없다. 더욱이 절대치와의 전투에 나선 전사란 절대고독이라는 막막한 사막에 서지 않을 수가 없다. 그렇게 자기를 이긴 이들을 우리는 성인이나 지성인이라 불러 마음에 담는다. 성인을 따르고자 하는 뒷날 사람들은 대체로 이런 인물들을 신으로 승격시켜 그들을 따르는 패들을 만들며 이른바 믿음 틀宗敎(가르침 꼭대기)을 만든다. 이런 믿음 틀을 만드는 이들을 우리는 대체로 그들 제자라 이르는데 그들은 자기 스승을 신으로 하늘님으로 만들기 위해 가진 말의 상징과 은유 제유, 말 비틀기 따위로 옷을 입힌다. 그걸 우리는 '성경'이나 '경전' 또는 고귀한 말씀으로 뒤친다. 사키아모니의 불경佛經이 이 나라에 들어와 『팔만대장경八萬大藏經』이라는 위대한 문화흔적으로 남기게 된 것은 그야말로 이 나라 사람들의 끈질긴 '마음 끈끈이'를 읽게 하는 본보기이다. 위에서 인용한 1960년도 연세대 대학교재 79~80쪽에 보면 불타佛陀의 가르침을 주로 표하여 그 가르침의 핵심인 〈사성제四聖諦〉풀이가 나온다. 여기서 그 가르침의 핵심을 보이면 이렇다.

---

38 집을 뛰쳐나가는 행위를 가출이라 부르는데 하필 부처 이야기에만 출가(出家)라고 쓴다. 동서양의 날강도 패들, 국왕이라는 것들이, 자기들 권력을 하늘로부터 물려받았다고 공공연하게 떠들어 민중들을 현혹하였던 술책과 맥이 같다고 나는 읽는다.

이 〈사성제〉의 요체는 불교경전[39] 여러 책에 나와 있다. 먼저 1960년도 연세대 대학교재에 나와 있던 앞 책에서 1. 고체苦諦 2. 집체集諦 3. 멸온滅蘊 4. 도온道蘊 풀이가 있다.

　　사체四諦가 그 敎義의 根據가 되지 않는 것이 없다. 苦諦는 아는 것所知이며, 集諦는 끊는 것所斷이며, 滅諦는 증거하는 것所證이며, 道諦는 닦는 것所修으로서 現實의 實狀이 苦임을 알아, 그 근원을 찾아 苦諦 構成의 原因인 煩惱를 끊고, 滅 諦의 증거하여야 할 것을 알아서, 이 境地에 들어갈 道行을 닦을 것을 권하는 것이 四諦의 敎旨인 것이다.

　불교의 가르침에서 '근본불교'라고 알린 인터넷 게시판에서 blooingo(2006)의 이름으로 길게 밝혀놓고 있는 불교 이야기에서 사성제 이야기만 빌어 보이면 이렇다. 위에서 인용한 내용을 좀 더 길게 풀어놓은 내용이다.

　　사성제四聖諦
　　사성제에서 제諦, satya란 진리 또는 진실을 의미한다. 따라 서 사성제란 네 가지의 성스러운 진리라는 말이다. 이것은 고 苦성제, 집集성제, 멸滅성제, 도道성제를 가리키는 것으로 간단

---

39 1974년도 판 이기영이 지은 명문당 판 『불교성전』이나 거해 스님이 짓고 샘이 깊은 물 판에서 낸 『법구경』은 부처의 행적과 가르침을 각종 비유법을 써서 우리에게 전하고 있다. 사실 모든 종교 이야기가 화려한 비유법으로 말씀을 흐려놓은 것은 참 기이하고도 흥미롭다. 그것은 삶 의 진짜 참에 이르기가 그만큼 어렵다는 뜻으로도 읽히지만, 종교라는 가르침의 교묘한 책략 또한 읽히는 대목이다.

하게 고집멸도라고도 한다. 사성제를 좀 더 구체적으로 표현하면 고와 고의 원인 그리고 고의 소멸과 고의 소멸에 이르는 것이다.

사성제는 불교의 모든 교리 가운데서 가장 처음으로 설한 것이다. 붓다가 녹야원에서 다섯 명의 제자들에게 처음으로 법을 설했을 때로부터 시작해서 쿠쉬나가라에서 반열반般涅槃에 들 때까지 45년 동안 가장 많이 설한 가르침이 바로 사성제이다. 사성제의 가르침은 불교의 궁극목표인 고苦에서의 해탈을 위해 만들어진 가장 구체적이면서도 간단한 교리이다. 붓다는 인생의 괴로움을 해결하기 위해 의사가 병을 치료할 때와 같은 방법을 사용한 것이다.

고성제苦聖諦여

불교에서 말하는 고苦란 무엇인가. 고라는 말인 duhkha를 일반적으로 괴로움, 고통, 슬픔 등으로 번역하고 있지만 실은 이것보다 훨씬 더 넓은 의미를 가지고 있다. 그것은 단순히 신체적, 생리적인 고통 또는 일상적인 불안이나 고뇌만을 말하는 것이 아니다. 이를 현대적인 말로 표현하면 '자신이 하고자 하는 대로 되지 않는 것', '뜻대로 되지 않는 것'이다. 한마디로 말해서 그것은 우리의 생존에 따르는 모든 괴로움을 망라한 것이다. 그래서 경전에서는 '모든 것은 고苦다'라는 표현을 쓰기도 한다.

고를 구체적으로 설명할 때는 사고四苦 또는 팔고八苦를 말한다. 태어남, 늙음, 병듦, 죽음 등의 네 가지 고苦와 사랑하는 사람과 헤어지는 고別離苦, 미워하는 사람과 만나는 고怨憎

會苦, 구하는 것을 얻지 못하는 고求不得苦, 오온의 집착에서 생기는 고五取蘊苦 등의 네 가지를 합쳐서 여덟 가지 고苦이다.

또한 고를 성질에 따라 고고苦苦, 괴고壞苦, 행고行苦 등 3종으로 나누기도 한다. 고고苦苦란 주로 육체적인 고통을 말한다. 보통 고통이라고 하는 것이 이 경우에 해당된다. 괴고壞苦란 파괴나 멸망 등에서 느끼는 정신적 고뇌를 말한다. 행고行苦란 현상세계가 무상하다는 것을 조건으로 해서 느끼는 고이다. 유한한 존재인 인간이 끊임없이 변하는 현실 앞에서 느끼게 되는 괴로움이다.

집성제集聖諦

집集이란 'samudaya라는 말을 번역한 것으로 불러 모으다', 라는 의미를 가지고 있다. 이 집성제에서는 고를 일으키는 원인을 밝힌다. 고의 원인에는 여러 가지가 있지만 그 가운데서 가장 근본적인 것은 욕망이다. 다섯 가지 감각기관의 욕망은 물론이고 재산과 권력에 대한 애착이나 사상, 신앙에 대한 집착 등도 욕망이다. 인생의 모든 불행, 싸움, 괴로움은 욕망에서 비롯된다. 욕망은 괴로움의 뿌리인 것이다. 또한 욕망은 인생을 이끌어가는 동력일 뿐만 아니라 인생을 지배하는 힘이기도 하다.

이러한 욕망은 구체적으로 욕애欲愛, 유애有愛, 무유애無有愛 등 세 가지로 나눈다. 욕애란 오욕五欲 즉 감각적인 쾌락을 추구하는 욕망을 가리킨다. 유애란 존재에 대한 욕망이다. 오래도록 살고 싶다든지 죽은 후에 천상에 태어나서 영원히 살고 싶어하는 등의 욕망이다. 무유애는 무존재無存在로 되고자 하는 욕망 즉 사후에 허무로 돌아가고 싶어하는 욕망을 가리킨다.

멸성제滅聖諦

멸滅이란 열반을 번역한 말이다. 열반은 소멸의 의미를 가진 말로서 고苦가 소멸된 상태를 가리킨다. 고가 완전히 없어진 상태, 다른 말로 표현하면 고에서의 완전한 해방이다. 열반은 불교기 추구히는 궁극적인 목표이고 이상이다. 열반은 현재의 생에서 성취할 수 있다. 그러나 그것은 완전한 열반이 아니다. 열반에 도달한 사람은 괴로움의 원인인 욕망을 다스릴 수 있으므로 욕망 때문에 발생되는 괴로움, 즉 정신적인 괴로움에서는 벗어나지만 아직 육체가 남아있기 때문에 육체적인 괴로움은 피할 수 없다. 그래서 살아있는 동안에 성취하는 열반을 생존의 근원이 남아있는 열반 즉 유여의有餘依 열반이라 한다. 여기에서 생존의 근원이란 육체를 말하는 것이다. 유여의 열반을 이룬 사람이 죽으면 다시 육체를 받아 태어나지 않게 된다. 이것을 생존의 근원이 남아있지 않는 열반 즉 무여의無餘依 열반이라고 한다. 이 무여의 열반은 완전한 열반으로서 정신적, 육체적인 고가 모두 소멸된 열반이다.

도성제道聖諦

도道란 열반에 이르는 길이다. 이것은 중도中道라고도 부르는 것으로 양극단을 떠난 길이다. 즉 지나치게 쾌락적인 생활도 극단적인 고행생활도 아닌 몸과 마음의 조화를 유지할 수 있는 적당한 상태의 길을 말한다. 열반을 얻기 위한 수행의 길도 극단적인 고행이나 지나친 쾌락을 피하고 중도를 실천해야 한다. 이 중도를 구체적으로 말한 것이 팔정도八正道이다. 팔정도八正道는 여덟 가지 바른 길로서, 여기에는 정견正見, 정사正思, 정어正語, 정업正業, 정명正命, 정정진正精進, 정념正念, 정정正定이 있다. 정견은 바른 견해로서 사성제에 대한 올바른 이해이다. 정사는 바른 생각, 즉 바른 마음가짐이다. 즉 탐욕스러운 생각, 성내는 생각, 해치려는 생각을 가지고 않고 온화한 마음, 자비스러운 마음, 청정한 마음을 가지는 것이다. 정어는 바른말이다. 거짓말妄語, 이간시키는 말兩說, 욕하는 말惡口, 꾸며대는 말綺語을 하지 않고 다른 사람을 칭찬하는 말, 성실한 말, 필요한 말을 하는 것이다. 정업은 바른 행위이다. 살생, 도둑질, 음란한 짓을 하지 않고 다른 존재들의 목숨을 구해주고 보시하고 청정한 생활을 하는 것이다. 정명은 바른 생활이다. 정당한 방법으로 의식주를 구하는 것이다. 특히 출가 수행자의 경우에는 재가신도의 바른 신앙에서 우러나는 보시를 받아 생활하는 것이다. 정정진은 바른 노력이다. 이미 생긴 선은 더욱 자라도록 노력하고 아직 생기지 않은 선은 생기도록 노력하고 이미 생긴 악은 끊도록 노력하고 아직 생기지 않은 악은 생기지 않도록 노력하는 것이다. 정념은 바른 기억이다. 자기 자신이나 그 주변의 것을 바르게 알고 바르게 기억해서 반성하고 바른 의식으로 행동하는 것이다. 정정은 바른 정신집중 또는 정신통일이다. 마음을 한 점에 집중하는 것을 말한다. 정定을 닦는 구체적인 방법이 선이기 때문에 때로는 이를 선정禪定이라고도 한다.

아픔으로 옮겨지는 '고苦'를 살아있는 모든 것들이 지닌 삶의 덫이라는 풀이는 사키아모니, 불타가 가르치는 핵심원리이다. 살아 있는 모든 것 가운데 사라지지 않을 '있음'이란 없다. 있다가 사라지는 모든 것들, 이 덧없는 삶의 짐을 짊어지고 현세에 나타난 짐승(중생이라고도 부르곤 한다.)들이 찾아내야 하는 자기 길이란 무엇인가? 한 나라의 왕국을 물려받을 수 있었던 사키아모니, 그가 그런 깨달음을 지니고 여든 살까지 살면서도, 세속 욕망이 만들어내는 풍습에 물들지 않고 죽었다는 본보기는, 가히 모든 짐승들이 본받아 볼만한 삶 길이었을 수 있다. 고통을 이겨내는 방법 가운데 그 고통을 몸-맘 한복판에 품고 묵묵히 남에게 해코지 않는 삶을 살다가 사라져 간다는 하나의 길이 있다고 사키아모니 부처는 몸소 보여주었다고 모든 이야기 모음에 기록되어 있다. 인간의 꿈에는 이런 휘황한 발자취도 있다. 사키아모니가 성인됨에 빠짐이 없는 생각과 짓을 하였다고 믿는 우리들에게 그는 빛으로 시간을 훌쩍 뛰어넘는 사람됨을 만들었다. 그는 신 됨, 또는 하늘님 됨에 다가선 존재였다고 우리는 믿는다. 시간도 공간도 또 나라도 종족도 빈부귀천도 다 넘나드는 생애의 맨살이 그들 성인들에게는 있다. 이쪽 언덕이 자아 내가 보고 듣는 대상 속으로 완벽하게 사라질 때 비로소 다시는 태어나지 않는 열반에 이른다는 생각 법은 불교의 허무주의적 태도를 극대화한 원리로 내겐 읽혔다.

4. 지성인 됨의 정의

성인과 지성인을 우리는 어떻게 차별화해야 할까? 성인과 지성인에 대한 정의는 같을 수 있을까? '성인聖人'에 대한 정의문제는 앞에서 좀 길게 베껴다 살펴보았으니 여기서는 지성인과 지식인에 대한 이야기를 좀 해볼 필요가 있다. '지성인知性人' 또는 '지식인知識人'에 대한 정의는 분명하게 구분돼 있지도 않다. 특히 지식인이나 지성인 구분은 아예 모호하고 그 경계가 희미해서 도무지 갈피를 잡을 수가 없다. 도대체 누가 지성인이며 누가 지식인인가? 이 이야기는 조금 느슨해 보일지라도 차근차근 따져볼 필요가 있다. 먼저 지성인과 지식인 문제부터 따져보자. 이 물음을 찾아 나서기 전에 국어사전에 나와 있는 뜻풀이부터 살펴보기로 한다. 국어학자 이기문이 감수하여 찍어낸『동아 새 국어사전』(두산동아, 2008), 제5판 5쇄로 발행한 사전 2,190쪽에 '지성知性'은 이렇게 풀이되어 있다.

> 1. 사물을 알고 생각하고 판단하는 능력. 2. 감정과 의지에
> 대하여, 모든 지적 작용에 관한 능력을 이르는 말.

이 '지성知性'에 대한 정의를 민중서관 판 이희승이 감수한『民衆 에센스 國語辭典』(1974) 2009쪽에는 이렇게 정의하고 있다.

> 1. 지적작용의 성능, 지각을 바탕으로 하여 인식을 형성하
> 는 정신적인 기능 2. 오성悟性과 이성에 관한 성능, 인식 및 이
> 해의 능력.

이 낱말 '지성'과 '지식'의 앞 글자는 '알 지知'자로 시작된 한자말이다. 안다는 것에는 어떤 돌다리가 있을까? 안다는 것, 그것은 무엇인가? 우리가 무엇을 안다는 것은 무엇인가? 우리는 살아가는 동안 여러 물건과 현상, 이것을 포괄하는 우주와 자연, 그리고 사람들을 만난다. 만남은 일단 눈으로 보고, 귀로 듣고 손으로 만지고 코로 냄새 맡으며, 온 공간과 시간 벌판에서 맞닥뜨리면서 내 앞의 '것들'을 알아나간다. '안다'는 말부터 살펴보기로 한다. 앎知識-智識의 내용은 대체로 어떤 것인가? 가만히 따져보면 이 안다는 것의 내용들이 가늘게 잡힌다.

첫째는 물건이나 현상을 불러 이르는 말이다. 안다는 것은 사물이나 현상을 부르는 부름말을 익혀 그 부름말이 가리키는 사물을 꿰뚫어 보거나 듣는다는 뜻이 그 하나이다. 우리가 이름씨名詞나 대이름씨代名詞라 불러 문법화한 몸말=임자씨體言의 대부분이 다 이에 속하는 것이다. 그런데 우리가 알고 있는 한국어 문법체계의 이 임자씨 갈래에서는, 뚜렷하게 보이는 일몬(사물事物)이름, 최현배 문법에서 정리해놓은 '물질이름씨物質名詞-material noun'와 그 꼴 새가 뚜렷하지 않은 이름씨들인 '빼낸 이름씨(추상명사abstract noun)'들이 있음에도, 최현배 문법체계에서는 다음과 같이 간략하게 정리해 놓고 있다.

영어에서는 이 밖에 모임 이름씨集合名詞-collective noun, 굳은 이름씨具體名詞-concrete noun의 가름을 한다. 이러한 가름은 결코 논리적으로 필요한 것이 아니요, 다만 그 나라 말본을 설명하는 데에 이러한 가름이 필요할 따름이다. 그러나, 우리 대한 말본에서는 그러한 법이 없은즉, 그러한 가름을 내어세울 필요도 없느니라.

또 우리의 말본에서, 더러 꼴있는 이름씨有形名詞(사람, 들, 나무, 물, 소…)와 꼴없는 이름씨無形名詞(마음, 힘, 뜻…)와를 가르는 수가 있으나, 이는 말본을 푸는 데에는 아무 필요가 없는 것이니라.[40]

무엇인가를 우리가 안다는 것의 첫째 뜻에는, 이렇게 굳은 이름씨로 갈라놓고 일몬에 다가서는, 우리들 인식작용이 있다. 일과 몬의 이름을 안다는 것이야말로 우리가 안다고 하는 열매바탕이다. 아버지 어머니 숟가락 밥그릇 나무나 새, 풀, 하늘과 땅 따위 우리를 덮고 있는 우주구성물의 이름으로 된 일과 몬事物에 다가선다는 뜻이 곧 첫째 앎의 내용이다.

둘째로 우리가 안다는 것, 지식의 내용 안에는 우주를 풀어 보이는 말의 추상명사에 다가서는 일이다. 외솔(최현배)이 '빼낸 이름씨'라고 부른 낱말들에는 뜻의 가지들로 갈라지는 여러 꼴의 내용들이 가득 차 있다. 예를 들어 평화平和나 사랑, 생각, 관념, 이성理性, 철학哲學 따위의 낱말들에는 흐릿하거나 뜻이 하나로 모아지지 않는 것들이 아주 많다. 우리가 안다고 하는 것에는 이런 '빼낸 이름씨'로 된 낱말들이 지닌 뜻의 울타리로 다가서는 일이 포함되어 있다. 일과 몬은 그것이 놓이는 자리나 서로 부딪쳐 생기는 여러 모양새가 있다. 철학哲學 슬기 맑힘이라고 옮겨져 우리들 삶에서 진짜와 가짜, 참과 거짓 따위를 가려내는 슬기

---

40 최현배 지음, 『우리말본』(정음문화사, 1980), 216쪽.

를 맑게 하는 것[41]이라고 철학을 풀이한 이 낱말의 갈래나 정의가 얼마나 많은지를 많은 사람들은 알고 있다. 그래서 이 철학이라는 말은, 일반 사람들에게는 아예 어렵고, 가까이 다가서기 힘에 부치는 낱말로 머릿속에 박혀 있다. 철학자들이 즐겨 쓰곤 하는 '이성理性'이라는 말도 우리들이 이해하기에는 까마득한 낱말에 해당한다. 따지는 힘을 일러 이성이라고 부른다면 그냥 '따짐'이라고 불러 풀어놓아도 될 것을, 뽀얀 안갯속에다가 이 말을 뒤섞어 놓아, 마치 그것은 드높은 사람들이나 앉아서 읊조리는, 뽀족탑 속의 앎이라는 혐의가 짙다.

말은 어쩌면 이렇게 우리가 분간하여 알기 어려운 안개로 된 솜사탕인지도 모르겠다. 그래서 우리가 무엇을 안다고 하는 것은 말의 깊이나 울림을 잘 안다는 것과 같다. 셋째로 앎의 내용에는 일과 몬의 인과율, 사물이나 현상의 원인과 경과 및 결과를 찾아 나서는, 길이 있다. 이것을 우리는 과학(영어에서는 사이언스)으로 또는 학문으로 일컫는다. 지식인이나 지성인이 이런 말들에 대한 깊은 이해와 생각을 지닌 사람이라면, 이제 이 두 낱말이 지닌 뜻의 갈래에 다가설 차례이다. 지식인은 세상일에 대한 앎에 꽤 정통한 사람들을 일컫는다. 사물이 몸꼴을 바꾸는 이치를 꿰뚫어 아는 사람들을 그냥 지식인이라 부른다면, 지성인은 그 앎의 몸꼴을 바꾸려고 나서다가 아픔을 겪어야 하는 사람들이다. 동서양 각국마다 오랫동안 이어져 온 계급갈등을 없애겠다고 나섰던 수많은 앎 꾼들은 당대 권력을 누리던 계급 악당들

---

41 젊은 철학자 구연상 박사가 〈우리말로 학문하기〉 모임에서 처음 만들어 쓴 '철학'이라는 뜻의 말.

에게 맞아 죽거나 평생을 갇혀 어둠 속에서 자기 생애를 마감해야 했다. 대체로 이런 지성인들은 글을 쓰는 이들이 많았다. 중국의 사마천司馬遷이 왕의 억지 주장에 맞서다가 부랄을 까여 평생을 앙앙불락한 사정은 동서양에 널리 알려진 사건이었다. 사마천은 중국 전한前漢의 역사가(B.C. 145~B.C. 86으로 추정)였다. 자는 자장子長이다. 그는 전쟁터에 나갔다가 중과부적으로 포로로 잡혔던 친구 이릉李陵장군을 옹호하다가 황제라는 이름의 부라퀴 한漢무제에게 부랄 까이는 형벌을 당하였다. 죽음에 맞먹는 생식능력 제거라는 고통을 견디면서 그는 중국의 긴 역사 이야기를 써나갔던 사람이다. 그 사람이야말로 지성인 반열에 당당히 드는 사람이다. 그는 기원전 104년에 공손경公孫卿과 함께 태초력太初曆을 제정하여 후세 역법의 기초를 세웠으며, 역사책『사기』를 완성하였다고 전해 내려온다. 분노의 마음을 글에 심는 앎꾼! 그들이 지성인의 첫째 줄에 있다.

앎知에다가 '성性'자와 '식識'자를 붙여 우리가 '지식'이나 '지성'을 자주 입에 올리곤 하는데, 한자의 '식識'자는 그냥 앎이라는 말로 옮겨지는 한자말인데 비해 '성性'자는 중국 쪽 글자 풀이에서 좀 까다롭고도 어려운 말로 틀을 짓고 있다. 중국의 송宋나라 때 주희朱熹가 정리한 사서四書가운데 가장 어려운 철학사상에 속하는 『중용中庸』첫 장에서 이 성性을 이렇게 풀이해놓고 있다.

하늘이 명령하는 것을 성性이라 하고, 성에 따르는 것을 도道라 하고, 도를 닦는 것을 교教라고 한다.

天命之謂性, 率性之謂道, 修道之謂敎[42]

　'하늘의 명령'이라는 말은 무슨 뜻일까? 하늘이 사람에게 무슨 명령을 내릴까? 그리고 하늘이란 도대체 무엇인가? 우리 머리 위 빈칸으로 망망하게 펼쳐진 저 하늘에는 무슨 뜻이 있는가? 저 하늘은 자연이라 우리가 불러온 시간을 말하는 것일까? 수많은 민담에 섞여 떠돌 듯 하늘 위에는 옥황상제가 번쩍이는 궁궐을 지어놓고 수시로 사람들을 내려다보면서 사람살이에 대해서 이러쿵저러쿵 잘잘못을 따지는 판관 노릇을 하는 절대적인 어떤 것인가? 이 물음에 대한 답은 서양이나 동양 어디에도 정확한 게 없다. 단지 권력패들이 자기 권력의 무소불위를 보증하기 위해, 하늘님이나 하느님 또는 하나님으로 중구난방 불러들여, 울긋불긋 여러 빛깔의 옷을 입혀 놓은 꼴 새가 하늘이다. 그런 하늘이 사람에게 명령을 내렸다? 이 말이 품고 있는 정확한 뜻을 풀이하면 아마도 이렇게 될 듯싶다.

　첫째는 사람됨의 문제. 사람은 살아가면서 마땅히 지키고 행해야 할 일이 있다고 우리는 믿는다. 도덕률이나 윤리규범, 그것은 사람이면 반드시 지켜야 하는 관계거리이다. 자아를 낳고 정성껏 길러준 어머니 아버지에게는 마땅히 지켜야 할 사랑의 잣대가 오르내려서는 안 된다. 생명의 샘을 지키기 위한 자기거리 조절. 유복한 부자로 잘 사니까 부모를 함부로 대해도 되고, 가난해서 삶을 팍팍하게 하는 부모에게는 대들거나 배척해도 괜찮다는 따위, 잣대가 부모 관계에서는 무효하다는 뜻이다. 독일의

---

42 이가원 역주, 『가려 뽑은 사서오경』(일지사, 1971), 97쪽.

옛 철학자 칸트의 무상명령으로 알려진 이른바, '원칙'과 '일반 원리'에 해당하는 사람됨의 일이 그것일 터. 다음은 자기 형제자매들이나 이웃 사람들에게 갖춰야 할 예의와 사랑 또한 자기 존재 높이의 끝 간 데까지 베푸는 예절을 지녀야 한다는 그것, 그것은 아마도 '하늘이 내린 명령(?)'의 또 다른 삶의 바른 등밀이에 해당할 터이다. 이런 사람의 너비를 자아 나로부터 넓혀가다 보면 우리는 거창한 너비로 이야기되는 인류라는 말끝에 닿는다. 인류란 어디 사는 누구인가? 그것은 추상 형태로 존속하는 모든 종족의 사람을 말한다. 인류에게 해코지하는 삶은 사람됨의 첫째 명령에서 금하는 일일 터이다. 이렇게 말로 된 이야기가 넓어지면서 '하늘의 명령'은 둘째 칸으로 넘어선다.

둘째로 풀이될 명령의 뜻; 그것은 해서는 안 되는 행위에 대한 가르침일 터. 아버지 어머니를 죽인다든지, 자식이나 형제자매를 죽이거나 해코지하는 일은 하늘의 명령을 어기는 일에 해당한다. 모든 철학의 기본은 아마도 이 원리를 내보이는 것으로 닻을 내린다. 게다가 사람 된 자로서 사람을 죽이거나 해코지하는 일은 정말로 해서는 안 되는 일에 든다. 그리고 남들의 재물이나 힘들여 지은 농산물을 훔치거나 몰래 어딘가로 빼돌려서도 또한 안 되는 것이다. 자 그렇다면 이제부터 그러면 하늘의 명령을 안다는 '지성인 됨'의 조건이 마련될 수 있을 것이다. 이런 두 틀의 명령을 안다는 사람들은 그것을 실제 삶에서 실천하느냐 하지 않느냐로 갈래 길이 열린다. 이것을 실천하려고 나설 경우 엄청난 위험이 따른다는 것은 이미 우리가 밝혀 보이려고 하였던 성인들 생애에서 어느 정도 알게 되었다. 어느 시대에나 바르게 산다는 것은 위험을 안고 산다는 뜻이기도 하다. 그게 우리 인류

역사가 거쳐 온 험난한 길이었다고 나는 주장하려고 한다. 하늘의 명령이라는 말은 나쁜 인종들에 의해서 가장 많이 씌여져 왔다. '하늘의 명령天命'이라는 이 말만큼 동양 지식인들이 즐겨 쓴 말도 없을 터다. 왕권을 거머쥔 권력패들마다 이 말만큼 많이 즐겨 쓴 말도 없을 것이다. 서양왕권 권력패들이 중얼거려 뭇 사람들을 억누른 '왕권신수설王權神授說' 따위를 우리는 어려서부터 귀는 따갑되 어리둥절한 채 듣고 배워왔다. 이 무슨 해괴망칙한 말본새인가? 하ᄂ님으로 번져 읽히곤 하는 신神은, 늘 권력패들 편이라고 주장해 온 것이란 권력을 쥔 놈들이 으레 써먹어 말 퍼뜨리는 꼼수 수작이었다. 하늘의 뜻 속에는 늘 애매한 사람들을 잡아 죽이거나 가두고 주리를 트는 내용조차 다 하늘의 명령이 들어있다고 그들은 수천 년 동안 우겨왔다. 공식적인 살인행위 가운데 전쟁만큼 흉측한 놀이도 없었다. 전쟁이란 권력패들이 툭하면 일으켜 살육과 약탈을 일삼으면서도 그것은 오로지 평화를 위한 전쟁이라는 논조였다. 명분이 아무리 화려하다해도 남을 잡아 죽이는 전쟁을 일으키는 행위는 하늘의 뜻을 거스르는 일이 아닐까?

지상의 모든 전쟁은 모두 다 천명을 거스르는 짓들이었다. 이렇게 하늘의 뜻을 거스르는 꼴을 빤히 아는 사람들은, 이따위 권력패들 책략을 꿰뚫어 읽고는, 그런 책략이 다 하늘의 명령을 어긴 짓이라고 말하거나 글로 썼다. 그러나 그렇게 말을 퍼뜨리거나 글을 썼던 수없이 많은 사람들은 가차없이 권력패들에게 잡혀 망가지곤 하여 왔다. 지성인 됨이란 어쩌면 이런 폭력에 맞서 눈을 바로 뜨는 이들을 일컫는 말이다. '하늘의 명령天命'을 거스르는 것을 빤히 알면서도 모르는 척 눈을 감거나 아예 그런 따위 권력패들 앞잡이로 나서 말 나발이나 부는 앎 꾼들을 일러 지식인이라 일컫는다. 세계 각 대학교 교수들이 그런 지식인의 대표적인 앎 꾼들이다. 오늘날 대학교 교수직에 있는 사람들 쳐놓고 지성인 반열에 들 만한 사람은 거의 없어 보인다.[43] 한국 근현대사에서 지성인이라 부를만한 안중근이나 윤동주, 이재명, 박종철, 이한열, 박재일, 손정박[44] 같은 이들 가운데 대학교 교수들은 하나도 없다. 지성인은 어느 시기를 막론하고 권력패들의 천명 어김을 막으려고 하다가 패가망신하거나 죽임당한 사람들이다. 뭔가 우리들 삶의 속사정을 꿰뚫어 안다는 것은 그만큼 괴롭고 외로운 일이다. 그런데 문제는 악마들이 자기들이야말로 천명을 받든 존재라는 걸 별의별 방법을 다 들어다가 세상 여기저기로 그런 믿음과 관념들을 뿌려댄다는 데 있다. 오늘날 전 세계를 장악하여 던지는 관념몰이가 실은, 다들 그 악마 돈놀이꾼들이 장악한 언론 매체를 통해 이루어진다는 걸 알면, 솜털이 곤두선다. 여기서 성인으로 추앙받는 공자가 생각했던 '지성'이야기를 좀 보태 보일 필요가 있겠다. 글 앞에서 소개한 안핑 친이 쓴

---

43 미국 컬럼비아대학교 영미 비교문학 교수직을 수행하면서 『오리엔탈리즘』(1978), 『문화와 제국주의』(1993), 『도전받는 오리엔탈리즘』(2001)등 20여 권의 저술활동으로 서구문명을 비판하여 세계인들의 주목을 받고 있는 에드워드 사이드 같은 지식인은 학자로서 지성인 반열에 드는 빛나는 인물이다. 유대민족으로 구성된 시온주의자들에 의해 저질러지는 온갖 악행에 희생된 팔레스타인들의 아픔을 직설적으로 고발하다가 백혈병으로 아파하는 이 학자를 지성인으로 읽는 데는 무리가 없어 보인다.

44 박재일과 손정박, 이 두 사람은 1960년대 박정희 정권이 군부의 힘을 빌려 총칼로 가진 만행을 저지를 때 그 악행에 저항하여 나타난 문리대 학생들이었다. 둘 다 영어생활을 밥 먹듯이 했고, 그들이 펼치려고 생각했던 혁명에 대한 열망은 순수하게 지켜진 채, 큰 발자취 없어보이듯이 잠복했다. 김지하의 「오적」이 나올 때 함께 행동했던 사람들이었지만 이들은 이후 정권에 일체의 굽힘이나 아유구용하는 낯빛을 보이지 않고 험겨운 생애를 보냈다. 뒷날 이들에 대한 평가는 반드시 이루어질 것이다.

『공자평전』 135쪽에 보면 이런 말이 나온다.

　　지성인의 중요한 특징 중 하나는 고통과 분노를 스스로 통제할 수 있는 능력이라고 공자는 생각했던 것 같다. 감정에 빠져 지루한 모습을 보이거나 더 중요한 목적을 향한 길에서 벗어나지 않을 수 있어야 한다는 것이었다.

　'고통'과 '분노'는 어쩌면 앎 꾼들이 가장 참기 어렵고 또 제어하기 힘든 마음 용틀임일 터이다. 그것을 적절하게 조절할 수 있는 인간됨을 일러 지성인 됨의 길에 선 사람이라 불러도 크게 틀리지 않겠다. 문제는 그 고통과 분노를 어떻게 조절했느냐에 있다. 고통과 분노는 어떻게 해서 생겨나나? 모두 다 권력패들이 부리는 지나친 욕망의 부산물로 생겨난다. 이것을 어떻게 조절할 것인가? 부조리와 악행으로 사회를 불화시키는 사람들이 크게 떠들어대는 목소리에 귀를 기울이는 사람들은 점차 미친 증상으로 치닫는다. 욕망의 악귀들이 사람들 간에 소통을 단절시키는 그런 미치광이 사회로 만들어놓으면, 그런 시대 사람들은, 대체로 다들 내부로부터 미치광이 증세가 나타난다. 프랑스의 철학자 미셸 푸코가 한 말이었다! 오늘날 한국 사회 같은 미치광이 사회 꿰뚫어 읽기!

　동서양의 역사 속에는 이런 앎에 따라 그 삶이 갈라져 존재의 층위가 결딴난 사람들이 많다. 먼저 1860년대 뒤쪽 사람이었던 최제우崔濟愚와 그 후계자 최시형崔時亨을 나는 한국의 지성인 반열에 놓아야 된다고 생각한다. 퇴계退溪 이황李滉이나 율곡栗谷 이

이李珥 같은 조선왕조 시절의 철학자들은 당대 권력구조에 대한 정면대결을 피한 지식인들이었다. 영남대학교 법학교수로 재직 중인 박홍규는 많은 번역서(에드워드 사이드의 『오리엔탈리즘』 등)와 『법은 무죄인가』와 같은 저서를 발간하였는데, 그는 그가 쓴 『디오게네스와 아리스토텔레스』(필맥, 2011), 40쪽에서 그는 디오게네스와 플라톤, 아리스토텔레스를 다음과 같이 갈라놓고 진짜 철학자 됨을 규정하여 놓았다. 그가 읽은 참 철학자란 지성인이다. 권력 쪽에 눈알을 굴려 기웃대는 철학자는 그냥 지식인일 뿐이어서 지성인 반열에 넣기를 그는 거부한다. 그는 젊은 법학자이면서도 쉬지 않고 진짜 앎 패와 가짜 앎 패를 찾아 글쓰기로 증명해 보이는 일에 적극적으로 나섰다. 박홍구 교수! 그 또한 우리 시대의 지성인반열 쪽에 서서 세상을 읽고 있다. 그가, 비록 아직은 젊어서 앞으로 닥칠지도 모를 악마의 철조망을 어떻게 넘어설지는 모르겠으되, 반짝이는 지성의 눈빛이 빛난다. 그의 잣대는 이렇다.

자율주의=자유·자치·자연적, 반화폐주의적=디오게네스,
노장, 부처, 예수.
타율주의=반자유·반자치·반자연적·화폐주의=소크라테스,
플라톤, 아리스토텔레스.

박 교수 견해에 따라 성인과 지성인을 가른다면 소크라테스도 성인으로 읽기에는 어딘가 맞지 않는 구석이 있다. 권력 틀에 영합한 지식인은 성인이나 지성인으로 읽기에 맞지 않는 것으로 보이기 때문이다. 권력이란 '악惡' 그 자체일 수가 있다. 이 권력을 장악한 자들은 왕이나 천자, 천황, 황제, 대통령, 주석, 영수 따위 남의 자유를 마음대로 빼앗거나 억압할 수 있다고 믿어 마음 놓고 그런 힘을 부리는 패다. 이들에게 맞서거나 그들의 잘못을 따지는 일은 성인의 몫이기도 하고 지성인의 몫이기도 한다. 지식인들이란 그런 권력패들 옆에 다가서는 앎 길을 넓히는 이들이다. 대기업에 취직하여 먹-입-잠 살이를 해결하는 것으로 만족하려는 앎 길에 나선 사람들은 오늘날 수많은 대학교에서 쏟아져 나오는, 지식인이라는 이름을 붙인, 머슴살이 꼴 새로 질펀하게 널려있다. 조선조에 퇴계나 율곡이 당대 왕권에 정면으로 맞서지 못한 철학을 폈다는 것은 무엇을 뜻하나? 아예 왕권이나 대통령 따위 권력이란 우리가 몸에 붙이고 살 수밖에 없는 운명적인 필수조건일까? 오늘날까지 그렇게 고귀한 철학자로 믿도록 가르침 받은 그들, 왕권시대 조선조 철학자들, 그들은 왕권을 거부하거나 부정하는 언표를 하나도 남기지 못하였다. 그래서 그들을 지성인으로 부르기는 아주 어색하다. 그런 점에서 '동학東學-天道敎' 제1, 2대 교주였던 최제우崔濟愚나 최시형崔時亨은 지성인 반열에 넣기가 수월하다. 자기 앞에 펼쳐진 삶 판이 더럽게 썩었고 어두컴컴하여, 늘 권력체제가 만들어낸 부조리한 세계와 불화하는 앎 꾼, 그런 이들이야말로 지성인 됨의 첫째 태도일 터이다. 앎꾼들로 하여금 불화할 수밖에 없도록 악마들이 더럽혀 놓은 그 세계에 맞서 말로 글로 또는 행동으로 싸우려는 이들은, 잘 알려졌다시피, 그 반대편에서 세상을 썩히고 더럽히는 권력패들에게 잡혀, 고문당하거나 죽임당한다. 지성인이 가는 길은, 하늘의 명령이 착하고 평화로운 삶으로 가는 길로 굳게 믿고, 그것을 여럿에게 알리려는 뜻을 펴는 이들의 삶 길이자 죽음

길이다. 젊은 대학생 박종철이, 당대 권력을 장악한 악당 하수인들이 휘두르는 몽둥이찜질에다 물고문에 죽임당하였거니와, 그들 권력패 하수인 경찰들이 함부로 쏘아대던 최루탄 탄환에 맞아 피를 흘리며 죽어간 이한열 그리고 자기 삶의 제대로 된 값을 찾으려고 나섰던 많은 이들이 애매하게 고문당하거나 영어생활로 가정생활을 피폐하게 만들었다. 여기 덧붙여 우리 시대 당대 지성인의 한 사람으로 나는 함세웅 신부를 보태려고 한다. 박정희 총-칼잡이 독재 권력패들이 횡행하면서 번쩍거릴 때 끝끝내 아파하는 사람들 편에서 발언하고 그들을 구원하는 일에 평생을 바친 가톨릭 사제 함세웅 신부는 우리 시대가 기억할 지성인의 한 사람임에 틀림없다고 나는 쓴다.

이렇게 자기가 산값을 제대로 찾아 매기려고 나섰다가 죽어갔거나 주리를 틀린 이들이, 이 나라를 막론하고 세계 역사에는 수도 없이 많다. 그렇게 부조리한 세계에 맞섰다가 그들 세계로부터 내쫓긴 인물이 어디 한둘일 뿐일까? 앞에서 내가 잠깐 불러낸 이한열이나 박종철, 그리고 대한민국 최근 현대사에서 총-칼잡이 권력패들에 맞서, 자기 죽음을 담보로 싸웠던 젊은이들은 어제도 그제도 오늘도 많이 있다, 혁명을 꿈꾸는 이들이 내세우고자 한 것은 무엇인가? '자유 아니면 죽음을 달라!'고 외친 지성인들은 전 세계 도처에 있었고 지금도 있다. 오늘도 세계 각국; 프랑스나 영국, 미국에 진을 치거나 숨어 악행을 저지르는 수많은 악당들은 꿈틀대고 있고 또 그에 맞서 버티며 싸우는 앎 꾼들도 많다. 그들을 나는 지성인이라 부를 생각이다. 부조리에 맞서는 사람, 그들이 곧 지성인이다.

세상살이가 도대체 이치에 맞지도 않거니와 밑도 끝도 없는 허무의 바다에 내동댕이쳐진 삶, 그것은 부조리 그 자체다. 우리들 삶은 이런 따위로 터무니없는 나날 삶으로 이어져 있다. 이렇게 늘 서걱거리는 이 삶의 부조리를 깨닫고 나의 나됨을 찾아 애썼던 20세기의 몇몇 사람들이 있었다. 조상들로부터 일찌감치 남의 나라를 쳐들어가 사람 잡는 폭력 유전자를 몸속에 지녔던 프랑스 사람들[45] 가운데 실존주의 철학이라는 이름의 생각법을 내세운 인물들이 있었다. 유럽에서는 꽤 큰 목소리를 높여 전 세계에 그 신음소리를 뿌린 이들이 있었다. '존재의 땅굴을 파느라 땅속을 헤매다가 머리를 들면 머리에는 온통 흙투성이로 뒤갑한 존재'임을 깨우친 독일의 유대인 출신 카프카나 프랑스의 알베르 카뮈, 장폴 사르트르, 몽테를랑 같은 인물들; 제2차 세계대전을 겪고 난 앎 꾼들이 질러댄 비명 소리에는 다분히 지성인다운 음색이 엿보인다. 그 가운데서도 유독 알제리 출신 카뮈가 써서 사람들을 놀라게 한 긴 소설 『페스트』는 우리에게 깊은 울림을 준 이야기 속살이 있다. 어느 날 문득 오랑시가 죽어가는 쥐들로 비실대더니 걸리기만 하면 꼼짝없이 죽고 마는 페스트가 사람들을 속절없이 죽게 한다. 오랑시 전체를 폐쇄한 다음 사람됨의 길을 물었던, 이 지성인은 다섯 명의 사람들을 눈여겨 읽으면서, 사람됨의 값을 매겼다. 죽음이라는 필연적인 운명 앞에서 사람은 어떤 길로 나서야 하나? 돈에 미친 코타아르는 결국 미쳐서 죽었고, 죽기 살기로 탈출하려고 애쓰던 검찰총장 아들 랑베에

---

45 11세기 프랑코 족속들은 십자가를 등에 진 채 아랍 쪽으로 말고 들어가 가진 행악을 다 저질렀고, 적군들의 사람고기를 먹는 일은 말할 것도 없고 적군들 앞에서 그들 아이들을 잡아 구워먹는 만행을 저질렀다. 아민 말루프 지음, 김미선 옮김, 『아랍인의 눈으로 본 십자군전쟁』(아침이슬, 2002), 70~72쪽 참조.

르는 마지막 탈출 길이 열린 순간에 마음을 돌려 아픈 이들 구하는 길로 나선다. 카뮈가 내세워 보여주려고 한 가장 용감하고 바른 의사 리으는 죽음의 낭떠러지 앞에서 결코 돌아서지 않는 실존적 옳은 꼴 새를 보여주었다. 앞에서 밝힌 대로 '하늘의 명령'에 따르는 이 이야기 가락은, 카뮈가 그 깜냥껏 우리에게 바른 삶의 길이 어떤 것인지를 보여준, 지성인다운 음색이었다. 전쟁은 악행이자 악마들의 놀이에 해당한다. 전 세계를 상대로 하는 돈놀이꾼들은 무기 장사치들과 결탁하여 사람 잡는 일에 아무런 도덕적 자의식이 없는 부라퀴들이다. 이런 부라퀴들의 악의로 철벽처럼 둘러쳐진 이 세상에서 어떻게 사는 것이 정말 바른 삶일까? 중국의 루쉰魯迅이 이 문제를 놓고 모두 다 이런 불감증에 잠이 든 인민들을 깨울 필요가 있는지를 물었다는 생각의 행로에도 지성인의 고뇌는 잘 보인다. 『아큐정전阿Q 正傳』으로 세상에 널리 알려진 이 사람 또한 우리 시대의 지성인에 해당하는 인물이다. 얻어맞고도 자기가 이겼다고 착각하는 정신 상태로 잠든 중국인들을 비판하였던 루쉰, 괜찮은 작가 시인들 가운데 지성인들은 꽤 있다.

어떤 운명이든지 맞닥뜨려 뒤로 물러서지 않으려는 태도, 그게 철학의 길이다. 박홍규 교수가 앞에 책 『디오게네스와 아리스토텔레스』에서 옮겨 전해준 이야기 하나였다. 우리가 맞닥뜨리고 있는 삶의 현장은 엉뚱하고도 고약하다. 그러나 일단 어떤 운명으로 우리 앞에 강적이 막아서 있다 하더라도 우리는 거기 맞장 뜰 각오는 해야 한다.

5. 마무리 하는 말

우리는 자기 앞의 일이나 몬物을 잘 안다는 착각 속에 늘 빠진 채 말이 많다. 말이 많다는 것은 무언가 속이 비었다는 뜻이기도 할 터이다. 빈 머릿속에 뭔가가 들어있다고 느끼거나 생각하는 것들을 말로 이야기함으로써, 자기 있음을 증명하려 가진 애를 다 쓴다. 불쌍하다는 것은 바로 그런 꼴 새를 이르는 말이다. 성인들이라 우리가 믿거나 일고 있는, 아주 예전의 몇 사람들은, 대체로 이런 삶의 모랫길을 걷는 인간존재의 운명을 꿰뚫어 알았다. 그래서 예수나 부처는 생명 있는 것들에 대한 '불쌍히 여김'을 깊은 깨달음으로 가르쳤다. 모든 존재는 외롭고 슬프며 늘 앞날에 대한 절망으로 몸을 떠는 불쌍한 존재들이다. 그런데 그걸 깨닫지 못하면 그런 외로움이나 고통, 슬픔 따위가 남을 해침으로서 해결될 수 있을 것으로 믿고, 함부로 남을 해치는 일에 나서기 쉽다. 악마 됨의 삶 길이다. 앞에서 '성인과 지성인'의 삶 길을 찾아보겠노라고 길게 중언부언하면서 내가 살펴본 것들을 요약하면 대체로 이렇다.

먼저 '성인'이란 어떤 인물일까? 라고 물었던 물음의 결과를 말해야 할 차례이다. 앞에서 불러다가 들어 보인 네 성인들은 인도에서 태어난 사키아모니 부처, 유대민족 사람으로 예루살렘에서 태어난 예수 크리스트, 중국 노나라 출신 공자孔子, 그리고는 그리스 출신 소크라테스다. 4대 성인에는 마호메트를 넣느냐 소크라테스를 넣느냐 하는 논란의 빈터가 있다는 것도 나는 안다. 그러나 나는 앞에 적은 대로 마호메트를 빼기로 하였다. 누가 더 큰 인물인지 내가 잘 모르기 때문이다. 이들 모두 다 기원전 사람들이다. 예수 출생을 기축 날짜로 잡은 것부터가 우리들이 사는 세계가 어떤 영향권 속에 놓여 있는지를 잘 알게 한다. 게다가 나는 오늘날에도 성인됨의 길로 사는 인물들이 아주 많다는 믿음 또한 지니고 있다. 그러므로 기원전 성인됨을 누구로 잡을 것인지에 대해서는 별 관심이 없다. 어떤 사람이 성인반열에 올라가든 그가 우리에게 크게 다른 뜻이 있을 것이라고는 생각하지 않는다. 그들의 생애가 우리 삶의 좋은 길잡이가 된다면, 그것으로 우리가 그들을 기리고 자주 머릿속에 떠올려, 생각할 필요는 있다고 주장하고 싶을 뿐이다. 4대 성인, 그들은 정말 어떻게 자기의 힘겹고 버티기 괴로운 삶을 치러 냈을까? 그것을 여기 다시 밝혀놓는 일이 이 글의 목표였음을 다시 떠올려 둘 필요가 있다. 그리고 지성인이라 불리는 앞 꾼들에 대한 정리 매김에 대해서도 나는 눈총기를 집중하였다. 먼저 성인에 대한 정리부터 하기로 한다. 네 사람 성인들의 생애에서 공통적인 내용을 들어 보이면 대체로 이렇다.

첫째, 그들은 그들이 살았던 당대 세상과 불화한 사람들이었다. 불화했다는 말에는 몇 가지 뜻이 있다. 먼저 하나는 그 앞에 펼쳐진 삶 판이, 사람살이에 올바른 길보다는 우격다짐으로 사람들을 억압하거나, 그들 뜻에 맞지 않는다고 함부로 잡아 죽이는 만행이 저질러지고 있는 세상이라는 뜻이다. 왕권 시대의 공통적인 특징을 그들은 그들 생애 몸통에 감고 있었다. 이런 왕권 시대는 차차 왕권주의라는 굳은 관념으로 뭉쳐져 오면서, 사람은 태어나는 순간부터 벗어날 길이 없는, 왕권이나 권력 틀에 묶이지 않을 수 없는 갇힌 존재가 된다. 자기의 나됨을 찾아 나서는 사람일수록 이런 자기존재 조건과 화해로운 삶을 이어갈 수는 없다. 더러운 세상 꼴 새를 곱게 여길 사람이 누구인가! 그리고 다음 또 하나는 자기 스스로가 실은 그런 권력에 대한 바람을 지닌 욕망의 덩치라는 깨달음이다. 뭔가를 바라는 것에는 끝도 없이 이어져 도무지 그것을 제어하기조차 힘겹고, 그렇기 때문에 괴로움은 자기 몸에 늘 달라붙는다. 사키아모니 부처가 깨우친 이런 앎은 곧바로 고통으로 이어져 있다. 여기서 이어지는 성인됨의 험한 길이 생겨난다. '물은 차면 넘쳐도 욕망은 차도 넘치지를 않는다.'는 게 사키아모니 부처가 깨우친 인간됨에 대한 진실이었다.

둘째, 당대 세상과 불화한 이들 성인들은, 그들을 억압하거나 그 태도를 바꾸려고 가진 위협과 혹독한 고문을 가하다가, 그런 마음을 바꾸지 못하는 그들에게 결국은 공개적으로 죽이거나 그런 불화한 마음을 무화하게 한다. 공개적으로 죽임당한 성인에는 예수와 소크라테스가 가장 앞장선 인물이고, 고향에서 쫓김을 당한 인물은 공자였다. 그리고 마지막으로 사키아모니 부처의 경우는 자기 몸속에 든 모든 욕망의 이룸 자리로부터 스스로 벗어남으로써 남의 고통을 내면화한 성인이다.

셋째, 성인은 뒷사람이 만들어내는 어떤 초상이다. 공자도 그가 죽은 지 백몇십 년이 흐른 뒤에 그가 살았던 시대를 복원하면서 공자의 사람됨에다 성인의 됨됨을 만들어내기 시작하였다. 그가 말했다고 전해진 말씀들을 기록하여, 뒷사람들로 하여금 그 말씀이 얼마나 비권력적이었으며 사람됨의 고귀한 생각 틀이었는지, 가르침을 위한 주장으로 소통시켜 왔다. 예수 크리스트 또한 그의 제자들에 의해 기록된 성경에 의해서 그가 곧 하느님이 몸 바꾼 현현이었다고 전 세계로 퍼뜨려 가르쳐 왔다. 서른

살 앞뒤로 살았던 이 사람을 사두개 정치권력패들과 율법학자들인 바리새 패들은 그를 재판하여 십자가에 못 박아 죽였다. 처녀 수태(동정녀 수태라고 신자들은 일컫는다. 버트란드 럿셀이나 챨스 도킨스 같은 무신론자들이 공격의 초점으로 자주 거론되는 논거이기도 하다.)로 태어난 예수는, 가난한 목수의 아들로 헐벗고 굶주린 인민들을 위해 자기 목숨을 내놓는 길을 마다하지 않고 죽임당하는 고통의 궁극을 넘어섰다고, 제자들은 각종 증언을 가지고 말씀들로 남겼다.

넷째, 성인들은 말씀으로 그가 살았던 시대를 증언한 인물이다.

다섯째, 성인들은 당대 권력 부라퀴들에 맞서 바른말로 가르친, 오늘날 자주 쓰이는 막된 말법으로 한다면, 극좌파에 속하는 인물들이었다. 그런 이들은 오늘날에도 살아 오늘의 극우파 권력패들에게 쫓기면서 물림 당하는 이들에게 위로와 바른 살길에 대한 빛을 쪼여 받는다.

그러면 지성인이란 어떤 이들일까? 지성인 됨에 대한 정리 또한 나는 곰곰이 생각해 보지만 적당한 말로 정의하기가 퍽 난감하다는 걸 알았다. 지성인 또한 성인과 마찬가지로 당대 권력이라는 악당들과 맞선 인물들임에는 틀림이 없다. 그들에 대한 특징을 요약해서 정리해 보이면 이렇다.

첫째, 지성인들 또한 성인과 마찬가지로 당대 권력과는 불화한 인물들이다. 그리고 그들 또한 성인과 마찬가지 이유로 권력 악당들에게 몰려 죽임을 당한 인물들이다. 그런 점에서 이 지성인들이 언제 성인 반열로 승격하게 될지는 아무도 모른다.

둘째, 지성인은 일반 지식인들과는 좀 다른 데가 있다. 세상 돌아가는 부조리를 꿰뚫어 알고는 그것을 고쳐보려고 나섰다가 권력패들에게 맞아 죽거나 영어생활囹圄生活을 견뎌야 하는데, 그들이 내세운 명분이 지극히 현세적이고 현실적이어서, 정치권력패들에게 금세 눈에 띄어 권력 적수로 오해받기 쉽다. 성인이 현세권력을 아예 무시하거나 우습게 여긴 데 비해 이들은 그것을 바꾸는 것이 할 일이라고 주장하거나 행동으로 옮기다가 죽임 당하거나 잡혀 옥살이를 하게 된다. 박종철이나 이한열이 젊은 혈기로 권력세력에 맞서 잘못됨을 외치다가 죽임당하였듯이 지성인은 잘못된 세상은 바꿔야 한다고 주장하거나 그것에 맞서 싸운다. 안중근이 권력 악당을 총으로 쏘아 죽인 것은 그 대표적인 사례일 터이다. 윤동주가 시로써 왜적들의 악행을 비웃으며 맞서다가 죽임당한 꼴 새와도 맥이 닿는다. 가장 더러운 놈들이 세상을 더럽혀 놓아 하루하루 삶이 온통 부끄러움으로 덮여 있었을 때 그는 '하늘을 우러러 한 점 부끄럼이 없기를' 비는 시구를 남겼다. 그래서 그는 왜적 부라퀴들에게 죽임당하였다.

셋째, 지성인은 세상 돌아가는 이치는 물론이고, 잘못 든 길까지도 읽는 존재로서, 잘못 돌아가기 시작한 어떤 부조리든 거기 맞서 그 길을 바꿔보려고 애쓰는 존재이다. 성인과 지성인이 자기 속에 들어 있는 악의 요소인 욕망과 피투성이 씨름을 벌이는 점에서는 같은 줄에 서 있다. 그들은 당대 권력이라는 악의 요새를 탈출하거나 그 요새를 소통의 문이 열리는 삶 판으로 만들려고 애쓴다. 그들에게는 늘 무서운 적들이 가까이 진을 치고 있다. 제2차 대전이 벌어지고 있던 당시에 프랑스 시인 폴 엘뤼아르는 「공습경보」에서 이렇게 썼다.

어찌할까 문간에는 적병이 파수보고 있으니

어찌할까 우리들은 감금되어 있으니

어찌할까 거리는 교통이 차단되어 있으니

어찌할까 이 도시는 몰림을 당하고 있으니

어찌할까 이 도시는 굶주려 있으니

어찌할까 우리들은 무장이 해제되어 있으니

어찌할까 밤은 닥쳐오고야 말았으니

어찌할까 우리들은 서로 사랑하고 있었으니…

모든 전쟁이 그것이 어떤 명분으로 시작되든 그것은 죄악이라는 말을 지성인이라면 누구든지 써야 한다. 전쟁을 부추기는 사람이나 그 세력은 악당임에 틀림없다고도 써야 한다. 성인이나 지성인은 그가 어느 시대에 살았든 자기 삶 판의 부조리를 읽고 거기 맞서는 존재다. 악행이 큰 질병이라면 그 질병을 치유하고자 나서는 이들은 있게 마련이고 그들을 일러 인류의 지성이라 부른다. 성인이나 지성인 됨이란 고통과 분노를 부라퀴들에게 되돌려주는 짐을 짊어진 힘겨운 등짐 꾼이기 때문이다. 우리 시대, 2013년도 이 시기에도 권력 부라퀴들은 자기 욕망에 종이되어 가진 악행을 저지른다. 거기 맞설 인자들이 필요한 이유가 거기에 있다.

2013년 12월 24일

2

대답 찾는 물음들

나는 누구인가, 그리고 너는?

-인문학 숲에서 자아를 발견하다-

1. 머리말

이 글은 이승윤 박사로부터 받은 전화로 쓰기가 시작되었다. 이승윤 박사[1]는, 지방발전연구원이라는 이름을 붙인 마포구 평생교육 프로그램으로 시작된 첫째 강좌를, 내게 권해 왔다. 발표 제목이 하도 거창해서 우물쭈물하고 있던 판인데, 보내온 기획안이 모두 깨어져서 들어왔다. 이럴까 저럴까 망설이고 있는 판에 관계직원 김지연 양이 전화로 다시 연락이 왔다. 지연 양이 직접 보내준 기획을 보았다. **「인문학 숲에서 자아를 발견하다」**, 그 제목 한번 번지르르하고 거창하다. 자아自我 나는 정말 누구일까? 그런데 그가 보낸 기획안 머리에 쓰인 '서울리안을 위한'이라는 말이 솔직히 내겐 무척 거슬렸다. 이게 아마도 '서울답게'라든지 아니면 '서울다이', '서울사람'이라는 뜻일 터인데 영어 꼬리를 달아 생각하는 사람을 역하게 만들고 있다. 강사료도

---

1 이승윤 박사는 연세대학교 문리대학(원주 캠퍼스 소재)국문학과에서 나와 만난 신예 국문학자이다. 그의 아버지는 〈창작과비평사〉에서 낸 『소설동의보감』의 저자 이은성이시다. 그 책은 아주 많이 읽혀 출판사 〈창비사〉의 재정에 큰 보탬이 되었을 것이다. 이승윤 박사는 박사학위 논문 지도를 내게서 받고 여러 저술활동과 교육활동을 하는 신진학자이다.

별로라고 들은 터라 더욱 이 청탁에 응하고 싶지가 않았다. 그런데도 나는 이 글을 쓰기 시작한 것이다. 급히 써야 할 글 빚도 있는 터라 무척 망설였지만, 누군가 정말 값있는 이 나라 사람 이야기라도 해서, 내가 누구인지 또 네가 누구인지를 살펴 보이는 일은 해 볼 만한 일이라는 생각이 자꾸 드는 것이다. 그러면 누구를, 남에게 소개하여 진짜로, 저절로 이끌리는 사람이라고 할 수 있을까?

'인문학의 숲'이라는 말도 생각해 보면 기똥차다. 이 시대에 인문학이라는 게 정말로 써먹을 데나 있다는 이야기인가? 사람 됨의 문제를 따지는 학문을 일컬어 인문학이라 이를 수 있다면, 우리가 사는 이 시대는 이미 물신物神에 의해 통째로 모든 가치가 통일되어 있지 않는가? 성공한 인생이란 돈을 많이 번 사람이고 그것을 기하급수로 늘리는 재주를 지닌 사람을 가장 빼어난 인재로 보는 시대가 아닌가? 그뿐인가? 정치를 한다는 사람들 거의 다들, 그리고 경제학자나 경영학자들, 게다가 뭔가 다른 사람들 머리 위에 앉았다고 착각하여 어깨에 힘깨나 주는 얼간이들이란 모두 다, 잘 사는 삶의 문제를, 돈 잘 벌고 높은 지위에 앉아 남을 내려다보는 것을 제일로 치는 시대가 아닌가? 대기업이 잘 돼야 국민들이 잘 산다는 투의, 말도 안 되는 말로, 사람들을 홀리는 그런 사기술로 물신들은 이미 모든 사람들의 발목을 묶어 그런 관념에 가둬놓고 있지 않는가?[2] 물신物神이란 돈을

---

2 쑹훙빙 지음, 차혜정 옮김, 『화폐전쟁』(랜덤하우스, 2009) 참조. 이 책을 읽으면 우리 사회가 어떤 돈놀이꾼들에게 묶여 음짝달싹도 못하게 돈의 노예가 되어 있는지를, 그 역사적 실례들을 통해 알 수가 있다.

신으로 여기는 사제들[3]에 의해 생겨난 믿음 틀이고, 그것으로부터 벗어날 수 있는 길은 거의 막혀 있다는 것이 현대 사회의 모습이라는 것이 쑹훙빙의 진단이다. 인문학이란 그 범위가 슬기맑힘(철학)[4]과 역사학 그리고 문학을 뿌리로 해서 생겨난 학문이다. 그리고 이 학문에서 마지막으로 따지는 것이 정말 잘사는 삶이란 어떤 것인가? 그리고 진짜로 자기됨의 공을 이룩한 삶이란 어떤 것인가? 그리고 자아 나는 어떤 '있음 꼴'로 남에게 드러났는가? 이 물음의 뼈대란 삶의 값, 가치 따지기로 이어져 있다. 물신은 이 모든 가치의 꼭대기에 있는 것처럼 우리를 억누르고 있지만 진짜 인문학자 또는 인문학 종사자들인 슬기맑힘꾼(철학자)이나 역사학자, 시인이나 작가, 그리고 다른 분야 예술가들은 그렇게 생각하지 않는다. 진짜 중요한 가치는 뭔가 다른 데 있다.

최근에 읽은 몇 책에서 다루고 있는 몇 사람 이야기를 가지고 오늘 나는 이 자리에 있게 된 나를 밝혀보려고 한다.

2. 나의 너됨과 너의 나됨

나는 이 장에서 몇 낱의 삽화를 보이면서, 그 끼어든 이야기가 지닌 삶의 무게나 사람됨의 무게, 그리고 그가 그려낸 자아 나의

---

3 이들이야말로 돈벌이로 사람을 묶으려는 돈놀이로 돈을 너무 많이 벌어들인 대기업 부라퀴(악당)들이기 쉽다.

4 철학(哲學)이라는 오래된 이 학문 용어를 〈우리말로학문하기〉라는 여러 분야 학자들의 모임에서는 슬기맑힘이라는 말로 바꾸어 쓰기 시작한 지 좀 되었다. 쉬운 우리말로 학문 말씀들을 바꾸는 일은 앞으로도 이어서 이루어져야 할 것이다.

나뉨 이야기를 이끌어 볼까 한다.

1). 첫째로 끼우는 이야기

근현대, 바로 우리가 버텨낸 시대에 살았던, 아동문학 작가인 권정생 선생[5]에 관련된, 그리고 그가 직접 쓴 책 『우리들의 하느님』안에 들어 있는 내용 하나가 이 글의 첫째 끼움 이야기이다. 그는 1937년 일본에서 태어나 광복이 되어 귀국하였으나 가난살이에 지쳐 폐병을 앓게 되었고, 갖은 고생을 다 하면서도, 고운 마음이 담긴, 어린아이들 눈높이에 맞춘, 빼어난 문학작품들을 많이 남겼다. 그가 쓴 작품들은 이렇다.

『강아지똥』, 『사과나무밭 달님』, 『하느님의 눈물』, 『몽실 언니』, 『점득이네』, 『밥데기 죽데기』, 『하느님이 우리 옆집에 살고 있네요』, 『한티재 하늘』, 『도토리 예배당 종지기 아저씨』, 『무명 저고리와 엄마』, 『또야 너구리가 기운 바지를 입었어요』, 『깜둥바가지 아줌마』 등과 시집 『어머니 사시는 그 나라에는』, 수필집 『오물덩이처럼 뒹굴면서』, 『우리들의 하느님』, 소설로는 『한티재하늘』1·2가 있다. 이렇게 한평생을 글 쓰는 일로 살아온 그는 결혼을 한 적도 없고 돈을 모아 남 앞에서 떵떵거려 본 적도 없다. 한 달 생활비 7만 원으로 살았다는 한 살이, 그의 책 『우리들의 하느님』 속에 든 이야기로 돌아간다.

---

5 그는 경상북도 안동시 일직면 조탑리에 정착하여 일직교회 문간방에서 종지기 생활을 하면서 동화를 쓰기 시작했다. 1969년 단편동화 『강아지똥』을 발표하면서 동화작가로서의 삶을 시작하였다. 1973년 〈조선일보〉 신춘문예 동화 부문에 『무명저고리와 엄마』가 당선되었다. 1980년대 초 교회 청년들이 일직교회 뒤 빌뱅이 언덕 아래 지어준 조그마한 흙집에서 작품 활동을 지속하였다. 네이버 사이트에서 인용.

이 책 속에 수록된 아주 느낌이 깊은 이야기 하나는 「효부상을 안 받겠다던 할머니」이다. 그가 거리에서 걸식을 하며 거지 노릇을 하였고, 또 심각한 질병을 앓았던 여러 고통스런 삶 이야기가 우리들의 마음을 울리는 것과는 다르게도 그는 남의 아픔에 대한 지극한 마음 씀이 곳곳에 드러난다. 그는 비록 가난하게 살았지만, 그 가난살이[6]는 그의 정신에다 빛나는 공력을 보태었던 것으로 읽힌다. 이렇게 한 살이를 살아가는 사람의 격조는 어느 시대에나 또 어떤 나라에 있어도 남에게는 빛이며 씻지 잃는 가치를 드높인다. 아무나 이루기 어려운 그런 격조 높은 삶! 「효부상을 안 받겠다던 할머니」 얘기는 실은 자기 스스로 아동문학상 받기를 거부하며 옮겨 보인 한 여인의 일생 이야기였다. 이야기는 이렇다.

아랫마을에 살았던 영천댁은 열아홉 살 때 혼례를 치르고 첫날밤도 자보지 못한 채 신랑이 죽어버려 처녀과부로 시집살이를 했다. 홀시어머니와 나이 어린 시동생과 시누이를 자식처럼 키우며 평생을 고통과 눈물 속에 살았다. 시동생이 자라 장가보내 아들을 낳았다. 그 아들 하나를 죽은 남편 앞으로 양자를 들여 이제 맏며느리의 임무를 다하게 되었다.

내가 한번은 아랫마을 만주댁에 볼일이 있어 갔더니, 그날 마침 영천댁한테 효부상을 준다는 날이었다. 그런데 영천댁은 만주댁 뒷방에 숨어서 울고 있었다. 울면서 하는 말이 '나는 상받을락고 이적제 고상하며 산 게 아이시더. 뱃제 가만

---

6 그는 평생을 사는 동안 한 달에 7만 원으로 자기 생계를 꾸렸다고 했다. 그런데 그가 쓴, 아주 잘 팔린 책이며 꾸준히 팔려나간, 어린이 이야기책들이 팔린 인세 모두(20억 원이라고 했던 가?)를, 어린이들을 위한 기금으로 내놓았다고 했다.

있는 사람 찔벅거려 마음 상케 하니껴. 나는 상 겉은 거 안받
을라니더'하는 것이었다.[7]

이 이야기에서 그는 자기에게 아동문학상을 주겠다고, 시골에
내려온 원로 작가 윤석중(당시 이 어른은 여든여덟 나이의 원로 아동
문학자이셨다.)선생 앞에서 이런 이야기를 하면서, 아동문학상을
없애는 게 어떠냐고 화를 내었다고 했다. 어린이를 위해서 우리
가 한 게 뭐가 있느냐는 항의에, 같이 왔던 여러 손님들도 화를
내었지만, 그것은 자기가 먼저 화를 낸 탓에 그런 것이고, 그들
이 억지로 건네준 상을 되돌려 주는 이야기가 바로 이것이다.

어쩔 수 없이 나는 윤 선생님이 주시는 상패를 어정쩡하게
받았지만 이 상을 보관해둔다는 건 영천댁의 열녀상만큼이나
내게는 형벌이다. 이래저래 생각하다가 결국 닷새 뒤에 상패
와 상금을 우편으로 되돌려드리고 나니, 윤 선생님께는 미안
했지만 한짐 졌던 짐을 덜어놓은 기분이다.
왜 세상엔 상벌이 있어야 하는지 이번 기회에 곰곰 생각해
볼 수 있었다.[8]

놀랍게도 어느 시대에나, 이런 드높은 격조를 지닌 사람들은
있다. 세속적인 잣대는 어디까지나 세속일 뿐이다. 누구는 살아
생전 무슨 벼슬을 하였거나, 어느 누구는 어떤 사업을 하여 엄청

---

7 권정생, 『우리들의 하느님』(녹색평론사, 2005), 132쪽.
8 권정생, 위의 책, 133쪽.

난 돈을 모았으며, 또 어떤 이는 이 나라 토지의 몇십 퍼센트나 가진 부자이며, 그 어떤 이는 어려서 퍽 가난하게 살았으나 열심히 노력하여 대통령까지 되었다든지 하는 따위, 세속의 눈길은 세속에서 썩어가거나 녹아버릴 뿐이다. 문제의 핵심은 그가 어떤 행적을 남겼는데 그 행적이 정말로 여러 다른 사람들에게 어떤 즐거움이나 행복을 전했는지, 또 그 자신을 위해서는 어떻게 엄격하면서도 남을 위해서는 얼마나 철저하게 도움을 주려고 하였는지, 그가 살았던 동네 이웃들과는 얼마나 따뜻한 웃음을 나누었는지, 그런 것들만이 실은 사람됨의 첫째 값이자 가치가 된다는 것을 우리는 권정생 선생의 글을 읽으면서 확인한다.

권정생, 그는 작가로서 뿐만 아니라 한 살이를 살았던 인생으로 아주 귀하고 큰 인품의 격을 남겼다. 내가 나이면서 남의 눈길 속에서 만들어지는 '나됨'은 스스로 만들되 결코 남의 눈길에서 벗어날 수가 없다. 그는 비록 가난하고도 병든 삶을 살았지만, 현세적인 성공 여부와는 관계없이, 그가 힘겹게 한 살이를 버티면서 결코 남을 함부로 대하지 않는 그런 맑은 마음을 가꾸어 아주 아름다운 글을 남겼다. 문학에 대한 평가를 하려고 할 때 작가의 개인적 삶과 작품 세계가 똑같이 곱고 아름답게 만나는 경우와 그렇지 않은 경우가 있다. 프랑스 시인 보들레르의 한 생애는 그렇게 도덕적이거나 모범생과는 퍽 다른 생애를 살았다. 그러나 그가 남긴 「악의 꽃들」 속에는 가련한 꿈이나 삶의 벅찬 고통, 절망 따위가 아름답게 그려져 있다. 뿐만이 아니다. 19세기 프랑스 작가 발자크의 생애와 그가 남긴 작품세계 또한 퍽 독특한 울림을 주는 다름이 있다. 그러나 권정생의 생애는 그의 작품 세계와 상당한 마주침과 닮음이 있다. 삶이 비록 험하고 힘들었지만, 비겁해지거나 더럽혀지지 않는 도도하고 당당한 삶의 격조가, 그의 인품이나 글속에는 꿈틀거리며 용틀임하고 있다.

2) 둘째로 끼우는 이야기

올해 2011년 3월 26일은 우리가 마땅히 잊어서는 안 될 위대한 민족정신 한 분이 이 세상을 떠나간 지 101년이 되는 해이다. 그의 이름은 안응칠, 다른 이름은 안중근安重根이다. 그는 우리의 기림 자세를, 앞으로도 결코 흐트러뜨려서는 안 될, 그런 자아 나됨을 만든 분이다. 1909년 10월 24일 그는 왜국의 꾀죄죄하고도 엉큼한 부라퀴 이등박문伊藤博文을 쏘아죽여 없애려고 동지 우덕순禹德淳과 함께 채가구 역에 도착하여 역전 가까운 여관에 하루를 묵었다.[9] 이 자리에서 그들은 복바치는 울분을 시가로 읊었다. 그들이 노리는 일을 유동하나 조도선에게는 말할 수가 없었기 때문에, 거사 일정은 이들 유동하나 조도선에게 맞추는 일로도 마음을 쓰지 않을 수가 없는 형편이었다. 하얼빈에는 러시아 군대와 러시아 사람들이 많으므로 러시아 말을 할 줄 아는 사람을 물색하다가 어린 유동하를 꾀었으나 어린 유동하는 자기 일에 마음 쓰고 있어서, 다시 러시아 말을 할 줄 아는 사람으로 조도선에게 열차 시간 따위를 부탁하였다. 안중근은 이등박문이 타고 오는 특별열차가 26일 아침 여섯 시에 본 역을 지나간다는 소식을 듣고는 여기서 거사하기는 매우 어렵다고 생각하여, 혼

---

9 안중근의 이 거사 전날 장면 이야기는 안중근이 죽기 전에 감옥에서 쓴 「안응칠 역사」(안중근 기념사업회 편, 2009), 99~103쪽 참조.

자 하얼빈으로 돌아와 단독으로 행동하기로 마음먹었다. 그는 채가구에 우덕순 등을 두고 홀로 하얼빈으로 왔다.

> 그날 밤을 김성백의 집에서 자고 아침 일찍 일어나 새 옷을 벗고 수수한 양복을 갈아입은 뒤에, 단총을 지니고 바로 기차 정거장으로 나가니 그때가 오전 일곱쯤이었다. 정거장에 이르러 보니, 러시아 장관將官과 많은 군인들이 도열해서 절차에 따라 이등박문을 맞이할 준비를 하고 있었다. 나는 찻집에 앉아서 차를 마시며 기다렸다. 아홉시쯤 되자 이등박문이 탄 특별열차가 도착했다. 인산인해人山人海를 이루었다.[10]

이등박문, 1980~1990년대 어느 해에 왜국은 그들 나라 화폐 만 원짜리에 그의 콧수염 난 얼굴 사진을 넣어 기렸다. 그러나 우리는 안중근의 얼굴은 물론이고, 그의 사상이나 행적에 대한 자세한 앞뒤 이야기조차, 우리나라 사람들에게 널리 알리는 일을 하지 않았다. 안중근 의사에 대한 역사적인 이야기 펼치기가 한국 역사에서는, 너무 없다시피 하여, 한국의 젊은이들이나 지식인들 사이에, 꽤 오랫동안, 그렇게 널리 알려져 있지 않았다.

왜 이런 일이 일어났을까?

그것은 아마도 이렇게 위대한 인물이 크게 들어나는 것은, 별로 자기 이득이 되지 않는다고 생각한, 한국 근대 정치 패들의

---

10 위의 책, 103~104쪽에는 안중근의 거사하던 때의 심정과 당시의 정경이 그림 그리듯 뚜렷하게 그려져 있다.

옹졸하고 꾀죄죄한 마음 그릇 탓이 아주 큰 이유일 터이다. 같은 민족인 또 후손으로서 우리는 아주 부끄럽고도 창피한 노릇이 아닐 수 없다. 2011년 5월 13일 자 〈한겨레〉신문은 그 23쪽 전면에 '최서면의 안중근을 찾아서'라는 대담을 시작하고 있다. 제목은 이렇다. 「옥중수기 '안응칠 역사'는 총독부 관리 필독서였다.」이다. 이 대담 마지막 자리에서 최서면이 한 말은 이렇다.

　돌이켜보면, 안응칠역사가 내 인생을 바꿨다고 해도 지나치지 않아. 그로부터 안중근연구가 내 필생의 업이 됐고, 안 의사가 애초 썼던 순한문 친필 수기 원본과 유해 발굴은 아직도 풀어야 할 숙제로 남아 있잖아. 무엇보다도 「안응칠 역사」를 통해서 '인간 안중근'의 진면모가 명확하게 알려지면서 안중근 의사가 나라의 원수를 죽인 한 명의 테러리스트가 아니라, 동아시아는 물론 전 세계의 미래를 구상한 정치철학자이자 평화사상가로 거듭 태어나 새로운 평가를 받을 수 있었어. <u>안 의사는 알면 알수록 큰 사람이거든.</u>

옮겨온 최서면 원장의 이야기 내용에서 내가 하고 싶은 진짜 이야기는 맨 끝 줄 한 마디이다. **'안 의사는 알면 알수록 큰 사람'**이라는 이 말은 나도 뒤늦었지만 확인한 그런 느낌이었다. 그는 알면 알수록 위대하고 엄청난 영혼을 지닌 사람이었다. 그는 정말 내가 누구인가?를 물을 적마다 내 마음을 울렁거리게 하는 인물로 뛰어오른다. 그에 대한 옛 평전들이 여러 사람들에 의해 쓰여져 출판되어 있다. 아마도 그 대표적인 것이 대한민국 임시정부 2대 대통령을 지냈고 『한국통사韓國痛史』로 알려진 박은식朴殷植선생의 안중근 전기일 터이다. 뿐만 아니라 중국의 사상가 양계초梁啓超를 비롯한 중국인들이 기린 안중근 전기가 있는데 그들, 중국 문인들이 쓴 안중근 칭송은 아주 웅장하고도 비장하다. 박은식 선생이 쓴 글에 잘못이 있다고 하면서 당시에 망명 문인이었던 창강滄江 김택영金澤榮선생이 지은 「안중근전」또한 힘찬 데가 있다. 이 글을 여기에 옮겨 나의 나됨을 만들어 나아가는 젊은이의 뜻은 어떠해야 하고 또 오늘날 우리들이 자아 나를 똑바로 읽기 위해 가져야 할 마음가짐을 비추어 볼 거울로 삼으려 한다. 인용하기로는 좀 길지만 안중근 이야기는 꼭 알리고 싶다는 뜻을 실어 여기 인용키로 한다. 김택영의 「안중근전」전문은 이렇다.

안중근전安重根傳
창강滄江 김택영金澤榮[11]
병진丙辰년, 처음 경술년에 호보滬報에 의거하여 이 전기를 지었다. 요즘 안열사安烈士의 친구 박은식朴殷植이 기록한 한 편의 글을 얻어 고찰한 바에 의하면 실제와 많이 어긋나기 때문에 고쳐 쓰게 된 것이다.
한국의 의병장 안중근安重根은 아명이 응칠應七인데 이것은

---

11 창강 김택영은 1850년에 태어나 강화도에서 학문을 익혔다. 그는 강화학파로 처음 나선 앞선 사람 정제두와 그의 제자 이건창 등과 교류를 하여 많은 영향을 받았다. 그는 중국 남방계 대문장가 양계초와 버금가는 문인 학자로 뛰어난 문장력을 지녔던 한말 마지막 유학계열 문인이었다. 1908년에 중국으로 망명하여 통주에 살면서 학문과 문장수업으로 한국 내에서도 많은 영향력을 지녔던 사람으로 1927년에 생애를 마쳤다. 강화학파의 대가로 불리는 이건창(李建昌)의 문장을 높게 평가하여 뒤에 이건창 문집을 중국에서 발간하는 일들을 하였다. 강화학파인 양명학의 영향, 실학의 선구자로 읽어도 되는 학자였다.

그의 가슴에 일곱 개의 검은 점이 있었기 때문이다. 이로 말미암아 자로 삼게 되었다. 황해도黃海道 해주海州에서 태어났으며 그 선조는 본래 순흥順興 사람으로 해주에 살면서 대대로 주리州吏를 지냈다. 부친 안태훈安泰勳때에 이르러 글을 읽어 진사進士가 되었으나 위인이 영웅호걸답고 기이한 지략智略을 간직하였다.

태상황太上皇 31년(1894년)에 거주지 신천信川에서 동학도당의 침요侵擾를 받자 안태훈은 병사를 일으켜 물리쳤다. 안중근은 어릴 때부터 공부 외에 여가를 타서 반드시 활과 무기를 가지고 말타기를 연습하여 능히 말 위에서 나는 새를 쏘아 떨어뜨릴 수 있었다. 안태훈이 적당을 격퇴할 때, 항상 선봉이 되어 성공하였다. 약관의 나이에 큰 뜻을 품고 개탄하여 말하기를 "국가는 문약文弱함이 심한데 외환은 날로 깊어지니 이때야말로 상무尙武의 때가 아니겠느냐"라고 하였다. 집안이 원래 부유하고 식구가 많았지만 치산治産을 하지 않고 여러 군과 읍으로 다니면서 의협심이 강하고 용감한 사람들을 사귀었으며 좋은 병기(총기)를 만나면 즉시 사들였다.

광무 8년(1904년)에 일본이 러시아를 공격하여 이겼다. 이어 한국을 침범하고 국권을 탈취함으로 안중근이 부친에게 아뢰기를 '전일에 우리나라는 러시아의 원조를 믿었다지만 지금에 와서는 일본이 러시아를 격파하였으므로 그들은 아무 거리낌도 없이 우리를 공갈할 것입니다. 그런데 우리가 순치脣齒의 관계로 삼을 수 있는 것은 오직 중국뿐입니다. 중국에 가서 재능이 뛰어난 사람을 사귀어 나라를 유지하는 길을 도모함이 자식의 원이옵니다.'라고 하고 하직하였다. 상해 등지를 돌아다니면서 여러 달 머무르는 사이에 아버지가 별세하였다는 소식을 듣고 환국하였다. 이때 일본의 이등박문伊藤博文이 이미 우리나라를 통감統監하고 있었다. 안중근은 아버지의 장사를 지내고 평안도 삼화三和 증남포甑南浦가 중국과 왕래하는 요지要地이기에 그곳으로 이사, 거주하면서 가산을 털어 평양성平壤城에 학교를 세워 널리 학생들을 모집 교육하였다. 그 사이에 평양의 대 협객俠客 안창호安昌浩 등과 같이 서울에 들어가서 서북학교 등에서 여러 사람들을 모아 국가의 위급한 상황을 설파, 인심을 격동시켰다.

광무 11년(1907년)에 이등伊藤이 태상황을 협박하여 선위禪位케 하고 이어 경외京外 군대를 해산시키자 안중근은 분통하였다. 나라를 회복하자면 국내에서는 방도가 없고, 다만 러시아 해삼위 항구에는 한인이 많이 거주하고 있으므로 뜻을 이룰 수 있을 것이라고 생각하였다. 드디어 러시아 해삼위로 가서 그곳에 거주하고 있는 교포들 중에서 의협심이 많은 사람들인 관동關東 김두성金斗星, 제천堤川 우덕순禹德順 등 12인과 함께 손가락을 잘라 나라를 구할 것을 맹세하였다. 이어 충의忠義로써 교포들을 격려하고 권고하여 일 년 사이에 장정 3백여 인을 얻어 무예를 훈련시켰다. 의병대장직은 김두성에게 양보하고 의병 참모중장參謀中將을 맡았으며 나머지 사람들에게도 각각 직임을 맡기어 주었다.

융희隆熙 3년(1908년의 착오-번역자) 6월에 안중근은 병사들을 모아놓고 맹세하여 말하기를 '옛날 문천상文天祥은 향병 800인으로 원元나라를 도모하였으며 조헌趙憲은 700인의 유생儒生으로 왜구를 쳤다. 지금 우리는 비록 소수이지만 어찌 일본을 두려워할 것인가? 하물며 우리나라 안의 의사義士들이 도처에서 봉기하고 있으며 경외京外의 해산된 군인들도 합세하여 일본 놈들을 곤란하게 한 지도 이미 3년이나 되었다. 힘을 내어 앞으로 나아간다면 호응하는 자가 필히 많을 것이니 공들은 각자 힘을 다하여라.'라고 하였다.

군사를 거느리고 두만강을 건너 경흥군慶興郡에 들어와서 일본군 수비대를 습격하여 일본인 50명을 사살하였으며 회령會寧까지 들어갔다가 일본군 대부대의 역습을 받아 모두 패주하였다. 안중근은 두 사람과 함께 도망하여 죽음을 면하였다. 12일 동안에 겨우 두 끼의 음식을 얻어먹고 귀환할 수 있었다. 이때 이등伊藤이 통감의 직을 내놓고 이미 한국을 얻었으니 진일보하여 중국을 도모할 수 있으리라 여겼다. 10월에 겉으로는 유람遊覽을 선포하고 청나라의 만주에 와서 영국과 러시아 양국 대신과 하얼빈에서 회담을 하기로 약속하였다. 안중근이 듣고 기뻐하며 말하였다. '하늘이 이 역적을 나에게 보내시는구나.' 이어 우덕순에게 말하기를 '우리 한국을 망하게 한 자가 바로 이등伊藤이 아닌가? 지금 곧 하얼빈에 도착한다고 하니 당신과 함께 도모하고 싶다.'라고 하였다. 우덕순이 응락하였다. 곧 각자 총을 품고 하얼빈으로 향하였다. 길림吉林에 도착하였을 때 안중근은 하얼빈이란 곳은 러시아인이 제일 많은 곳으로 이등伊藤의 동정을 살피려면 반드시 우리나라 사람으로 러시아어를 아는 사람이 함께 하지 않으면 안 된다고 생각하고 유동하劉東夏, 조도선曹道先 두 사람에게 청하여 함께 하얼빈에 도착하였다.

그 날 밤 안중근은 여관에서 강개慷慨하여 자기의 뜻을 담은 노래를 지어 불렀다.

> 장부가 세상에 처함이여 그 뜻이 크도다
> 때가 영웅을 지음이여 영웅이 때를 지음이로다
> 천하를 웅시함이여 어느 날에 업을 이룰고
> 동풍이 점점 차짐이여 장사의 의기가 뜨겁도다
> 분개히 한번 감이여 반드시 목적을 이루리로다
> 쥐도적 이등伊藤이여 어찌 즐겨 목숨을 비길고
> 어찌 이에 이를 줄을 헤아렸는가 사세가 고연固然하도다
> 동포 동포여 속히 대업을 이룰지어다
> 만세 만세여 대한독립이로다
> 만세 만만세여 대한동포로다

우덕순도 역시 노래가락俚歌을 지어 화답하였다.

이튿날, 안중근은 우덕순, 조도선과 함께 관성자寬成子에 가서 이등伊藤의 소식을 탐문하고 자금을 마련하기 위하여 두 사람을 남기고 하얼빈으로 돌아왔는데 이등이 내일 도착한다는 보도를 보게 되었다. 안중근은 아침에 일어나서 역전에 이르러 러시아군의 뒤에 서서 기다렸다. 안중근은 양복을 입고 있어 러시아군이 일본인으로 여기고 한국인인 줄을 몰랐다. 이등이 도착, 기차에서 내려 러시아 대신과 악수하고 예의를 마친 다음 각국 영사領事들을 향하여 서서히 다가가서 안중근과는 열 발자국의 거리도 되지 않은 지점에 이르렀다. 안중근은 일찍이 이등을 본 적이 없지만 다만 신문에 실린 것처럼 왜소하고 도적같이 생긴 것을 보고 알아내었다. 군대를 가르

고 앞으로 나와 총을 들어 사격하였다. 세 발이 가슴과 복부를 명중하였다. 이등이 끝내 죽었다. 또 이등의 수행원 3명도 쏘아 쓰러뜨렸다. 이어 안중근은 대한만세를 높이 외쳤다.

이에 군대가 안중근을 결박하자 크게 웃으면서 말하기를 '내가 어찌 도망할 사람인가.'라고 하였다. 이어 러시아 재판소에 한 달 넘게 감금되었다가 일본인이 여순旅順에 있는 일본 관동법원의 옥으로 옮겨 감금하였다.

당초 일본이 우리나라를 제멋대로 통치하는 것을 시작할 때에 여러 나라에 선언하기를 한국인들이 일본의 보호에 대하여 감격해 하고 기뻐하고 있다고 하였다가, 지금에 이르러 각국의 질책이 있을 것을 두려워하여 법원장 진과眞鍋로 하여금 한국말을 아는 경희명境喜明과 원목차랑園木次郞을 시켜 감옥으로 가서 안중근을 설복하여 말하기를 '당신은 이등공伊藤公이 한국을 통감한 뜻을 미처 깨닫지 못했소. 이등공이 귀국에 시행한 모든 것이 국가와 백성들의 행복을 도모하기 위한 것인데 어째서 그를 해쳤소. 지금 만일 뉘우치고 실수했다고 자수한다면 일본정부에서는 반드시 당신의 뜻을 연민히 여기고 당신의 재능을 기이하게 여겨 관대히 처리하고 석방할 것이요. 이렇게 되면 당신의 전도와 공업功業은 가히 추측할 수 있을 것이오.'라고 하였다. 안중근이 웃으며 말하기를 '살기를 좋아하고 죽기를 싫어하는 것은 사람의 상정常情이다. 그러나 내가 구차히 살기를 원한다면 어찌 이에 이르게 하였겠는가? 당신들은 나를 유혹할 필요가 없다.'라고 하니 두 사람은 기가 꺾여 물러났다. 이튿날 또 백방으로 유혹하였지만 안중근이 들으려 하지 않았다. 진과가 이를 듣고 죽일 것을 결심하였다.

12월 공판을 시작하자 우리나라와 중국 및 서양사람 수백 명이 참관하였다. 앞서 안중근의 동생 정근定根과 공근恭根이 공판이 있으면 변호사를 청하여 변호하려 한다고 말하였다. 진과는 외국 변호사들이 반드시 안중근을 정의롭다고 할 것을 염려하였지만 또한 각국의 법률적인 관례를 어기기도 어려워 거짓으로 허락하였다. 그리하여 우리나라 사람으로서 미국과 해삼위에 살고 있던 사람들이 7,000원을 모아 서양에 변호사를 청하였다. 영국 변호사 다그라스德雷司와 러시아 변호사 미하일로프米罕依洛夫가 연이어 왔으며 한국 변호사인 의주義州 안병찬安秉瓚도 강개하여 자천으로 그곳에 이르렀다. 그러나 진과는 일본말이 통하지 않는다는 핑계로 모두 거절하고 유독 일본 변호사 두 사람만 선임하였다. 안중근을 법정 안에 끌어내왔다. 안중근은 신장이 약 5척 4치이고 기색이 표연하였으며 법정에서 안온하고 여유 있는 표정으로 팔짱을 끼고 수건을 털어 얼굴을 닦았다.

진과眞鍋가 법정의 관례에 따라 먼저 이름, 나이, 고향 들을 물은 다음 이등의 일로 들어가서 물었다.

'어찌하여 우리 이등공을 해쳤는가?'

안중근이 말하기를 '귀국이 러시아를 격파하였는데 귀국의 황제가 선전서宣戰書에 쓰기를 한국의 독립을 보호한다고 하여 우리나라 사람들은 모두 마음속으로부터 감격해 하였다. 그런데 러시아를 이긴 후에 이등은 귀국 황제의 뜻을 따르지 않고 공을 탐내고 화禍를 낙樂으로 삼아 군사로 우리를 협박하여 우리의 독립을 해쳤다. 그는 우리 대한의 신하와 백성들

의 만세의 원수이다. 어찌 죽이지 않을 수 있으랴?'

진과眞鍋가 말하였다.

'듣기에 당신들의 당중에 참모중장參謀中將이 있다고 하였는데 누구인가?'

안중근이 주먹을 불끈 쥐고 말하였다.

'참모중장이란 사람이 바로 난데 전날에 나는 의병대장 김두성金斗星과 함께 군사를 거느리고 바다를 건너 이등을 죽이려 하였다. 그러나 졸지에 이등이 왔기에 혼자서 먼저 행하여 복수를 하다가 이리된 것이다. 그런 즉 나는 귀국에 있어서 적장敵將으로 체포된 것인데 귀국에서 일개의 형사범으로 대하니 어찌된 것인가? 이등은 우리의 독립을 해쳤으니 나의 원수요, 또한 마음대로 우리의 태상황을 폐위시켰다. 이등은 우리 태상황에 있어서 외신外臣이요, 외신도 신하라 신하로서 군왕을 폐위시키고 어찌 주륙을 면할 수 있겠는가?'

말이 여기까지 이르렀을 때 목소리는 더욱 크고 웅장하여졌으며 눈빛이 번개와 같았다. 이등의 죄를 헤아리며 이르기를

'이등의 죄는 위로는 하늘에 닿는 것이다. 이등이 행한 우리 대한황제의 폐위가 그런 것이고 우리 대한의 독립을 떨어뜨린 것이 그런 것이며 동양의 평화를 해친 것이 그런 것이다. 또한 전날로 거슬러 올라간다면 우리 명성황후를 시해한 것도 실은 이등이 주모자이며 귀국의 선황제先皇帝….'

말이 끝나기도 전에 진과는 크게 놀라 얼굴빛이 변하면서 손을 저어 제지시켰다. 게다가 방청자들을 퇴장시켰기에 그의 말의 끝부분을 들은 사람이 없었다. 그는 '선황제先皇帝는 이등에 의해 시해되었다.'라고 말하였다. 이듬해 정월까지 여

섯 번 재판을 하였지만 안중근은 시종 한결같이 말하였다. 변호사는 말하기를 '안중근이 이등공의 한국보호의 뜻을 잘못 이해하였는데 비록 복수라고 하지만 실은 그렇지 않다. 마땅히 죽음으로 논해야 한다.'라고 하였다.

진과는 또 사람을 시켜 안중근에게 말하기를 '당신은 지금 죽게 되었다. 만일 잘못 이해하였다고 말한다면 살 수 있다.'라고 하였다. 안중근이 꾸짖어 말하기를

'너희들이 소위 잘못 이해하였다는 깃이 무엇을 가리키는 것이냐? 이등이 저지른 바가 인도人道에 어긋나고 천리天理를 말살한 것은 어린애들까지도 다 아는 바이다. 어찌 내가 잘못 이해했단 말인가? 너희들이 나를 죽이려 함은 내가 하루 살아 있으면 너희들 나라에 하루 우려가 따르기 때문이다. 그렇지만 진실은 천하에 옳고 그름이 나타나는 날이 반드시 올 것이다.'라고 하며 굴복할 줄 몰랐다.

진과는 끝내 변호사가 논한 죄대로 선고하고 3월 26일에 교수형으로 해하였다. 안중근은 그때 32세로 두 자녀가 있었다.

앞서 죄를 선고한 후, 두 동생이 그와 결별할 때에 말하기를 '내가 죽은 후에 일본이 나를 감리하던 땅에 묻히기를 원치 않으니 잠시 하얼빈공원 옆에다 묻어 국권이 회복될 때를 기다리게 해달라.'고 하였다. 형행 후 두 동생이 그렇게 하려고 하였는데 일본이 허락하지 않고 감옥 내에 묻게 하였다.

안중근은 평생에 그다지 학문에 섭렵하지 않았지만 총명이 뛰어나서 붓을 들면 빨리 글을 쓸 수가 있었다. 감옥에서 수만자의 동양평화론東洋平和論을 썼고, 시를 읊으면서 지내기도 하였다. 일본 및 각국 사람들이 다투어 돈을 내어 그가 쓴 글

을 사갔다. 전후하여 200여 일을 옥중에서 보냈는데 식사가 여느 때와 같았으며 매일 이튿날 아침까지 깊은 잠을 잤다. 죽는 날에 양복을 벗고 새로 지은 한복으로 갈아입고 웃으면서 말을 하고 형을 받았다. 다그라스德雷司가 안병찬安秉瓚에게 말하기를 '내가 천하의 사람들과 감옥들을 많이 돌아보았지만 이와 같은 열사는 일찍이 본 적이 없다. 돌아가면 당연히 세상 사람들을 위하여 칭송할 것이다.'라고 하였다.

우덕순, 유동하, 조도선 세 사람 역시 이등이 죽은 후에 모두 체포되었는데 공판 때 우덕순은 이를 갈며 대하였다. 게다가 자못 격양되었다. 일본인들이 3년형에 언도하였으며 유동하, 조도선은 스스로 안중근의 일을 모른다고 하였지만 일본인들이 역시 죄를 주었는데 우덕순보다는 가벼웠다.

논하여 이르기를 해주海州는 명산을 끼고 바다를 마주한 해서海西지방의 큰 도회지다. 고려시기에는 명유名儒 해동공자海東孔子 최충崔沖이 태어났으며 지금에 이르러 안중근이 또한 그곳에 태어났다. 천하의 웅대하고 영준하고 위대한 절개는 역시 모두 땅의 기운이 만든 것인가 보다. 옛적부터 충신의사의 죽음은 항상 뜻을 이루지 못하였지만 지금에 와서 안중근의 죽음은 능히 그의 뜻을 이룰 수 있어 마치 사지를 찢긴 호랑이나 토막 난 고래가 천하에 공개된 것이다. 듣는 자로 하여금 모두 깜짝 놀라기를 마치 깊은 밤에 홀로 자다가 우레소리를 듣는 것 같았다. 오호라, 어찌 천년만의 기이함이라 하지 않을 수 있으랴? 비록 그의 성공은 혹은 하늘의 도움이라 할 수 있다지만 그가 체포되어 200여 일 동안에 뜻을 굽혀

생을 도모하지 않은 사실은 실로 얻기 어려운 일이다.[12]

이 글은 안중근 전집에 수록되어 있는 것을 여기 옮긴 것이다. 나는 안중근 전집에 실렸던 글들을 수정 보완하는 작업을 얼마 동안 해 왔던 관계로 안중근에 관련된 일들을 조금 알게 되었다. '알면 알수록 안중근이 위대하다는 사실'을 깨우친 것은 바로 그런 작업을 통해서였다. 안중근은 정말로 알면 알수록 매력적이고 훌륭한 분임을 알게 된다. 우리 민족에게는 큰 복이고 인류에게도 엄청난 지적 자산이라고 나는 굳게 믿는다. 정말로 그는 잘 사는 법을 실천으로 보여준 위인이기 때문이다.

3. 자아 나 그리고 너

나는 어느 누구에게도 머리 굽혀 살아야 할 의무도 이유도 없다. 그러나 민주주의 원리라고 하는 '사람 위에 사람 없고 사람 밑에 사람 없다.'는 수식어는 실상 동서고금을 막론하고 그냥 빈 수식어에 지나지 않았다. 장자크 루소가 19세기에 「인간 불평등 기원론」을 써서 상을 받은 것으로 되어 있지만, 세상 사람들은 수천 년 동안 남을 노예나 종으로 부리는 일에 맛을 들여왔다. 그래서 누구나 자기들 마음속에는 자기 스스로 남의 종이거나 노예가 되거나 아니면 남을 종으로 부리거나 노예로 부리는 꿈에 젖어 살고 있다. 이 꿈을 뒤집어 보면 이런 사실이 눈에 뚜렷

---

12 김택영, 윤병석 역편, 『안중근 전기전집』(국가보훈처, 1999), 450~455쪽.

하게 띈다. 알게 모르게 우리들 머릿속에는 왕이라는 기생병균 (바이러스)이 들어 있다. 왕이나 지도자, 영웅, 대통령, 수상, 추장 따위가 어떻게 우리들 머릿속을 가득 채우고 앉아 있는지를 곰 곰이 잘 생각해 볼 필요가 있다.

많은 젊은이들에게 정말 자아 '나=내'가 누구인지를 물으면 아 주 퍽 당황해한다. 자기가 지닌 꼴값이 얼마나 되는 지에 대한 생 각들은 너무 하지 않는 엉뚱한 공부에만 머리를 써왔기 때문이 다. 아니 어쩌면 우리가 받아왔고 또 가르치고 있는 교육이라는 것이 실은, 이런 진짜 필요한 생각들은 아예 하지도 못하도록, 교 육 오류병균을 어려서부터 머릿속에 쑤셔담기고, 또 집어넣고 있 었는지도 모를 일이다. 어떻게 사는 것이 정말 잘 사는 것인지를 따지는 문제를 놓고, 젊은이들에게 묻거나 가르치려고 하다 보 면, 이런 따지기야말로 가장 답하기 어려운, 물음이라는 것을 알 게 된다.

사람이란 태어나고 자라 죽는 일까지는 대체로 뭔가를 모르는 채 열심히 행하고 살아나간다. 그러나 그가 정말 왜 사는 것인지 또 삶의 바른 뜻이 무엇인지를 알기는 어렵다. 나는 누구인가? 그래서 우리는 자주 남을 쳐다본다. 남은 어떻게 살아가고 있는 지, 또 그는 어떤 뜻을 마음에 품고 살았는지 또 그것이 그 스스 로 만들어낸 진짜 자아 그뙴인지를 눈여겨보곤 한다. 우리 앞에 는 우리보다 먼저 살았다가 간 많은 사람들이 있다. 그들의 삶을 드려다 보는 것 또한 나의 사는 뜻을 묻는 대답 찾기의 한 디딤 돌이 될 수 있다. 그래서 나는 앞에서 권정생을 앞세워 보였고, 그리고는 마음을 껑충 뛰어, 100여 년 앞에 살면서 자기의 길을 뚜렷하게 열어 간 의사 안중근을 생각해 보는 것이다. 마침 앞에서 다른 두 분은 모두 글들을 남겼다. 안중근은 그를 지켜본 모든 사람들이 증언하듯 글공부를 그렇게 열심히 한 사람이 아니었다. 그러나 그는 글쓰기 또한 엄청난 빛으로 살려 낸 위인이었다. 힘 찬 글씨의 펄펄한 흐름뿐만 아니라 그가 남긴 모든 말씀들은 뒷사람들의 마음 심줄을 팅팅 울린다. 한 생애를 그렇게 살아갈 수가 있다는 것, 그것은 아무나 옮겨 행할 수 없는 일이었기에, 우리에게는 오늘날 아주 맑고 큰 거울이 될 만하다. 그가 이등을 쏘아 죽인 후 뤼순 감옥에 도착한 지 사흘만인 1909년 11월 6일, 안중근은 「한국인 안응칠의 소회」라는 글과 「이토 히로부미 죄악 15개조」를 써서 검찰 측에 제출하였다. 나는 여기에 앞의 글 「한국인 안응칠의 소회」를 먼저 소개하려고 한다. 그의 글은 이렇다.

하늘이 사람을 내어 세상이 모두 형제가 되었다. 각각 자유를 지켜 삶을 좋아하고 죽음을 싫어하는 것은 누구나 가진 떳떳한 정이라 오늘날 세상 사람들은 의례히 문명한 시대라 일컫지마는 나는 홀로 그렇지 않은 것을 탄식한다. 무릇 문명이란 것은 동서양 잘난 이 못난 이 남녀노소를 물을 것 없이 각각 천부의 성품을 지키고 도덕을 숭상하여 서로 다투는 마음이 없이 제 땅에서 평안히 생업을 즐기면서 같이 태평을 누리는 그것이라 그런데 오늘의 시대는 그렇지 못하여 이른바 상등사회의 고등인물들은 의논한다는 것이 경쟁하는 것이요, 연구한다는 것이 사람 죽이는 기계라 그래서 동서양 육대주에 대포 연기와 탄환 빗발이 끊일 날이 없으니 어찌 개탄할 일이 아닐 것이냐.

이제 동양 대세를 말하면 비참한 현상이 더욱 심하여 참으로 기록하기 어렵다. 이른바 이등박문은 천하대세를 깊이 헤아려 알지 못하고 함부로 잔혹한 정책을 써서 동양 전체가 멸망을 면치 못하게 되었다.

슬프다 천하대세를 멀리 걱정하는 청년들이 어찌 팔짱만 끼고 아무런 방책도 없이 앉아서 죽기를 기다리는 것이 옳을까보냐. 그러므로 나는 생각다 못하여 하얼빈에서 총 한방으로 만인이 보는 눈앞에서 늙은 도적 이등의 죄악을 성토하여 뜻있는 동양 청년들의 정신을 일깨운 것이다.[13]

남의 눈에 띈 자아 나는 정말 진짜 자아 나일까? 한때 실존주의 작가로 이름을 널리 알리던 프랑스의 장폴 사르트르는 『자유의 길』, 「에로스트라트」, 「구역질」 따위의 글에서 진짜 자아 나를 만들어 가는 것이 너무 어렵고 힘겨운 나머지 남의 눈에 띈 자기가 진짜 자기인 것처럼 생각하려고 하는 현대인들을 꼬집으며 비웃었다. 속물, 그런 패들은 바로 남의 눈에 띈 자기가 진짜 자기인 것처럼 행세하려고 남의 눈앞에서 가진 꼴값을 다 쓴다고 그는 떠들었다. 1964년도에 그에게 수여하기로 한 노벨 문학상을 거절한 것[14]조차 나는 그때 그가 스스로 남의 눈앞에서 연극을 벌이는 거라고 생각한 적이 있었다. 그러나 안중근처럼 아예 자기가 선택한 길을 그냥 간 경우에 대한 뒷사람들의 지껄임

---

13 김우종 편, 『안중근과 하얼빈』(중국: 흑룡강 조선민족 출판사, 2005), 100쪽.
14 사르트르가 노벨문학상을 거절한 이유는 그 상이 모두 유럽 패들끼리 나누어 갖는다는 게 이유였다는데, 사실 그의 그런 주장은, 그나마, 올바른 것이었다.

이란 그냥 지껄임일 뿐이다. 안중근에 대한 동시대 그곳 사람들이나 오늘날 뒷시대 사람들에게 주는 인상은 결코 만만치가 않다. 이승만이 그 사건을 비판하고 나선 것은 어쩌면 그답게 꾀죄죄한 꼴값에 속하는 일이었다.

안중근이 재판을 받는 장면은 참으로 우리에게 아득해 보인다. 그가 그렇게 마땅한 척살을 하고 나서 재판정에서 벌이는 웅변은 가히 오늘날 우리 가슴에, 바로 오늘 이때에도, 출렁이게 울린다. 재판정에서 도도하게 자기 행위를 변호하며 던지던 음성들은 우렁차기가 그야말로 하늘을 찌를 듯하였다고 많은 사람들이 증언하였다. 안중근은 당시에 김두성을 대장으로 하는 독립군 의병 참모중장이었기 때문에, 자신은 적장을 죽인 포로로 대접해야지, 살인자로 법정에 세우는 것은 말도 안 된다는 것이었다. 그에 대한 재판을 왜적들은 교묘한 정치적 책략으로 이용하여 전 세계에다가 공개적이고 적법하게 재판한다고 떠벌렸지만 속살은 모두가 다 거짓일 뿐이었다. 그렇게 거짓된 책략을 쓰는 왜적들이었기에 조선족 동포들은 가진 방법을 다 써서 그를 구하려고 애썼다. 그 일 가운데 하나가 뛰어난 변호사를 골라 뽑아 우리들의 뜻을 전하려고 하였던 것이다. 서울에서는 안병찬安炳瓚 변호사가 분연히 일어나 무료변론을 하겠다고 나섰고[15] 또 영국의 더글러스J.C.F. Douglas변호사[16]는 영국의 아주 유명한 해군

---

15 그는 안중근 이야기를 듣고는 분하고 원통한 마음이 차올라 울분을 말하다가 피를 토하고 쓰러졌다. 몇 시간 뒤에 다시 일어나 안중근 구할 일을 찾는데 부심했으나 왜국 재판부는 그것을 막았다.

16 그는 민영철, 민영익, 현상건 등이 모금한 돈 1만 원을 받고 안중근 변호 일을 맡았다. 왜정 법원은 물론 그와, 러시아 변호사 미하일로프, 안중근 사건을 듣고 울분에 차 피를 토하기까지 하고는 무료변론에 나선 안병찬(安炳瓚) 모두의 변론을 막았다. 그는 미국인 스티븐스를 처단

제독 아치발드 더글러스 경의 아들이기도 한 사람이었다. 러시아 변호사 미하일로프는 왜국 재판부에서 변호인 신고를 받아들이지 않자 자기 나라로 갔다. 그러나 더글러스는 재판과정을 끝까지 지켜보았다. 안중근에 대한 그의 참관 소감은 안중근관련 여러 곳에 나와 있을 뿐만 아니라 위에 옮겨 적은 김택영의 「안중근전」에도 나와 있지만 그것을 소설로 그린 송원희 장편소설에서 다시 옮겨 보인다.

> 영국 변호사 더글러스가 여순을 떠나는 날 외국 기자들이 그에게 또 한 번 소감을 물었다.
> '나는 법을 공부한 사람으로서 많은 재판과 많은 피고인들을 변호해 왔지만 안중근 같은 인물은 본 적이 없소이다. 나는 세계각지를 다니면서 만나고 묻는 사람들에게 그가 한 일이나 그의 마지막까지 초인적인 훌륭한 태도를 칭송하겠습니다. 그는 정말 대단한 인물이었소이다.' 그 옆에서 듣고 있던 안병찬은 그의 말을 안중근에게 꼭 전해주고 싶었다. 그러지 않고서는 떠날 수가 없었다.[17]

마지막으로 안중근에 대한 이야기 하나를 덧붙이겠다. 그것은 당시 영국의 화보신문 더 그래픽The Graphic의 찰스 모리머Charles Morrimer기자가 1910년 2월 7일부터 14일까지 약 8~9일 동안 중

한 전명운이 재판에서 7년 형을 받은 예를 들면서 안중근 구명에 적극적이었던 영국 사람이다. 그는 안중근이 사형 형을 받자 그 재판의 부당함을 공개적으로 알린 사람이기도 하였다.

17 송원희, 『대한국인 안중근』(조이에듀넷, 2004), 299쪽.

국 뤼순에서 열린 안중근 공판을 참관하고 나서 사진과 함께 4월 16일 자에 소개한 기사 전문이다. 원제목은 「일본식의 한 '유명한 사건'-이토공작 살해범 재판 참관기」이다. 이 기사의 끝장면에 보면 재판 받던 네 사람들에 대한 인상기가 인상적으로 기록되어 있다.

> 형을 선고받은 피고인들은 각자 특색이 있었다. 나이 어린 유 씨는 가련하게 울먹였다. 조 씨는 좀 나았다. 우 씨는 잃었던 침착성을 되찾은 듯 아무도 원망하지 않았다. 안중근은 기뻐하는 모습이 역력했다. 그가 재판을 받는 동안 법정에서 자신의 정당성을 주장하는 열변을 토하면서 두려워한 것이 하나 있었다면, 그것은 혹시라도 이 법정이 오히려 자기를 무죄방면하지나 않을까 하는 의심이었다. 그는 이미 순교자가 될 준비가 되어 있었다. 준비정도가 아니고 기꺼이, 아니 열렬히, 자신의 귀중한 삶을 포기하고 싶어 했다. 그는 마침내 영웅의 왕관을 손에 들고 늠름하게 법정을 떠났다. 일본정부가 그처럼 공들여 완벽하게 진행하고 현명하게 처리한, 이 세상을 떠들썩하게 만든 일본식의 한 '유명한 재판사건'은 결국 암살자 안중근과 그를 따라 범행에 잘 못 인도한 애국동지자들의 승리로 끝난 것이 아닐까.[18]

유 씨는 러시아 말을 하기 때문에 같이 안중근의 심부름으로 움직인 나이 어린 유동하柳東夏였고 조 씨는 러시아 말을 할 줄

---

18 이기웅 저, 『안중근 전쟁 끝나지 않았다』(열화당, 2010), 366쪽.

아는 또 한 사람의 러시아 말 통역 동지 조도선趙道先이었다. 마지막으로 우 씨는 우덕순禹德淳으로 안중근이 채가구蔡家溝에서 하룻밤을 보내면서 피를 토할 듯한 시를 썼을 때 같이 자기도 답가시를 썼던 안중근의 동지였다. 사람의 사람됨을 따지는 잣대는 크게 두 틀로 나누어 풀이할 수 있을 터이다. 세속적인 성공; 이를테면 이일 저일 닥치는 대로 돈벌이에 자기 삶을 밀고 나아간 그래서 남들보다 아주 많은 돈을 모은 사람, 게다가 그는 돈으로 할 수 있는 모든 재산 불리기를 하여 많은 토지나 황금, 남에게 빌려주고 이자를 또박또박 받아내는 돈놀이꾼, 증권이나 땅 투기 따위로 현세적인 재산을 많이 가진 사람들을 성공한 사람이라고 착각하는 경우[19]가 첫째 이 범주에 속한다. 다음은, 수천 년 동안 이어져 내려온 버릇대로, 관직으로 성공한 사람이 이에 속한다. 각종 벼슬살이에 필요한 시험에 합격한다든지 든든한 벼슬아치를 뒷심으로 두어 그의 등밀이는 물론 각종 끄나풀을 움직여 이곳저곳에 이끌려 올라, 관직에 나아가, 어깨에 힘깨나 주는 그런 사람을 성공한 사람의 범주에 넣는 경우이다. 우리나라 각 씨족들 가운데 이름깨나 있는 성씨의 족보들을 보면 그들이 조선조 어느 왕 치하 당대에 무슨 벼슬을 하였다는 것을, 큰 자랑으로 여겨, 여기저기 기록하려 하거나 남들 앞에 그것을 내세운 적이 있었다. 조선조에 이런 풍조는 길고도 깊게 우리 민족에게 남겨져 왔다. 이런 오랜 성공 이야기 따위는, 나의 나됨 찾기라는 길에서, 우리 마음속에다가 왕이라는 더부살

---

19 엄격하게 말해서 돈은 우리들 삶의 가장 귀중한 값의 잣대는 아니다. 돈은 어쩌면 악마들이 만들어 낸, 장난감에 지나지 않는, 어떤 환상일 뿐일지도 모른다.

이병균(기생병균=바이러스)을 집어넣는 일들을 진행시켜왔다. 왕[20]은 누군가를 다스릴 신하와 백성이 필요한, 바꿔 말하면, 자기 앞에 무릎 꿇고 시키는 대로 할 노예, 또는 종이 필요한 날강도이다. 이런 날강도를 머릿속에 집어 넣게 된 사람들은 늘 왕이라는 전염병균에게 복종할 태세를 갖추고 나날을 이어 산다. 이런 더부살이병균(기생병균virus)은 하루빨리 없애야 할 마음의 쓰레기이다.

그런 사람 페들과 마주 선 자리에서 사람됨의 값을 따지는 잣대는 지극히 비상식적으로 되어 있다. 비상식적이라는 말은 일체의 세속적 잣대를 이 잣대는, 거의 무시하거나, 아니면 그런 세속적 잣대를 우습게 여기기조차 한다. 이를테면 세속적으로 돈푼깨나 벌었다고 어깨에 힘을 준다든지 큼지막한 집을 여러 채 지녔다고, 또는 은행잔고가 상당히 많다고 으스대는 사람들[21]이나, 무슨 공직에 앉아 있어서 아주 큰 힘을 발휘할 수 있는 것처럼 권세를 내세우는 패들을 아예 사람 격에도 놓지 않으려는 패들의 잣대가 곧 그런 가치 족 사람들이다. 이 두 가치 족 사이에는 엄청난 긴장과 밀고 당기는 힘의 여울이 거센 흐름으로 놓여있다. 어느 쪽에서 자기의 나됨을 만들어 갈 것인가? 자아 나는 참 알기 어렵고 또 그게 어떤 것으로 가야 할 지도 알기 어려운 존재다.

---

20 영어의 king은 라틴말 rex에서 왔다고 정치학자들은 푼다. 이 렉스라는 말은 오늘날 부자라는 뜻의 rich와 같은 말이다. 오늘날 왕은 돈이 많은 돈놀이꾼들이다. 그래서 그들이 곧 날강도라는 말을 쓰는 것이다. C. 더글러스 러미스, 최성현/김종철 옮김, 『경제성장이 안되면 우리는 풍요롭지 못할 것인가』(녹색평론사, 2002), 85쪽.

21 실은 이런 사람들은 남의 눈앞에 버젓이 들어 내놓고 자기 집 자랑을 하지도 못하는 경우가 많다. 그런 집짓기가 실은 떳떳한 돈으로 된 것이기가 아주 어렵기 때문이다. 돈은 떳떳한 몸으로 모이기가 아주 어렵다. 돈이 새끼를 치는 이상한 현상을 누구도 눈치채거나 따지려들지를 않지만 그게 그리 떳떳한 것이라고 믿는 사람 또한 없다.

4. 맺는말

이 글은 「인문학의 숲에서 자아를 발견하다」라는 이야기 줄로부터 뭔가를 찾으러 떠난 말걸음이었다. 그러나 우리는 내가 진짜 누구인지 또 너는 누구인지를 뚜렷하게 찾아내지 못한 채 이야기를 끝내면서 서로 흩어져야 한다. 쓰는 사람이나 읽는 사람이나 또는 이 이야기를 듣는 사람이나 모두 다 스스로 내가 누구인지를 아는 사람은 없다. 앞에서 나는 아동문학가, 또는 슬기 맑힘 꾼(철학자) 권정생 선생과 늘 우리들 마음을 울렁이게 하는 올바른 사람義士 안응칠, 안중근의 일생을 조금 내비쳤다. 그 이유는 너무나 뻔하다.

나 스스로 내가 누구라는 말은 할 수도 없고 또 해서도 안 된다고 생각한다. 스스로 무엇인가를 많이 남긴 사람이라고 떠드는 치들 쳐놓고 제대로 된 사람은 거의 없다. 그런데 여기서 조금 밝히고 넘어갈 이야기가 있다. 앞에서 내세운 두 틀의 삶 방식 가운데 뭔가를 많이 가졌다고, 그래서 성공했다고 착각하는 사람들은, 대체로 자기 마음속에 깊고도 빈 샘 하나씩을 가지고 있다. 그가 지닌 우물 속에는 샘물도 나오지 않고 바닥은 바싹 말라 찬 돌들만 깔려있기 쉽다. 아니, 그곳에는 독한 뱀들이나 늑대가, 이빨을 드러내고 있기 쉽다. 돈을 모으고 그 돈으로 새끼를 치는 돈놀이로 한 평생을 산 사람들은 남이 모두 그 수단이며 남의 눈에 눈물깨나 흘리게 한 사람이기 쉽다. 뿐만이 아니다. 그 돈으로 이리저리 사람들을 긁어모아 벼슬자리까지 차고앉았던 사람이라면, 그 꼴값은 별로 볼품 없이, 바싹 말라빠진 삭막하고 황폐한 사람이기 쉽다. 그래서 그들은 마음속에 늘 열등감이라는 병균을 지니고 산다. 열등감은 그 쌍둥이로 우월감이라는 병균을 업고 있다. 열등감이 많고 깊은 사람일수록 우월감은 하늘을 치솟을 듯이 드높다.

사람은 어느 누구도 남보다 높거나 낮지가 않다. 그러므로 남에게 굽실거릴 아무런 이유도 의무도 없다. 그런데도 남을 먹이로 삼아 자기 종으로 삼으려고 나서는 사람들이 많다. 그들은 모두 다 더러운 병자들이다. 그리고 그런 병자들에게 굽실대며 목숨이나 이어가려고 하는 사람들 또한 꼴도 보기 싫은 병자들이다. 왕이라는 전염병균을 몸에 지닌 채 스스로 왕(부자)이 되려고 죽을 둥 살 둥 발버둥 치거나, 그들에게 노예나 종으로 살면서도 뭔가 매나 맞지 않기를 바라는 사람들 속에 우리는 놓여 있다. 이렇게 우리들 삶 판이 어쩌면 시커멓고 더러운 약육강식의 살얼음판인지도 모르겠다. 누군가가 슬그머니 내 앞을 가로막아 네가 누구냐고 묻는다. 그동안 편안하게 쪼이던 햇볕이 별안간 막힌다. 올려다보니 막강한 권세를 사람들로부터 빼앗아 가지고 성공한 것으로 착각하여 높은 말 위에서 나를 내려다본다. 왕이라는 날강도다. 내려다보면서 왕이라는 날강도는 네가 바라는 게 뭐냐고 묻는다. 나는 대답한다. 네가 막고 서 있는 햇빛이나 내게 비치도록, 막은 자리나 비켜달라고 대답한다. 세계 각국 민담이나 동화책들을 유심히 읽어보면 왕이라는 이름이 얼마나 우스꽝스러운 날강도이며, 사람들을 세뇌시키는 기생병균인지를 바로 알게 한다.[22] 그러나 우리들은 아무도 이런 민화나 민담 이야기에 대하여 반발하거나 그런 따위 말을 조금도 의심스러워하

---

22 정현기, 『운명과 자유』(서정시학, 2011), 131~164쪽.

지 않는다. 왜 그럴까? 우리들 마음속에 들어 있는 왕 기생병균이 그렇게 우리들 마음을 무디게 하였기 때문이다.

또 다른 이야기는 이거다. 그럭저럭 내 이웃들과 농사도 짓고 사냥도 하면서 사랑하는 아내도 얻어 몇 남매를 낳아 잘 지내고 있다. 그런데 어느 날 소문을 들으니, 그가 사는 나라에게 이완용이 왜놈 부라퀴들에게서 빚을 잔뜩 지워놓고 오랏줄로 자기 나라를 꽁꽁 묶어놓았다. 그 빚을 갚으려고 대구의 서상돈, 김광제 등이 빚 갚을 마련할 말을 꺼내자 전국의 부인들은 금가락지나 은비녀를 뺀다(탈환운동), 매끼 먹는 밥쌀에서 쌀을 조금씩 모은다節米運動, 이런저런 일로 나랏빚 갚는 일(국채보상운동)에 나섰었다. 하지만 빚 올가미로 조선 사람들의 목을 조이려고 작정한, 그래서 억지로 일본은행에서 높은 이자를 내야 하는[23] 돈을 꾸어다가, 왜적들의 조선통치 기반을 만드는 데 앞장선, 적장 이등박문은 그 운동을 벌이던 〈경향신문사〉 주필 양기탁梁起鐸을 비롯한 관계자들을 공금횡령죄로 잡아 가두고는 그동안 거두었던 돈도 모두 빼앗아 갔다. **참 고약하고 못난 놈이었다.** 뿐만이 아니다. 나라가 남의 나라에게 먹힐 위기에 처해 그 처지로부터 벗어나 갈 길이 곧 교육입국이라는 것을 내세워 전국 각지에 세운 학교(1906년 그가 스물여덟 되던 해에 안중근도 삼흥학교와 돈의학교를 세우고 직접 교무일을 맡아 하였다.)를 왜제는 꾸준히 방해하여 한국 땅에서 인재 기르는 일을 막았다. 젊고 성질 급했던 안응칠이 가만히 지켜보니 그따위 더러운 짓을 벌이는 패의 앞잡이가 늙은

---

23 이때 한국이 왜국에게 진 빚은 1,300만 원이었다고 했다. 이자가 6.5%여서 이완용이 너무 이자가 높지 않느냐고 했다가 이등박문에게 면박당하는 장면이 림종상이 쓴 장편소설 「안중근 이등박문을 쏘다」에 나와 있다.

날강도 이등박문伊藤博文이었던 것이다. 이런 날강도는 잡아 죽여야 그 발걸음이 멈춘다. 안응칠은 그래서 권총으로 그 '늙은 도적'을 쏘아 죽였다. 천하고 더러운 종자는, 그렇지 않은 여러 사람들에게, 그렇게 미움을 받게 되고, 누군가는 그런 부라퀴를 쓰러뜨린다. 그게 우리들 삶의 법칙이다. 열등감과 우월감이라는 쌍둥이 병균! 이런 병균은 모든 사람들이 지니고 있다. 이것으로부터 자유로운 사람, 그는 스스로 늘 자기가 남인 누구보다도 높다거나 낮다고 여기지 않는 사람이다. 그런 사람을 나는 귀중한 자아 나의 나됨 만들기를 이룩한 사람이라고 이르기로 한다. 남보다 결코 높다고도 낮다고도 생각하지 않으면서, 남을 그런 생각자리로 대하는 못난 사람이 있을 때면, 빈틈없이 그것을 알리려 하는 사람, 권정생이 그랬고, 안중근이 그랬으며, 또 여기서 다루지 못하지만 수많은 우리민족으로 우리보다 먼저 살았던 사람들 가운데는 아주 많다. 나는 정말 누구인가? 그리고 너는? 나나 너는 왜 살고 있는가? 내가 살고 있는 목적은 정말 무엇인가? 나의 꼴값은 진짜 얼마나 될까? 이 물음은 우리들 앞에 늘 놓여 있되 진짜 답이 어려운 말의 불꽃이다. 하지만 그렇기 때문에 우리는 이 답을 찾아 오늘도 내일도 여기저기 기웃거리며, 또 이 책 저책을 뒤적이고, 서성거린다. 우리는 모두 다 온 평생 이 물음의 답을 찾아 서성거리며 헤매는 떠돌이(방랑자)들이나 아닐까?

마포구청이 주관하는 문화모임에서 발표한 이야기,

2011년 5월 22일

나는 왜 사는가?

1. 드는 말

2014년 두 차례 박상조 박사가 만든 〈인문정신을 찾아서〉 모임에 나는 다시 용감하게 나선다. 그리고 곰곰이 나와 내 삶을 살핀다. 아무도 자신이 자아 나를 본 사람은 없다. 모두 다 남의 눈이나 입을 통해서 나를 보는 척하거나 본다. 인문정신의 세 기둥으로 읽히는 슬기맑힘(철학哲學)과 역사학 그리고 문학은 대체로 자아 나를 찾아 나서는 말길 찾기 발걸음이다. 나란 도대체 누구인가? 그리고 나는 왜 사는가? 나의 사는 값은 얼마인가? 그들은 묻고 또 묻는다. 아득한 동서고금 모든 나라 사람들은 이 물음에 일생을 걸고는 한다. 그러나 정작 속 시원한 대답은 거의 없었다. 그리고 우리가 이 세상에 구차스럽게 살아가는 일에 대한 물음은 그것 자체가 사는 뜻에 해당할 것이다. 왜 사느냐고 묻는 그것, 그게 사는 뜻이라고 먼저 정리해 두고 나는 이 이야기를 밀고 나갈 생각이다. 사람들은 누구를 가리지 않고 다들 자기에 대해 묻는다. 우리를 비춰주는 거울이라는 게 있다. 거울이 없던 시절 이야기로, 우리는 자아 내가 물속에 비친 자아 나를 보고 거기 반해, 아예 물에 빠져 죽었다는 전설을 만들었다. 그리스 이야기로 수선화 꽃을 푸는 전설이기도 하다. 각 분야 예술가나 문인들은 특별히 이런 물음에 깊이 빠지는 이들이다.

자아 나를 깊이 생각한 시인들일수록 거울에 대한 글을 쓰곤 한다. 청동거울이든 수은거울이든 거울은 거울 앞에 선 대상을 되비치는 마술을 부린다. 거울 속에 비친 자아 내가 진짜 나인지 아닌지 문인들은 그걸 확인해 보고 싶다. 그래서 문인들은 자꾸 묻는다. 내가 누구냐? 이 물음에 영원히, 없는 답 찾는, 물음표가 정답일 지도 모른다. 우리가 천재 시인이라고 입을 모아 중얼거리거나 여기저기 글로 적어놓곤 하는 1933년대 시인 이상李霜(호적에 올린 진짜 이름은 김해경金海京이었다.)이 〈카톨릭靑年〉지에 발표한 「거울」을 보기로 한다.

거울속에는소리가없소
저렇게까지조용한세상은참없을것이오

거울속에도 내게 귀가있소
내말을못알아듣는딱한귀가두개나있소

거울속의나는왼손잡이오
내握手를받을줄모르는-握手를모르는왼손잡이오

거울때문에나는거울속의나를만져보지못하는구료마는
거울아니었던들내가어찌거울속의나를만나보기라도했겠소

나는至今거울을안가졌소마는거울속에는거울속의내가있소
잘은모르지만외로된事業에골몰할께요

거울속의나는참나와는反對요마는

또꽤닮았소

나는거울속의나를근심하고診察할수없으니섭섭하오[1]

거울은 윤동주尹東柱의 「참회록懺悔錄」을 비롯하여 이상의 또
다른 시 「명경明鏡」 등 험난한 시절을 보낸 시인들이, 가장 큰 자
기물음표로 자의식을 드러내는, 시적상관물이다. 이 시 다섯째
연 끝줄 '잘은모르지만외로된事業에골몰할께요'라는 구절에 '외
로된사업'에 대한 풀이는 퍽 구구하다. 시인 이승훈이 이 시집
을 묶으면서 각주로 달아놓은 것들을 보면, '잘못된 사업, 어긋
난 사업(김열규)', '주체적 자아에 대한 음모(문덕수)', '홀로 하는
혼자만의 사업(김승희)' 등 뒷사람들은 열심히 생각나는 대로 말
했다. 문학하기의 꽤 큰 재미에 속하는 남의 말 진짜 뜻 맞추기
놀이에 해당하는 말장난질이다. '외로된', 이 말은 퍽 전통적이
고도 오래된 우리 말 쓰기의 말맛을 지닌 채 쓰이고 있다. 아이
를 처음 낳았을 때 그 남편이 맨 먼저 하는 일은 새끼 꼬는 일이
다. 금줄을 치기 위한 새끼인데, 이 새끼줄은 왼쪽으로 꼰다. 숯
과 솔가지를 꽂되 사내아이면 붉은 고추를 꽂아 이 집에 새 아이
가 태어났음을 알린다. 새로운 탄생이 시작될 때 왼 새끼를 꼰
다. 이상이 시 「거울」속말에 끼워 넣은 이 '외로된 사업'은 어쩌
면 새로운 자아 나의 탄생을 꿈꾸겠다는 이야기 길로 통하는 것
으로도 읽힌다. 하지만 겉뜻으로 와 닿는 뜻은 당대 모든 사람,
개자식들이 하고 있는, 어떤 사업과도 다른, 삐딱한 방식의 사업

---

1 이승훈 엮음, 『李霜문학전집1』(문학사상사, 2002), 187쪽.

에 골몰하겠다는, 자기시대 부정과도 같은 깊은 울림을 주는 말법이다. 부정한 귀신이 드는 걸 액막이하려는 왼새끼 금줄, 그런 외로 된 사업, 당대 모든 관념에 반하는 그런 사업에 골몰하는 것, 왜놈들을 다 쫓아내고 죽여 없애 버릴 사업에 골몰할 것이라는 뜻이 들어 있다고 나는 읽는다. 그러나 그게, 그런 반역사업이 잘될지 안 될지는 잘 모르겠단다. 시대가 하도 어수선한데다, 한국 사람들, 자아 나의 나됨, 그와 그됨찾기 발길을 거덜 낸 왜놈 치하에서, 새로운 나와 우리를 만들 사업이 잘될지는 아무도 모른다.

 '외로된 사업', 늘 하던 대로 하질 않고 다르게 하는 일, 남들이 그것을 바르지 않다고 타박하기 쉬운 그런 길로 마음의 일에 머리를 온통 쓰겠다는 이 말은 어쩌면 자기가 살아내던 그 시대에 삐딱한 사업, 자기만의 사업을 시작하는 꿈을 꾸겠다는 시적 언술이 숨어 있다. 나는 그렇게 읽는다. 1940년대에 태어났던 우리에게는 익숙한 시인 이상 고정관념이 있다. 그의 시를 읽거나 그에 대한 생애를 살필 때면 의례히 그는 '자기분열'에 빠졌던 사람이라는 정신분석학적 용어를 자주 들먹인 때가 있었다. 자기분열~! 자아분열! 그런데 이 말에 덧붙여야 할 말이 있었는데 논자들은 그것을 쏙 빼놓았다고 내겐 읽혔다. 시대가 미치면 거기 사는 사람들은 거의 다들 미쳐 있다는 말씀 말이다. 모든 제국주의 침탈 시대란 근본적으로 미친 시대, 미친 사회이다. 상식이 통하지 않고 이제껏 소통되던 모든 말씀이나 이야기 통로가 막혀, 서로를 알 수 없게 된 시대는, 미친 시대다. 왜정시절은 미친 시대였다. 한자말 용어로는 '광기狂氣'의 시대였다. 그래서 우리는 자꾸 묻곤 한다. 나는 미쳐 있지나 않은지? 나는 왜 사는

지? 도무지 알 수 없는 일들로 나를 가득 채워놓고 어른들은 말이 없다. 엉뚱한 것들로만 나를 내몬다.

사는 일은 일단 묻는 일로부터 시작된다. 어린아이들은 태어나자마자 눈앞에 펼쳐진 휘황한 주위 풍경에 놀란다. 아잇적 나는 기저귀를 차고 온몸을 꽁꽁 묶인 채 반드시 눕힌 상태로 눈을 뜰까말까 꼼지락거린다.[2] 겨우 뜬 눈앞에는 자기를 들여다보고 있는 여러 개의 눈이 있다. 눈 속에 비친 풍경은 다채롭다. 웃는 얼굴, 기쁨에 가득 차 환해 보이는 밝은 얼굴, 그 옆에서 아이 얼굴 중앙에 다가서려고 애쓰는 또 다른 눈들이 어린 나를 드려다 본다. 어린아이는 무엇이든 손에 잡히는 대로 움켜쥔다. 그리고 입에 닿는 모든 것을 빨아들인다. 그리고 어느 정도 이 현세에 익숙해지면서 손에 잡히는 대로 입에 집어넣는다. 모든 사물이 다 입으로 들어간다. 어른들은 그런 그를 보면서 웃기도 하고 손을 아예 긴 소매 속에 묻어 손이 밖으로 나오지 못하게 단속한다. 손에는 이미 손톱이 자라기 시작하여 그 손톱이 얼굴에 닿으면 할퀴는 일도 가끔 생긴다. 이리저리 움직이는 손짓에 얼굴이 긁히기도 하고 잡히는 대로 입에 집어넣는 것에 이상한 맛과 질감, 느낌이 뒤따른다. 그래서 나는 자꾸 묻는다. 이건 뭐야? 저건 뭐야? 눈으로 묻고 옹알이로 묻고 손가락질로 묻는다. 말을 배우기도 전부터 아이들은 자기를 둘러싼 세상일에 관심을 기울인

---

2 1941년도 음력 1월 3일에 태어난 나는 어린 시절에 어떤 기저귀를 찼는지 어떤 상태로 내 삶의 첫 살이 겨움을 버텼는지 잘 모른다. 1945년 8월 15일 광복을 맞은 지 4년이 된 해였고, 우리 집안은 양반출신이라는 방어막 하나만 두른 채 극도의 가난살이를 그럭저럭 견디고 있었고, 나의 생모 또한 내가 퍽 귀찮은 존재여서 빨리 제 손으로 밥 먹기만을 바랐다고 했다. 별로 유복하지 못한 그런 출생이었음을 나는 진작부터 짐작하고 있었다.

다. 사물을 분별하려는 슬기 맑히기와 알려고 하는 본능이 그렇게 시킨다. 삶이 시작된 것이고 하기 좋은 말로 철학하기가 시작된 것이다.

어린아이 나는 자주 운다. 몸을 움직이려 해도 몸을 묶어 놓아 꼼짝하기가 어렵다. 발과 팔다리를 움직여 보지만 마음대로 되질 않는다. 이럴 때 내 삶은 울음소리만으로 내가, 이 삶의 가당찮은 운명을 버텨 견디면서, 내 있음의 문제를 풀어나간다. 배가 고플 때 니는 운다. 그래아 어른들이 내 배 고픔을 안다. 알아야 내 문제를 해결한다. 그래야 어른들은 내게 젖을 빨게 하거나 마실만한 우유나 암죽을 준다. 배가 차면 나는 일단 좀 편안해진다. 이게 내 삶의 어린 시절을 증명할 기본 뜻이다. 배가 부르면 일단 나는 잠을 잔다. 잠만큼 사는 일에서 중요한 짓이 없다. 사는 일의 첫째 뜻은 여기에 있어 보인다. 잠을 자며 쉰다는 것은 몸의 힘을 채워놓는다는 뜻이다. 산다는 것은, 그가 지닌 몸에 힘이 들어있다는, 뜻이다. 힘이 겉으로 드러날 때 있음은 살아있는 것으로 남에게 인정된다. 삶의 반대 뜻으로 사람들은 죽는다는 말을 쓴다.

나는 아랫도리가 친친하다. 오줌을 싼 모양이다. 그리고 똥도 쌌다. 그러면 다시 나는 운다. 나이든 어른들은 이런 증상을 잘 안다. 어른들은 한마디씩 한다. '오줌을 쌌나봐!' 그러고는 기저귀를 갈아준다. 내 오물들을 들여다보는 어른들의 눈빛은 집요하다. 똥이 묽게 나왔나 되게 나왔나 그들은 그 현상을 살펴 내 어린 시절 삶의 건강상태를 보살핀다. 아랫도리도 말끔하고 배도 그리 고프지 않다. 그런데 잠은 오지 않는다. 심심하다. 그래서 뚜릿뚜릿 옆을 살피는데 아무도 없다. 어린 나도 심심한 걸

참기는 쉽지 않다. 그래서 나는 또다시 한바탕 운다. 경상도 사람들은 이렇게 우는 걸 곡지통을 터뜨린다고 말한다. 어머니인지 할머니인지 누군가가 나를 안아 올린다. 그리고는 내 눈을 맞추면서 뭔가를 묻는다. 방긋 웃어준다. 그러면 안아 올린 여인이 활짝 웃는다. '이놈 봐라! 이 웃는 것 좀 봐! 와 참 그놈 이쁘다.' 이러면서 어른은 기뻐한다. 어린 나는 어른들을 웃게 하는 법을 터득해 간다.

그런데 어느 날 어린 나는 배가 아프다. 설사가 난다. 죽죽 똥도 묽게 갈긴다. 배가 보통 아픈 게 아니다. 그러면 나는 또 운다. 이번 곡지통은 있는 힘을 다해 쏟아놓는 울음이다. 그러면 어머니는 당황한다. 어쩔 줄을 몰라 허둥거리는 어머니와 할머니가 다 보인다. 그 옆에는 아버지도 있나보다. 아니 또 할머니 할아버지가 있기도 하다.

2. 삶의 뜻

사는 일에 어떤 뜻이 있으려면 무언가 자꾸 자아 나를 만들어 내야 한다. 나를 만든다는 말은 무슨 뜻인가? 내 키가 작다. 다른 이들에 비교해 보면 아주 많이 내 키가 작다. 그래서 '작으면 키를 키우는 게 좋다.'는 의미가 생겨난다. 키를 키우려면 어째야 할까? 우선 음식을 고루 먹고 가능한 대로 많이 먹어줘야 한다. 그게 어른들, 특히 배운 이들의 주장이고, 아는 체하기이다. 삶의 뜻 속에는 아는 체하는 몸짓 하나가 들어 있다. 아는 체에는 여러 꼴의 짓이 있다. 그 첫째가 아마도 드러내기일 터이다. 일몬이 자기 몸을 드러낼 때에는 여러 꼴의 뜻 지움이 곁든다. 일몬이 남 앞에 드러나기 위해서는 사람들이 불러준 이름과 뜻풀이가 필요하다. 모든 있음이 이름으로 지어져 불림으로써 그 뜻은 살아나고 남 앞에 드러난다.

1) 드러내기

자아 나를 드러낸다는 것은 사는 동안 필사적으로 사람들이 꿈꾸고 움직이는 사기 몸짓이다. 사람은 누구나 그가 살아 있다는 것을 드러내려고 애쓴다. 몸이 자라 커지는 것도, 버둥거려 움직임으로써 무엇인가를 잡아채는 몸짓도, 그 모두는 다 이 세계에 자기를 드러내는 형식이다. 모든 몬物은 거기 어딘가에 놓여 있음 꼴을 이룬다. 우리가 사물이라고 부르는 일몬(事物을 한글학자 최현배 선생은 일몬으로 풀었다.)은 그게 어디에 놓이든 사람들에 의해 일정한 뜻이나 쓰임새를 갖춘다. 그렇게 됨으로써 일몬은 비로소 자기 드러내기에 뜻을 세운다. 좀 큰 이야기 틀을 가지고 이 드러냄을 살펴보기로 한다. 한때 나의 스승이기도 한 이어령李御寧 선생은 일본 애국가(기미가요)와 한국의 애국가를 비교하면서 우리 애국가가 일본 것에 비해 축소 지향적이라면서 비판하였다가 『토지』의 작가 박경리 선생에게 호되게 비판받은 적이 있었다. 일본 애국가 기미가요의 한 절은 이렇다.

> 왕의 세상이 천 년 팔천 년
> 작은 조약돌이 큰 바위가 되어서
> 이끼가 낄 때까지

그리고 우리가 잘 알듯이 우리나라 애국가의 시작은 이렇다.

동해물과 백두산이 마르고 닳도록
대한사람 대한으로 길이 보전하세

'작은 조약돌이 큰 바위가 되어서'는 웅장하고 또 기상이 드높아 사람들을 뭉치게 하고 자기 확장의 꿈을 심어줄 수 있도록 된 가사이다. 확대지향 가사이다. 그러나 우리나라 애국가는 '동해물과 백두산이 마르고 닳도록'이라 부름으로써 우리 스스로를 갉아먹는 그런 기상으로 느껴지지 않는가? 우리가 깊이 생각해 봐야 할 애국가 가사가 아닌가? 이어령 선생은 그렇게 읽었다. 그러나 박경리 선생은 바로 그 지점에서 푸는 눈길을 달리한다. 그래서 곧바로 이 선생에게 호된 비판을 가하였다. 모든 참된 글쓰기란 진실에 기초하여 시작되고 끝나야 한다. 마땅히 참된 것을 노래하는 마음 길로 가야 하는 게 아닌가? '작은 조약돌이 큰 바위가 된다'는 말은 자연 질서로 보나 무엇으로 보나 진실이 아니다. 바위가 부서져 조약돌이 되었다가 다시 그게 잘게 부서지면서 모래가 되고 먼지가 되는 게 자연 이치가 아닌가? 일본 기미가요는 허위와 거짓으로 시작하여 사람들을 속인다. 그게 일본이다. 그러나 한국 애국가는 진실을 뼈대로 하여 노랫말을 지었다. '동해물과 백두산이 마르고 닳도록'이라는 수사는 진실을 기초로 하여 만들어진 노랫말이다. 한국 사람은 결코 거짓으로 세상 읽는 눈을 드러내지 않는다. 한국인들은 자연의 원리를 퍽 따르는 종족이었다. 그것이 박경리의 주장이자 풀이방식이었다. 결론은 물으나 마나였다. 한국 사람들이 저런 과장법을 쓸 때는 다른 말 규약이 있다. 우리에게 익숙한, 아주 오래된 노랫말, 한 곡을 보이면 이렇다. 〈악장가사樂章歌詞〉에 실린 노랫말 이름은 정석가鄭石歌이고 지어진 연대는 고려 때로 되어 있다.

딩아 돌하 당금當今에 계샹이다.
딩아 돌하 당금當今에 계샹이다.
션왕셩대先王聖代예 노니아와지이다.

삭삭기 셰몰애 별헤 나는
삭삭기 셰몰애 별헤 나는
구은 밤 닷 되를 심고이다.
그 바미 우미 도다 삭나거시아
그 바미 우미 도다 삭나거시아
유덕有德하신 님믈 여희아와지이다.

옥玉으로 련蓮ㅅ고즐 사교이다.
옥玉으로 련蓮ㅅ고즐 사교이다.
바희 우희 접듀接柱하요이다.
그 고지 삼동三同이 퓌거시아
그 고지 삼동三同이 퓌거시아
유덕有德하신 님믈 여희아와지이다.
므쇠로 텰릭을 말아 나는
므쇠로 텰릭을 말아 나는
텰사鐵絲로 주롬 바고이다.
그 오시 다 헐어시아

그 오시 다 헐어시아

유덕有德하신 님믈 여희아와지이다.

므쇠로 한쇼를 디여다가

므쇠로 한쇼를 디여다가

텰슈산鐵樹山애 노호이다.

그 쇼ㅣ 텰초鐵草를 머거아

그 쇼ㅣ 텰초鐵草를 머거아

유덕有德하신 님믈 여희아와지이다.

구스리 바회예 디신들둘

구스리 바회예 디신들둘

긴힛단 그츠리잇가

즈믄 해를 외오곰 녀신들

즈믄 해를 외오곰 녀신들

신信잇둔 그츠리잇가.

　　　-〈악장가사樂章歌詞〉

　　구운 밤 닷 되를 심어 그것이 움이 돋아 싹이 나거나, 무쇠로
된 큰 소를 만들어 쇠로 된 철산에 놓았다가 그 소가 무쇠를 먹
거들랑, …… 비로소 내 충성심이 변해 믿음이 사라진 줄이나 알
라고 중얼거리는 이런 따위 시는, 사실 권력 꾼 왕에 대한 알랑
방귀가 너무 끔찍해서, 듣기 거북하고 역겹지만, 글쓰기 교본으
로 볼 때, 수사학적 진실은 담고 있다. 역설법으로 자기 결심을
보인다는 점에서 이런 수사는 독특한 과장법에 속하는 문학 글

쓰기에 속한다. 하지만 앞의 일본 애국가 가사 기미가요는 과장법도 아니고 거짓 진술을 통한 사기술에 속하는 말투다. 이것이 일본이라는 나라의 정신적 속살이라고 작가 박경리 선생은 굳게 믿고 있다.[3] 일본 사람들은 진실을 두려워해 온 나라라고 그는 굳게 믿고 있다. 1926년도에 태어났으니 박경리 선생은 일본제국주의의 엄혹한 시절에 꽃다운 청춘시절을 다 보낸 분이다. 사람이나 국가나 권력 맛에 혀가 굳어지면 일체의 진실에는 눈을 삼는 상남늘이 된다. 그렇게 되면 그들 있음의 값 매김에 진정성은 사라질 수밖에 없다.

모든 생명이 태어난다는 것은 어머니 뱃속으로부터 튀어나온다는 뜻이다. 튀어나옴으로써 그는 사람들이 기다리던 사내아이인지 계집아이인지 분별된다. 튀어나옴과 드러내기는 무척 닮은꼴의 있음 짓에 든다. 존재해 있는 것과 움직여 벌이는 짓은 동시에 벌어지는 형식을 이룬다. 나임으로 있는 나는 나됨을 향해 남 앞에 나를 드러낸다. 존재의 모든 형식은 이렇게 드러내는 것으로 종결된다. 나는 언제나 나와 함께 누군가 같이 있다. 같이 있는 그 누군가와 누군가가 많아질 때 모여살이 틀로 바뀐 나의 모습은 드러난다. 나는 모여살이 틀로부터 전혀 자유로울 수가 없다. 이런 모여살이 형식에는 반드시 어떤 누군가가 그 모여살이를 움켜쥐고 좌지우지하려는 패가 나선다. 수천 년 동안 사람들은 그런 패들을 일러 왕이다 황제, 천황, 수상, 주석, 대통령 따위로 불러 그들이 무소불위 권력을 행하는 것이 마땅한 것처럼 여겨오는 버릇에 길들여져 왔다. 그렇게 모여살이가 일정한

3 박경리, 『생명의 아픔』(이룸, 2004), 157~158쪽 참조.

꼴 새의 집단으로 바뀔 때 왕국이라는 기묘한 모여살이 층층다리가 만들어진다. 그런 패들 또한 언제나 그들의 층층다리 꼴 새의 됨됨을 드러낸다. 가까운 예를 우리는 우리나라 조선조 역사에서 쉽게 찾을 수 있다. 그 대표적인 언표가 『용비어천가龍飛御天歌』이다.

海東(해동) 六龍(육룡)이 나라샤 일마다 天福(천복) 이시니
古聖(고성)이 同符(동부)하시니

불휘 기픈 남간 바라매 아니뮐쌔 곶됴코 여름 하나니
새미 기픈 므른 가마래 아니그츨쌔 내히 이러 바라래 가내니

조선조 이성계李成桂가, 고려조 왕 세력을 때려 부수고 정권을 움켜쥐고 나자, 그 손자대인 세종 임금 때에 와서 그들은 왕조 드러내기를 위한 작업을 이런 언표로 시작하였다. 바다 동쪽에 여섯 용龍이 내려오니 하는 일마다 다 잘된다. 옛 성인이 다 도와주신 덕이 아니겠는가? 뿌리 깊은 나무는 바람이 불어도 바람에 넘어지지 않고 샘이 깊은 물은 가물에도 마르지 않는다. 남을 억누르거나 남위에 있는 것이 옳거나 잘났다고 생각하는 사람들은 멀쩡하게 저런 투로 자기를 들어내어 남위에 올라탄다. 그리고 남의 권리를 탈취하여 제 것을 삼는 권력패들에게 일반사람들은 그들의 말을 곧이듣고 멀뚱멀뚱 올려다보며 하라는 대로 따라 한다. 이게 인류 역사가 지녀온 추악한 억압역사이다. 일본에서도 이런 만행은 벌어져 왔다. 미국이라는 악마 세력이 일본열도를 쑥대밭으로 만들면서 4년 동안 연구해서 쓴 베네딕트라는 여

인이 쓴 글에서 일본 천왕이 내뱉는 말투는 이렇다.

　　짐은 너희를 고굉股肱으로 믿고 너희는 짐을 두수頭首로 우
러러야만 그 친밀함이 특히 깊어질 것이다. 짐이 국가를 보호
하여 상천上天의 은혜에 답하고 조종祖宗의 은혜를 갚아드릴
수 있느냐 없느냐는 너희 군인이 그 직무를 다하느냐 못하느
냐에 달려 있다.

　일본이라는 모여살이 세상에서 천황은 살아 있는 신이자 하느
님이다. 안중근安重根이 척살한 이등박문伊藤博文에 의해서 초안이
작성되었다고 알려진, 메이지 헌법을 보면, 위의 말 내용이 어떤
정치, 사회의 기반 위에서 이루어진 것인지 쉽게 이해된다. 2차
대전에서 패배한 다음 미국의 맥아더가 일본에 상륙하여 이미
만들어져 있던 메이지 헌법을 수정하도록 억압한 이야기와 함
께, 그럼에도 불구하고 맥아더가 일본의 새 헌법 9조에 전쟁 준
비나 군비확장을 못하도록 못 박아 놓았으나, 천왕제도를 그대
로 둔 것에, 맥아더의 개인적 야심이 있었다는 이야기는 고모리
요이치 짓고 송태욱이 옮긴 『1945년 8월 15일 천황 히로히토는
이렇게 말하였다』(뿌리와 이파리, 2004)속에 자세하게 그 전말이
나온다. 메이지 헌법 제1장부터 보이면 이렇다.

　　〈대일본제국헌법 중에서〉
　　제1 조 대일본제국은 만세일계의 천황이 통치한다.
　　제2 조 황위皇位는 황실전범이 정하는 바에 따라 황남자손
　　　　　皇男子孫이 이를 계승한다.

제3 조 천황은 신성하여 침해할 수 없다.

일본국은 어째서 19세기에 저런 따위 황당한 헌법을 가지고 일본 사람들을 장악하였을까? 왕이라든지 천황 따위 있음은 늘 하늘이나 용이 그들을 뽑아낸 특별한 있음이라는 게 그들이 만들어 퍼뜨려 고정시킨 의견몰이였다. 그래서 그들은 아예 자기를 부를 때면 늘 짐朕(나)이라는 독특한 울림을 가지고 '나'를 높여 불렀다. 정권을 움켜쥔 놈들은 동이냐 서냐 옛날이냐 오늘이냐를 가리지 않고 다들 자기는 그렇게 하늘이 정해준 사람이라든지, 아예 하늘의 아들天子이라고 소리쳐, 다른 이들을 억압한다. 만세일계萬世一系, 만년이나 한 가족들 그 새끼에 새끼들이 다스린다? 깃동 이 무슨 해괴한 수작이었을까? 동쪽 바다에 여섯 용이 내려와 이 나라 조선을 다스리라고 명령을 내렸다는 수작도 만만찮은 코미디 대사가 아닌가? 고약한 수법에 놀아나는 이는 누구인가? 그건 바로 당신이나 내가 아닐까? 어째 우리는 이런 모임 삶 판에 끼어 태어났을까? 당신이나 나는 왜 사는가? 그런 놈들 비위 맞추면서 굽실거리려고 사는가? 우리들 삶의 첫째 이유는 아마도 이것이었을 터이다. 누구에겐가 나는 굽실거리며, 시키는 대로 꾸벅거리기 위해 사는 것, 그게 우리 삶의 첫째 이유이다. 이런 따위 처참한 삶의 이유는 다시 한 차례 살펴 그게 정말인가 아닌가를 밝혀야 한다. 누군가에게 굽실대기 위해 산다. 그게 내 삶의 이유이다(?)

이 지상의 주인은 누구일까? 바르게 따지고 보면 이 지상의 주인이란 아무도 없다. 아메리카 대륙에서 오래전부터 살았던 인디언들이 영국으로부터 몰려들어온 미국인들에게 땅을 다 빼앗긴 채 목숨조차 부지하지 못해 멸종에 이른 사실을 우리는 미국이라는 나라를 통해 알았다. 그들 미국 종들은 인디언을 사람으로 여기지도 않았던 악마들이었다. 그들 스스로가 악마라는 걸 모르는 악마! 콜럼버스가 스페인 깡패여왕 이사벨라에게 돈을 빌려 항해하다가 마주친 카리브 해 섬(이스파니아=도미니카 공화국과 하이티 두 나라로 나뉘어 있는)의 원주민들 가운데 타이노 족이 콜럼버스가가 들락거린 지 100여 년 만에 멸종되었다는 것도[4] 우리로 하여금 있음의 자기 드러냄이, 어떤 결과로, 남에게 작용하는지를 알게 한다. 콜럼버스나 영국의 청교도들이 아메리카 대륙 전역을 집어삼킨, 오늘날의 제국주의 국가, 악의 축으로 바뀐 무기장사치 국가 영·미국의 자기 드러냄이, 어떤 꼴 새인지 또한 우리는 알아둘 필요가 있다. 저들의 철학은 누가 먼저 깃발을 꽂느냐가 오직 우리가 알아둬야 할 가치 잣대이다. 약육강식의 처참한 존재 꼴 새를 가장 뚜렷하게 부각시키고 있는 현재의 제국주의 국가 미국이 현세에 일으킨 지구 위의 모든 전쟁을 잘 되돌려 볼 필요가 있다. 누군가보다 먼저 깃발을 꽂지 못한 사람의 운명은 무엇인가? 그렇게 남을 잡아 죽이거나 쫓아내는 악행 드러냄을 금과옥조로 여기는 이런 세상에서 거기 끼지 못하거나 하지 않는 사람됨은 무엇인가? 종살이, 바로 그것일 뿐이다. 처참한 인생이 아닌가? 그러니 굽실댈 수밖에!

살아 있음으로 자아 나를 드러내는 문제; 거기서 내가 늦게 또는 나중에 드러냈다, 이미 드러내어 찾고자 한 땅이나 돈을 누군

---

4 C. 더글러스 러미스 지음, 최성현/김종철 옮김, 『경제성장이 안되면 우리는 풍요롭지 못할 것 인가』(녹색평론사, 2002), 137쪽.

가가 너무 많이 가지고 있다, 그러면 나는 그것을 가질 수가 없다. 그렇게 많은 것들을 가진 놈들은 이미 각종 제도라는 그물을 여기저기 펼쳐놓아 누구도 감히 그걸 풀거나 뚫고 나갈 수가 없다. 해괴하기 짝이 없는 일이지만 이 세상일은 이미 그렇게 판가름 나버렸다. 이웃나라 왜국을 옆구리에 낀 미국의 나쁜 놈들은 우리를 돕는답시고, 이 나라에 들어와 큰 군사기지를 만들어 놓고, 수시로 청와대에 들락거리며 밤 나라 배 놔라! 이 고기 먹어라 저 고기 먹어라. 이 쌀 사다 먹여라! 에프티에이에 들어와 우리 패 장삿속에 고분고분 말 잘 들어라! 따위로 가진 밉상은 다 떤다. 이른바 제국주의 책략이라는 집단악행을 미국은 저지르고 있고 왜국은 거기 따라 또한 별의별 개똥 같은 드러내기 지랄들을 벌인다. 우리는 어떻게 저런 악행 드러내기를 막아낼 것인가? 막아낼 수는 있는 일인가? 다들 어림없는 수작처럼 보인다. 참혹하다. 그러나 우리는 그런 권력에 끊임없이 대들어야 한다. 인문학은 여기서부터 시작되는 학문이다. 우리는 왜 사는가? 우리는 대들기 위해서 산다. 그게 사는 이유이다. 대드는 드러냄!

2) 숨기기

우리는 나 자신을 드러내려고 발버둥 치다가 때로는 숨거나 숨기기도 한다. 자아 나를 숨기는 일은 험악한 세상일수록 가장 어려운 일에 속한다. 그것은 어쩌면 죽느냐 사느냐로 겪는 절체절명의 숨 가쁜 일이기 쉽다. 사람들이 이런 절체절명의 위기를 맞게 되는 것은 대체로 전쟁이라는 싸움질이 전제되어 있다. 모든 전쟁은 그것을 일삼는 놈들, 요약해서 권력가들에 의해서 이루어진다. 권력이란 근본적으로 싸움질에 성공한 놈들이 움켜쥐는 총칼이다. 그래서 전쟁은 늘 그것을 일으킨 놈들끼리 서로를 잡아 없애거나 잡아 죽이는 일을 기본으로 삼는다. 전쟁을 일으키는 놈! 그들은 정말 누구일까?

> 2세기 동안 이집트는 예언자 무함마드의 딸 파티마의 자손임을 자랑으로 내세우는 세습 칼리프 왕조의 지배로 고통을 받았다. 파티마 왕조라는 이름도 그런 연유에서 생겨난 것이었다. 칼리프들은 시아파 득유의 신비철학을 표방하며 알리와 파티마로부터 나온 이맘('신이 내려준 지도자'라는 의미)들의 신성 구현을 주장했다. 또한 선택된 자손인 최후의 영적 지도자 마흐디의 도래를 신봉했다. 파티마 왕조의 칼리프들은 위대한 수니파 지도자 이맘 앗 샤피-카이로 남쪽 성벽 외곽의 사막에 위치한 그의 무덤은 아직도 경외의 대상이다-의 가르침을 따르는 대다수 이집트 인의 엄격한 정교 신봉에도 불구하고, 신앙문제에 있어서는 복종과 유순함이 몸에 밴 백성들에게 별다른 어려움 없이 자신들의 권위를 행사해왔다. 그리고 이슬람 국가들 사이에서는 당할 나라가 없을 정도로 수세대 동안 막강한 권력을 행사해왔다.[5]

1096년부터 이집트로 침공해 들어가기 시작하여 1270년쯤 전쟁을 끝낸 이른바 〈십자군 전쟁〉은 근 174년 동안 프랑코 인들이 일으킨 전쟁이었다. 권력을 꿰차는 사람들일수록 정신분열증에 시달리는 놈들이기 쉽다. 남이 마땅히 누려야 할 생존 권리를

---

5 스탠리 레인 풀 지음, 이순호 옮김, 『살라딘』(갈라파고스, 2003), 105쪽.

자기 손아귀에 거머쥠으로써 커다란 권력을 누리는 권력자들이야말로 정신병자들이기 쉽다는 게 나의 믿음이자 생각이다. 그들은 대체로 신神의 아들이라거나 하느님이 명령하여 권좌에 앉게 되었노라고 절대자 힘을 빙자하여, 사람들의 권리를 팔아먹는 놈[6]들이다. 그런 권력자들 앞에는 늘 먹잇감 민중, 인민들이 있다. 그런 놈들은 마음 좋은 사람들을 속여 자신의 권력을 확장하면서 사람들을 억압하거나 말 안 들으면 잡아 죽이는 악행의 길로 빠진다.[7] 권력의 꼭짓점을 믿고 의지해 온 민중은 늘 다른 권력에 의해 죽거나 망한다. 권력의 속성은 바로 그것이다. 권력 대가리만 없애면 그 민중은 다들 다른 권력자를 묵묵히 따라나서는 노예들이니까!

'이집트 정복(1164~1169)'으로 부제를 달아놓은 내 머리맡에 놓인 책 『살라딘』은 아민 말루프가 쓴 『아랍인의 눈으로 본 십자군 전쟁』과 짝을 이루는, 아주 예전에 일어났던, 유럽인 침략 전쟁에 대한 뛰어난 증언 기록이다. 전쟁이 일어나면 먼저 몸을 숨겨야 한다. 1950년 6월 15일 한반도에서 남북 전쟁이 일어났을 때 남북한 백성들 모두는 남녀노소 가릴 것 없이 어딘가 포탄이 터지지 않을 곳, 군대에 끌려가지 않을 곳, 적병이나 적들의 부라퀴 손톱 같은 경찰이나 헌병 따위 완장 찬 놈들에게 들키지 않

---

6 이 순 토박이말 '놈'자를 국어사전에서는 '적대관계에 있는 사람이나 그 무리를 이르는 말'로 '사내'를 이른다고 풀어 놓았다. 그러나 〈훈민정음〉 머리말에서 이 '놈'은 보통 사람을 일컫는 말이었다. 'ᄆᆞᄎᆞ매 제 ᄠᅳᆮ를 시러 펴디 몯ᄒᆞᆯ 노미 하니라.(訓諺)' 쓰레기 같은 사람을 나는 이 '놈'자로 부를 생각이다.

7 2014년 1월 7일 자 〈한겨레〉신문 17쪽에는 "이라크 또 '내전의 늪'…종파전쟁 중동전역 번질 조짐"이라는 큰 제목의 글 마지막을 이렇게 정리하고 있다. "미국이 벌인 '테러와의 전쟁' 및 '아랍의 봄'이후 중동지역에서 강력한 정권이 잇따라 몰락해 거대한 권력 공백지대가 된 중동이 무장세력의 무차별 전장으로 변해버렸다." -정의길 선임기자(Egil@hani.co.kr)

을 곳으로 몸을 숨겨야 했다. 윤흥길尹興吉은 이 당대 전쟁놀이를 「완장」이라는 작품으로 써서 당대 질곡을 기록하여 놓았다. 내 개인 기억에는 내 할머니 유옥이柳玉伊가 처녀 때 숨어서 본, 왜놈 순사의 장갑 낀, 손에 대한 이야기가 있다. 검은 장갑 낀 손을 내 뻗어 방안으로 가리켰을 때의 놀라움을 내 할머니는 내 어린 귀에 대고 자주 이야기해주었다. '그 검은 손이 너무 무서웠단다. 현기야!'

우리들 삶의 또 다른 뜻은 숨기 위한 깃이다. 커다란 악이나 흉포한 짐승들로부터 몸을 감춰 숨거나 귀한 이를 숨기기 위해 우리는 산다. 무엇으로부터 우리가 숨는가? 있음을 해코지하거나 폐기처분하려는 의도가 보일 때 모든 있음은 숨는다. '숨는다'와 '숨긴다'는 말뜻에는 거리가 있다. '숨는다'는 스스로 움직씨(자동사)이며 '숨긴다'는 피동의 무엇인가가 있다. 박경리의 『토지』가 왜정시대로 접어들어 조선족들이 자기 삶의 터전에서 살 수가 없어 떼로 밀려 쫓겨날 때, 뭔가 살려면 먹을거리 먹잇감을 등이나 머리에 지고 인 채 가야 한다. 피난길 양식과 입고 덮을 옷가지 이불 요 따위, 음식을 끓여 먹을 솥이나, 그 대용 식사도구와 수저 및 식기 이런 것들을 등에 지고 머리에 인 채 정처 없이 떠나가는 풍경이 어떤 때에 일어나는가? 전쟁을 피해 도망가거나 어딘가로 숨고 숨기려는 발길은 언제나 이런 슬픈 풍경을 연출한다. 『토지』속에서 최서희 일가는 그 많던 전지를 다 버려둔 채 감쪽같이 왜놈치하를 떠나야 한다. 그때 최서희를 안동하여 떠난 김길상 일행이 등짐으로 또는 임짐으로 가지고 간 것이 금이었다고 작가는 기록하였다. 세월이 하도 어수선하고 수상하던 때라 잘 살던 최 씨 가문 첫째 집주인 당주였던 윤 씨 부인은 장롱 밑 밭침을 금덩어리로 만들어 은밀하게 서희에게만 알려놓고 죽었다.[8] 절묘하게 금덩어리를 숨겼던 것. 최서희 일가가 숨겼던 금붙이는 뒷날 최 씨 가문을 일으켜 세우는데 요긴하게 쓰였다.

1960년 4월 19일 광화문 광장으로 내닫던 연세대 학생들이 서소문 근처 당대 권력 2인자였던 이기붕李起鵬 국회의장 집이 학생들에게 분탕질당해, 거덜이 났을 때, 길거리에 흩어져 날리던 각종 패물과 귀중품 속에 섞인 달라($) 지폐가 눈에 선하다. 숨겼던 것들이 모두 다 세상에 드러남으로써 그들 일가는 망신을 하게 된 꼴 새였다. 모든 사람은 자기 삶이 망신스럽게 드러나는 것을 싫어한다. 이승만이 두 차례째 백성들에게 탄핵을 당해 익숙한 하와이로 쫓겨 달아났고 그의 심복 이기붕은 그의 둘째 아들 이강석인가 누군가가 쏜 총탄으로 집단 자살하였다. 그때 권력 2인자 이기붕이 숨겨놓았던 물적 재산들은 만천하에 들어났다. 많은 이들이 웃음거리로 삼았던 사건이었다. 이승만이 두 차례나 쫓겨난 사실을 아는 이들이 별로 없다. 첫 번째 쫓겨난 사실을 보면 이렇다.

1925년 3월 대한민국 임시의정원의 탄핵 의결로 대통령직에서 면직되었다.
다음은 대한민국 임시정부 대통령 이승만 탄핵서 전문이다

---

8 지금도 숨겨 감추어 식량과 바꿀만한 보물로 금붙이만한 게 없다. 요즘은 미국 돈 달라($)로도 금을 대신하는 모양이지만 일반인들은 달라보다는 금을 더 선호할 것으로 나는 추정한다.

주문:

임시대통령 이승만을 면직시킴. 이승만 탄핵안에 의해 그 위법사실을 조사한 증거를 열거하면 민국 6년 12월 22일부로 전 재무총장 이시영에게 보낸 공문, 동 6년 12월 22일부로 국무원 각위 회람으로서 송부된 임시대통령 공문, 동 6년 7월 3일에 발한 구미위원부 통신부 특별통신, 동 7년 1월 28일에 낸 구미위원부 통신 특별호, 동 7년 2월 13일부로 박은식에게 송부한 시신 등과 같다.

이승만은 외교를 빙자하고 직무지를 떠나 5년 동안 원양일우에 편재해서 난국수습과 대업진행에 하등 성의를 다하지 않았을 뿐 아니라, 허무한 사실을 제조 간포해서 정부의 위신을 손상시키고 민심을 분산시킨 것은 물론, 정부의 행정을 저해하고 국고수입을 방해하고 의정원의 신성을 모독하고 공결을 부인하고, 심함에 이르러서는 정부의 행정과 재부를 방해하고, 임시헌법에 의해 의정원의 선거에 의해 취임한 임시대통령으로서 자기의 지위에 불리한 결의라고 해서 의정원의 결의를 부인하고, '한성조직 계통 운운'과 같은 것은 대한민국의 임시헌법을 근본적으로 부인하는 행위다.

이와 같이 국정을 방해하고 국헌을 부인하는 자를 하루라도 국가원수의 직에 두는 것은 대업진행을 기하기 어렵다. 국법의 신성을 보지하기 어려울 뿐 아니라 순국 제현이 명복할 수 없는 바이고, 또 살아있는 충용들이 소망하는 바 아니므로 주문과 같이 심판한다.

대한민국 7년 3월 11일 임시대통령 이승만 심판위원회

위원장 나창헌

위원 곽헌, 채원개, 김현구, 최석순

이승만은 평생 드러나기만을 좋아했지 숨기기를 즐긴 깡패는 아니었다. 그는 남 앞에 드러나 굉장한 인물인 척하는 데 이골이 난 인간권력 쓰레기였다. 두 번째로 쫓겨난 사실은 1960년도에 있었던 4.19 학생주최 혁신운동 때임을 아는 이는 꽤들 있다.

또 하나의 짧은 이야기 숨기는 장면은 왜놈 시절이 그 배경이다. 왜놈들이 조선을 점령하여 쑥대밭으로 만들었던 때, 각 마을마다 곡물공출은 말할 것도 없고, 일체의 쇠붙이까지 빼앗아 들일 때였다.[9] 곡물 가운데 쌀은 말할 것도 없고 심지어 보리쌀이나 밀조차 감춰 숨겨놓지만, 도적들의 눈에 불을 켠, 집뒤짐에는 배겨날 도리가 없었다. 제사 때 쓰려고 몰래 담그던 술 조사 얘기 또한 왜정 때 겪어야 한 애태우는 긴장과 질곡 이야기 연속이었다. 술은 누룩에 버무린 고두밥을 물에 섞어 따뜻하게 눕혀 익힌다. 이 술 가족들(물, 밥, 누룩)이 한데 엉겨 보듬다 보면 천천히 발효가 되면서 영락없는 냄새를 풍기기 시작한다. 술을 감추는 일은 어쩌면 이 냄새를 감춰 숨기는 일이기도 하다. 눈을 숨기는 것과 코를 숨기는 것은 크게 다르다. 코는 웬만한 장애물 따위는 거뜬히 뛰어넘어 냄새를 맡는다. 제사용으로 꼭 올려야 할, 또는 어른들이 좋아하는 음식으로, 며느리가 정성 들여 만드는, 고임 술을 못 만들게 억압하는 주체는 누구였나? 각종 관청관리였다.

---

9 이 당시 왜적들은 조선 땅에 와서 훔쳐 갈 만한 것들은 모두 다 훔쳤다. 물적 자산은 말할 것도 없고 우리 말글 쓰기에다가 이름까지 빼앗아 쓰레기통에 버리려고 대들었다. 이런 흉악한 짓은 나쁜 인간만이 저지른다.

관리라는 직책은 대체로 권력자가 제도로 만들어 사람들을 억죈 쇠사슬이자 덫이었다. 모든 제도制度는 개인을 묶는 그물이다. 누군가 힘 센 놈이 하지 말라고 억누르면, 뭔가 꼭 해야만, 직성이 풀릴 일도 있는 법이다. 그런 일은 숨어서 하거나 숨겨야 한다. 이럴 때 냄새가 풍성한 것을 숨기기는 참 어렵다. 왜정 시절 누룩이나 막걸리 숨기기는 그렇게 여인들을 애타게 하였다. 사는 일은 일종의 숨기이며 숨기기이다. 남의 눈이나 코, 귀로부터 숨는 일은 우리들 삶의 기막힌 존재조件이다. 왜 사는가? 숨거나 숨기기 위해서 우리는 산다. 자기의 열정이나 욕망, 바람 그리고 큰 뜻 모두를 숨기는 힘 또한 엄청난 것이다. 우리는 그런 일들을 가까운 곳에서도 자주 본다. 잘 참는 아내가 그런 숨기기의 명수이기 쉽다. 속마음 숨기기!

숨기기는 어쩌면 드러내기의 역설적인 한 방식이기도 하다. 나의 나됨은 잘 숨기는 것으로도 크게 드러난다. 자아 드러내는 방식으로 우리는 숨거나 숨기기가 있다는 것 또한 말해둘 필요가 있다. 드러내는 것이 곧 숨는 것이요 숨는 것이 또한 드러내는 것이다. 그런데 문제는 드러내거나 숨는 일은 겉에 보이는 몬만의 것이 아니다. 드러내거나 숨는 것에는 일도 있다. 몬物[10]이 물질로 된 것들이어서 몸통을 지닌 몬 들로 '꼴 있는 이름씨'를 나타내지만, 일事은 굳은 이름씨具象名詞거나 빼낸 이름씨抽象名詞로 갈린다.[11] 굳은 이름씨로 된 물건들은 드러내거나 숨기기에 어려움이 크지만 마음이나 속뜻으로 말이 되는 빼낸 이름씨

---

10 최현배 지음, 『우리말본』(정음문화사, 1980), 213~225쪽 참조.

11 사물(事物)을 국어학자이자 철학자인 최현배 선생은 일과 몬으로 풀어 썼다.

들은 드러내거나 숨기기가 무척 어렵다. 그 실제 예를 들기 위해 나는 지금으로부터 퍽 까마득해 보이는 임진년으로 거슬러 올라가 볼 생각이다. 왜적들이 쳐들어와 조선 사람들에게 분탕질 치던 임진왜란 그때 왜적들은 그야말로 마음 놓고 악행을 저지르며 즐기던 시절이었다. 이때 벌어진 이야기 하나가 오늘 우리 마음속을 꿰뚫는다.

불과 열흘 만에 서울이 점령당하고 평양성 또한 점령당해 나라꼴은 그야말로 왜놈들 천지로 바뀌어 가고 있었다. 1592년 4월에 왜놈들이 쳐들어온 다음 그해 5월에 임금은 북쪽으로 피난길에 올라 온갖 시름없는 행보가 이어졌었다. 그로부터 1598년 7년 동안 벌인 이 임진, 정유재란까지 전란 가운데 있었던 이야기는 한국문학 고소설이나 고전시가에 퍽 많이 나와 있다. 대체로 작자가 알려지지 않은 이야기책으로 씌어져 전쟁으로 피폐해진 백성들의 마음을 다스린 소설들이 『임진록』을 비롯하여 『서산대사전』, 『사명대사전』등이 있다. 전쟁에는 늘 드러낸 이름이 있고 숨겨진 이름들이 있다. 이때 우리에게 크게 드러난 이름은 이순신李舜臣 장수와 그의 조카 이완李莞 장수다. 왜적들은 섬나라에서 이 나라를 쳐들어왔기 때문에 물싸움과 땅싸움은 피할 수 없는 운명이었다. 근 백여 년 동안 평화를 유지해 왔던 조선왕조에서, 전쟁 준비라고는 별로 하지 않았다. 그런데 물밀 듯이 치고 들어오는 왜적들을 맞아 싸우면서 물러나고 숨고 드러내면서, 이 나라 백성들은 어떻게 해서든 목숨을 지켜내야 했다. 그때에도, 오랫동안 그래왔듯이, 이 왕권 패들은 중국에 구원을 요청하여 명나라 군사들의 구원병 오기만을 기다리는 형편이었다. 이른바 이름난 동아시아 전쟁이 바로 이 임진왜란이었던 셈이다. 7년의 막판 즈음해서 명나라 장군 진린陳璘(그는 정유재란 당시 명나라 수병도독으로 우리나라에 와서 이순신과 함께 왜적을 물리치는 데 도움을 주었다.)수병도독은 조선 땅에 들어왔다. 그 당시 정세 이야기를 본대로 들은 대로 기록한 유성룡柳成龍이 짓고 남윤수가 역해한 〈해서 출판사〉 판본『징비록懲毖錄』195~197쪽에서는 이렇게 기록해 놓고 있다.

얼마 있다가 명나라 수병도독 진린陳璘이 니와서 남쪽으로 고금도에 내려와 이순신과 함께 군사를 합세하게 되었다. 진린은 성질이 사나워서 남과 거스르는 일이 많음으로 사람들은 그를 두려워하였다. 임금께서는 그를 내려 보낼 때 청파靑坡들판까지 나와서 전송하였다. 나는 진린의 군사가 고을의 수령을 때리고 욕하기를 주저하지 않고, 새끼줄로 찰방察訪 이상규李尙規의 목을 매어 끌고 다녀서 얼굴이 피투성이가 된 것을 보고, 통역관을 통하여 풀어주도록 하라고 권하였으나 뜻을 이루지 못하였다. 나는 함께 앉아 있던 재신宰臣들에게 일러 말하기를, '애석하게도 이순신의 군사가 또 장차 패할 것 같습니다. 진린과 함께 군중에 있으면 반드시 행동하는 것이 억눌리고 의견이 서로 맞지 않겠으며, 그는 반드시 장수의 권한을 침탈하고 군사들을 마음대로 학대할 것인데, 이를 거스르면 더욱 성낼 것이고 그대로 따라주면 꺼리는 일이 없을 것이니, 이순신의 군사가 어찌 패전하지 않을 수 있겠습니까?' 라고 하니, 여러 사람들이 '그렇겠습니다.'라고 말하며

서로 탄식할 따름이었록.[12]

이 장면 하나가, 임진-정유재란 당시에 있었던, 드러내기의 한 꼴 새이다. 대국大國(우리는 되놈이라고도 불렀다.)명나라에서 거들 먹대며 작은 나라 위기를 구한답시고 나타나서는, 저런 투의 거센 몸짓으로 성질머리를 더럽게 드러냈던 사람이, 명나라 장수 진린陳璘이었다. 남들 앞에서 저런 행패로 자아 나를 드러낸다는 것은 장군이라는 이름패를 붙였던 저런 싸움패들 가운데 자주 그 몰골이 드러난다. 이순신은 우리가 장군이라고 부르지 않는다. 이 이름은 박정희 패가 붙여준 명칭이라고 알려져 있다. 최고 지휘관을 그렇게 불렀다는 이야기는 신라 골품제도骨品制度이야기에도 있었다. 박정희가 자기 이름에 붙이고 싶었을 최고지휘관이라는 명칭으로 군인들을 그렇게 불렀겠으나, 왕권시대에 이순신李舜臣의 이름 앞에 붙인 계급이름은 충무공忠武公[13]이었다. 그리고 당시에 군을 통솔하는 사람은 장수로 불렀다. 자기를 숨김으로써 내공의 힘을 드러내는 사람들은 드러낼 만한 힘을 깊숙이 감춘다. 드러내는 것과 숨기는 것은 보임과 안 보임의 다름만 있을 뿐 있음의 힘은 같다고 나는 생각한다. 누가 더 센가? 이 세상에 센 것과 약한 것은 아무데도 없다. 그렇다고 믿게 만드는 관념의 허깨비錯視꼴 새일 뿐이다.

---

12 유성룡 지음, 이재호 옮김, 『징비록』(역사와 아침, 2010), 312~316쪽. 남윤수가 옮긴 말과 이재호가 옮긴 말투는 아주 다르다. 하지만 그 뜻은 같다. 위에 인용한 글은 남윤수가 옮긴 것이다.

13 이 명예스런 이름도 따지고 보면 왕권행사의 한 행튀이지만, 1643년(인조 21) 충무(忠武)의 시호가 추증되었다. 모든 계급은 권력자가 만들어 주는 어떤 갑옷이다.

명나라 사람 진린이 저렇게 자아 그를 드러내는 데 주력하였다면 충무공 이순신은 자아 '나'[14]를 드러내지 않고 숨기는 것으로 나라 손님이자 이 나라의 위기를 구하러 온 사람에게 이렇게 자기를 들어내었다. 같은 남윤수 역해 책 196~197쪽을 보면 이렇다.

이순신은 진린이 온다는 말을 듣고서 군사들에게 사냥을 하고 물고기를 잡게 하였더니, 사슴·묏돼지 바닷고기들을 잡은 것이 매우 많았다. 이것으로 잔치를 베풀어 성대하게 준비해 놓고 진린의 배가 바다로 들어올 때, 이순신은 군사적 위의를 갖춰 멀리까지 나가서 맞아들였다. 그리고 진린이 도착하자 그 군사들을 크게 대접하니, 여러 장수들이 흡족하게 여기지 않은 사람이 없었다. 그래서 사졸들은 서로 이야기하기를, '이순신은 훌륭한 장수다.'라고 하였으며, 진린도 또한 마음속으로 매우 기뻐하였다.

모든 말이나 이야기는 자아 나를 드러내거나 숨기는 도구이다. 드러내고 숨기는 방식에 따라 사람은 자기의 살아낸 값을 매긴다. 진린이 임금에게 글을 올려 말하기를 '통제사李舜臣는 경천위지지재經天緯地之才와 보천욕일지공補天浴日之公이 있습니다.'고 했다. 이 말씀은 중국의 옛이야기에서 따온 이야기라고 각주에 달려 있다. 여와女媧가 뚫린 하늘을 오색 돌로 기워 장대같은 비를 막았고, 희화羲和가 해 열 개를 낳아 감천甘泉에 목욕시킴으

---

14 이 자아 나 속에는 용력과 꾀, 전략과 전술 모든 게 다 들어 있다. 드러내느냐 숨기느냐는 그 사람됨의 값을 정하는 훌륭한 잣대가 되기도 한다.

로써 캄캄한 어둠을 막았다는 신화 이야기를 진린이 이순신 장수를 찬양하는 말글수사로 썼다. 집단이 겪는 어려움을 막아낼 수 있는 인물로 진린은 이순신을 칭찬했던 것이다. 진린은 이순신에게 이렇게 자기를 들어내었다. 그러나 이순신은 또한 그렇게 자기 격조를 숨겼다. 드러내는 것과 숨기는 것을 놓고 격조의 높낮이를 단정해 말하기는 어려우나 내공의 힘이 큰 사람일수록 숨김으로써 드러내는 격조를 드높이는 경우가 많다. 이순신이 진린 장수를 위해 베푼 것은 하나가 더 있다. 진린 장수가 쉬고 있는 동안 왜구 배가 쳐들어온다는 첩보를 들은 이순신이 슬그머니 군사를 파견하여 이들을 쳐부순 다음 적병 모가지 40개를 베어다가 진린 장수에게 주어 보고케 하였다. 공을 진린에게 돌림으로써 자기를 숨겨 낮추고 사람됨의 크기를 감췄다. 또 한 장면은 이순신이 적탄에 맞아 죽던 날 이야기이다. 이 마지막 장면이 임진왜란 당시 바다 한가운데서 겪는 사람됨 이야기였다. 이재호 옮김 판본 『징비록』(역사와아침) 328~329쪽에 이런 이야기가 솟아오른다.

이순신은 명나라 장수 진린과 함께 바다에 후미진 어귀를 제압하고 바싹 근접해 들어갔다. 평행장이 사천에 있는 심안돈오에게 구원을 청하자 심안돈오가 수로로 와서 구원했는데, 이순신이 나아가 공격하여 크게 쳐부수고 왜적의 배 2백여 척을 불살랐으며 적병을 죽인 것이 이루 헤아릴 수가 없을 만큼 많았다. 적병을 뒤쫓아 남해南海와의 지경에까지 이르렀다. 이순신은 시석矢石을 무릅쓰고 몸소 힘껏 싸웠는데, 날아오는 탄환이 가슴을 뚫고 등뒤로 나갔다. 곁에 있던 부하들이 부축하여 장막 안으로 옮겼는데, 이순신은 '싸움이 한창 급하니 절대로 내가 죽었다는 말을 내지 마라'했으며, 말을 마치자 곧 숨을 거두었다. 이순신의 조카 이완李莞은 담력과 국량이 있는 인물이었다. 이순신의 죽음을 숨긴 채 이순신의 명령이라 하여 싸움을 급히 독려하니 군중에서는 그의 죽음을 알지 못했다.

진린이 탄 배가 적병에게 포위된 것을 보고 이완이 군사를 지휘하여 구원하니 적선이 흩어져 물러갔다. 진린은 이순신에게 사람을 보내 자기를 구원해준 것을 사례했는데, (그때) 비로소 이순신이 죽었다는 말을 듣고 의자에서 땅위로 몸을 던지면서 '나는 노야老爺(이순신)께서 생시生時에 오셔서 나를 구원한 줄 알았는데 어찌하여 돌아가셨습니까!' 하고 가슴을 치며 통곡했다. 온 군대가 모두 통곡하여 곡성이 바다를 진동시켰다.

자아 나를 드러냄에는 이런 방식의 굴곡이 있다. 이순신은 끝끝내 자아 나를 숨기는 인물이었다. 자기 공도 숨기고 자기 죽음조차 숨겨 남에게 다가선다. 어쩌면 드러내는 것에는 늘 위험이 따른다. 드러내든 숨기든 사람은 살고 있는 동안 남 앞에 보일 수밖에 없는 있음이다. 잘난 척하는 패가 대체로 자기를 들어내는 편일 터이다. 아무리 잘난 척해도 남들은 그것을 곧이곧대로 받아들이지 않는다. 그러나 어떤 있음을 숨기려 해도 모든 있음이란 결국 다른 이들 눈앞에 드러난다.[15] 안중근이 왜국의 꾀죄

---

15 이 숨긴 얼굴에는 안중근 관련 이야기 하나가 터져 오른다. 안중근의사기념사업회에서 편찬해

죄한 이등박문을 쏘아 죽이는 과정의 이야기 가운데는 이런 숨기는 인물 이야기가 가끔씩 나온다. 우리들 삶의 이유는 바로 이렇게 들어내거나 숨는 숨바꼭질일지도 모른다. 아니 어쩌면 우리는 다 숨바꼭질을 하려고 사는 것이다. 드러내고 숨고 드러내고 숨는 숨바꼭질! 드러난 모습의 꼴이 어떤 꼴 새냐 그게 문제이다. 무엇을 숨길 것이며 무엇을 드러낼 것인가? 이 물음은 우리가 왜 사느냐고 묻는 물음만큼이나 그 대답이 어렵다.

3. 뜻 만들기

우리는 살면서 여러 가지 뜻을 매긴다. 여기에는 참말만 주로 골라 하느냐 거짓말도 섞어가면서 자아 나를 드러내거나 숨기느냐 하는 방식의 두 길로 갈린다. 참말만 한다는 것은 어쩌면 불가능한 말법이로되 배움 길에 들어선 사람들은 참말만 하는 것으로 자아 나를 세우도록 부추김 받는다. 거짓말은 하지 말라! 하루에 지껄이는 말 가운데 거짓말 아닌 것은 정말 몇 퍼센트나 될까? 이 문제에 대해서 우리는 살펴볼 필요가 있다. 기원전 551년 중국 노魯나라 땅 추읍鄒邑에서 태어난 공자孔子(孔尼라고도 불리는 이)는 일찍부터 무엇인가 배워 익히는 일을 열심히 했던 사

놓은 『안응칠 역사』(안중근의사기념사업회, 2009), 90~92쪽에는 열이틀 동안 굶주리며 두 끼니 밥 밖에 못 먹다가 외진 산속에서 한 노인을 만났다. 산나물과 과일 음식을 배불리 얻어먹고 갈 길을 묻는데 이 노인이 길을 가르쳐 주며 말했다. '나라가 위급한 때를 당하여 이처럼 괴로움을 겪는 것은 국민 된 의무요. 興盡悲來 苦盡甘來라는 말도 있으니 크게 염려하지 마시오.' …… 헤어지면서 노인의 성함을 물으니 노인이 이르기를 '굳이 깊이 묻지 마시오.'하고 웃기만 하고 대답하지 않았다.

람으로 알려져 왔다. 그가 한 말을 기록해 두었다고 전해지는
『논어論語』에서 그는 이렇게 말했다.

> 나는 열다섯에 배움에 뜻을 세워 서른에 섰고, 마흔 살에
> 의혹됨이 없었다. 쉰에는 하늘이 명한 내 사명을 알았고, 예
> 순에는 귀가 순해졌다. 일흔 살에는 마음대로 좇아도 법에 어
> 긋나지 않았다.
> 子曰, 吾十有五而志于學, 三十而立, 四十而不惑, 五十而知天命,
> 六十而耳順, 七十而從心所欲, 不踰矩[16]

까마득한 세월 저쪽에 있었던 사람 하나가 자기 삶의 문제를
놓고, 이런 알쏭달쏭한, 뜻 만들기에 나섰다고 전한다. 그는 많
은 옛 사람들 삶의 발자취를 살펴보면서 몇 가지 뜻을 만들었다.
쉰 네 살이나 차이가 나는 아버지와 어머니 사이에서 태어난 공
자 그는 여러 권력패들에게 쫓겨 다니는 수모를 평생 거느리면
서도 뭔가 바르게 사는 길, 옳게 죽는 길, 따위를 젊은 사람들에
게 가르쳤다. 뒷사람들은 그의 생각과 삶의 계획을 배울 바가
있다고 오늘날 멀리 떨어져 사는 우리에게까지 전해온다. 우리
들 삶에는 어떤 뜻이 있는가? 그런 게 정말 있을까? 기원전 551
년 사람 공자를 사람들은 성인이라 불러 존경을 바친다. 권력패
들에게 쫓기는 수모를 견디면서도 권력이라는 악에 굽히지 않
았고, 그런 악당들에게 결코 마음을 내맡기지 않았다. 사는 이유
가운데 하나는 자기가 누구에겐가 마음을 내맡겨 굽히느냐 어느

---

16 배병삼 풀어씀, 『논어, 사람의 길을 열다』(사계절, 2011) 참조.

악한 누구에게 대들다가 평생 고통 속에 삶을 견디느냐 두 가지 길속에 들어 있다고도 풀어야 한다. 악당은 수단과 방법을 가리지 않고 남을 억압하여 남의 것을 빼앗는 길로 치닫는 놈들이다. 그들은 그것을 그의 사는 이유라고 강변한다. 인생은 이런 코미디언들이 날뛰는 일종의 코미디 무대인 셈이다.

대학생 시절에 앙드레 지드 작품들을 읽다가, 나는 그가 30대 젊은 나이에 나는 왜 사는지, 내가 사는 이유는 무엇인지, 그런 물음에 빠졌다는 걸 알았다. 그에게서 내가 알아둔 것은 그 또한 삶에는 '별 뜻도 없고, 주체도 없으며, 목적도 없는 무상의 행위'라고 깨달았다는 걸 알았을 뿐이다.[17] 삶이 뚜렷한 목적도 주체도 없는 그런 무상한 것일 뿐이라면, 우리들 삶 앞에 남은 문제라고는 거기 덧칠해 만들어나가야 할 '살아있음의 뜻매김'일 뿐이다. 뭔가 우리는 사는 동안 끊임없이 꿈틀거리며 자기 뜻을 만들어나가야 한다. 그래야 한 차례 살아낸 그 값을 제대로 하는 거라고 배우기도 하였고 또 그렇게 억압당하기도 하였다. 오늘날 좋은 대학교니 일류대학교니 하면서 사람들을 어려서부터 억압하고 옥박지르는 짓들은 다들 그런 뜻 만들기라는 매김 길에 들어가라는 등밀이가 아닐 것인가? 서울대학교나 아니면 하다 못해 연, 고대라도 다녀야 얼굴값이 되는 게 아닌가? 그래서 너도 나도 그 대학교를 나오고 나서도 미국의 아이비 리그 대학의 하나나 영국의 옥스퍼드 아니면 케임브리지다 독일의 또 무슨 하이델베르크냐? 훔볼트냐? 아아 러시아의 모스크바 대학교는

---

[17] 그의 중편소설 Le Prometée mal enchainé나 장편소설 『법왕청의 지하도』, 『사전꾼들』은 다 그 문제를 놓고 따져 본 소설, 이야기들이다.

어떠한가? 늦가을 벼논에 메뚜기 날뛰듯, 사람이라는 있음이, 이 벼 폭 저 벼 포기 속을 펄펄 나르거나, 수놈을 등에 진 채 이리저리 벼줄기 잡고 새끼 낳을 준비운동에 몰두한다. 볏 잎 갉아먹기와 교미하기 그렇게 새끼 까기! 뜻매김, 있음의 뜻매김! 우리가 살면서 짊어진 과제 가운데 이보다 더 높고 중요한 건 없다. 더 중요하고 귀한 게 있을까?

뜻이란 무엇인가? 의미라고도 불리는 이 뜻에 대한 정확한 규정을 우리는 내체로 모르면서 그 말을 쓴다. 뜻, 의미 그게 뭔가? 국어사전에서는 이렇게 푼다. '첫째, 무엇을 이루려고 먹은 마음 둘째, 말이나 글의 속내 셋째, 어떤 말이나 글이 지닌 가치나 중요성' 첫째 풀이는 욕망과 끈이 닿고, 둘째 풀이는 자기됨의 됨됨에 와 닿는다. 그리고 마지막 풀이는 세속적 값 따지기에 닿는다. 그래서 문학하는 이들 특히 시인들은 자주 이 문제를 놓고 씨름을 벌인다. 시를 쓴다는 것은 일종의 자기 값 찾기이다. 그런데 문제는 자기 값은 온전히 자아 나를 둘러싼 세계와의 만남, 마주침에 의해서만, 뭔가가 만들어진다는 데 있다. 나 홀로 서서 내 있음 값을 매기기는 불가능하다. 나는 늘 너와의 관계 거리에서만 내 삶의 뜻이 매겨진다. 뜻매김의 가장 바른 풀이는 '빛 속에 놓기', '빛에 닿기', '비추기'[18]가운데 하나이다. 모든 몬이나 꼴은 빛에 놓임으로써 비로소 그 꼴 새가 잡힌다. 빛이란 남의 눈빛이다. 눈은 빛에 의해 비로소 일과 몬 가리는 힘을 낸다. 그게 없으면 눈은 허탕일 뿐이다.

---

18 빛 속에 놓다는 말은 남의 눈빛 앞에 발가벗기라고도 풀이할 수가 있다. 나와 너는 늘 빛으로 보고 보인다. 빛이 없으면 늘 어두워서 누군지를 아무도 모르게 없음꼴로 바뀐다. 그게 존재, 모든 있음의 덫이다.

이런 꼴 새를 잡기 위해 사람들은 때때로 자기 이름을 여럿 가지거나 지닌 이름에 덧칠하여 엄청난 뜻을 덧댐으로써 존재의 값을 드높이려는 꼼수를 쓴다. 본 이름 말고도 호號, 자字, 아명兒名, 필명筆名 따위를 마음껏 지어 자기 이름에 명예를 덧댄 사람들도 꽤 있었다. 그 대표적인 사람이 이광수李光洙였다. 이런저런 이름이 스물여섯쯤 되었는데, 막판에 왜식이름인 〈가야마 미쓰로香山光郎〉에 와, 그 뜻매김 짓거리 헛발질이 널리 알려짐으로써, 순식간에 그의 있음 값이 똥통에 빠지고 말았다. 행여 왜놈들에게 영원히 조선이 장악되어 먹히고 있었다면 그의 덧칠한 이름값은 어땠을까? 생각할수록 솜털이 곤두선다. 한국이라는 나라가 왜국으로부터 광복되는 빛에 드러났을 때, 비로소 그의 진짜 값은, 눈에 띄어 보이게 된 셈이다. 나는 언제나 나이다. 그리고 너도 언제나 너이다. 너에게 너에 합당한 뜻매김을 그대는 어떻게 할 것인가? 그 물음에 대한 답이 우리가 사는 이유의 가장 아프고도 힘겨운 이유일 것이다.

나는 나인데 너는 누구인가? 나와 너 사이에 난 길을 우리는 걷고 또 걸으며 묻고 또 따져 묻는다. 나나 너는 무엇으로 포장하거나 겉에 색칠을 하였는가? 색칠한 진짜 모습은 숨기고 늘 겉포장이나 색칠 꼴만 보이려고 한다면 그 삶의 발걸음은 괜찮은 걸까? 나는 절대 그렇지 않다고 말할 생각이다. 왜적들은 조선침략을 위해 엄청난 자기 색칠을 감행하여 그 진짜 모습을 알 수 없게 몸통을 불려 스스로 거대한 존재처럼 부풀렸다. 한 국가가 커진다는 것은 이웃 국가에게는 불행의 미친바람으로 맞게 되기 쉽다. 내 몸을 부풀리기 위해 큰 땅이 필요하다고 생각하는 순간 너는 남을 죽이거나 억압하여 그가 지닌 것을 빼앗을 궁리에 빠진다. 네 있음 값에 똥칠하기로 나선 길이다. 그것이 우리가 짊어진 운명이다. 우리가 익히 잘 아는 윤동주의 위대한 시 「서시」는 그렇게 더렵혀진 시절에 만들어졌다.

> 죽는 날까지 하늘을 우러러
> 한점 부끄럼이 없기를,
> 잎새에 이는 바람에도
> 나는 괴로워했다.
> 별을 노래하는 마음으로
> 모든 죽어가는 것을 노래해야지
> 그리고 나한테 주어진 길을
> 걸어가야겠다.[19]

이 시는 1941년 11월 20일 날짜로 씌어진 시로 시인 스스로 날자를 기록해 놓았다. 1940년대; 이 시기는 한국에서 1929년도에 이미 우리말글을 쓰지 못하는 법령을 만들어 포고함으로써 조선 인민들을 옥죄어 억눌렀고, 이름 또한 왜식으로 갈도록 강요한(1940년) 다음해였으며, 〈동아일보〉, 〈조선일보〉가 폐간당하는 수모를 안고 있던 해였다. 왜국은 이미 스스로 선택한 악의惡意로, 사람됨의 뿌리까지 더렵혀질 대로 더렵혀져, 한줌의 부끄러움조차 잃어버린 이웃이었다. 그런 제국주의 책략과 패악으로 나날이 이름과 힘이 부풀려지는 왜적 국가 안의 백성들은 어떠

---

19 2004년도에 연세대학교 출판부에서 찍어낸 원본대조 윤동주 전집 『하늘과바람과별과시』 첫째 쪽에서

했을까? 그들은 안온했을까? 평안했을까? '부끄러움'이라는 있음 값은 사람살이가 갖춰온 가장 고귀한 가치 잣대의 하나이다. '염치廉恥없는 사람'을 가장 못난 사람으로 우리는 여겨왔다. 염치없는 국가로 남의 나라를 해코지해 온 왜국, 그들의 해코지가 극에 달했을 그런 때, 시인 윤동주는 한 점 부끄러움 없는 삶을 노래했던 것이다. 왜국의 심장 한복판에 그리고 그들 양심 뒤통수에 도덕적 잣대를 들이댄 것이었지만 왜놈 부라퀴들만 그것을 몰랐다. 게다가 그는 '모든 죽어가는 것을 노래해야지.'라고 읊음으로써 한국 안에서 죽어가는 모든 것을 애달아했던 것이다. 이름도 말글도 모두 다 죽어가고 있었고, 이 나라 문화 전통 글 그리고 무엇보다도 한국 사람들의 존엄성이 다 시들어 죽어가고 있었다. 윤동주 시가 위대한 것은 바로 이다음 지점에 이르면서이다. 그는 그가 스스로 정한 길을 삶의 목표로 정해 '나한테 주어진 길을 걸어가야겠다.'고 읊었다. 왜놈들에게 가진 아부와 아양을 떨어 목숨을 부지하면서 어깨에 힘까지 주며 으스대던 조선의 불쌍한 사람들을 향해서도 이 시의 마지막 구절은 우렁찬 나팔 소리에 해당한다. 너희들 불쌍한 인생아! 넓은 길로 나가는 백성들아! 그 길이 파멸의 길이라는 걸 그대들은 아는가? 이 이야기는 아직도 그 끝이 나지 않았다. 왜 그랬을까? 미 제국주의 바람의 등밀이를 통해 종속주의자 미국 사냥개 이승만 패들이 정권을 장악하여 이 나라의 더러운 부끄러움[20]의 때를 벗기지 못

20 2014년 1월 8일 자 〈한겨레〉 신문 32쪽 「길을 찾아서」의 필자 성유보는 '3.15선거는 불법·부정선거 백과사전'이라는 작은 제목으로 달고 '4할 사전투표'와 '3인조·9인조 공개투표'가 자유당 정권이 모의한 불법선거였다고 썼다. 한국현대사는 미국 등밀이를 받던 이승만 정권과 박정희를 필두로 한 전두환 군부 독재정권으로부터 심하게 곪아 썩어오고 있다. 거기 이명박

하도록 끝끝내 막았기 때문이다. 현재진행형 부정, 부조리! 1931
년에 쓴 것으로 추정되는 이상李霜의 다음 시를 다시 보인다.

詩第十二號

때묻은빨래조각이한뭉텅이空中으로날라떨어진다.그것은
흰비둘기의떼다.이손바닥만한한조각하늘저편에戰爭이끝나
고平和가왔다는宣傳이다.한무더기비둘기의떼가깃에묻은때
를씻는다.이손바닥만한하늘이편에방망이로흰비둘기의떼를
때려죽이는不潔한戰爭이始作된다.공기에숯검정이가치지저
분하게묻으면흰비둘기의떼는또한번손바닥만한하늘저편으
로날아간다.[21]

이어령 교수의 주석에 따르면 흰 비둘기를 평화의 상징으로
읽고 빨랫감이나 전쟁 이야기는 모두 다 이 두 물상에 의해 뚜렷
하게 뭔가가 뜻매김된다고 썼다. 빨래는 때를 빼는 움직임이 아
닌가? 방망이로 두들겨 묻은 때를 물에 흩어지게 하는 빨래질!
이상이 젊은 나이에 눈뜨고 바라본 세상은 그야말로 꼴불견의
아수라장이었다. 1917년도부터 시작한 전쟁이 1930년대로 이어
져 있다면 전쟁미치광이들이 한참 열을 내면서 미쳐 날뛰던 시
절이었다. 이 해는 국제결제금융 회사가 설립되어 이른바 로스
차일드 일가가 전 세계를 돈으로 묶어 장악하는 돈놀이 악행이

으로 이어지는 날강도들이 만든 정부에서 완전히 바닥을 치며 썩고 있다. 이게 언제 터질지 그
것은 아무도 모른다.

21 이어령 교주, 「이상시전작집」(갑인출판사, 1978), 28쪽.

시작되던 흉악한 때였다. 조선 땅에는 사이또齋藤實 왜놈 총독이 재차 서울 한복판에 버티고 앉아 가진 악행을 일삼아 조선 사람들 기운을 뚝 떨어뜨려 각종 개발공사로 한국 산야를 뒤숭숭하게 하면서 한국사람 재산을 착취하던 시절이었다. 세계가 저렇게 빼앗고 빼앗기며 제국주의 깃발을 휘날리면서 마음 놓고 악행들이 저질러지던 그런 때에 이상은 태어나 폐병에 시달리며 한 살이를 버텨가고 있었다. 그때 그가 본 살벌하고도 더러운 풍경이 바로 이런 빨래터 정경이다. 빨고 빨아도 더러운 때가 자꾸 끼는 삶의 때가 묻는 있음 옷!

죽고 죽이고 포로로 잡아, 두들겨 패고 얻어터지고 자빠지고 넘어지면서, 사는 뜻을 매긴다는 건 어쩌면 엉터리일 터이다. 도대체 무슨 지랄로 그처럼 사람을 죽이고 죽는 그따위 싸움터를 만들어내는 걸까? 이 싸움 덕을 보는 놈들은 누구일까? 뭔가 분명이 싸움을 붙여야만 장사가 되는 장사치들이 있다. 무기장사, 돈 장사, 곡물을 사재기로 쌓아두었다가 값을 천정부지로 올린 다음 되파는 장사치들, 그들은 누구일까? 그놈들에 의해 경제공황도 생기고 화폐팽창이며 화폐수축 따위 경제 용어도 나타나 춤을 춘다.[22] 시인은 죽기 살기로 그런 걸 따져 물어야 한다. 그리고 그들은 총칼을 들고 전선으로 뛰어들어, 전쟁을 일으킨 놈들을 쏘아 죽일 투쟁에 나가는 일도 큰일이지만 그보다는, 연필을 깎아들고 뭔가를 자꾸 기록하는 일 또한 큰일이다. 기록의 원리는 단 하나다. 나는 그것에다 이런 풀이를 붙일 생각이다. 나

---

22 자본주의는 이 지점에 와 드디어 그 추악한 몰골을 드러낸다. 16세기 영국의 토마스 모어가 이미 짚어 보였던 이 돈 주인의 악행문제가 현실적으로 폭발해 드러난 것이 바로 이 재난자본주의(쏭홍빙 주장)의 숨김없는 속살이다.

쁜 놈을 나쁜 놈이라고 밝히고 좋은 사람을 좋은 사람이라고 밝히려는 속셈이 바로 글쟁이들의 싸움방식이라는 것! 나쁜 놈은 나쁜 놈인 것이다. 어느 선사가 읊었듯 산이 산이고 물이 물이듯 나쁜 놈은 나쁜 놈이고 좋은 이는 좋은 이이다. 문제는 좋은 길로 들어가는 길과 나쁜 길로 들어가는 길이 다르다는 데 있다.

좋은 길로 가는 길목은 언제나 가시밭길이거나 자갈길이어서 걷기도 힘겹고 눕거나 잠들기도 힘에 겹다. 수많은 종교경전들이 이 문제를 밝혀놓고는, 그럼에도 불구하고, 사람들에게 좋은 길로 걸어 나가야 한다고 가르친다. '넓은 길로 가는 길은 파멸의 길이고 좁은 길로 가는 길은 생명의 길이다'고 기독교 경전에서는 가르쳐 왔다. 넓은 길로는 의례 무수하게 많은 사람들이 따라가고 좁은 길로는 많은 사람이 가질 않는다. 그 누가 힘겨운 삶을 바라고 그 길을 따르겠는가? 돼지가 되든 개가 되든 배만 부르다면, 남이 시키는 대로 굽실대며, 그럭저럭 살면 그것으로 족하지 않은가? 정말 그럴까? 어느 누구도 남 발밑에 무릎 꾼 채 엎드려 굽실대기를 좋아하는 존재는 없다는 게 나의 믿음이다. 그게 또한 우리가 사는 이유의 가장 큰 뜻매김이라는 주장이기도 하다.

남의 종살이, 노예 살이, 남 밑에 굽실대며 사는 삶은, 그것 자체가 지옥이라는 것을 아는 이는 안다. 각종 종교에서는 이런 지옥살이를 알게 모르게 좋게 가르치고 있다. 기독교도 불교도 그런 계급 벗어나기를 정면에서 가르치지는 않는다. 그러나 그런 가르침이나 믿음은 그냥 가르침이고 믿음일 뿐일지도 모르겠다. 네 목줄을 쥔 돈 주인에게 잘 복종하라고 가르치면서 하나님이 곧 주인이라는 말로 얼버무리는 게 기독교 교리이다. 비유로 얼버무리는 종교 또한, 혹독한 악마들은 어쩌지 못해서, 그럴 수밖에 없는 지도 모르지만, 모든 종교는 말로만 얼버무리고 얼버무리며 얼버무린다. 현세에 태어나는 자리가 자기 스스로 만들어 쌓은 덕에 따라 다시 왕족으로 태어나든 지렁이로 태어나든 모두 다 자기 할 탓이라고 불교는 가르친다. 참 흐리고도 알쏭달쏭하다. 이런 뜻매김은 문학글쓰기 패들도 자주 각자의 그런 길을 따라나서곤 한다. 우리가 왜 살고 있는지 다들 알지를 못하니까! 사는 이유의 정답이란 없으니까!

4. 있음과 없음

우리는 사는 것을 있다고 하고 죽는 것을 없어지거나 없다고 말한다. 눈에 띄는 것을 있다고도 하고 눈에 띄지 않는 것을 없다고도 한다. 있다와 없다는 정말 반대되는 말일까? 이 문제도 우리는 좀 더 자세하게 살펴봐야 한다. 있다가 없고 또 없다가도 있는 그것, 그것이 우리들 삶의 허깨비 같은 생각들이 만들어지는 있없음의 말 공장이다. 그래서 느끼는 대로 생각나는 대로 남에게 던져 뿌리거나 말로 뭉쳐 남들 앞에 던진다. 있는 것을 보았다고 하고 또 없는 것도 보았다고 사람들은 말한다. 말의 용기야말로 사는 이들의 가장 큰 들숨이며 날숨이다.

1) 허깨비幻 또는 착각

몬物과 일事을 눈에 띄는 대로 또는 귀로 듣는 대로 안다고 사람들은 믿는다. 아니 생각한다. 아침에 눈을 뜨면 옆에 누워있는 아내를 내 아내라 생각하고, 목까지 덮여진 천 섶을 이불이라 부른다. 그리고 목 근처 머리에 받쳐진 받침을 베개라 부른다. 아침에 눈 뜨고 일어나 배변의 일을 끝내고 나면, 무언가 입에 넣기를 바라며, 부엌 쪽에 마음을 보내어 먹는 생각이 어슬렁거린다. 아내나 며느리의 눈치를 보면서 이날 먹을 음식은 무엇일까? 맛은 어떠할까? 몸이 꿈틀대면서 생존법칙에 눈을 뜬다. 그리고 무엇보다 먼저 잘 때 입던 옷을 벗어던지고 집에서 입는 두둑한 옷을 챙겨 입는다. 지금은 겨울이니 밖은 얼마나 추울까? 날은 밝을까? 해는 맑게 떴나? 행여 눈이나 비가 오지는 않았을까? 잔바람이 불지는 않을까? 내 몸에 아직도 붙어 있는 잠결은 천천히 몸에서 떠나간다. 나는 내 감각기관의 힘만 믿고 세상과 어울린다. 그래서 세상의 있고 없음은 순전히 이 감각기관의 인식범위를 벗어날 수 없다. 그게 우리가 짊어진 앎의 모두 다이다.

여섯 감각기관을 통해 바라보는 것을 우리는 세계라 믿고, 이 여섯 감각기관에 의해 걸러지지 않는 것은 없다고 말한다. 이 기관들을 철석같이 믿기 때문이다. 그것은 일종의 종교행위일지도 모르겠다. 있다고 믿는 거나 없다고 믿는 거나 사실은 둘 다 믿음의 문제에서 멈추니 말이다. 믿지 않는 것은 이 세상에 없다고 우리는 굳게 믿질 않는가? 눈이나 코, 귀, 혀, 손 그리고 마음을 여섯 감각기관이라, 불교경전에서는 일러, 부른다. 빛과 어둠, 꼴을 인식하는 기관이 눈이다. 냄새를 인식하는 기관은 코, 맛을 결정하는 기관은 혀, 그리고 손가락 감각을 통해 받아들이는 촉감, 소리의 크고 작은 것을 받는 기관은 귀 그리고 이 모든 감각기관을 조절하는 곳이 마음이다.[23] 이 여섯 기관들에 의해 우리가 안

---

23 거해 스님 편역, 『법구경』Ⅱ(고려원, 1992), 387~378쪽에 게송 385번. 이 언덕과 저 언덕(彼

다고 믿는 것은 빛과 꼴, 크기나 무게, 냄새, 맛, 감촉, 생각들이다. 감각기관을 없애어 감각대상 그 자체로 바뀐다면 그게 뭘까? 그냥 이 세상으로부터 완벽하게 내가 사라진다는 뜻이다. 사는 것, 있다는 것, 그게 모두 다 고통이고 아픔이며 절망이고 슬픔의 덫이니 그것으로부터 완벽하게 벗어나는 길은 없을까? 그게 사키아모니 부처라고 불리는 이의 물음 방법이었다. 이 방법을 통해 그가 정말로 그 길에 나서 완전하게 뜻을 이루었는지를 우리는 모른다. 문제는 믿느냐 안 믿느냐일 뿐이니까! 우리는 어쩌면 세상의 빛과 어둠을 믿고 사는 신도들일지도 모른다. 빛이 없으면 모든 있음은 어둠에 묻혀 앎의 체제를 벗어난다. 그래서 모든 종교 지도자들은 스스로가 빛이요 진리라고 툭하면 지껄여왔다. 예수를 빛의 샘이라고 보거나 부처를 태양 빛보다 더 밝은 빛이라는 이야기는 그 경전들 속에 자주 등장하는 말씀이다.

우리 눈앞에 펼쳐져 벌어지고 있는 모든 광경이란, 실은 완전하게 고정되어 나타나는 게 어디 아무 곳에도 없을 뿐 아니라, 시시때때로 바뀌고 얼룩지며 일그러진다. 그러하기 때문에 우리가 보고 듣고 만지고 맛보면서 안다고 믿는 것은 일종의 착각이며 착시이고 잘 못 알고 있는 것이기 십상이다. 있다는 것이 그럴진대 없는 곳에 무엇이 없다는 거야 일러 무엇을 할 것인가? 어둠은 앎의 시작을 원천봉쇄한다. 있음과 빛은 같은 말이다. 따라서 어둠과 모름 또한 같은 말 계열에 종속된다. 이제 우리가

岸)은 바로 감각기관을 이 언덕이라 부르고 감각대상 그것을 저 언덕이라 부른다. 감각기관 자체를 감각대상과 합일시켜 자아 내가 사라지면 그게 열반에 이르는 길이라는 가르침이다. 기가 막힐 일이다. 나를 완벽하게 없앤다? 그래서 스님들은 불경을 외며 목탁을 치고 또 치고 또 친다. 비는 거다.

퍽 잘 안다고 생각하며 믿는 있음의 허깨비 이야기를 조금 더 보태기로 한다. 이제까지는 내 존재 있음의 허깨비를 놓고 지껄였다. 다음은 우리가 지니고 있다고 착각하는 환에 대해서 살펴볼 차례이다.

앞에서 나는 나쁜 놈과 좋은 이를 갈라 풀어 보이려고 애를 썼다. 나쁜 놈들은 자기 나를 늘 남들 위에 놓고 말과 짓거리를 일삼는 놈들이다. 그런 놈들은 언제나 남의 것을 챙겨 제 것으로 삼으려는 놈들이다. 내 것도 내 것, 네 것도 내 것이라고 생각하는 놈들은 지옥영혼이라는 말로 지껄여 놓는 데(기독교)도 있고, 전부터 저질러온 버릇 때문에 그런 짓에서 벗어나지 못한다고, 그게 훈습薫習(법구경 제송 251)탓으로 이야기하는 믿음 틀을 가르치는 데도 있다.[24] 나쁜 놈에서 좋은 사람으로 뛰어올라 격을 승진하려면 어떻게 해야 할까? 정말 그런 일은 가능하기나 할까? 박경리는 그의 필생의 작품 『토지』에서 이런 사람됨 만들기에 평생을 고심해 온 작가였다. 이 지점에서 작가 박경리는 구원의 문제를 짚는다. 누군가 악인을 위해 좋은 길을 닦았을 때 그 악한은 구원의 길가에 앉게 된다는 생각이 그의 결론이었다. 끝끝내 악한 일만 일삼던 김평산은 그의 둘째 아들의 덕행으로 구원의 길가에 앉게 되었다고 그는 읽었다. 말로 할 수 없는 악당 조준구는 그의 병신 아들 조병수의 덕행으로 구원 길목에 나앉게 되었다고도 그는 읽었다. 정말 그게 옳은 풀이일까? 나는 단언할 생각이 없다. 그렇게 가릴 수 없는 악당의 아들이 그처럼 착하고 좋은 일만 하는 것을 보고 사람들은 그 둘 사이의 나쁨惡과 착善

---

24 위의 책, 132~135쪽

함의 균형을 잡는다. 인간은 근본적으로 착한 짐승일지도 모른다. 나쁜 짓거리로 쌓은 죄업을 착한 일로 씻는다는 이 삶의 틀을 작가 박경리는 찾아 보여 주었다. 이런 풀이방식이 맞는지 틀렸는지를 아는 이가 있을까? 여기서도 믿음의 문제에 와 닿는다. 믿느냐 안 믿느냐? 그게 문제이다.

2) 게욱질 또는 토악질

먹은 것을 입 밖으로 게우는 일이 종종 있다. 속이 좋지 않거나 너무 많이 먹었을 때 그런 일은 생긴다. 있음의 헛따방을 느꼈을 때 게우는 것을 한때 나는 퍽 철학적인 짓거리로 읽은 적이 있었다. 프랑스 사람 사팔뜨기 사르트르의 글에 빠져 허우적거릴 때 나는 그런 걸 알았다. 내가 대학교에도 들어가기 전 고등학교 2학년 때, 실존주의라는 바람이 이 나라에 술술 들어와 불어대었고, 나라 살림은 이승만과 자유당 패들의 별의별 거짓말 휘둘림을 당하면서 백성들이 숨 막혀하던 때였다. 당시 프랑스 문인들의 헛바람은 무척 거세게 들어와 순진한 조선 청년들의 마음을 뒤흔들고 있었다. 그 가운데 사르트르라는 사팔뜨기 철학자가 있었다. 동시대에 프랑스 쪽 알베르 까뮈라는 문인 사상가도 알제리 바람을 일으키며 젊은 한국 이들을 사로잡았다. 『게욱질嘔吐』! 다들 서양 거라면 사족을 못 쓰던 그런 시절 한국의 지식사회는 그야말로 황폐한 사막이나 다름없었다. 동족 모독 전쟁을 겪은 데다가 서양 거라면 무엇이든 드높은 것으로 받아들일 때였으니까!

부끄럽지만 나는 실존주의라는 철학사상에 퍽 마음을 두고 앵무새처럼 그들이 지껄인 말들을 여기저기 옮겨 읊어대곤 하였다. 왜말식으로 옮겨진 이 『구토』에서 사르트르는 우리들 있음을 확인하는 순간 게욱질을 겪는다고 이야기하였다. '게우다'를 국어사전에서는 이렇게 풀었다. 첫째는 먹은 것을 입 밖으로 내어 놓다. 둘째는 부당하게 차지했던 금품, 재물 따위를 도로 내어놓다, 가 그것이다. 젊은 시절 한때 나는 이 사르트르가 지껄였던 말 생각에 빠져 허우적거리면서 존재의 있음 꼴 이야기에 마음 닻을 내린 적이 있었다. 벤치 아래 땅속으로 꾸불텅거리면시 뻗이가는 나무뿌리나 손바닥 위에 놓인 돌멩이 하나가 나의 나됨을 일깨우는 순간 게욱질이 났다고 그는 썼었다. 지금 생각하면 그 또한 그냥 생각하는 게으름뱅이에다 국왕이니 황제니 천자, 대통령 따위 악당들의 나쁜 짓거리에 대한 생각은 은근슬쩍 비껴가면서 철학을 한답시고 지껄여대었던 것이다. 『게욱질』 속에 등장하는 로깡땡이라는 인물은 어쩌면 철학자연 하던 사르트르의 통째 모습이었을 터이다.

　여기서 나는 다시 사르트르 쪽으로 생각의 닻을 내릴 뜻은 없다. 뒷날 생각을 정리한 것이지만 그리스 패나 프랑스 패들이라는 앎 꾼들은 참 말이 많다는 것만 확인한 셈이다. 다들 삶의 헛됨을 깨우쳐 그나마 빈 것을 채우느라 끊임없이 지껄이고 말하고 또 지껄이는 버릇에 길들여진 것들이 지식인들이라는 게 내 생각이다. 오늘날 내 말이 많아진 것 또한 그들 발걸음 질과 별다름은 없다. 사는 동안 마주치는 일마다 그야말로 게욱질에 시달릴 일은 너무나 많다. 게욱질! 사는 일에 대한 이야기 또한 개인문제로부터 집단 문제로 옮겨갈 생각이다. 나와 너 그리고 그, 그들은 나의 나됨을 만들어가는 기본조건이다. 나의 내 속에 든 나는 정말 어떤 꼴로 나날을 버티고 있는가? 이 문제에 대한 대답이 이 게욱질 성격의 첫 다리를 건너는 발걸음이다. 나이 일흔 둘을 넘기면서 나는 뭔가 꿈꾸고 바라왔던 삶 길이 그냥 막막하고 텅 빈 어떤 것임을 깨닫는다. 성인聖人이라는 이들의 행적을 살펴봐도 지성인들의 삶을 살펴봐도 삶에 대한 뚜렷한 답은 없다. 삶이란 '텅 빈 하늘'에 헛 말질로 긋는 줄긋기일 뿐이다. 줄을 긋는다는 이 말에는 밑-끝없는 힘쓰기와 이어져 있다. 나는 한때 어머니 아버지의 아들이다가 다시 아이들의 어머니 아버지로 잇는 만남의 줄을 탄다. 그게 남녀 사이의 만남이었고 또 혼인이었으며 자식 낳는 출산의 줄긋기였다.

게욱질은 내 몸 자체로부터 발원하여 나타나는 증세가 기본이다. 먹은 음식이 이상해서 입으로 되올라오는 게욱질에는 장염이라든지 위염 증상에서 자주 나타나는 증상이다. 그러나 또 다른 게욱질은 남과의 관계 거리가 조절되지 않아서 생기는 증상이다. 남과의 관계는 자주 두렵거나 무섭다. 그 싫은 남은 나와의 관계거리를 알맞게 맞출 수가 없는 만남이다. 내가 드러내어 보이는 것을 보지 않거나 보지 않으려고 고개를 돌리는 사람 앞에서 우리는 자주 마음 낭떠러지로 굴러 떨어진다. 한 시대가 가장 악랄한 사람에 의해 장악되어, 그 밑에 무수한 늑대들만 우글거릴 때, 사람은 사람 만나는 것이 가장 두렵고 무섭다. 자아 나의 나됨을 보람되고 바르게 살면서 아름다운 삶을 되질하려고 했던 사람들은 늘 그가 사는 당대 현실 권력패들의 넓은 길 눈길로부터 발길질 당해 나가떨어진다. 인문학자들이라는 이들 대부분은, 그렇게 권력에 발길질 당해 시름겨워하거나 기가 죽은 채, 슬픔이나 외로움을 노래 말로 지어 다른 이들에게 전한다. 자기가 살던 시대와 사회와 끊임없이 불화하고 친해질 수 없는 사람들은 할 말이 많은 법이다. 작가 시인은 할 말이 많은 사람들이다. 불쌍한 있음일 터! 저주받은 족속을 일찍이 누군가 일러 작가 시인 또는 문인이라 불렀다. 하기야 저주받지 않고 태어난 존재가 어디 있을까만!

신라적 사람 최치원崔致遠 또한 어쩌면 저주받고 태어난 천재였던 모양이다. 그는 머리가 좋은데다 글재주 또한 뛰어났던 사람이었단다. 이런 사람들일수록 대체로 자기 시대와는 불화하는 법이다. 자기를 알아주는 사람이 없다고 생각하기 십상이니까? 그래서 그런 이들은 자주 외국으로 눈을 돌리기도 한다. 출세하려면 남보다는 뛰어난 뭔가를 익혀놔야 하니까! 오늘날 머리 좋은(?) 젊은이들이, 큰 뜻을 품고[25] 자아 나를 드러내 본답시고 미국 유학길에 오르는 풍조가 무성하듯, 신라 적에도 당대에 힘이 센 당나라에 유학하는 풍조는 유행하였던 모양이다. 그는 당나라 유학길에서 6년 여 만에 〈빈공과〉에 급제하는 영광을 누렸지만, 그의 마음은 늘 고향 신라에 있었던 모양이다. 그리하여 고향 나라 땅에 돌아왔지만 그의 실력을 제대로 알아주는 이는 별로 없었다. 아니. 그 이웃 앞 꾼들의 시기심이 더욱 그를 따돌렸을 터이다. 그가 벽지에 숨어 지내며 쓴 시 한 편을 보이면 이렇다. 요즘 각 대학교에서 정식 교수가 못 된 채 시간강사로 연명하는 미국이나 유럽 유학출신 박사 젊은이들의 심란한 심정을 나는 잘 안다. 신라적 최치원의 말로 가본다. 오늘날 현상과 너무나 닮아 있다.

---

25 이 '큰 뜻'이라는 말 속에는 내 마음의 비아냥댐이 들어 있다. 남위에 올라앉을 궁리나 하는 주제를 큰 뜻을 품었다고 들 말해왔다. 이런 말투는 쓰레기통에 내다 버려야 한다고도 나는 쓴다.

가야산에 숨어 살며

겹겹이 싸인 돌 사이로 미친 듯 흐르며

물줄기는 봉우리를 거듭 울리는데,

사람의 말소리는 가까이서도

알아듣기가 어렵구나.

옳고 그름 다투는 소리

귀에 들릴까 늘 두려워

짐짓, 흐르는 물로 하여

온 산 둘러싸게 하였다네.

題伽倻山讀書堂, 狂噴疊石吼重巒, 人語亂分咫尺間, 常恐是非聲

到耳, 故敎流水盡籠山

이 글은 한국한문학자 허경진 교수가 뽑아 엮은 〈한국의 한시〉 제1번으로 묶은 『고운 최치원 시선孤雲 崔致遠 詩選』 63쪽에서 옮겨 놓은 시다. 신라 때 사람이니 한문으로 시를 쓴 것에 시비를 걸 생각은 없다.[26] 신라新羅(기원전 57년에 박혁거세가 경상남도 경주를 중심으로 세웠던 나라, 7세기 때 삼국을 통일하였다가 935년 고려의 왕건에게 멸망한 나라)라는 나라에 최치원이 태어났다는 것은 어쩌면 머리 좋고 야망 있는 사람으로서는, 아주 불편한 일이었음에 틀림이 없다. 그 시대는 골품제도骨品制度라는 끔찍한 계급 덫으로

---

26 1446년에 훈민정음을 만들어 '나랏말씀이 중국과 달라 서로 통하지 않는 것을 딱하게 여겨 스물여덟 자를 만들어 낸' 훈민정음(訓民正音)은 20세기가 다 지난 2000년대까지 한국의 앎 꾼들 사이에서는 크게 대접받지 못한 처지였다. 유식한 척하려는 마음 고질병을 버리지 못한 채 이 나라 지식인들은 한자를 계속 써 갈겨 왔다. 왜 이런 일이 벌어져 왔는지 우리는 깊이 생각하고 또 생각해봐야 할 터이다. 자기인 나의 나됨에 대해 스스로 굳게 믿는 마음가짐이 없기 때문일 터이므로!

묶여 있던 그런 시대였다. 이벌찬, 이찬, 잡찬, 파진찬, 대아찬, 아찬, 일길찬, 사찬, 급벌찬, 대나마, 나마, 대사, 사지, 길사, 대오, 소오, 조위 따위 숨찬 계급의 올무로 얽혀 움쭉달싹할 수조차 없던 그런 시대에 최치원은 왕이나 그다음 자리쯤 상위 계급으로는 올라가기가 어려웠던 6두품짜리 낙인이 찍혀 태어났다고 했다. 태어나자마자 자기 살판이 결정난다면 그게 무슨 놈의 바람직한 삶 판인가? 아무리 자기를 돌아보고 주위를 둘러보아도 그 계급 철망을 벗어날 가망은 없다. 루쉰이 말한 이른바 사방 철 장벽으로 막힌 존재의 감옥이 태어나자마자 결판나 있다. 어떻게 살 것인가? 행여 신분을 바꾸는 일이 외국 유학의 길 위에 있지는 않을까? 그때나 지금이나 다들 감옥에 갇힌 사람 생각은 같다.

신라 당대 외교 국가가 당나라였으니 그곳에 가서 벼슬 출세라도 해오면 어떨까? 최치원은 당대 계급으로 보아 6두품이었으니 최고 왕 자리에 오르기는 어림도 없을 뿐만 아니라, 단단한 계급 벽이 가로막혀 있어 자기 신분을 끌어올릴 길은 없다. 그러나 그도 꽤 견딜만한 높은 계급 층위의 하나였음에는 틀림이 없어 보인다.[27] 그런데도 그는 아버지의 절규 비슷한 엄포를 들으며 당나라 유학길에 올랐다. 오늘날 툭하면 보따리 싸들고 미국 유학길에 오르듯 최치원도 당나라로 줄행랑을 쳐서 6년 만에 국가시험에 들어 약간의 벼슬길에 나섰다. 그러나 중국 당나라 또한 계급 족쇄가 어찌 신라에 뒤쳐져 있었을 것인가? 그곳 또한

---

27 고등학교에서 역사를 가르치는 나의 아우 정현구에게 물으니 그 품계로는 지금의 차관급 정도 이상은 오르지 못한다고 풀이한다.

신라의 골품제도 철망 못잖은 층층다리 계급의 나라였을 터! 최치원이라는 까마득한 예전에 살았던, 뛰어난 이 나라 앎 꾼 하나가 오늘날처럼, 나의 나됨을 외국에 나가 드높이려는 고질병을 앓고 있었다. 성패여부와 관계없이 그것은 고질병임에 틀림이 없다. 너도나도 논밭 전지 팔아 보따리 싸들고 외국 유학길에 올라 보지만 그곳도 실은 그냥 인간이라는 천한 짐승들이 사는 나라일 뿐임을 알려면 나이깨나 먹어야 될 일이다.

당대에 최치원 그가 정말 두려워한 것은 무엇이었을까? 이 시를 옮겨 엮은 허경진 교수가 쓴 머리말에 의하면 그 또한 사대주의자라는 비판을 받았던 것으로 보인다. 해외파라고 해서 다들 가슴 벅차기만 할 것인가? 뒤통수에 박히는, 고향 땅 이웃 사람들의 선망과 시기나 비웃음 따위는 평생 그가 달고 다녀야 할 족쇄라는 것도, 나이가 들고 철이 좀 나야 알게 될 것이다. 오늘날 한국 사람들이 엄청난 숫자로 미국에 가 살면서 겪는 향수와 막상 조국에 돌아오면, 그 외국 박사를 별로 대수롭잖게 여기는 미미한 존재감으로 해서 생기는, 미국 자랑이나 그곳을 다시 그리워하는 있음의 허방을 지닌 채 사는 것처럼, 최치원 또한 고향에 돌아와 꼭꼭 숨어 지냈던 모양이다. 지금 한국의 각 대학교에서 미국 박사학위 보유자가 얼마나 많은지 알아둘 필요가 있을까? 전국 각대학교 교수 학위 취득 국가를 보면 60에서 근 70퍼센트가 미국 박사학위 소지자들이다. 나머지는 국문학과, 국사학과 정도나 국내에서 학위를 취득한 사람들이, 그나마 이 나라 문과대학 인문학 전공의 학자들 출신 성분이다. 미국 나라 꼬리표로 출신성분 표지를 해 놓은 한국 대학교 교수들이야 그야말로 갈데없는 미국 홍보노예가 아니면 무엇인가?[28] 친일, 친미, 친당, 친몽(親몽골), 친명, 친청, 친러 따위 수사는 예전부터 이 나라 지식사회의 고질적인 음습한 앎 꾼 속살에 속한다. 옷차림부터 요란뻑적지근한 자색紫色. 비색緋色, 청색青色, 황색黃色 울긋불긋 차려입고 사람들 앞에 거들먹거리며 걷는 사람 몰골을 상상해 볼 일이다. 신라시대 이야기 속 그림 말이다. 게움질은 그런 따위를 못마땅하게 여길 때부터 시작된다. 누가 그런 따위 계급 덫을 마땅한 것으로 여길까? 권력을 훔쳐 움켜쥔 놈들이 기들먹대는 꼴을 참고 보아 넘기지 못할 때 게욱질이나 게움질은 참을 수 없는 발작으로 터진다. 우리가 사는 이유는 분명 게우기 위해서 사는 것이다. 게우면서 울고, 울면서 게우기, 그게 우리가 사는 이유이다.

사람들이 저지르는 이런 부조리 앞에 섰을 때 겪는 망망한 외로움과 홀로된 느낌은 언제나 깊은 울음을 불러들이거나 게움질로 터져 나온다. 그러나 모든 사람이 다 이렇게 게우거나 울음을 일으키지 않는다. 그들은 울긋불긋 휘황찬란한 옷빛 계급 덫에 눈이 멀거나 아예 눈을 감고 지내기로 작정한 마음속 지렁이가 똬리를 틀고 앉아있는 사람들이기 쉽다. 밟을 테면 밟아라! 나는 그냥 꿈틀대며 몸을 움추릴 테다. 수천 년 동안 쌓인 이런 노예의 목소리, 신음소리가 천지를 진동한다. 계급이 사람살이의 덫임을 아는 이가 몇이나 있을까? 계급이라는 덫을 아는 이들을 일러 지성인知性人이라 불러도 마땅할지 어떨지 모르겠다. 중국의

28 폴A.코헨 지음·이남희 옮김, 『학문의 제국주의-오리엔탈리즘과 중국사』(산해, 2003)를 참조할 만하다.

오래된 고전들 『사서삼경四書三經』 가운데 『중용中庸』첫 머리에
이런 말이 있다.

> 하늘이 명령하는 것을 성性이라 하고, 성에 따르는 것을 도
> 道라 하고, 도를 따르는 것을 교敎라고 한다.
> 天命之謂性, 率性之謂道, 修道之謂敎[29]

하늘이나 신神은 아주 오래전부터 동서양 사람들이 섬겨온 추
상적 관념이었다. 문제는 이런 하느님이나 신은 모두 다 권력 사
냥꾼들이 가로채어 갔다는 데 있다. 그들은 언제나 날름날름 하
느님이나 용궁의 용, 드높은 신神의 능력을 가로채 가지고 자신
은 하느님의 아들이라는 둥, 하늘은 내게 백성들을 다스릴 권능
을 주었다는 둥, 별의별 개똥 같은 수작을 다 떨어왔다. 그렇게
왕권 권력에 의해 만들어졌고 그것들이 뒷사람대로 내려온 모든
경전이나 역사서류가 다들, 이런 투의 구부러진, 참살이로 되어
전해왔다. 진짜 잘 사는 길은 분명 어딘가에 있다. 그러나 너무
많이 가진 놈들이나 이미 많이 빼앗아 기득권을 누려온 놈들은,
늘 그 진실과 진상을 구부려 휘어놓는다. 못사는 건 다들 네놈
들 못난 탓이다! 그게 그런 부라퀴들이 던지는 금과옥조다. 이게
다 개똥 같은 수작이 아닌가? 그러니 생각하기 싫은 백성들이야
눈이 멀 수밖에 없다. 그것이 인류 역사의 가장 고질덩어리 질병
의 단초였다. 무슨 놈의 하늘이 권력 날강도들에게만 주먹질이
나 칼질, 총칼 쏘기의 권능을 주었겠는가? 모든 사람은 다 똑같

---

29 이가원 역주, 『가려 뽑은 사서오경』(일지사, 1971), 97쪽.

이 칼도 쓸 수 있고 또 총칼도 쏠 수 있지만, 그런 탐욕의 거짓길로 나아가지 않았을 뿐이다. 탐욕이 큰 날건달들만 그런 따위 권력을 움켜쥔 다음, 그 옆에 알랑거리며 굽실대는 앎 꾼들을 시켜, 그런 투로 사람들 눈을 멀게 만든다. '해동 육룡이 나리샤 일마다 천복이시니, 고성古聖이 동부하시니~!' 하늘, 용, 옛 성인 따위란 사람들 눈을 멀게 하는 미혼약迷魂藥이자 사기술 말투일 뿐이다. 그런 따위 휘황찬란한 말투에다 울긋불긋 황홀한 계급의 옷 빛에 눈이 먼 사람들 사이에서 기욺질을 참지 못하는 사람들이 있다. 권력패들이 즐겨 쓰는 말로는 반역자라고 하지만 이 말도 옳은 말이 아니다. 인권의 반역자란 오직 권력자들뿐이다.

우리가 성인이라고 부르거나 지성인이라 부른 사람들은 바로 그런 계급 층층다리의 허방을 꿰뚫어 읽고 거기 반역을 꾀한 사람들이었다는 게 내 눈에는 보인다. 우리는 이렇게 말해야 한다. 하늘의 뜻이란 이 세상 어떤 사람이든 누구의 위에 있을 사람이 없다는 그것이다. 누가 어떤 놈의 발밑에 무릎 꿇어 굽실대기를 바랄 것인가? 하늘은 그런 바람을 지닌 사람이란 이 지구 어디에도 없다는 것을 명령하였다. 그것을 권력패들은 제 밭에 물대기식으로 자기권력 탈취에 늘 이용해 왔다. 불쾌하고 더러운 삶 판들이다. 나는 어느 누구보다 있음의 위층 자리에 놓일 수가 없다, 따라서 어느 누구도 내 위에 자리할 수는 없다. 이것이 하늘의 명령이다. 적어도 『중용』 첫머리 이야기는 그렇게 풀어야 옳다.

모든 사람은 먹어야 산다. 하루 몇 끼니를 먹든 사람들은 굶주리고는 살지 못한다. 누구에겐가 먹이는 일은 그래서 가장 고귀한 값이 있다. 배고픈 이에게 밥을 먹인다. 그 짓이야말로 있음을 잇는 가장 큰 공덕에 속한다. 그래서 각종 종교 이야기에서는 누구에게든 베풀라고 가르친다. 특히 헐벗고 굶주린 사람들에게 베풀어 먹이고 잠재우는 일이야말로 가장 귀한 삶의 덕행이라고 드높여 외친다. (그게 비록 말뿐이긴 하지만!)불경에서 늘 드러내는 예식은 '공양의식供養儀式'이다. 이 공양의식이란 나도 먹고 또 남을 먹이는 일이다. 나도 먹고 남을 먹인다는 것은 무엇인가? 살고 있음의 터전은 먹는 것이고 그것이 끊어지면 죽는다. 사람을 죽음이라는 없음 상태로부터 있음으로 살리는 행위를 공양이라 읽을 때 먹이는 일이야말로 가장 큰 공덕으로 사키아모니 부처는 밝혔다. 먹고 마시고 싸고 뱉는 움직임 그것 자체가 사람이라는 허방으로부터 스스로를 건지는 일에 속한다. 없음으로부터 스스로를 건진다는 말을 한자 용어로는 제도濟度라고 불렀다.[30] 우리가 사는 이유는 먹고 마시며 때론 누구에겐가 먹이기 위해 사는 것이다. 그런데 너무 많이 가진 놈들은 자기 배만 채우겠단다. 그런 놈들은 남의 배고픔을 몰라라 한다.

게욱질 또는 게움질과 울음에는 어떤 상관관계가 있을까? 망망한 있음의 두려움은 게욱질로도 울음으로도 터져 오른다. 울음의 계단에 여러 층위가 있듯 게욱질 또한 여러 층위가 있다. 울음이 게욱질을 유발하든 게움질이 울음을 유발하든 이 두 몸의 내뿜기 짓들에는 깊은 관계 고리가 있다. 한국에서 대학교를 졸업하고 남의 나라 미국에 가서 수십 년을 지내면서 읽고 쓰는

---

30 이에 대한 이야기는 2013년 12월 16일에 필자가 발표한 「제도(制度)와 제도(濟度)에 대하여」가 있다. 이것은 김정묘를 회장으로 하는 〈한뼘 자전소설〉 모임(예술가의 집)에서 발표한 글이었다. 김의규, 구자명, 안영실 등 작가들은 말을 만드는 모임을 갖고 책을 엮어 내는 일을 꾸준히 하고 있다.

시인이 있다. 그는 미국에 살면서 고속도로를 달릴 때나 어느 커피 집에서 차를 마실 때나, 겨울이나 여름, 봄, 가을 가릴 것 없이 시시때때로 고국이 그립다. 그의 시들은 언제나 그리움과 설움들로 꽉 차 있다. 미국의 한 병원 의사로 평생을 지낸 시인 마종기馬鐘基! 그는 의사생활로 외국 생활을 하면서 늘 고국을 그리워한 작가였다. 1999년도에 〈문학과지성사〉에서는 『마종기 시전집』을 출간하였다. 그의 짧은 시 한 편부터 옮겨 소개해 보이겠다. 책 225쪽에 제목은 「낚시질」이다.

낚시질하다
찌를 보기도 졸리운 낮,
문득 저 물 속에서 물고기는
왜 매일 사는 걸까.

물고기는 왜 사는가.
지렁이는 왜 사는가.
물고기는 평생 헤엄만 치면서
왜 사는가.

낚시질하다
문득 온몸이 끓어오르는 대낮,
더 이상 이렇게 살 수만은 없다고
중년의 흙바닥에 엎드려
물고기같이 울었다.

누가 봐도 그의 삶은 풍성하고 또 기름져 보이는 생애를 보낸다. 조선 땅 누구라도 다들 부러워하고 꿈꾸는 그런 대제국 미국에 가서 어엿한 의사노릇으로 살면서 시도 쓴다. 그거 참 부럽기 짝이 없는 신세일세! 그런데 그는 미국이라는 나라에 가서 너무 오래 살았다. 그의 다른 시편 여기저기에는 남의 나라에 사는 외로움이 끔찍한 무게로 다가선다. 어머니와 동생이 묻힌 곳이 다 다르고 아버지 묻힌 곳도 다르다. 이 땅 어디에도 저 땅 어디에도 그가 마음을 멈춰 기댈 곳은 없어 보인다. 그게 그가 필사적으로 그려 써 보인 시 세계였다고 나는 읽는다. 그렇다면 오래전 사람인 최치원도 그렇고 마종기도 그렇게 산 그게 도대체 무슨 뜻이란 말일까? 왜 그들은 그렇게 외로움을 견뎌야 하는가? 다시 묻기를 왜 사는가? 그건 외롭기 위해서다. 그 외로움을 느껴 꺼이꺼이 울거나 게움질로 자아 나를 토해내려고 사는 것일 뿐이다. 우리가 사는 이유란 외로울 때나 슬플 때 울거나 게우기 위해서다.

지금 이 나라의 수많은 젊은이들은 너도나도 미국으로 달려간다. 그곳에 가면 뭔가 삶의 값진 무엇이 있을 거라는 믿음이 그렇게 그들이 있던 곳으로부터 떠나게 한다. 출세의 지름길이 대제국 유학이라는 고질병[31]은 그때나 지금이나 바뀌지 않고 이어져 오늘에 이르렀다. 그러나 그곳도 이곳도 알맹이는 허방일 뿐이다. 868년도 열두 살 어린 나이의 아이 최치원을 당나라로 떠

---

31 최치원이 당나라 유학길에 올랐을 때 신라에서는 216명 젊은이들이 같은 길에 나섰다고 백과사전은 전한다. 세상에 나아간다는 이 말 출세라는 게 얼마나 끔찍한 허방거지라는 있음 꼴을 알기 전이라서 저렇게 다들 날뛰거나 허둥댄다. 그냥 한 곳에 누워 떠다니는 하늘의 구름이나 보면서 살다가 가면 되는 것을!

나보내면서 그의 아버지가 했다는 말은 섬찟하다. 그곳에 가서 벼슬을 하지 않으면 결코 돌아오지도 말고 자기를 아버지라고 부르지도 말라고 했단다. 사는 일이란 이처럼 허방다리로 자식에게나 부모, 또는 이웃들에게 지껄이거나 대드는 짓일 뿐이다. 왜 사는가? 먼저는 남에게 또 부모에게 대들다가 마지막으로는 나에게 대들기 위해서 산다. 그리고는 서럽고 외로워서 꺼이꺼이 울려고 산다. 게움질도 하면서!

5. 맺는말

우리들 삶은 곰곰이 따지고 보면 그냥 무지막지한 막걸음일 뿐이다. 어쩌다보니 태어났고 또 어쩌다 보니 그냥 이렇게 살고 있다. 눈을 껌벅대면서 죽을 둥 살 둥 사는 데까지 사는 수밖에 없다. 참 고약한 있음 꼴이다. 그렇게 우리 있음은 별 볼일 하나도 없는 삶 판위에 내동댕이쳐져 있어 보인다. 그래도 살아야 한다고들 중얼거리기도 하고! 내 존재 있음의 이런 허방거지 꼴은 그러나 거기 누구에게도 해꼬지 당해서는 안 되는 위대한 명령 하나가 실려 있다. 비록 아버지 어머니나 할아버지 할머니와 모습이 비슷하고 또 엄청난 유전자를 물려받은 빚쟁이처럼 보일지라도 '나라고 하는 있음'은 이 땅위에 오직 하나뿐이라는 망망한 외로움 터의 위대함이 있다. 누구에게도 비교급일 수 없는 나! 누구에게도 윗사람이거나 아랫사람일 수 없는 나! 많아야 70~80년, 더 많게는 90년 동안을 버티며 살아낸 사람일지라도 그는 무언가 하늘의 명령을 받은 존재임이 분명하다. 그 명령이란 모든 사람은 누구에게도 굽실댈 이유도 필요도 없는 유일 무이한 권력자라는 그것 말이다. 존엄한 나의 있음 그게 훼손되어서는 안 되는, 있음의 고귀함을 지키라는 하늘의 명령, 그것을 우리는 자주 잊어왔고 아예 눈감고 모르는 척 잊고 살아왔다. 아니 잊는 버릇이 몸에 배어 이제는 완전히 그런 부조리한 강탈 당함에 익숙한 처세꾼들로 전락해 버리고 말았다.

이제 우리가 해야 할 뭔가의 일은 정말 어떤 것일까? 잃어버린 내 있음 값은 오직 나 스스로 찾아 나서는 수밖에 없다. 그게 우리의 참혹한 운명이다. 수많은 나라의 민화 민담에는 그런 자기 있음 꼴을 앗아간 악당들을 대체로 이렇게 불렀다. 사람 먹는 거인, 마녀, 용, 갈퀴손 도깨비(중국), 트롤(노르웨이), 괴물, 요괴 따위로 불러 그들로부터 우리가 지닌 온전한 권리와 존엄성을 찾아내야 한다고, 민요 민담, 설화에서는 이야기로 만들어, 퍼뜨렸다. 그러나 정작 그게 왕이나 황제, 천황, 영수, 대통령, 주석, 따위로 이름 붙여 백성의 권리를 한 손에 움켜쥔 날강도 권력패들이었다는 말은 아예 입 밖에 내지 않았다. 두려움 탓이었을 터! 최치원처럼! 사람들은 그냥 나쁜 왕, 나쁜 황제 따위로 불러 얼버무려 왔다. 그 왕이나 황제, 대통령, 주석이라는 높은 자리 꾼, 이름 그 자체가 악이라는, 사실을 우리는 자주 잊어왔다. 조선조 왕권 시대 경복궁이나 궁궐에 앉았던 왕은 말할 것도 없고 요즘 청와대나 북한의 어느 왕궁에 들어 높은 자리라고 으스대어 살면서 행악을 부리지 않은 대통령이나 주석이라는 놈들이 있기나 했나? 하나도 없다고 나는 주장할 테다.

나의 나는 결국 홀로 선채, 스스로 만들어가야 할, 까마득한 절벽 위에 내동댕이쳐진 딱 하나의 있음 꼴이다. 무엇으로 자아

나를 만들어 뜻매김하고 있음 꼴로부터 없음 꼴로 나아갈 것인
가? 홀로 선 외로움이 몸을 움츠리게 한다. 이럴 때 옆에서 소곤
대는 말씀들이 자주 귀에 달라붙는다. 엄청나게 큰 바위나 오래
된 나무, 천야만야한 산들을 가르는 계곡 속에 있는 컴컴한 동
굴, 또는 드높은 뫼 봉우리 그곳에 가서 빌고 빌면, 그래서 자아
나의 나됨을 만들어달라고 빌면 그게 이루어질 것이다. 아니다.
우리 옆을 지키고 있는 신이나 하늘님께 빌면 된다. 또 우리를
지켜주는 강력한 신들이 있으니 그들에게 빌면 된다. 지리천문
신장, 천문신장, 십대왕, 칠성님, 산신 등 땅 위 곳곳마다 그리고
집안 곳곳마다 숨어 우리 삶을 지켜볼 부엌 신이나 다락 신, 우
물 신, 안방 신, 마당 신, 대문 신 그들을 위해 곳곳마다 떡도 해
바치고 북어도 잘 손질하여 바치면서 술도 붓고 절도 구부렁구
부렁하면 뜻하는 대로 또 마음먹은 대로 일이 이루어져 '나의 나
됨'이 만들어진다. 봄, 여름, 가을, 겨울, 계절에 따라 거기 맞는
음식도 해 올려바치고 손바닥도 비벼 빌고 빌어라! 농경정착 민
족들이 지켜온 이런 믿음 틀은 한반도를 비롯하여 시베리아 어
느 지역까지 띠를 이루면서 민족종교로 이어져 왔다. 빌어라! 그
러면 바라는 게 이루어질 것이다. 정말 그럴까?

티베트를 정점으로 하는 인도 전 지역에는 각종 믿음 틀이 아
주 무성하게 번지고 퍼져 각종 선사들이 울긋불긋 천 깃발을 곳
곳에 꽂아 놓고 자연신을 기리는 데가 있다. 혹독한 자연의 힘이
두려운 사람들이 돌무더기나 색동천 깃발들을 나부끼게 서낭당
을 만드는가 하면, 절간을 지어 각종 신장이나 천신들을 모시는
그림으로 도배함으로써, 모를 세계에 대한 놀라움을 익숙하게
숙지시킨다. 대체로 사람들은 그런 무시무시한 그림이나 채색에

어리둥절하지만 빌고 빌며 절하는 일에는 익숙해진다. 나약하기가 그야말로 아침 햇살 아래 풀잎에 맺힌 이슬방울 꼴이다. 그런 그들에게 왜 사느냐고 물으면 어떻게 대답할 수 있을까? 그저 아무것도 모르는 인생이오니 신의 뜻으로 태어나 하염없이 살다가 죽으면 다들 신들이 알아서 처리할 일인데 무얼 그런 것을 따지고 드는가? 하늘님이나 하느님 또는 하나님! 그리고 위대한 신의 뜻! 이런 낱말이 옆에 따라붙으면 사람은 그냥 처연한 아침 이슬방울이 될 뿐이다. 이슬방울이 무슨 이유를 달고 있을 것인가? 하늘에 뜬 해님이나 달님 또는 별님들께 빌어 힘없이 두려워할 뿐인 이 있음에 좋은 처분만 내려 주기를 빌고 빈다. 믿고 의지하려는 사람됨의 어리석고 무력한 이슬방울 기운이 사람들 발걸음 속에는 가득하다,

　좀 더 보태면 믿음 틀 문제는; 늘 고급종교, 저급종교, 원시종교 따지기와 함께 기독교가 유일무이한 최고급 종교라는 자의적 해석의 제국주의적 의견몰이와 또 맞닿는다. 이런 분류는 사람의 어리석음이 극도에 다다른 관념에, 자본 권력으로 무장한, 제국주의적 침탈로 만들어진 노예성향 결과일 뿐이라고 나는 믿는다. 고급종교는 뭐고 원시종교는 무엇인가? 오늘날 기독교가 각종 분파로 뻗어나가면서 다른 믿음 틀 모두를 원시화 또는 저급화한 것으로 만들어 버린 것은 미국을 비롯한 고대 유럽 제국주의 국가 부라퀴들과 그 앞잡이 앞 머슴꾼들에 의해 만들어진 것이다. 이 세계사적 믿음 쏠림현상은 유대인들의 뜻매김에 맞춘 코미디 대본에 지나지 않는다는 게 나의 판단이다. 어떤 믿음이든 믿는다는 것은 고귀하다. 그러나 그 믿음을 핑계한 살육이나 파괴, 희생제물 바치기 따위는 그것이 어떤 믿음 틀이든 악행일

뿐 아니라 그 고귀한 믿음을 이용한 부라퀴 짓거리일 뿐이라는 것 또한 전제되어야 한다. 모든 사람은 이렇게 하루하루 삶을 그냥 믿고 산다. 사람이 턱도 없이 믿는 게 도대체 뭘까?

하루하루란 늘 거기 그렇게 내 삶 앞에 버티고 다가서고 있으니까? 어떻게든 살아내야 한다. 그 삶의 뜻이 어떤 것인지를 묻는 일은 어리석음의 극치에 이른 바보나 천치들이 행하는 짓일 뿐이다. 하느님이나 부처님 또 다른 누구에게 마음을 기대어 실어 봐도 삶은 그냥 망망한 허방다리일 뿐이다.[32] 17세기 프랑스 사람 파스칼은 그의 『생각들』이라는 책에다가 예수 크리스트 하느님 얘기로 잔뜩 말에 간을 친 다음, 슬그머니 사람은 무릇 '심심풀이 찾기'에 나서야 한다고, 지껄여 놓았다. 장세니스트 교도의 우렁찬 믿음 나팔 불기에 앞장서면서도, 그는 뭔가 이 삶이라는 이것 또한 살아있음이 맹랑한 허방다리 꼴 새임을 알아차렸던 모양이다. 사람은 그냥 사는 게 심심하다. 그런데 그 심심한 삶 속에는 누군가 남의 힘을 빼앗아 챙기는 부라퀴들이 있다. 남의 것을 빼앗아 먹고 먹어 살이 뒤룩뒤룩 찐 양돼지들이 활보하는 거리에서 피식민지 사람들은 늘 배가 고프고 외롭고 서럽다. 세계는 역사 내내 식민지와 피식민지 꼴 새로 이어져 왔다. 슬프지만 그건 진실이다. 파스칼이 어느 계급에 서서 그 계급의 나팔을 불었는지는 그가 한 말을 자세히 읽으면 금세 드러난다. 장세니

---

32 일요일마다 믿음 집 큰 건물에 가서 절과 말씀을 외고 노래하고 헌금도 듬뿍 바친 다음 교회당, 절당 밖을 나서며, 환한 웃음을 얼굴에 바른 채, 하느님 부처님 은총을 한몸에 받은 듯한 몸짓으로, 남을 내려다보는 이들을 볼 때마다 나는 게움질을 참지 못한다. 그들은 천국이나 극락이 모두 자기들 것처럼 행동한다. 절, 기도 헌금으로 이미 천당자리조차 입도선매해 버렸다고 그들 스스로 착각을 하고 있을 터이니까!

즘도 그냥 커다란 계급의 한 옷자락일 뿐이었다고 나는 읽는다.

1936년도 6월 〈중앙〉지에 발표한 이상李霜의 어렵기 짝이 없는 단편소설 『지주회시(蜘蛛會豕)』[33] 첫 이야기에서 이상은 이렇게 썼다.

그날밤에그의아내가층계에서굴러떨어지고-공연히내일일을글탄말라고 어느눈치빠른어른이 타일러놓섰다. 옳고말고다. 그는하루치씩만잔뜩산生다.[34]

우리는 나날을 하루치씩 산다. 그것도 잔뜩 산다. 문제는 '잔뜩'이라는 낱말에 와 꽂힌다. 잔뜩 산다는 건 어떻게 사는 것인가? 거미와 돼지가 만나는 이 장면 이야기는 오늘날도 큼직한 울림을 주는 말씨다. 뒤룩뒤룩 살이 찐 돼지와 바짝 마른 거미, 술집에 나가는 아내는 가녀리고 깡마른 거미 꼴인데 그 첫 장면이 층계에서 굴러 떨어진 아내 이야기다. 이 이야기에는 술집 주인과 吳 君이라는 인물이 나오는데 빼빼 마른 나의 아내 그리고 살찐 양돼지를 가지고 작가 이상은 뭔가를 이야기하고 싶어 하였다. 나는 식민주의, 제국주의자들 앞에서 굽실대어 머리 쓰다듬기는 은전을 믿어 그 힘을 믿고 거들먹대는 놈들을 양돼지라고 읽고 빼빼 마른 거미를 피식민 백성이라고 읽는다. 먹고 먹히는 그런 시대의 하루하루가 어떤 것인지 그는 이렇게 깔끔하게 정

---

33 蜘蛛會豕=이 글자들은 알지 머리 밑에 힘쓸 黽字 받침을 한 짓자에다가 붉을 주자 밑에 똑같이 힘쓸 黽자를 받친 글자이다. 여간한 옥편이 아니면 이 글자들은 나오지 않는다. 거미와 돼지가 만난다는 뜻의 제목이다.

34 김윤식 엮음, 『이상문학전집』2, (문학사상사, 1991), 297쪽.

리해 놓았다.

오늘다음에오늘이있는것. 이런것은영따지지않기로하고 그
저 얼마든지 오늘 오늘 오늘 오늘 헐일없이눈가린마차의동강
난視야. 눈을뜬다. 이번에는생시가보인다. 꿈에는생시를
꿈꾸고생시에는꿈을꿈꾸고 어느것이나재미있다. 오후네시.
옮겨앉은아침—여기가아침이냐. 날마다다. 그러나물론그는한
번씩힌번씩이다.(이띤巨人한母체가나를여기다깃다비렸나)—그저
한없이게으른것—사람노릇하는체대체어디얼마나기껏게으를
수있나좀해보자—게으르자—그저한없이게으르자—시끄러워도
그저모른체하고게으르기만하면다된다. 살고게으르고죽고—
가로대사는것이라면떡먹기다.³⁵

사는 게 떡먹기라고 그는 썼다. 게으르기만 하면 되니까! 근대
자본주의적 살림 길은 누구든 절대 게을러서는 안 되는 살림 틀
이다. 게으를 수 있는 사람만 게으르면 된다. 게으를 수 있는 사
람이란 누구인가? 우리는 게으를 수 없는 빼빼 마른 거미로 살
아가야 하는 있음과, 나날이 하루하루 게을러도 일체 아무런 문
제가 없는, 돼지들 세상에 내동댕이쳐진 상태로 산다. 왜 우리는
부지런히 일만 해야 하나? 또 움직여야 하나? 일하지 않고도 잘
먹고 뒤룩뒤룩 살만 찌는 돼지들 앞에서 빼빼 마른 거미로 일만
꾸벅거리고 해야 하는 지, 자꾸 묻고 묻는 물음을 하려고 산다는
게 우리들 삶의 최종 이유라는 말로 이 거창한 물음인, '왜 사느

---

35 위의 책, 297쪽.

냐?'는 물음에 대한 결론적인 답이라는 말로 이 발표를 끝내려고 한다. 윤동주가 1934년 12월 24일에 쓴 「내일은 없다-어린 마음에 물은」에서 그는 이렇게 끝맺는다.

새날을 찾던 나는
밤을 자고 돌보니
그때는 내일이 아니라
오늘이더라

무리여 !
내일은 없나니
......

우리는 자꾸 물어야 하고 또 묻고 따지고 물어야 한다. 윤동주 시인이 물었던 내일은 우리가 꿈꿀 수 있는 빛나는 미래 내일일 것이 분명하다. 어떤 악당이 가로막았기 때문에 내일이 없다는 그 절망에 대한 대답과 그 길은 분명 어딘가에 있다. 내일이 없는 삶의 나날을 버티며 사는 이들에게, 글을 쓰는 이들은 자꾸 묻고 따져서, 왜 우리 삶의 내일이 없는지 그 답을 찾도록 부추기는 촛불을 밝혀야 한다. 촛불은 횃불로도 바뀔 수 있고 함성으로 바뀔 수도 있다. 오늘을 사는 모든 이들에게 하나님이나 하느님 그리고 하늘님은 분명 골고루 살아갈 권리와 의무를 주었을 터이니까!

2014년 11월 22일

3

권력 또는
국가라는 감옥

제도制度와 제도濟度
-뼘 소설 읽기와 쓰기에 대한 생각들-

1. 드는 말

많은 사람들은 무엇인가를 만든다. 그 가운데서 말을 만드는 것을 가장 재미난 일로 여기는 이들이 작가들이다. 그들은 무엇보다도 가장 처음으로 말을 시작하는 사람들이다. 지금으로부터 몇 년 전인지 좀 명확하지는 않지만 내가 대학교에 현직으로 있으면서 문학이론을 가르치고 있을 때였으니까 아마도 2006년도 몇 년 앞뒤 해였을 것이다. 그때 나는 꼭 손바닥 너비의 크기로 된 소설집 하나를 받았다. 부피도 꼭 손바닥 두께였는데 이 속에 여러 편의 이야기들이 들어 있었다. 참 신선하다는 느낌이었다. 그 무렵께 나는 러시아의 문예이론가 바흐친이었나? 나는 그의 말투에 빠져 한참 입에 침을 튀기던 때였다. 미하일 바흐친이 쓰고 김근식 교수가 옮긴 바흐친의 『도스토예프스키 시학』은 이미 1988년도에 〈정음사〉에서 펴낸 소설이론서로 그때까지만 해도 이런 이론이 널리 알려지지 않았던 때였다. 그전까지만 해도 루카치라는 희대의 문예이론가가 이 나라 대한민국에서는 독판을 치고 위세를 떨치고 있던 때였다. 세상이 험악하고 뒤숭숭할 때 이 두 이야기꾼들은 문학에 대한 자기식 말을 만들어 퍼뜨리고 있었던 것이다. 말을 만드는 사람들 처놓고 묻지 않는 이들은 없다. 그들은 말을 만들면서 자꾸 묻는다. 70여 개 민족이 하나로 뭉쳐야 하는 정치이념이 그 나라를 덮었을 때 헝가리 출신 루카치는 앞장선 문예이론 나팔수였다. 1930년대 들면서 이 나팔수의 엄청난 나팔 소리에 대항해서 불어댄 나팔 소리가 바로 이 바흐친(1895~1975)이었던 것이다. '모든 물방울에는 하나씩의 태양이 빛난다.' 바흐친은 그렇게 말했다. 나는 이 말에 반해 '히야 참 대단하네!'하고는 학생들을 향해 두 나팔수 이야기를 떠들었던 시절이었다. 그럴 때 내가 받은 이 손바닥만 한 크기의 이야기 뭉치에다 〈미니픽션〉이라는 띠를 두른 채 내 앞에 떡 버티고 나를 올려다보고 있었다.

　내가 처음 받은 이 책을 묶은 사람은 아마도 김의규라는 화가에다 구자명이라는 그의 아내였다고 기억한다. 그들이, 글 쓰는 패를 모아, 첫 책부터 앞장서 이 미니픽션 나팔을 불어대고 있었던 것이다. 나는 그 휘황한 이야기들에 빠져 낄낄대거나 흐흐거리며 웃으면서 이야기들을 읽었지만, 무언가를 비판하는 버릇은 버리지 못하고 드디어 폭발하였다. 미니 픽션이라! 미니, 미니, 미니! 나는 픽션이라는 말도 실은 마음에 차지 않는데 거기다가 미니라고 붙여서 마음이 불편했다. 알다시피 모든 말은 그것이 만들어 나타나자마자 거기 대드는 패는 반드시 있게 마련이다. 대체로 그들은 먼저 그 말의 옷을 입었던 사물이나 관념이다. 어느 해부터였는지는 분명치 않으나, 나는 젊은 여성들이 '미니스커트'를 차려입고 다리통을 훤히 드러내며 활보하던 거리 풍경도 익숙해 있던 터였다. '미니픽션'이라는 말에 번번이 발걸이를 놓는 말은 바로 이 미니스커트였다. 미니라는 말은, 젊은 처녀들의 저 탐스런 다리통과 자꾸 느낌과 생각이 겹쳐, 머리가 그쪽으로만 돌아가기 일쑤였다. 그러면서도 나는 20세기 들어 문학의 왕초로 군림하고 있던 소설 장르에 대해서도 유심이 눈을 집중하면서, 이리저리 내 돌머리를 굴려 생각하다가, 곧 프랑스의 콩트Conte[1]라는 짧은 이야기 기법에 생각의 닻을 내렸다. '자 그렇다면 미니픽션과 저 콩트와 무엇이 다른가?' 열심히 이 책 저 책을 뒤적이며 새롭게 나타난 이 이야기 문학의 반짝이는 말무더기의 성질을 찾아 두리번대곤 하였다. 프랑스 문학이야말로 지상에서 가장 최고의 값을 지닌 문학군단이라고 여겨 착각하고 있었던 나는 프랑스에서도 특이한 작가로 이름을 빛낸 르나르의 『홍당무』를 다시 꺼내어 읽고 또 읽으면서 이 미니픽션의 고향동네를 휘적거리고 있었다. 프랑스의 한 가정에서 막내둥이 '홍당무(이 말은 아마도 별명이었을 터이다.)'가 어린 시절 내내 어머니와 아버지, 형과 누나들로부터 학대당한 이야기를 짧게 짤막하게 써서 세상을 놀라게 하였고, 그로 해서 어머니를 죽게 만들었다던, 짧은 소설집을 찾아 읽곤 하였다. 그리고는 나도 이런 이야기를 몇 편 써보기도 하면서 찜찜한 느낌에 시달리곤 하였다. 문제는 바로 저 말의 외래종 성질 때문이었다. 미니, 미니 미니!

나를 형님이라고 부르면서 치대기 시작하며 서로 사귐의 늪에 빠져들었던 김의규 아우에게 나는 대놓고 투덜대곤 하였다. '야 도대체 미니픽션이 뭐냐?' 이 말을 하면서 나는 다시 미니스커트를 떠올렸고 젊은 처녀들의 허여멀쑥한 다리통을 눈에 그리고 있었을 터이다. 처녀 다리통에 눈길을 빼앗기지 않는 사내가 어

---

[1] 웃기게도 이 외래어를 동양 사람들은 손바닥 장자(掌)를 써서 장편소설이라고 불렀다.

디엔들 없을까! 나는 자꾸 그에게 치대면서 미니픽션이라는 말 대신에 〈한 뼘 소설〉이라는 말로 해설 글이나 꽁지 말에다 붙이곤 하였었다. 따지고 본다면 이 작가들의 짧고도 통쾌한 이야기 맛은 길이에 있는 게 아니었다. 길이로 따진다면 한 뼘은커녕 반 뼘도 되지 않을 글도 있었다. 그렇게 되어 이 미니픽션으로 탄생한 이 소설종류는 〈한 뼘 소설〉로 말이 바뀌어 이름 지어져 가고 있는 모양이다.

오늘 모임에서 내세운 말은 이렇게 바뀐 이름 뒤에 '자전소설'이라는 말을 붙였다. 모든 작가는 이야기를 한다. 심지어 시인들조차 시 쓰기는 이야기가 기초이다. 문학은 그러니까, 이야기라는 말씀을 재료로 삼아, 우리들 삶의 문제들을 남에게 전하고 또 스스로 자기 아픔이나 외로움, 슬픔을 달랜다. 자전소설이라는 말도 실은 혜식은 말이다. 自傳, 스스로 전한다? 어떻든 작가들이란 끊임없이 무슨 말이든 새롭게 만들려고 가진 애를 다 쓴다. 그러나 누구 말마따나 해 아래서 새로운 게 어디 있는가? 해는 동쪽에서 떴다가 서쪽으로 지고 바람은 불다가도 멈추며, 낮이면 쩅쩅 햇볕을 내려 쬐다가도 밤만 되면 깜깜한 어둠으로 별들을 올려다보게 우주는 돌고 돌며 바뀌고 바뀌고는 한다. 사람도 마찬가지가 아닐 것인가? 낳아 자라면서 가진 빛으로 자기 얼굴을 빛으로 바르다가 세월이 지나면 얼굴에 잔주름부터 시작하여 굵은 주름살로 치장하다가 그마저도 사그라지면 어느새 훌쩍 어딘가로 사라져 없어진다.

사람이 말을 하고 작가가 글을 쓰는 이유는 뭔가? 심심하다는 게 아마 가장 가까운 답이 될 터이지만, 무엇보다도 사람은 외로움이라는 마음 절벽 앞에서 늘 막막해 하며 누군가를 찾아 두리번거린다. 사람의 말이나 글은 일종의 두리번거리는 몸짓의 다른 표현일 수 있다. 누구를 찾는다는 이 기막힌 진술 속에 말하기와 글쓰기의 맨몸뚱이는 들어있다. 외로움을 견디지 못해 아우성치는 몸뚱이의 한 몸짓 가운데 말하기와 글쓰기로 하나의 나팔 불기가 이루어지곤 한다. 외롭지 않은 사람은 글을 쓰지 않는다. 돈 세느라 바쁜 사람, 돈 감추느라 바쁜 사람, 토지나 재산관리에 여념이 없는 사람이 소설 썼다는 걸 들어본 적이 있으신지? 사람은 외로울 때 다른 사람을 찾는다. 말은 다른 사람괴의 숨통 트기이며 마음 문 열기이다. 외로움으로부터 벗어날 길은 있는 것일까? 외로움! 모든 개인은 그가 겪는 아픔도 슬픔도 또 즐거움이나 절망조차도 다 홀로 버텨내야 한다. 그게 외로움의 본질이다. 너와 내가 함께 만나 지껄이고 웃으며 히히덕거릴때 우리는 자주 스스로 겪는 외로움으로부터 벗어난다고 착각한다. 그래서 사람은 늘 이런 착각을 만든다. 삶은 어쩌면 끊임없이 만들어 내는 착각으로 버티는 일종의 허깨비 놀이인지도 모르겠다. 글씨 잘 쓰기로 이름을 떨쳤던 추사 김정희 선생이 아내를 일찍 여의었다고 했다. 그가 쓴 시 한 편이 지금도 우리의 가슴을 친다.

그대 먼저 떠난 뒤
내가 그대 그리는 정을
그대는 알지 못하리라.
우리가 내세에 다시 나서 부부가 된 후에
내가 내내세에 먼저 떠나 그대 홀로 되지 않고는
지금 내가 그대 그리는 정을

그대는 결코 알 수 없으리라.

那呼月姥訴冥司, 來世夫婦易地爲, 我死君生千里外, 敎君知我此
悲心

-최내옥 엮음, 『한국전래동화집 8』(창작과비평사, 1990), 240쪽

2. 글쓰기와 제도濟度의 문제

문학은 일종의 제도濟度라는 엄청난 꿈을 실현해보려는 사람의
오래된 몸짓 가운데 하나이다. 제도를 풀이해 볼 차례이다. 제도
濟度란 무엇인가? 이 낱말은 불교용어로 오래전부터 이 나라에
퍼져 있었다. 사전적인 뜻은 이렇다.

　미혹한 세계에서 생사만을 되풀이하는 중생들을 건져내어,
　생사 없는 열반의 저 언덕에 이르게 함.

'미혹迷惑한 세계', 이 말 참 재미있다. 정신이 흐려서 무언가에
자꾸 홀리게 하는 그런 세계로부터 벗어나게 해 본다는 뜻을 지
닌 이 말 제도濟度는 종교라는 빎의 상태를 일컫는 말이다. 무언
가에 사람을 홀리게 하는 세계! 그런 세계로부터 벗어나게 한다.
이런 종교적인 용어는 불교뿐만 아니라 기독교에서 또한 구원
이란 낱말로 바뀌어 널리 쓰이고 있기도 하다. '미혹한 세계'에
서 되풀이되는 낳고 죽는, 그런 윤회輪廻의 수레바퀴로부터 벗어
나, 아예 이 세상에 태어나지 않는 완전한 '없음無'으로 사라진다
는 꿈, 그것이 불교라는 종교가 우리에게 가르치는 있없음의 원

리이다. 왜 이 세상으로부터 완벽하게 벗어나는 종교적인 꿈을 꾸었을까? 그리고 그것은 정말 가능하기나 한 것일까? 문학작품 이야기들 속에는 이런 종교적인 꿈이나 현세에 집착하는 욕망에 대해서도 용감하게 묻고 대답하고 행동하며 꿈틀대는 몸부림 짓이 기록되어 있다. 앞에서 든 추사 김정희金正喜선생의 아내와 헤어짐의 아픔과 슬픔, 망망한 외로움을 우리는 똑같이 겪는다. 예술가나 작가 시인은 모두 이런 자기 상태를 꿰뚫어 읽는 사람들이다.

구원, 구원!(1363)
소리를 지른다. 나를 구해라
나 좀 구해줘! 무엇으로 너를 구원할까?
김수영 그가 그렇게 심장 부풀어 목 터지게
소리 지르거나 글로 외쳐 나를 구해라
나 좀 구해, 무엇으로 구할까, 문학이냐
뭐냐 그게 뭐냐?
그게 뭘까? 그렇게 외치다가 갔다.

아니 내가 나를 위해 너희를 구원하리니!
예수도 그랬고 부처도 그랬고 공자도 그렇게
떠다니며 외쳤어도 그들이 구원받았는지
구원되었는지, 또 그들이 나를 구원하였는지
그걸 나는 아직도 모르는 채 쓸쓸한 겨울
들판에 서서 홀쭉해진 아내 얼굴을 본다
물끄러미 본다. 지친 나를 본다.

2013년 11월 28일 나무 빛날(목요일)저녁 나절 서하리 글방에 앉아 있다. 아침은 부랴부랴 빵 두 쪽으로 배를 채우고 책상에 앉아 종일 글을 썼다. 「제도制度와 제도濟度」다. 한 뼘 말 꽃 잔치에 12월 16일 예정된 모임에 가서 이야기할 주제. 원고지 80장 정도로 끝내려고 했는데 벌써 100장이다. 점심에는 밥을 좀 많이 퍼먹었더니 배가 더부룩하다. 저녁식사는 외식이란다. 며느리가 그런다. 며느리 갤러리에 연탄난로를 설치하느라 아들이 힘을 쓴다. 지금 막 성균관대학교 철학과 박상환 교수 전화를 받았다. 다음 학기에 작년에 하였던 대학원 강의를 해보란다. 2012년 1학기 강좌로 박 교수가 내게 맡겼던 〈동서문학과 예술 세미나〉이다. 몇 푼 벌이를 핑계로(?) 또 젊은이들 만나는 즐거움으로 기꺼이 강좌를 맡았다. (1363)

위 시 제목 옆에 붙인 숫자는 그동안 썼던 시의 숫자이다. 무언가 삶이라는 망망하고 중심 잡을 수 없는 헛걸음질에서 구원의 문제는 종교뿐만 아니라 글 쓰는 이들 모두가 찾아 나선 길찾기에 이어져 있다. 우리는 어디로부터 나와서 어디로 가는지를 알지 못한다. 게다가 우리 모두는 자기 얼굴을 제대로 본 이가 아무도 없다. 내가 누구인지 내 삶이 무슨 뜻이 있는지 알 수가 없다. 그래서 큰 바위나 큰 나무를 보고도 허리를 굽혀 절하거나 누군가 그럴듯한 말로 달래는 이 앞에 무릎을 꿇고 살려달라고 빈다. 종교가 비祈禱는 것으로 시작하여 비는 것에서 끝나듯이 어쩌면 문학 글쓰기도 헛것을 보여주면서 그 헛것으로부터 벗어나기를 꿈꾸며 비는 행위의 하나일 수가 있다. 글쓰기란 일종의 제도濟度를 위한 강 건너기의 한 형식이다. 우리가 알고 있는 성인聖人들은 대체로 당대 제도制度가 쓰던 말버릇에 반항하다가 처형이라는 이름으로 살육당한 사람들이다. 예수[2]가 그랬고, 소크라테스 또한 당대 말꾼들의 거짓 수사학에 반기를 들었다가 독약을 받아 마시는 형벌을 받아 죽임당하였다. 그리고 또 누구였나? 기원전 중국의 노魯나라 사람 공자孔子 또한, 왕권제도가 엄청난 폭력구조의 틀로 백성들을 장악하여 권력자들 마음대로 토지며 곡물이며 노동력 따위 모두를 좌지우지하는 것에 어짊仁 이야기로 그들 권력이라는 폭력배들에게 밉보여 18년 동안(어떤 글에는 16년 또는 17년이라고 했다)을 고향 나라에서 쫓겨나 떠돌이로 헤매 다녔다. 사키아모니 부처 또한 제도를 위한 마음 닦기의 끝을 보여준 성인이다.

작은 나라 국왕의 자식으로 태어나 가진 호화는 다 누릴 수가 있었지만 그는 일찌감치 사람은 모두 다 죽는다는 걸 알아차렸고 욕망에 따라붙는 향락이라는 게 얼마나 덧없고 순식간의 일이냐는 걸 깨우쳐 알아버렸다. 사는 일은 곧 죽음에 이어진 한 현상일 뿐 영원한 것도 별난 것도 아무것도 없다는 걸 알았는데 그 아버지는 궁궐을 세 채나 지어 16세 짜리 소녀 4만여 명을 모아 마음 놓고 만지고 빨고 그리고 눌러보라고 부추겼다고 했다. 그러나 그는 그게 덧없다는 걸 깨우쳐 참된 게 무엇인지를 찾아 가출을 시도하여 드디어 찾아내었다고 했다. 참 나란 없는 것임으로 완벽하게 뜬 이 세상으로부터 사라지는 것이야말로 열반이

---

2 예수 생애를 통해 읽을 수 있는 당대 이야기는 이른바 기독교 사상의 중추가 되는 4대 복음서와 신명기(申命記) 사상을 통해서 무언가 알 수가 있다. 예수 그는 예루살렘 당대 세력의 중추였던 사두개파와 바리새파가 퍼뜨리던 모든 제도적 억압에 대항하는 말과 행적을 보이다가 십자가에 못 박혀 죽임당하는 형벌을 받았다. 리쳐드 도킨스가 쓴 『만들어진 신』 또한 읽을거리로 재미가 있다.

며 자기를 찾는 거라고 퍼뜨렸다고 가르친다. 완전하게 지각세계로부터 사라지는 것! 그게 구원이라는 믿음을 지닐 수만 있다면 그가 찾아 나선 제도의 한 길은 마련된 셈이다.[3] 믿음의 문제와 문학이 찾는 것은 좀 다른 게 있다.

우리 현대문학 특히 소설문학사에서 불교적인 제도의 문제, 기독교식 구원의 문제, 한국 전통의 믿음 틀인 무巫-Shamanism를 다룬 작품은 이미 김동리를 통해서 그 깊이와 너비를 확보한바가 있다. 그의 초기작 「등신불」이나 「역마」, 『무녀도巫女圖』, 『을화』는 한국소설사에서 이미 커다란 내공의 깊은 폭을 충분하게 확인시킨 작품들이다. 그 뒤를 잇는 작가들 가운데 한승원의 「불의 딸」이나 이청준의 『인간인』, 『비화밀교』 등의 작품 세계는 모두 다 우리 한국 사람들이 지닌 운명과 한恨의 문제를 깊이 파내려간 문학적 제도 행이었다. 문학은 끊임없이 사람의 운명과 맞서는 씨름을 벌인다. 말로 이루어진 말씨름, 글씨름, 그게 문인들이 짊어진 짐이다.

3. 글쓰기와 제도制度라는 강물

문인들은 그의 글쓰기를 마치 종교인들이 두 손 모아 빌 듯 마음을 모아 빈다. 무언가 사람에게 말을 하여 그것을 듣는 이들에게 위로와 안심 또는 힘겨운 삶을 버틸 작은 힘이나마 줄 수 없

---

3 이 자리에서 불교의 경전 이야기나 '사성제(四聖諦)' 얘기로 들어가면 아예 다른 말길로 들어서기 쉽다. 모든 말길에는 늘 어둠이 도사리고 있으니 그 어두운 말의 동굴로 빠질 필요는 없겠다.

다면 그런 말이나 글은 왜 하며 쓰겠는가? 앞에서 제도의 다른 말 濟度 이야기를 사전에서 찾아보였지만 막상 국어사전에 이렇게 나와 있다. (이 글 앞에서 나는 같은 제목으로 글을 썼는데 발표주문에 대한 오해로 해서 이 글을 다시 쓰기 시작한 것이다. 그러나 제도制度이야기 장면에서는 앞에 쓴 글을 여기 옮길 생각이다.)

'제도'라는 낱말을 〈두산동아 출판사〉에서 낸 『새국어사전』에서 찾으면 이 낱말만도 여덟 항목으로 되어 있다. 1. 제도制度 2. 제도帝都 3. 제도諸道 4. 제도製圖 5. 제도諸島 6. 제도製陶 7. 제도帝道, 8.제도濟度, 이렇게 여덟 항목으로 정리하여 놓았다. 오늘 이 자리에서 작가됨이나 글쓰기의 혹독한 자기단련의 심리적 부담이 어떤 경로로 깊어져 왔는지를 알아보려고 한다면 이 낱말들은 반드시 짚고 넘겨야 할 터이다. 나는 물론 이 여덟 낱말의 제도 가운데서 첫째 것과 끝인 여덟째 것을 가지고 무언가를 얘기하려고 처음부터 마음먹었다. 그런데 이미 눈치챘을지 몰라도 이 여덟 낱의 제도 속에도 제왕과 관련된 것이 두 개나 된다. 帝道(왕이 마땅히 지켜야 할 도리)와 帝都(왕이 사는 도시, 皇城 따위) 그리고 비록 사전에는 오르지 못했어도 이런 제도 또한 엄연하게 있다. 帝圖! 임금의 초상화나 제후의 상판대기 그림을 일러 아마도 그렇게 불렀을 것이다. 아마도 모든 작가나 시인들 가운데 이런 제왕이나 왕, 대통령, 주석, 영도자 따위 호칭에 본능적인 거부감이나 토악질을 느끼지 않는 사람은 없을 것이다. 도대체 누가 우리의 왕이고 황제며 대통령이고 주석이고 영도자인가? 오랜 역사 기간 동안 이런 날강도 깡패들에 의해서 사람들은 날로 주눅이 들고 기가 죽어 분명 누군가 종살이임에 틀림없는 자기 삶을 빤히 보면서도 눈을 내려 까는 버릇에 익숙해져 버렸다. 작가나 시인이 밤잠을 설치며 분노하고 슬퍼하며 격분을 참지 못하는 게 무언가? 다들 이런 따위 제도적 깡패들의 권력행패에 못견뎌하며 비틀대는 일생을 우리가 살고 있는 것이 아닌가? 다음의 버트란드 러셀의 글을 보이면 왕에 대한 그의 생각도 우리와 비슷했다는 걸 알게 된다. 그가 왕이나 황제 따위 제도가 어떻게 만들어지고 고착되어왔는지를 보여주는 발언의 한 장면은 이렇다. 영국 철학자의 이 말은 이미 이 책 다른 글에서도 인용하였다. 한 말 또 하기의 실례이지만 그래도 나는 또 할 생각이다.

호전적인 소수자가 평화적인 다수자를 정복하였을 때, 처음에는 오직 힘으로써 지배할 뿐이지만 차차 이것이 세습적인 지배계급으로 성립되면, 그들의 우월성을 영구화하기 위해 반드시 어떠한 신화를 꾸며내는 법이다. 그런데 무엇보다도 놀라운 것은, 피지배계급이 정복자의 신화를 참으로 쉽게 받아들인다는 사실이다. ……, 현재의 왕이란 결국 폭력에 의하여 왕위를 강탈한 어떤 조상의 후예일 뿐이다. 힘의 권리가 얼마나 짧은 시일로 충분한가, 참으로 놀라울 지경이다. 찰스 1세가 신권에 의하여 영국을 다스린 것도, 사실은 헨리 7세가 보스워스의 싸움에 이겼기 때문이 아닌가?

나는 이 영국의 현대 철학자 러셀이 이런 말을 다 할 줄은 몰랐다. 러셀의 『서양철학사』나 다른 철학 이야기를 읽었으면서도 바로 이 점에 눈을 뜨지는 못하였었다. 우연하게도 나는 프랑스에서 학문생애를 마친 국제적인 언어학자 최석규崔碩圭 교수의 문집을 묶어 드리면서 글을 꼼꼼히 읽다가 이 장면을 목도하였던 것이다.[4] 왕이나 제후, 천황, 황제 따위는 다들 이런 깡패들의 다른 이름이라는 것, 그런 이름으로 만들어진 제도 속에, 꼼짝없이 우리가 묶여 갇힌 채 우리들 나날의 생은 지탱되어 가고 있다. 제도制度에 대한 사전적인 정의는 이렇다.

> ① 정해진 법규, 마련된 법도, 나라의 법칙. ② 국가나 사회 구조의 체계 및 형태
>
> -『두산동아 새국어사전』, 2,083쪽

이 제도의 갈래들을 들어 보이면 대체로 이렇다.

> 법률제도. 사회제도. 화폐제도. 금융제도. 수형제도受刑制度. 교육제도. 가족제도. 의회제도. 왕권제도. 민주주의 제도. 공산주의 제도. 군사제도. 징병제도. 보육제도. 시험제도. 과거제도 따위. 이 말의 종류만도 열다섯 개가 넘는다.

우리는 이런 엄청난 제도의 쇠창살에 갇혀 나날의 삶을 엮어 나간다. 작가란 무엇인가? 그들은 대체로 자기를 둘러치고 있는 이런 제도의 잘잘못을 따지며 대드는 이들이다. 게다가 그들은

---

4 이 어른은 내가 평생 존경해 왔던 나의 스승이기도 한 언어학자로, 철학과 출신이기도 한 분이다. 한국에 오면 나를 불러내어 학문전반에 관한 자기얘기로 나를 매료시키곤 하였었다. 이 어른은 언어학자이면서도 또한 문학으로 눈을 돌려 고급 프랑스어 강의 시간이면 늘 프랑스 작가들의 작품을 가지고 강의를 하였었다. 마지막 수업에서 알베레스의 '사르트르 론'은 아주 내게 인상 깊게 다가왔었다. 이탈리아, 프랑스에서 주로 언어학 강의를 하면서도 틈틈이 외국 작가들의 작품을 우리말로 옮기는 일을 하곤 하였었다. 그의 사후 문집 『기억의 빛, 양심의 길을 찾아』(채륜, 2013) 참조.

거기 치밀한 제도의 철망에 걸려 버둥대거나 죽임당하는 일, 또는 누군가의 폭력에 맞서 싸우다가 죽어간 이들에 대한 애틋한 사정들을 찾아 나서는 이들이다. 작가란 모든 제도가 지닌 억압 틀과 전쟁을 선포하곤 하는 이들의 다른 이름이다. 피카레스크 Picaresque, 악당소설의 어원인 피카로Picaro는 미워할 수 없는 악당이라고 한다. 모든 작가나 시인은 어쩌면 거의 다 이 피카로일 터이다. 아니 실제로 그들은 피카로이다. 그들이 그렇지 않다면 누가 그들의 글을 밤새워 읽고는 그 작가에게 마음의 문을 열겠나?

작가가 이야기를 시작하면서 가장 처음 만나는 이는 누구일까? 아침 해가 눈을 찌르면서 잠이 깨면 옆에 누군가 부스럭거리면서 잠이 깨어 부스스 일어난다. 삶이라는 제도 속에 내던져 지는 순간이다. 제도란 무엇인가? 사람은 태어나자마자 제도 속에 갇혀 있다. 어느새 그렇게 되어 있다. 그걸 알게 되는 순간이 찾아오면 아하 이제 꼼짝없이 이 제도라는 강물에 흘러가는 자아 나를 점검하면서 살펴볼 수밖에 없다. 옆에 있던 어머니나 아버지는 꼼꼼하게 나를 살피면서 내 몸가축을 위한 물질에 간섭한다. 이걸 먹어라 이걸 입어라! 머리를 감아라. 얼굴에 물 칠을 해라. 이와 손을 닦아라! 발도 닦았느냐? 옆에 누군가가 내게 간섭하는 시간은 점차 느슨해지면서 고삐는 점점 단단해져 먼 곳으로부터 조종하는 눈길에 우리는 갇힌다. 이것이야말로 어려서부터 우리를 가두는 제도의 관념이자 벽이다. 사회라는 덫에 갇히는 순간이 오면 우리는 꼼짝도 못하고 그 덫의 끈을 쥔 주인 손에 끌려 가야 한다. 우리의 운명이다.

4. 문학이 건너는 제도制度의 강물

문학적 글쓰기는 개인이나 집단을 짓누르는 어떤 형태의 폭력에 대해서 언제나 들고 일어서는 반역행위에 속한다. 문학은 그래서 권력자들이 다들 그렇게 싫어한다. 악독한 권력자들 쳐놓고 문학 예술가들을 좋아한 놈들은 없었다. 그들 문학자 모두 다 권력자들을 전갈이나 독사처럼 싫어하고 멸시해 왔으니까! 그래서 문학 종류는 그들 문학전문가들이 살던 시대정신과 늘 짝을 이룬다. 재미있게도 1980년대까지 한국 문학사회에서 크게 힘을 썼던 형가리 출신 G. 루카치는 바로 이것을 문학의 갈래를 풀이하는 데 썼다. 이야기 문학인 소설 장르가 마당 한복판에 자리하여 떠오르는 것이 자본주의 사회단계에서라는 것이 그 이론의 뼈대였다. 자본주의 시대의 서사시, 그것이 소설이라는 것이었다. 그리고 그가 찬양해 마지않았던 서사시는 곧 우리가 기대할 만한 글쓰기 종류라고 추천하였다. 그런데 문제는 그가 굳게 믿고 꿈꿨던 바람직한 문학사회로 읽은 바로 공산 사회주의 이념 그것 자체가 사람을 억압함으로써만 가능한 집단폭력에 비단을 씌운다는 점에 그는 눈이 멀었던 것으로 내겐 보인다. 공산사회주의란 인간에 대한 지나친 믿음을 토대로 꿈꾸는 그런 이념일 뿐이다. 인간은 그렇게 믿고 기대해 볼만한 그런 존재가 아니다. 소유욕이나 탐욕의 적절한 조절을 자발적인 상태에 두고 사회건설을 꿈꾼다면 그것은 백전백실에 속하는 이념일 뿐일 터이다.

오늘 뼘 소설가들이 모인 자리에서 나는 이 뼘 길이 말글 이야기에 덧붙어 다니는 문예이론 한 가지를 빌어볼 생각이다. 1930년대에 러시아에서 활동하였으나 그 자신조차 억압받으며 소설 장르를 이야기한 문예이론가 바흐친이 당대 공산주의 악당들의 혹독한 감시와 엄격한 국가제도로 사람들을 억누르고 있었을 때 그는 이른바 '다성악'[5]이라는 꽤 뛰어난 발언을 하였다. 그러나 알려졌다시피 1930년대 당대 러시아는 볼셰비키들이 소련SOVIET UNION이라는 다민족 통합 원리로 권력을 장악하고 있었던 시절이었다. 70여 종족이 모인 러시아 국가를 사회주의라는 이념으로 하나 되게 하려면 같은 것으로만 통일하려는 다름 깔아뭉개기가 필수적이다. 그것을 위한 문예이론은 통합이거나 '전체'라는 집단의식 고양이 목표로 될 수밖에 없다. 단순화와 개인을 넘어서는 전체라는 논리를 펴기 위해 게오르그 루카치는 10여 년 동안 소련에서 집필하는 수고에 빠졌었다. 그런 목소리로 전체를 읊고 있던 나팔 소리 옆에서 다성악적 이야기 틀 목소리 나팔을 울린 것이 바흐친이었다. 그가 쓰고 김근식 교수가 옮긴 『도스토예프스키 시학』(정음사, 1988) 159쪽에는 문학 종류들에 대한 이야기가 나온다.

고대인들은 소프론의 모방극, 〈소크라테스식 대화〉(독특한 장르로서), 향연가들the symposiasts의 광대한 문학(역시 독특한 장르), 초기의 회고적 문학(히오스 섬의 이온과 크리티의Ion of Chios, Critias), 시사적 문학, 목가시, 〈메니프스의 풍자menippean satire〉(독특한 장르로서) 및 그 밖의 몇몇 장르를 연관시켰다. 진지한 소극笑劇의 이러한 영역에 뚜렷하고 고정된 경계선을 긋

---

5 이야기는 언제나 작은 이야기들이 겹치거나 끼어드는 형태로 뭉친다. 이야기의 이야기가 꼬여 진행되는 것이 소설작품의 중요한 특징이다. 그래서 장편소설 속에는 여러 낱의 이야기 말씀들이 제각각 자기 소리를 내게 되어 있다. 그 소리를 다성악(多聲樂)적 구조라고 그는 불렀다.

기란 어려운 일이다. 그러나 고대인 자신들은 이 영역의 원칙적인 독특성을 명석하게 감지하였고 그 영역을 진지한 장르들-서사시, 비극, 역사, 고전적 수사修辭 등등-과 대치시켰다. 실질적으로 여타의 고대 고전문학과 이 영역의 차이는 대단히 본질적이다.

별안간 이 엉뚱한 자리에 과거 러시아 사람 문예이론가가 튀어나와 이 자리를 들쑤셔놓는 이유는 오늘 우리가 생각하는 자리인 〈뼘 소설〉 이야기 자리이기 때문이다. 모든 이야기하는 방식은 시대마다 달랐고 또 곳에 따라 다르기도 하였다. 그게 달랐던 이유는 그야말로 당대에 타고 누르던 권력세력과 이 이야기 양식은 같은 궤도에 있게 되었기 때문이다. 이야기에는 이룰 수 있는 꿈에 대한 이야기가 대부분인 것처럼 착각하지만 실은 우리 이야기들 속에는 이룰 수 없는 꿈을 이야기로 옮기는 경우가 실은 더 많기 쉽다. 바흐친이 찍어 보인 '메니프스의 풍자'란 바로 그런 우리들 이야기 풍속도를 논리화해 보여준 것이었다. 앞에서 이미 이야기를 비쳤듯이 '모든 물방울은 하나씩의 태양이 빛난다.'는 이 말은 어쩌면 바흐친 읽기의 핵심일지도 모른다. 당대의 거센 권력 틀은 공산 사회주의 틀을 짠다는 우렁찬 나팔 불기였다. 공산 사회주의란 정말 이 인간세상에서 이룰 수 있는 사회일까? 이룰 수 없는 꿈꾸기일 뿐일까? 나는 이룰 수 없는 꿈꾸기의 일종이라고 읽고 있다. 사람의 사람됨에 대한 절망적인 눈길 때문에 그런 결론에 이르는 것이다. 사람은 그렇게 믿을만한 짐승이 아니다. 사람들 속에 들어 있는 거대한 욕망의 활화산은 불교식 용어를 빌면, 넘치지도 않는, 그런 물길이라는 것이 나의 생각이다. 물은 차면 넘치지만 욕망은 차도 넘치지도 않는다고 불경에서는 기록해 놓고 있다. 구제 불가능한 사람됨의 문제를 놓고 작가는 씨름을 해야 한다. 우리가 실제로 겪은 이야기를 놓고 그려낸 문학작품들 이야기로 말의 물길을 터보기로 한다.

1960년도 4월 19일에 대한민국은 전국의 학생들이 들고 일어나 서울 한복판을 젊은 외침소리로 뒤덮었다. '물라가라, 이승만!' 그해는 애초 미국에 있을 때부터 권력의 의자를 타고 앉아 거들먹거리다가, 대한민국 독립을 미국에 기댄 꿈꾸기로, 대통령이 된 이승만과 그 뒷심 무리인 자유당 정권에 대항하여 젊은 이들이 벌떼같이 일어나 말의 총알을 날리던 해였다.[6] '물라가라 독재정권, 물러가라 이승만!' 3선 개헌입네 사사오입입네 별의별 꾀죄죄하고 단작스런 권력 꼼수를 다 썼던 이승만을 두 차례[7]째 몰아내는 민중운동이 타올랐던 해가 바로 1960년도였다. 나는 그때 대학교 1학년생이었다. 이 4.19가 터지고 나자 소설 쪽에서는 최인훈이 『광장』이라는 작품을 가지고 이 나라가 반쪽으로 동강 난 상태로 어떤 식으로 사람들이 숨막혀하였고 또 밀실도 광장도 잃은 상태로 살아내고 있었는지를 그려내었다. 그 시대에 나온 시 한 편을 여기 다시 옮겨 보이겠다.

우선 그놈의 사진을 떼어서 밑씻개로 하자
그 지긋지긋한 놈의 사진을 떼어서

---

6 이때의 감동을 1961년도에 최인훈은 그의 『광장』 첫 머리말에서 기록하고 있다.
7 이승만을 임시정부 대통령으로 추대하였으나, 그의 독선과 부정 탓에 1925년도, 임시정부에서는 그를 탄핵하였던 사실이 있었다.

조용히 개굴창에 넣고

썩어진 어제와 결별하자

그놈의 동상이 선 곳에는

민주주의 첫 기둥을 세우고

쓰러진 성스러운 학생들의 웅장한

기념탑을 세우자

아아 어서어서 썩어빠진 어제와 결별하자

－김수영, 『김수영 전집 1』(민음사, 2004), 179쪽

문학은 어쩌면 터져 나오는 욕설이거나 사회적 분노심을 격발하는 사회심리학적 정신치료에 해당할지도 모른다. 김수영은 당대에 그가 겪는 분노를 저렇게 시로 읊었던 것이다. 최인훈이 1960년 4월 19일을 겪고 나서 월간 〈새벽〉지에 쓴 『광장』 서문 글을 보이면 이렇다.

'메시아'가 왔다는 이천 년래의 풍문이 있습니다.

신이 죽었다는 풍문이 있습니다. 신이 부활했다는 풍문도 있습니다. 코뮤니즘이 세계를 구하리라는 풍문도 있습니다./ 우리는 참 많은 풍문 속에 삽니다. 풍문의 지층은 두텁고 무겁습니다. 우리는 그것을 역사라고 부르고 문화라고 부릅니다./인생을 풍문 듣듯 산다는 건 슬픈 일입니다. 풍문에 만족지 않고 현장을 찾아갈 때 우리는 운명을 만납니다. 운명을 만나는 자리를 광장이라고 합시다. 광장에 대한 풍문도 구구합니다. 제가 여기 전하는 것은 풍문에 만족지 못하고 현장에 있으려고 한 우리의 친구 얘깁니다./아시아적 전제의 의자를

타고 앉아서 민중에게 서구적 자유의 풍문만 들려줄 뿐 그 자
유를 '사는 것'을 허락지 않았던 구정권 하에서라면 이런 소
재가 아무리 구미에 당기더라도 감히 다루지 못하리라는 걸
생각하면서 빛나는 4월이 가져온 새 공화국에 사는 작가의
보람을 느낍니다.

— 〈새벽〉. 1960년 10월

　　최인훈의 『광장』이나 김승옥의 『무진기행』은 우리 최근세 역
사의 한 우람한 소설문학의 봉우리에 해당한다. 이 비슷한 시기
에 우리 역사와 운명을 시로 기록해 보인 김수영이나 장시로 우
리 역사를 기록한 신동엽의 『누가 하늘을 보았다 하는가』에는
우리가 마주한 신산한 역사와 운명이 고스란히 담겨 남았다. 문
학은 그렇게 석화된 듯이 잠겨 있다가 때가 이르면 벌떡 일어서
는 촛불과 횃불잡이 앞장패가 되곤 해왔다.

5. 맺는말

　　모든 사람은 제도라는 강물을 건너느라 바짓가랑이가 거의 다
젖어 있다. 아니 어쩌면 젖다 못해 찢어졌거나 다 헤어져 너덜거
릴지도 모른다. 모든 제도制度는 근본적으로 법제화하면서 사람
을 묶는 권력의 길로 내닫기 쉽다. 우리가 익히 아는 1789년 프
랑스에서는 혁명이 일어났다. 굶주림과 불평등에 시달리던 수
만의 민중은 평등하게 살 권리를 외치면서 동시에 자유를 부르
짖는 혁명을 일으켜, 프랑스 파리시를 온통 바리케이트와 횃불

로 뒤덮었다. 그러나 이런 혁명의 물결도, 그것을 뒤에서 조종하거나 불순한 의도로 노려보는 어떤 세력에 의해 이용되기 쉽다. 18세기 당대 프랑스 사람들은 왕권 세력의 횡포로, 부패한 귀족과 종교사제들에 의해 점거된 자기들 삶의 제대로 된 판을 돌려달라는 외침을 그렇게 했던 것이다. 그러나 어떤 쿠데타도 혁명도 언제나 계획된 속셈을 지닌 권력사냥꾼들에 의해 훼손되어온 것이 우리 인류역사였고 우리가 맞닥뜨려야 한 운명이었다. 프랑스 혁명이 잠잠해지자 왕권이 또다시 나타나 혁명이 바랐던 인간의 평등과 자유 그리고 사랑이라는 모든 가치 잣대를 짓밟아 버리지 않았나? 앞에서 나는 한국 최근 역사 속에 생생하게 살아났던 4.19학생 혁명이라는 '새 공화국'의 최인훈 식 꿈이 박정희 군사 독재정권의 민권찬탈에 의해 산산이 부서진 것을 눈똑바로 뜬 채 지켜보고 있지 않았던가?

앞에서 나는 제도라는 말이 사전 속에 들어 있는 것을 보인 바가 있다. 국어사전에는 여덟 개의 낱말 제도가 들어 있었고 인터넷 사전에서는 하나가 더 보태어 있었다. 모두 한자말로 된 낱말이어서 그 뜻이 다 다르다. 에드워드 T. 홀이 쓴 『숨겨진 차원』(김지명 옮김, 정음사 출간, 1984)에 보면, 스키에 미친 사람을 제외하면 미국 사람들은 겨울에 내리는 눈을 두 가지, 그냥 보통 눈 snow과 진눈깨비slush로만 구분한다고 규정지었다. 하지만 에스키모 사람들은 눈에 대한 이름이 열일곱 가지쯤 된다고 했다. 우리 한국만 해도 미국 사람들이 알고 있다는 눈 종류에다 수십 가지는 더 보탤 수 있다. 싸락눈, 함박눈, 소나기눈, 가랑눈, 가루눈, 길눈, 묵은눈, 발등눈, 밤눈, 풋눈, 첫눈, 포슬눈 등 모두 예순 가지쯤 된다. 이런 말 종류 이야기는 사전에 나와 있는 '제도'라는 여덟 개 낱말 가운데 왕권권력과 관련된 낱말이 세 가지나 된다는 걸 드러내기 위해서였다. 제도帝都(황궁이나 왕성 따위를 일컫는 말), 제도帝圖(왕이나 천자 또는 황제의 낯짝 그림 따위), 제도帝道(왕이나 천자 또는 대통령이 마땅히 지켜야 할 도리 따위)는 내 의견에 의하면 우리 마음을 갉아먹었고 또 갉아먹고 있는 말의 바이러스라고 생각한다. 식물에 기생하는 바이러스나 컴퓨터 바이러스 못잖게, 사람들 마음에 파고들어 앉아, 사람을 좀스럽고 쩨쩨하며 우스꽝스러운 몰골로 만드는, 이런 숨겨진 폭력 말씀들은 하나씩 지워가야 한다고 나는 주장할 생각인 것이다. 그게 가능한지 아닌지는 아직 우리가 쉽게 단정할 수 없다. 우리는 모두 꿈꾸는 사람들이고 그 꿈을 향해 어딘가로 끊임없이 떠도는 존재일 뿐이니까!

권력은 이렇게 알게 모르게 우리들 마음속에 깊은 둥지를 치고 들어앉아 언제나 그들 왕이나 황제, 천황, 영웅, 지도자 동지, 영수, 대통령, 수령, 수상 따위 권력자들에게 무릎 꿇어 경배할 준비기재로 저장되어 있다. 이것이 나는 우리를 역사 이래 꽁꽁 묶어 온 동아줄이라고 읽고 있다. 다시 문학 글쓰기에 마음을 담근 사람들 얘기로 돌아가야 한다. 우리가 쓰는 말 가운데 반드시 되살려내야 할 말이 있는가 하면 살아남아서는 안 될 낱말도 꽤나 많다. 예를 하나 들기로 한다.

　　짐은 너희를 고굉股肱으로 믿고 너희는 짐을 두수頭首로 우러러야만 그 친밀함이 특히 깊어질 것이다. 짐이 국가를 보호하여 상천上天의 은혜에 답하고 조종祖宗의 은혜를 갚아드릴 수 있느냐 없느냐는 너희 군인이 그 직무를 다하느냐 못하느냐에 달려 있다.

이 글은 1944년도에 진행한 일본 연구 결과 글이다. 미국정부의 요청으로 4년 동안 일본에 대한 모든 것을 연구한 미국의 루스 베네딕트 여사는 『국화와 칼』이라는 책을 내었다. 한국에서는 김윤식, 오인석이 옮겨 〈을유문화사〉에서 냈는데, 1974년도에 초판을 낸 이래 2013년도에는 이미 이 책이 5판 12쇄까지 찍는 꾸준히 팔리는 잭으로, 자리를 굳혀왔다. 위에 인용한 것은 그 2013년도 5판 12쇄 276쪽에 있는 글이다. 이른바 일본 천황을 중심으로 만들어 놓은 이런 따위 군인칙유軍人勅諭는, 우리나라에서도 이미 전부터 익숙하게 겪은, 집단폭력의 독단적 강제 명령들임을 잘 알고 있다. 조선조 세종 때 만들어 퍼뜨린 『용비어천가龍飛御天歌』는 참으로 교묘하고도 집요하게 꾸며진 왕권 홍보 문학이었다. 군사쿠데타를 일으켜 왕권을 손에 거머쥔 이씨 성계는 많은 머리 좋은 지식인들을 시켜 조선 왕조를 세우게 된 이성계 집안이야말로 조상 대대로 덕을 쌓고 민심을 얻어 이미 하늘에서 왕으로 점찍어 놓은 족속이었다는 것을 중국의 역대 왕들 고사를 빗대 엮어 사람들로 하여금 스스로 그 언설에 굴복하여 머리를 숙이게 하는 위엄과 강력한 내공의 힘을 담고 있었다. 그에 비하면 1961년 일군의 군대를 몰고 와 민권을 찬탈한 박정희 군사독재자가 만든 이른바 박 정권 탄생의 설유나 변명 언설은 『용비어천가龍飛御天歌』에 비해 격이 한참 못 미치는 하수급이다. '우리는 민족중흥의 역사적 사명을 띠고 이 땅에 태어났다.'로 시작되는 군가냄새 풍기는 이 반 뼘 정도의 언설을 지금도 기억하는 사람은 많을 것이다.

그 시절, 우리는 전국 중, 고등학교에서 매일 조회 때마다 낭독하도록 뿌린 '국민교육헌장'을 몸에 지니고 있었다. 그것을 엄숙한 차려 자세로 운동장에 세워놓은 학생들 앞에서 읽는 교장 선생 이하, 각과 선생과 학생들은 명청한 청취시간을 보내야 했었다. 일본천황이 내린 이른바 군인칙유라는 저따위 지상명령(?)을 나는 오늘 폭력언설이라는 낱말로 바꿔야 한다고 주장할 생각이다. 모든 권력패들은 저런 따위와 비슷한 바이러스를 사람들 머릿속에 심는다. 간악한 전략적 왕권심기 책략이다. 단단한 권력을 굳히려는 국가는 다 이런 따위 계급심화를 위한 권력 굳히기 책략을 동원한다. 이른바 제도 권력의 유치한 행튀에 속한 말장난질이다. 진짜 문학, 진짜 작가 시인들은 이런 사특한 책략을 꿰뚫어 읽고 그것을 까발리려 드는 사람들이다. 그래서 진짜 작가나 시인은 권력자들 눈에는 가시다. 그래서 툭하면 사악한 권력자는 예술가나 문인들을 잡아 가두거나 주리를 틀어 찢는다. 독일의 어떤 글쟁이는 '악당소설Picaresque novel' 얘기를 가지고 진짜 작가 시인들이란 거의 다 이런 피카로picaro(미워할 수 없는 악당)라고 불렀다. 『수호전』속에 나오는 왈짜들 가운데 무송이나 양지, 임충, 송강 등 양산박 108두령을 누가 미워하겠는가? 그리고 우리나라에서 가장 많이 읽히는 소설 가운데 홍명희의 『임꺽정』속 인물들인 곽오주나 황천왕둥이, 박유복, 임꺽정을 어찌 미워할 수가 있을까? 우리는 1860년대 후반부터 지방에서 일어나기 시작한 동학농민전쟁 이야기를 잘 안다. 월북한 박태원이 장편으로 써서 낸 『갑오농민전쟁』속 주인공들 가운데, 전봉준全琫準이나 손화중孫化仲 김덕명金德明, 최경선崔慶善, 그리고 지나치게 많이 가진 자들과 양반행세로 사람을 억누르던 못난 인간쓰레기들을 무자비하게 죽이던 김개남金開男을 미워할 사람이 어디 있겠는가? 그런 이들을 두려워하거나 싫어할 사람들이야 예나 지금이나 너무 많이 가진 패들일 터이지만! 진짜 작가란 대체로 이렇게 다들 미워할 수 없는 악당이라는 말에는 일리가 있다.

이른바 민족 철학이나 민족종교라는 이름으로 권력에 기생하는 꾀쟁이 학자 종교인들 또한 우리는 인류역사에서 무수하게 보아왔다. 중국 역사에서 유교 이념으로 굳혀져 왔던, 삼강오륜三綱五倫 윤리강령 속에 든 '충성 충忠'은 사회의 개인성을 인정하고 보호하는 윤리규범이 아니다. 그것은 개인의 사회성에 높은 가치 잣대를 세워 개인은 마땅히 국가라는 이름의 철망 속에 가두는 윤리강령인 것이다. 이렇게 모든 권력은 제도라는 철쇄를 만들어 사람들을 가두고 그들이 거둔 재물은 빼앗아 챙긴다. 문학글쓰기에 종사하는 사람들은 그런 이들을 일러 악당이나 부라퀴 또는 불한당이라 부른다. 권력은 그것을 누가 움켜쥐었든 부패하게 되어 있다. 이유는 사실 따지고 보면 단순하다. 권력은 조직을 만들어 세포를 키워야 그것을 유지한다. 조직 세포는 언제나 그가 속한 권력 틀 속에 안주해 있지 않는다. 개인이면서 조직의 일원이었을 때 언제나 야심을 키우는 개인은 있게 되어 있다. 야심이나 욕심, 탐욕이 그를 부추긴다면, 그는 틀림없이 권력 틀에서 벗어나려는 꿍심을 키운다. 꿍심은 전체조직을 부패시키고 그렇게 썩다 보면 제도는 흔들리면서 부서져 간다. 문학자들은 그런 힘의 역동성을 포착하여 이야기 말씀들로 그려내는 이들이다. 그래서 그들은 어느 시대에나 권력자들의 눈 밖에 날 수밖에 없다. 권력자들 옆에 붙어 얼쩡거리는 문인 쳐놓고 뒷날까지 그의 문명이 살아남은 자는 거의 없다. 그것이 작가나 시인의 운명이고 그런 가시밭길을 터덜터덜 신발도 없이 걸어가는 사람들이다. 불쌍하지만 가장 매력있는 사람들이 그들이기도 하다. 그들의 운명이니까!

2013년 12월 13일

갇힘과 가두기

-몸에 갇힌 영혼의 문제,
카잔차키스 『성자 프란체스코』에 붙여-

1. 드는 말

요즘 우리는 성인이나 성자를 잃은 시대에 내팽겨져 버렸다. 인도인 부처 사키아모니, 중국인 공자, 유대인 예수, 그리스 사람 소크라테스, 이들은 인류 역사 안에서 배출된 세계의 넷 정도로 꼽힐만한 4대 성인이라 일컬음 받아왔다.[1] 그들은 세계 여러 나라 사람에게 알려져서 그들이야말로 우리가 본받을 만한 삶의 참된 발걸음을 걸어갔다고, 우리는 아득한 소리로 듣거나 보고 배워왔다. 아득한 소리란 그들이 실제로 어떤 사람들이었는지, 깊이 있게 가르침 받거나 실제 발걸음이 어떤 것이었는지, 제대로 전해 내려오지 않았다는 뜻이 담겨 있다. 부처나 공자, 예수, 소크라테스, 이들에 대한 각종 서적에 보면 사진이나 그 영정 따위가 어찌나 호화찬란한지, 도무지 성인답지 않고 무슨 거대한 귀족출신의 어떤 권위의 화신 같기만 하다. 안 그런가? 뒷사

---

[1] 세계 4대 성인을 꼽는 논의에서는 소크라테스 대신 마호메트를 넣는 이들도 있다. 한 남자가 여러 여자를 거느려도 된다는 율법이나 적들은 꼭 죽여야 된다는 무시무시한 가르침을 거느리고 있는 이 위대한 영혼을 성인이나 군자로 읽기에 내 눈은 좀 어둡고 침침하다.

람들이, 그렇게 찬란하게 도배하여, 그들을 더욱 비참하게 만든 것이나 아닐 것인지? 탐욕이나 권력욕 따위는 언제나 이런 희생의 제물을 바쳐 대중을 잠재운 다음 그 탐욕의, 권력의, 달콤한 열매를 따먹으며 이어져 온 것이나 아닌가? 이런 물음이 나오게 된 것은 '성인聖人'이나 '성자聖者'에 대한 이야기가 평소 우리들 삶 속에서는 별로 다루어지지 않고 있다는 깨달음 때문이었다. 한자로 된 이 '聖人'이라는 말 글을 조각으로 떼어 놓고 보면 퍽 재미있는 뜻이 들어 있다. 하나는 귀를 뜻하는 '耳', 그 바로 옆에는 입을 뜻하는 '口', 그리고 이 귀와 입을 받치는 글꼴이 크다는 뜻의 '壬'이다. 그러니 다시 이 세 낱자를 묶어 놓으면 어떤 뜻이 나오나? '큰 귀와 큰 입을 지닌 사람聖人'이라는 뜻이니 이것을 다시 새기면 '말 잘하고 말 잘 듣는 사람'이라는 것이 아닌가? 기원전 사람 소크라테스라는 이가 '대화'의 달인이었다는 소문에다가, 공자는 14년 동안 쫓겨나 떠돌면서, 그를 따르는 젊은이들과 끊임없이 말하고 듣는 큰 귀와 입을 지녔던 사람이었던 것 같다. 인도의 사키아모니 또한 제자들 앞에서 말로 삶과 죽음을 이야기하였다. 뭔가를 조금 안답시고 지껄이는 패들에게 그 앎의 바닥을 보여주다가 독약을 받아 죽었다던 소크라테스나 권세와 재물을 지닌 놈들마다 찾아다니면서 '어짊仁과 예禮'를 말하다가 쫓겨나곤 하였다던 공자,[2] 왕자 자리를 걷어차고 왕궁을 뛰쳐나와 그 헛된 삶의 그림자를 쫓는 방법을 알아챈 다음 많은 제자들에게 그것을 알리는 말씀이나 '말없음'을 써서 가르쳤다

---

2 안핑 친 지음, 김기협 옮김, 『공자평전』(돌베개, 2011)을 읽으면 퍽 평범하고도 공자의 위대한 정신이 보인다.

는 사키아모니가 다 실은 귀와 입이 큰 사람들로 '말 주고받기'의 뛰어난 재주꾼들이었음을 알 수 있다. 가진 이든 못 가진 이든, 또 어디, 언제, 있었든 서로 말하고 기뻐하며 슬퍼하는 그런 말귀 알아듣기(소통하기)를 알린 사람들, 성인!

게다가 오늘날 이런 성인에 대한 이야기는 사실 퍽 실없는 전설이나 신화처럼 교육마당에서든 지식인 사회에서든 취급되거나 아예 그런 이야기조차 내놓으려 하지 않는다. 왜 그럴까? 가령 '우리 삶이란 고통 그 자체이다, 그것을 끊는 법은 바라는 것들을 모두 다 버려라', '특히 정욕을 끊어라!'라고 가르친다든지,[3] '완전한 가난과 사랑'이야말로 사람이 살아가는 데 가장 지켜나가야 할 덕목이라고 학교에서 가르친다면, 또 그리고 오로지 '나를 바로잡고, 예와 덕', 오직 '어진 마음'으로 사람을 대해야 한다고 가르친다면 오늘과 같은, 이런 물신 시대에, 먹히기나 할 것인가? '네 이웃 사랑하기를 네 몸처럼 하라!'고 가르친다면? '왼손이 한 것을 오른손이 모르게 도우라!'고도 가르친다면? 오직 부자가 되는 것, 물질적 재부를 쌓는 것만이 삶의 목표인 것처럼 물신이 떡 버티고 앉은 우리 이 시대에 그런 성인의 너무도 빤한 말씀이 먹히기나 할까? 물질로 향한 욕망을 마음 놓고 키우라는 물신의 부채질을 받는 시대에 그런 따위 이야기란 구름 잡는 헛소리로나 들리지 않을까? 물신의 부채질은 욕망을

---

3 부처님의 가르침 가운데 사성제(四聖諦)가 있다. 고체, 집체: 고통은 곧 삶의 알맹이다. 그리고 나서, 멸체, 도체의 길을 따라, 그 고통의 원인인 욕정을 끊어버림으로써 아픔으로부터 완전히 벗어나는 길을 이야기하였다. 이런 부처 가르침, 그런데 정말로 어느 누가 우리의 이 화려한 삶을 고통이라고 생각하기 좋아할 것인가? 욕망을 끊으라고? 물신은 자꾸 옆구리를 찌르며 욕망을 채워줄 꺼리만을 들이댄다.

증폭시키는 나발 불기이다. 그래야 그 욕망을 키울 물건들을 사고사고 자꾸 사들여야 재산이나 물품은 쌓이고 쌓여 산을 이루게 된다. **물신은 악마의 다른 이름이다.** 이런 악마가 전권을 쥐고 있는 이상, 삶의 다른 가치는 조금이라도 재겨 발붙일 자리가 없다. 그래서 이 시대는 성인이 필요하지 않다. 그런데 카잔차키스는 이런 성인 이야기를 가지고 소설로 썼다. 카잔차키스 나이 70세 되던 해, 1953년 한국에서는 남과 북쪽 동포들끼리 총칼을 겨누며 죽고 죽이는 난장판을 벌이고 있었다. 이런 난장판 전쟁 그 끝 장면에 이르고 있었던 그해에, 카잔차키스는 이런 이상한 사람 이야기를 썼다. 『성자 프란체스코』! 프란체스코는 정말 성자聖者인가? 성자란 무엇인가?[4] 소설가가 쓴 성자 이야기이니 그것을 허구로 읽어야 하나 진짜로 읽어야 하나? 성자로 이름난 프란체스코가 12~13세기(1180~1226)이탈리아 작은 도시 아시시에서 태어나 하느님 말씀을 전도하다가 거기서 죽었으니, 카잔차키스가 성자 프란체스코를 쓴 곳이나 해는, 아주 멀고도 까마득한 저쪽 어디엔가 서로 떨어져 있다. 1953년 그의 나이 일흔 살 되던 해에 카잔차키스는 이미 깊은 질병에 들어 아파하면서 『미할리스 대장』을 출간하였고, 『일리아스』를 공역하였으며, 이 책 『성자 프란체스코』를 썼다. 시간적으로는 7백 2십여 년이나 뒤에 살았던 사람, 그것도 그리스의 한 작가 카잔차키스가 이탈리아 아시시 성자 프란체스코를 찾아 나섰던 글쓰기의 이유는 무

---

4 배병삼 교수가 풀어쓴 『논어, 사람의 길을 열다』(사계절, 2011), 52쪽부터는 이 성인의 성(聖)자를 '듣는 이', '남의 말을 듣는 이'로 새겨 놓았다. 『논어』 앞장 예순 나이에 '귀가 순해졌다는 이순(耳順)'조목은 남과의 소통이 순하게 이루어지는 삶의 마디를 공자가 말한 것이라는 풀이이다.

엇이었을까? 기적은 어느 때 어느 곳에서든 일어난다. 비록 거리가 그렇게 멀지 않은 남의 나라 사람이었다 하더라도, 칠십 줄에 들어서 병든 몸을 이끌고 찾아 나섰던 것은 '성자-성인'이라는 사람이었다. 기적처럼 머릿속에 떠오른 그의 삶이 궁금해질 수밖에 없었기 때문이 아니었을까?

어떻든 그리스라는 나라는 내게 퍽 골치 아픈 나라이다. 왜냐하면 내 머릿속에 든 문학이론이나 예술이라는 틀이 실은 모두 다 그들의 잣대로 만들어졌던 바이러스로, 몸에 옮아 입력되어 있는 것으로만 자꾸 나는 생각하게 되기 때문이다. 마음의 바이러스는 이처럼 사람들을 굳게 묶어 어떤 틀에 가둬 놓는다. 한국 각 대학교에서 가르치는 교수들 대부분이 직접 썼거나 남이 쓴 것을 가지고 강의를 할 때면 으레 그리스 철학자 그리스 문학자들을 줄줄이 읊어대어 사람을 혼란스럽게 하곤 한다. 플라톤, 소크라테스, 아리스토텔레스, 디오게네스, 그리고 호메로스의 『일리아스』, 『오디세우스』, 거기다가 이제는 우리 시대에 같이 살았던 카잔차키스까지 내 머리를 괴롭힌다. 꿈으로만 생각해 왔던 프랑스엘 가서 처음 콩코드 광장에 세워졌던 오벨리스크를 보았을 때, 그리고 루브르 박물관에 들려 거기 진열되어 있던, 엄청난 그리스와 이집트 문화재들을 보았을 때 겪었던 충격은, 지금도 내 마음속 깊은 곳에 새겨져 지워지지가 않는다. 장물도시 파리! 그리스는 어디이고 파리는 어디인가? 삶판이 마치 커다란 희극 극장처럼만 보여지는 수많은 희극배우들이, 이 나라 저 나라 여기저기 옹기종기 모여, 때로는 오돌오돌 떨고 섰고 또 때로는 깔깔대며, 제 삶의 더러운 두엄더미에다 오줌들을 깔기곤 한다. 그리스는 점점 우리나라와 같은 꼴로 내 마음에 병을 깊게 한다.

나쁜 나라 도둑들에게 침략당해 억눌리면서 모든 걸 빼앗기고 억압당하며, 끊임없이 분해서 글이나 예술을 남기곤 하는 그리스나 한국, 에이 못난 것들!

대학생 시절, 그처럼 엄청난 사람이며 작가로 내 마음이 빠져들었던, 프랑스의 앙드레 말로가, 인도차이나에서 그 나라 문화재를 훔쳐 오다가 들킨 사건 이야기조차, 문화 사랑의 극치를 보는 듯이, 프랑스야말로 훌륭한 나라라는 인식에서 벗어나지 못하였던 적이 있었다. 그러나 지금은 다르다. 내 마음이 팩 돌아서 버렸다. **문명국 유럽이니 선진국이니 하는 희극 대사 같은 말 붙이**들이 허황되기 짝이 없는 말 놀음뿐이었다는 것 또한 알아차렸다. 그런데 그리스는 어째서 그렇게 서양 여러 나라로부터 침략당하고 문화재를 도둑맞았으며, 줄기차게 그 문화 주인이 유럽 사람들이나 되는 것처럼 팔려나가고 있을까? 내가 고등학교 시절부터 꿈꿔왔던 문화 선진국(?) 프랑스는, 그야말로 한순간에 와르르 무너지는, 신기루였던 것이다. 프랑스 파리의 어느 여관에 묵으면서, 문화재들을 구경하다가, 문뜩 나는 **도둑 마을**엘 어쩌다가 잘못 들어온 것 같은 느낌을 떨치기가 어려웠다.[5] 선진국이라는 말의 허황한 거짓됨이 한순간 내 눈앞에서 활짝 펼쳐지던 것이다. 그런 것들이, 남의 나라를 침략하거나 집어 삼

---

5 그 이야기를 연세대학교 대학원 신문에 크게 쓴 다음, 한국 문인들을 만날 적마다 지껄였더니, 누군가 문인 친구 하나가 내 옆구리를 쿡 찌르면서, '이봐! 영국엘 가봐! 거긴 더해!' 그 말을 듣는 순간 나는 모든 걸 알아버렸다. 제국주의! 도둑질 원리~! 무엇하러 힘들여 일하겠는가? 남의 것, 이미 만들어 놓은 것을 훔쳐오거나 빼앗아 오면 되지 않겠는가? 무기 생산은 그래서 필요한 거고 싸움 훈련은 그래서 우리들 삶의 원동력이 되는 것이라! 우리 이 삶이 온통 더러운 부라퀴 갈퀴질로 덮여 있다는 것, 그게 내가 뒤늦게나마 깨달은 우리들 삶 판의 참 꼴이었던 것이다.

켜 남이 지은 생산품을 억지로 빼앗거나 훔치는 데 이골이 난 나라를[6] 선진국이라 부르다니! 희극도 퍽 비참한 희극이 아닌가? 그렇게 남의 재화나 전통 문화를 훔쳐다가 장물도시로 꾸민 그들이 스스로를(?) 선진국이라 불러, 재화나 문화를 겁탈당한 나라를 후진국, 중진국 따위로 눈 아래 깔고 뭉갤 그런 말을 써왔던 것이고, 거기 기생하는 본토 지식 노예들에 의해 널리 퍼뜨려져 왔던 것이 아닌가! 어허 참 슬프다? 삶이 어찌 이렇게 지겹고 더러운 꼬라지로 엮어 이루어졌다는 말인가!

2. 성자, 성인 문제

이 글에서 물어보려고 하는 것은 성자나 성인이란 누구인가가 그 첫째 물음이다. 상식적으로 우리가 알고 있는 성자란 부처, 공자, 예수, 소크라테스(또는 마호메트)들이다. 그런데 이렇게 한 묶음으로 놓고 우리가 성인이나 성자를 이야기하지만 '예수'만은 아예 다른 뜻을 지닌 것으로 알려져 왔던 게 사실이다. 다른 성인들은 다 사람의 사람됨, 그 사람됨을 향해 스스로 어려움이

---

6 2002년도에 한국말로 옮겨져 소개된 아민 말루프의 『아랍인의 눈으로 본 십자군 전쟁』(아침이슬, 2002)이나 로베르 솔레가 쓰고 이상빈 박사가 옮긴 『나폴레옹의 학자들』(아테네, 2003)을 읽으면 유럽이라는 나라가 얼마나 못된 야만의 나라였던지를 뚜렷하게 읽게 한다. 나폴레옹이 권력을 휘두를 때, 3년 동안 프랑스 학자들 167명을 데리고 이집트에 머물면서, 이집트 문화 모든 것을 훔쳐다가 프랑스로 보내면서 그 문화예술품들을 갈무리하여 제 나라로 옮겨갔는지가 아주 잘 그려져 있다. 그래서 그렇게 루브르 박물관에는 이집트니 그리스 문화재들이 즐비하게 놓여 있었던 것이다. 장물도시에 장물아비 박물관! 천년 도시라 할만한 대한민국 이 나라 경주 박물관에서 본 것들은 그야말로 이 나라 옛 사람들이 쓰던 물품들뿐, 소박하고 천진한 그런 것들이었던 데 비해, 그들 박물관은 너무 남의 나라 귀신들로 가득 차 있었다. 새롭게 눈 뜨지 않을 수 없는 깨우침이었다.

나 고통을 견뎌 이기고 나서, 늘 고통이나 외로움, 질긴 가난살이에 끝끝내 굴복하지 않고 그것을 자기 것으로 홀로 소화한 것으로 알려져 왔다. 그렇게 그들은 스스로 견딘 삶의 고통과 모여살이 정신의 귀한 것들을 남들에게 보이면서(실천하면서)그렇게 살도록 가르침의 길에 뚜벅뚜벅 나아갔다. 그런데 유독 예수만은 절대자 하느님의 뽑힘을 받아 사람의 일이나 사람들의 상식으로서는 이해할 수 없는 처녀 수태로부터, 우주 전체가 그를 기리는(베들레헴에 아기 예수가 태어났을 때 동방박사들이 떼 지어 축복하느라 모여들었다는 신화 이야기), 죽어 장사지낸 지 사흘 만에 몸이 부활하여 하늘로 올라갔다고 하는 신비한 이야기들로 전해지고 있다. 이런 신화 이야기가 실은 다른 나라 성인들의 삶의 발자취와는 아예 다르다. 성인 예수만은 다른 성인에 비해 특별히 신비하고도 기이한 이적들이 따라붙도록 이야기가 꾸며져 있다. 이런 사실은 어떻게 해석해야 하나? 신에 관한 문제인 한 추상화로 나아가는 진실은 어째볼 도리가 없다. 유일한 절대자 하느님에 대한 믿음은, 동양 특히 한국에서 믿어온 범신론적 믿음 틀과 퍽 다른 믿음의 물결로 흘러들었다.

흥미롭게도 4대 성인들 이야기는 모두 그가 죽은 지 100여 년이 지났거나, 그보다 더 긴 세월 동안 시간이 지나간 뒤에 이야기가 꾸며져 왔다. 그들 삶의 행적들은 당대 사회 삶의 가치 잣대로 보아 모두 다, 어기뚱한 반항자들이거나 사회 부적응자들이어서 눈 뜬 사람의 눈으로 담박 그가 성인의 길을 가고 있다는 것을 안다. 공자의 경우조차 당대 권력자들이나 앞 패들은 그를 권력자나 뒤쫓아 벼슬자리나 노리는 떠돌이로 그의 진짜 값을

몰라보았으나, 그를 알아본 이는 위나라 국경의 한 문지기였다.[7]
함께 살면서도 그가 정말 진짜 훌륭한 사람인지 성인인지를 잘
알아보지 못한다. 그러나 가끔씩 눈을 뜬 사람들이 있어 그런 호
되고도 고된 삶을 걷는 사람을 알아보는 사람이 있다. 게다가 성
인이나 성자는 뒷사람들이 그들 삶의 발자취에다가 많은 걸 꾸
미거나 이야기를 덧댄다. 그러니까 그들은 모두 뒷사람들에 의
해 그럴듯하게 만들어지는 것이기 쉽다.

　도킨스의 『만들어진 신』이니 「시대정신」이라는 다큐 영상물들
은 모두 이런, 만들어지는 신이나 믿음 틀의, 깊은 말씀 밭갈이
를 냉철한 눈길로 따져 본 이야기 묶음이며 영상반론이다. 엉뚱
한 이야기이기는 하지만 도킨스나 「시대정신」 방영자에 의하면
기독교 신앙이란 기원전 2000년 전 이집트의 호루스 신화로 전
해져 왔던 것이고, 이 신화의 틀은 꾸준히 이어져 오면서, 기독
교 신앙을 만든 유대인들에 의해 다시 꾸며진 신화 이야기, 그러
니까, 고대로부터 전해온 태양신화의 복사판이라는 것이다. 십
자가 한복판을 태양, 곧 빛이며 진리인 삶의 빛을 중심축으로 하
면서 바뀌는 연대 이야기가 예수 생애이자 기독교 가르침의 틀
이라는 것이다. 그렇다고 보면 예수 신화는, 다른 성인 열전과는
아주 다르므로 그 행적 자체가 퍽 멀어지는, 이야기 틀을 갖춘
셈이다. 이제 우리는 다시 물어야 한다. 그럼에도 불구하고 예수
생애와 성인 열전을 떼어놓고 생각하기는 퍽 어렵다는 것 또한
진실이다. 성인이란 누구인가? 그들이 겪어낸 삶 판의 길목은 왜

7　그 하급관리인 문지기는 공자의 제자들에게 이렇게 말했다. "그대들은 관직 없음을 왜 걱정하
　시오? 천하에 도가 없어진 지가 오래되었으니 하늘이 선생님을 목탁(木鐸)으로 삼으시려는 거
　요." 안핑 친 지음, 김기협 옮김, 『공자평전』(돌베개, 2011), 127쪽.

그렇게 사람들 머릿속에 깊이 패여 이야기 말씀들로 이어져 내려오는가? 성임 됨을 알기 위해 우리가 떠나가는 길목에는 다음과 같은 물음이 늘 따라붙는다.

첫째, 삶의 아픔! 고통은 우리가 짊어진 어쩔 수 없는 존재조건인가? 누구든 우리가 짊어진 삶의 길목에는 늘 고통이 따라붙는다는 것, 그것이야말로 사람들이 꼭 알아야 할 배움의 몫이란 말인가? 성인의 반열에서 우리 머릿속에 새겨진, 아주 오래된 사람으로 부처, 붓다, 석가모니(사키아모니)등 여러 이름으로 알려진 그의 가르침에는 사성제四聖諦라는 전제가 딱 버티고 있다. '삶은 고통 그 자체이다.' 고체苦諦! 그 고통은 곧 욕망(또는 정욕)을 원인으로 한 결과이다. 집체集諦! 사람은 이 고통으로부터 벗어나기 위해 반드시 욕망을 버려야 한다. 멸체滅諦! 이렇게 욕망과 정욕을 끊으려면 여덟 가지 따라야 할 것〈八正道=정견正見, 정사正思, 정어正語, 정업正業, 정명正命, 정정진正精進, 정념正念, 정정正定)이 있다. 이것을 따르면 고통으로부터 벗어날 수가 있다. 부처는 이것을 깨닫기 위해 가정을 떠났고, 몇 년간 고행도 하였으며, 드디어 고통으로부터 벗어나 열반涅槃에 이르는 길道를 깨쳤다고 했다. 아픔, 고통으로부터 벗어남! 도체道諦! 정말 그럴까? 일체의 번뇌를 불 끄듯이 꺼버리고 나면 완벽한 마음의 고요함을 얻게 된다? 정말 그게 가능하기나 한 것일까? 이런 바람의 끝자락을 찾아 나서는 사람이야말로 성인이 아닐까? 그러나 우리들은 자꾸 묻고 또 묻는다. 정말 그럴까? 어리석기 때문에 우리는 늘 이렇게 묻고 또 묻는다. 그런 경지를 모르니까! 그게 어리석은 놈의 특권이자, 설움이니까! 예수가 십자가에 못박혀 죽는 장면에서 다섯 곳 상처를 입어 피를 흘린 아픔을 가톨릭에서는 다섯 상처五傷로 특별한 아픔의 상징으로 파악한다. 두 손과 두 발 그리고 옆구리에 못과 창으로 찔린 상처 이야기, 누가 왜 그를 십자가에 못을 박았고 또 창으로 찔렀는가? 왜? 고통이란 우리들 삶에서 반드시 건너야 할 어떤 못인가? 고통을 떠나는 삶이란 없다는 것인가? 이 카잔차키스의 장편소설 『성자 프란체스코』는 바로 이런 우리의 어리석은 물음을 다시 되뇌게 한다.

그리스의 현대작가 카잔차키스가 쓴 『성자 프란체스코』 속의 주인공 프란체스코는, 필생을 이 고통과 맞서는 고행을 통해서, 농부로부터 또 다른 이들로부터도 성자라는 부름을 받았다. 프란체스코는 마치, 이 책 저 경전에서 읽고 아는 것처럼 내가 믿었던, 부처의 행적을 보는 듯한 느낌을 주는 성인이다. 780여년 저쪽 이탈리아 작은 도시 아시시에서 한 삶을 살았던, 참 끔찍하게도 외로운 사람, 그가 프란체스코라는 사람이었다. 고통도 욕망도 그것을 견뎌 이기는 방법은 그 고통 속으로 치열하게 걸어 들어가는 길밖에 없다는 것이, 이 성자 프란체스코가 남들에게 보여주고자 한 것이었고, 또 그가 열렬하게 선택한 길이었다. 카잔차키스의 『성자 프란체스코』 한 살이 이야기는 꼭 부처의 행적과 가르침을 만나는, 같은, 느낌이다. 부처가 왕가 집안을 떠나 고행과 명상을 자기 수행의 길로 택하였던 길과, 프란체스코가 걸어간 길은, 너무나 비슷하다. 고통을 견뎌 이기고, 그것을 벗어나기 위해 일체의 욕망을 던져 버리는 닦음질(수행)[8]에 나섰

---

8 카잔차키스가 쓴 소설작품 「성자 프란체스코」를 읽으면 '욕망'이란 우리가 지닌 몸 그 자체인 것처럼 보인다. 몸이 욕망의 숙주인 것은 틀림이 없지만 어떻게 '영혼과 몸'을 떼어놓을 수가 있다는 말일까? 닦음질(수행)이란 우리 몸속에 든 시시껄렁한 이따위 망상 모두를 떨어낸다는 뜻이겠지?

던 부처의 발걸음과 너무나 닮은 프란체스코는 정말 하느님이 가려 뽑은 사람이었을까? 하느님은 정말 있는 것인가?

자기가 태어난 노魯나라 권력패들로부터 쫓겨나 14년[9] 동안이나 떠돌았던 공자 또한 굶주리는 고통에다가 정들고 사랑했던 고국을 떠나 다니는 설움과 외로움을 견뎌야 하였다. 그가 감당해야 하였던 고행 가운데, 동반자 모두의 호된 굶주림이나, 사랑하던 제자의 죽음을 끌어안아야 하였던 발걸음 속에는 부처나 예수처럼 견디기 어려운 고통과 삶의 아픔이 마음 깊은 곳에 박혀 있었다. 왜 그럴까? 어째서 사람은 이 고통이라는 쓴 약을 혀로 핥으며, 끝끝내, 그 짐을 지고 살아야 하는가? 성인이 걸어간 이 발길이야말로, 우리 모두 또한 똑같이 걸어가야 할 길이란 말인가? 이처럼 따가운 가시밭길은 우리 누구도 피해 갈 수는 없다는 뜻이 아닐까?

둘째 물음에서 나는 가장 어려운 생각의 골목길을 헤맨다. '가난' 그것을 자기 아내라고 부르며, 평생을 가난고통의 한복판으로 나아간 성자 프란체스코나, 다른 성인들의 삶에서 우리는 가난이라는 고통을 만난다. 그들이 이런 가난고통의 한복판으로 다가서는 이유란 무엇일까? 부처, 사키아모니가 자기에게 주어졌던 왕의 신분이나 왕자로 누릴 수 있던 일체의 물질적 부를 모두 다 버리고 고행의 길로 나간 것이라든지, 공자가 십수여 년을

---

9 2009년도에 공영 허가증으로 만들어진 주윤발 주연의 영상물 『공자』 마지막 장에는 공자가 '기원전 484년, 18년 동안을 여기저기 떠돈 다음 고향 노나라로 돌아갔다'고 말하고 있다. 그런데 안핑 친이 쓰고 김기협이 옮긴 『공자 평전』(돌베개, 2011), 29쪽에는 '14년간의 유랑생활을 포함하는' 여행길이라고 썼다. 게다가 네이버 지식 인(iN)에는 13년 동안 떠돈 것으로 적어놓고 있다. 너무 오랜 이야기이므로, 고행 년도 숫자는 큰 의미가 없을 수 있다. 그냥 십 년 이상을 떠돌았다는 말 그것으로 그가 견뎌낸 방황을 알면 된다는 뜻이겠다.

자기 나라에서 쫓겨나 이리저리 떠돌며 굶주림은 말할 것도 없고 '상갓집 개'라는 비웃음을 받으면서 서성거렸으면서도 오직 '어짊(仁)'과 '예'를 몸으로 보여주는 가르침 행적들 모두는 다 '가난'을 삶의 피할 수 없는 질료로 삼았던 것으로 읽히는 대목이다. 가난! 그것은 정말 예찬돼도 괜찮은 것일까?

1) 반역

모든 사람은 다 고통을 두려워한다. 그 고통 가운데서 가난 또한 사람들에게는 두려움의 대상이다. 가난은 어쩌면 만병의 샘이기도 하다. 그렇기 때문에 이 가난이야말로 사람들이 그렇게 벗어나기를 꿈꾸고, 평생 그 가난의 괴로움을 벗어나기 위해 발버둥 친다. 그래서 정치권력을 만들려고 하는 사람들은, 백성들이 지닌 권리를 하나하나 따서 제 권력으로 삼기 위해, 백성들이 가장 두려워하는 이 가난을 해결해 주겠다는 헛다리 장담, 거짓말들을 앞세운다.[10] 하지만 벼슬아치들 쳐놓고 일반백성들의 가난 고생을 벗겨준 예들은 거의 없었다. 언제 그렇게 가난에 시달려 힘겨운 사람들을 어루만져 삶의 아픔을 달래어 준 벼슬아치나 왕 따위 날강도들이 있었는가?[11] 결코 그들은 일반 백성들의 가난이나 고통을 벗겨 주지도 않았고,[12] 그렇게 벼슬아치들이

---

10 그러나 동서양을 막론하고 벼슬아치들이 떠든 것이 얼마나 거짓이었는지 역사책을 넘기면 다 드러나 있다. 벼슬아치들이 자기 가난을 벗어나는 디딤돌로 삼은 것이 실은 벼슬살이의 본질이었겠지만!

11 18~19세기 다산 정약용이 쓴 「애절양(哀絶陽)」이나 「굶주린 백성들」, 「고관집 아들」, 「승냥이와 이리」는 이 시대 농민이나 백성들이 얼마나 혹독한 가렴주구(苛斂誅求)에 시달렸는지를 극사실적으로 그려놓고 있다. 허경진 엮음, 다산 정약용(평민사, 1986) 참조.

12 조선조 왕권 시대의 벼슬아치 가운데 어사 박문수라는 이름의 관리 이야기는 한국 민담이나

저지르는, 탐관오리라는 이름의 새로운 질곡을 사람들에게 덮어 씌웠던 것이다. 이게 우리들 사람 삶의 서글픈 역사였다. 그래서 제대로 눈 뜬 사람들은 반역을 꿈꾼다. 당대 가치 질서 모든 것에 반역을 꿈꾸는 것은 신성한 길 찾기에 맞닿아 있다. 현실 속에 퍼져 슬근슬근 번져나가는 계급의식은 그것 자체가 악이다. 사람을 차별하고 사람을 억압하는 계급 틀은 곧 사람들을 가두고, 그렇게 속절없이 갇힌 채 살아가도록, 사람들 사이를 굳은 울타리로 막아놓기 때문이다. 사람을 양과 늑대로 풀이하며, 비유적으로 뭔가를 가르쳐 왔던 것이, 유대인들이 만들어 세계에 뿌려댄, 기독교 교리의 원리였다고 나는 읽는다. 양과 늑대! 양과 늑대가 한 자리에서 풀을 뜯는 그런 모습을 기독교 신자들은 자주 이야기 한다. 청록파 시인의 한 사람이었던 박두진도 이런 '양과 늑대'의 한 둥우리 삶을 노래하곤 하였었다. 늑대는 어떤 누구일까? 그리고 그 늑대를 피해 풀을 뜯는 양은 또 누구인가? 모두 다 사람인 판에 이런 비유는 무엇을 품고 있는가?

그러나 또 한편, 당시는 이른바 '전체주의'라고 할 폭력 위주의 힘이 넘치는 시대였다. 권력자들의 자의적인 폭력에 인민들은 맨살로 노출되어 신음하고 고통 받았다. 힘을 가진 인간들에 의해 침탈당하는 약한 인간들의 모습은, 실로 홉스Thomas Hobbes가 가정한 '자연상태'를 연상케 할 정도이다. 약육강식의 사회, 정글과 같은 사회가 당시 춘추 시대의 모습이

설화에 자주 나온다. 게다가 조선조 500여 년 동안 청백리(淸白吏)라는 이름의 깨끗한 벼슬아치 200여 명이 있었다고도 전한다. 그들은 가여운 백성들의 아픔이나 가난 고통을 잘 보살펴 나라 살림에 앞장섰다고 했다.

었다.[13]

춘추전국 시대라는 기원전 6세기경, 중국의 사회형편을 배병삼 교수는 이렇게 표현하고 있다. 그런데 놀랍게도, 이런 사회의 모습은 그런 시대가 지나간 이후에도, 여전히 똑같은 모습으로 재현되고 있다는 것이 눈을 똑바로 뜬 사람들, 특히 작가들의 증언이다. 작가들은 대체로 조금씩은 반역자들이다. 당대 권력의 엉터리 짓거리들로 둘러싸였던 19세기 프랑스로 잠깐 눈을 돌리면 이런 글이 있다.

> 네 이마의 땀으로
> 네 가련한 생을 이어갈 것이고
> 오랜 궁핍함 뒤에는
> 보라, 죽음이 너를 맞이하도다.
> 홀바인의 어느 한 화첩 속에 씌어져있는 옛 프랑스어로 된 사행시는 그 순박함 속에 깊은 슬픔을 내포하고 있다. 그 그림은 밭 한가운데서 쟁기로 밭을 갈고 있는 한 농부를 그린 것이다. 멀리 펼쳐지는 넓은 벌판에 힘든 하루 일이 끝날 무렵이다. 석양이 야산 마루에 지고 있다. 농부는 늙고 땅딸막하며 누더기를 걸쳤다. 그가 몰고 있는 쟁기를 끄는 네 마리 말들은 야위고 기진맥진해 있다. 보습날은 울퉁불퉁하고 단단한 땅을 파헤친다. 이 땅과 궁핍스런 풍경 가운데서 땀 흘리며 일하는 오직 한 존재만이 만첩하고 건장하다. 그는 환상

---

13 배병삼 풀어씀, 『논어, 사람의 길을 열다』(사계절, 2011), 61쪽.

적인 인물로서, 손에 채찍을 들고 놀란 말들 옆으로 밭고랑을 건너지르며 늙은 농부의 쟁기 하인 노릇을 하면서 말들을 후려갈기고 있다. 이것이 홀바인의 「죽음의 환상」이라는 제목으로 붙인, 슬프고도 익살맞으며 동시에 철학적이고 종교적인 일련의 주제 속에서 비유적으로 그려 놓은 유령, 즉 죽음이다.

가슴을 치는 이 글은 19세기 프랑스의 낭만파 작가 조르즈 상드가 그의 전원소설 『마의 늪』과 『사랑의 요정』(이재희 옮김, 우아당, 1987) 머리글로 '저자가 독자에게'라는 제목으로 간략하게 쓴 글이다. 늙은 농부는 하루에 밥 몇 끼니를 때우는 것으로 고된 노동의 짐 짊어짐을 버티지만 그 밭에서 나온 곡물들은, 호화로운 도시에 사는 배부른 어느 땅 주인이, 싹 쓸어 다 가져간다. 땅 주인이라는 도저한 뱃심이 그들을 그렇게 시킨다. 그러고 나면 여름 내내 땀 흘려 일한 농부의 옹이 진 손에는 헛헛한 바람만 불고 또다시 농부는 빈손이다. 이 이야기는 1930년대 한국의 강원도 산골 이야기와, 서울 셋방살이 가난뱅이 삶을 그려낸, 김유정의 작품 세계와 쌍둥이처럼 꼭 닮았다. 김유정의 「만무방」이나 「금 따는 콩밭」, 「소나기」들은 모두 다 이런 가난살이의 가장 낮은 먹이사슬 덫에 걸린 농부 이야기였다. 논밭에서 땀 흘려 일하는 농부, 그들은 어느 시대나 나라를 막론하고, 먹이사슬의 맨 아래층에 속해서 힘 센 부라퀴들에게 늘 빼앗기는 계급이다. 76책의 방대한 시문 『여유당전서與猶堂全書』를 남긴, 험난한 왕권시대를 살았던, 다산 정약용丁若鏞(1762~1836)은 18년 동안 전남 강진에서 귀양살이를 하면서도 많은 저술을 남긴 위대한 인물이었다. 자기 삶이 얼마나 서럽고 비참했으면 그렇게나 많은 말들을 뒷사람들에게 남기려고 하였을까? 글을 쓰는 이들의 한 살이를 곰곰이 살펴보다보면, 그들의 삶이란 그야말로 켜켜이 쌓인 한恨[14]과 외로움, 고통이 몸과 마음을 평생 갉아 먹었던 것으로 보인다. 고통과 외로움을 양식으로 삼아 자신의 영혼을 살찌웠던 지성인 정약용! 그는 귀양살이라는 고통 속에서 이 세상살이의 참모습을 배워 익혔고, 거기서 그의 글들은 터져 나왔다. 그의 짧은 시 한 편을 보이면 이렇다.

가난코 보니

안빈낙도安貧樂道하리라 마음 먹지만
정작 가난코 보니 맘 편치 않네.
마누라 한숨 소리에 문장도 꺾여지고
아이놈도 굶주리니 교육 엄케 못하겠어라.
꽃과 나무 모두들 썰렁해 보이고
시도 책도 요즘은 시들키만 해라.
부잣집 담 밑에 보리가 쌓였다지만
들사람들 보기에만 좋을 뿐이라네.

〈탄빈歎貧-1795〉

請事安貧語 貧來却未安

---

14 이 한이라는 한자말을 작가 박경리는 일본식 한풀이와는 다르게 봐야 한다고 주장하였다. 그들의 한은 복수와 원한을 한이라 익혔지만 우리는 '꿈과 바람, 소망'을 그렇게 불렀다고 했다. '포한(抱恨)지다'는 말을 원한으로 읽어서는 안 된다는 것이 그의 풀이였다. '배고픔, 못 배움'에 포한이 졌다는 말을 우리는 자주 써왔다.

妻咨文采屈 兒餒敎規寬

花木渾蕭颯 詩書摠汗漫

陶莊籬下麥 好付野人看[15]

　다산이 쓴 시에는 이 정도를 상당히 뛰어넘어서는 비참한 이야기도 많다. 가난고통에 빠져 허덕이는 여인의 삶 이야기는 혹독한 가렴주구苛斂誅求(오늘날 이 용어는 금융재벌들의 악착스런 돈놀이 빚에 몰려 파산하는 빼앗김으로 풀어야 한다.)가 그 가난살이의 원인이었다. '공자' 시절에도 이 가혹한 세금 이야기는 나온다. 시아버지와 남편, 그리고 아들까지 호랑이에게 물려가 죽었는데도, 그곳 산중을 떠나지 못하며 울고 있는 여인의 사정을 공자는 제자 '자로子路'에게 물어오라고 시킨 다음, 그가 들은 이야기로 전해 들었다. 그렇게 사람을 잡아먹는 호랑이가 나와도 그곳에서는 그래도 세금을 내라는 놈이 없다는 말! 가혹한 세금은 호랑이보다도 더 무섭다는 그 말! 그걸 가렴주구라 불러왔다. 누군가는 돈을 너무 많이 지녀, 남이 먹을 것을 다 빼앗아 챙기는, 사회 구조를 끊임없이 만들어 나갈 꿍심에 젖어 산다. 그들은 누구일까? 부라퀴란 아예 태어나면서부터 그렇게 생겨먹었을까? 그들은 스스로 '왕권이라는 권력 틀'을 만들어 거기 기생하는 봉건지주를 키워 자기 성곽을 지키려는 날강도들이었거나, 귀족정치라는 이름의 말도 안 되는 권력패들이었거나,[16] 자본이 주인이라는 자

---

15 허경진 엮음, 『다산 정약용 시선』(평민사, 1986), 60쪽.

16 어떻게 사람은 태어나면서 계급이 결정되는가? 이 문제에 대한 물음은 수백 년 또는 수 천 년 동안 어째서 제기되지 않았을까? 문제를 들고 나타나는 놈만 생기면 모두 다 감옥에 가두거나 키를 낮추는 형으로 죽여버린 역사가 우리들 삶 판이 아니었던가! 그게 어떻든 높은 계급이나 자

본주의 돈놀이꾼들이 만들어 낸 사람들이다. 오늘날 우리는 미국이라는 넓은 땅에 둥지를 튼, 돈놀이꾼을 중심으로 세계 각국에 퍼져 곰팡이 번지듯 번져나간, 자본주의 정권, 권력패들의 행패를 속수무책인 채, 지켜볼 수밖에 없는 시대에 살고 있다.[17] 미국거주 중국 사람인 쑹훙빙은 금융전문가로 『화폐전쟁』 1, 2권을 써서 우리가 모르는 사이에 전 세계 사람들이 돈의 노예로 전락하게 된 사정을 냉철한 눈으로, 뚜렷한 자료들을 가지고 썼다. 국제은행 마피아들은 자기들의 돈놀이 앞길을 막는 어떤 장애 장치고 모두 처치해 없애왔다는 이야기. 그 책은 2009년도 차혜정 씨에 의해서 옮겨져 널리 읽혀지고 있다. 그 책 첫 권에 이런 구절이 있다.

> 1881년, 경제 불황 가운데 취임한 미국의 20대 대통령 제임스 가필드James Garfield는 문제의 핵심을 확실하게 짚어 말했다. '어떤 나라나 화폐의 공급을 통제하는 쪽이 모든 공업과 상업을 주도하는 절대 주인이다. 모든 화폐 시스템이 극소수에 의해 이런저런 방법으로 쉽게 통제된다는 사실을 알면, 그것이 곧 통화팽창이나 긴축의 근원임을 알 수 있다.'
>
> 이 말을 하고 채 몇 주일 지나지 않은 1881년 7월 2일, 가필드 대통령은 또 한 사람의 '정신 환자' 찰스 기토에게 피습을 당했다. 두 발의 총알을 맞은 가필드는 9월 19일 사망했다.

양반출신 가문에 대한 물음은 인문학이 끊임없이 드러내야 하고, 그런 질곡은 언제인가, 반드시 넘어서려는 주장으로 옹성거려야 한다.

17 쑹훙빙이 쓴 『화폐전쟁』 1, 2권의 내용이 모두 다 맞다는 전제가 이 말 속에는 들어 있다.

19세기 유럽의 국제 금융재벌들은 '신성한 금권으로 신성한 왕권을 대체'하는 데 성공했다. 이제 그들은 미국에서 '신성한 금권으로 신성한 민권을 점차 와해'하는 데 성공했다. 국제 금융재벌들이 미국 민선정부와 100년에 걸쳐 벌인 치열한 힘겨루기는 이미 그들이 유리한 고지를 점령하는 것으로 끝났다. 미국의 역사학자들은 미국 대통령의 사망률이 노르망디 상륙 당시 미국 선봉부대의 평균 사망률보다 높다고 지적한다.[18]

부라퀴란 어느 시대, 어느 나라에든 어쩔 수 없이 존재하는 그런, 우리 인생의 불청객이다. 남의 아픔이나 외로움, 슬픔과 괴로움을 못 본 체한다든지, 아예 남의 아픔이나 불행을 먹이로 하여 자기 즐거움이나 안락을 취하는 패들이 곧 부라퀴가 아닌가? 돈이라는 이름으로 몸을 바꾼 이 불평등 원리의 샘은 이미 수천 년 전부터 우리를 덮어씌우고 있는 마음의 곰팡이 실이다. 그런 곰팡이 실에 묶인 사람들, 그리고 그런 덫에 갇힌 사람들 그게 성인의 성인됨을 만들어 갈 '반대지표'라는 깨달음이 이 글 첫째 물음의 답변이 될 것이다. 다시 스스로 물어본다.

2) 고통

우리 시대이든 전 세대였든, 이 나라이든 다른 나라였든, 남의 아픔을 못 본 체하며 아귀아귀 자기 쾌락이나 찾는 그런 사람들과 함께 살 수밖에 없는 우리의 삶 길이, 이미 그렇게 결정되어

---

18 쑹훙빙 지음, 차혜정 옮김, 『화폐전쟁』(랜덤하우스, 2009), 96쪽.

굳어진 우리의 운명이란 말인가? 그런 이웃의 악행과 이어진 삶에 우리가 갇혀 살아간다는 것, 그것을 우리는 반드시 알 필요가 있다. 아니지, 정말 그것을 알 필요는 있을 것인가? '가난은 나라님도 구제하지 못한다!'는 따위 말조차 실은, 다 이런 우리 운명을 만들어낸, 부라퀴들의 더러운 속셈과 무관치 않다. 그래서 가난은 들어내어 그 원인을 밝혀내는 말길이야말로 모름지기 자주 터놓아야 한다. 성자라고 농부들로부터 불림을 받았던 프란체스코는 가난을 가장 큰 미덕으로 읽었다. 그것이야말로 하느님 뜻에 가장 가까운 삶이라는 것이었다. 그의 다음과 같은 행적을 보기로 한다. 그는 가난이야말로 가장 찬양되어야 할 덕목으로 불렀다. 그가 교황을 찾아가 허락을 받은 것은 이렇다.

그동안 프란체스코는 수많은 밤을 잠 못 이루며 교황 앞에서 할 말을 외웠었다. 교황이 그가 무슨 말을 하고 있는지 모르겠다고 하지 않기 위해 시작과 중간 그리고 결론 부분으로 나누어 이야기 전체를 훌륭한 솜씨로 구성했었다. 그러나 막상 하느님의 그림자이신 교황 앞에 나아가자 아무 생각도 나지 않았다. 그는 두 세 차례 입을 떼었지만 인간의 말이 나오지 않았다. 그 대신 양처럼 울 뿐이었다.

교황은 이마를 찌푸렸다. '자네는 말할 줄 모르는가? 원하는 것이 무엇인지 말을 하게.'

'교황 성하. 저는 당신의 발아래 엎드려 한 가지 허락을 청하러 왔습니다.'

'무슨 허락인가?'

'특권을 주십시오.'

'자네에게…… 특권이라니? 무슨 특권인가?'

'절대적 가난이라는 특권입니다. 교황 성하.'

'참으로 대단한 부탁을 하는군!'

'저희들 수도사들은 가난과 결혼하기를 소망합니다. 교황 성하께서 저희들을 축복해 주시고 저희가 설교할 수 있도록 하락해 주실 것을 청하러 왔습니다.'

'무엇을 설교한다는 건가?'

'완전한 가난, 완전한 순종, 완전한 사랑입니다.'[19]

　모든 사람들이 가장 꺼려하고 또 두려워하는 값, 그런 '가치, 가난'을 프란체스코는 자기 것으로 삼아 살기를 주장하였다. 많은 사람들이 두려워하는 가치! 고통, 가난, 질병, 사랑하는 사람들과 헤어져야 하는 찢어지는 아픔, 그리고 무엇보다 누구에게도 이해받지 못하는 외로움, 이런 등짐이 우리에겐 무겁게 지워져 있다. 성자 프란체스코는 당대 삶의 커다란 생각 흐름에 정면으로 반역을 꾀하면서 그것을 실천한 사람이었다. 반역자! 당대 교황청이나 교황이라는 이름을 지닌 패들 아래로 즐비하게 늘어선 검은 옷차림의 사제들은 얼마나 부패하고 썩었을까? 예수로 하여금 예루살렘 성전의 탁자를 뒤집어엎으며 채찍질을 가하게 한 그런 부패와 더러운 존재 값 썩히기는 그렇게 성인 프란체스코가 살았던 그 시대 이탈리아 아시시 높은 곳에 널려 번지고 있었음에 틀림없다. 물질적 재부만을 삶의 가치로 높여, 사람됨의 행복으로 삼던 관념에 정면으로 반역을 시도하는 사람, 그런 사

---

19 카잔차키스, 『성자 프란체스코』 1권(열린 책들, 2008), 256쪽.

람만이 성인 반열에 설 수 있다. 아시시의 성인 프란체스코는 그런 반역을 시도하였다. 물질적 재부나 현세적인 출세를 거부하고 온전한 사랑을 위해 '완전한 가난', '완전한 순종'을 사람들에게 가르치겠다는, 저 무섭고도 허황해 보였던 프란체스코의 발걸음을, 오늘날 우리는 어떤 뜻으로 값 매겨야 할 것인가? '완전한 순종' 또한 간단치 않은 가치 규범이다. 기독교 방식으로 읽으면 이 완전한 순종이란 하느님의 가르침에 절대적으로 따르라는 풀이이겠지만, 동양식으로 읽는다면, 우리가 짊어진 운명에 순순히 따르라는 말일 터이다. 게다가 완전한 사랑이란 무엇인가? 카잔차키스의 이 작품 『성자 프란체스코』에서 가장 꼭짓점으로 빛나는 말씀은 바로 '사랑'에 대한 가르침이라고 나는 읽는다. 이 책 둘째 권 576쪽에는 사랑 이야기가 나온다. 옮겨 보이면 이렇다.

'형제들이여, 사랑이란 무엇입니까?' 마치 우리를 포용하고 있는 듯 두 팔을 벌리며 그가 물었다. '사랑이란 무엇입니까? 그것은 단순한 동정심도 아니고 단순한 친절도 아닙니다. 동정심에는 양면이 있습니다. 고통을 당하는 사람과 동정심을 느끼는 사람입니다. 친절에도 양면이 있습니다. 친절을 베푸는 사람과 받는 사람입니다. 그렇지만 사랑에는 한 가지만 있습니다. 양면이 결합하여 하나가 되고 서로 뗄 수 없는 관계가 되는 것입니다. 〈나〉와 〈너〉가 사라지는 것입니다. 사랑한다는 것은 사랑하는 대상 속에 자기 자신을 버리는 것을 의미합니다.' (밑줄-필자)

프란체스코는 너무 울어서 눈병을 달고 다닌 사람으로 묘사되어 있다. 운다는 것은 주로 평화와 사랑, 남을 아끼는 마음가짐에서 나오는 가장 큰마음 쓰기이다. 그는 세상 모든 것의 섭리에 감사해서 또는 하느님에게 고마워서 그저 울고 또 운다. 그래서 그의 눈은 늘 짓물러 피고름이 줄줄 흐른다. 어느 날 눈병을 치료해 주려고 온 실베스테르 신부는 프란체스코의 눈병 치료를 위해 빨갛게 달아오른 인두를 환자 이마에 대었다. 이 장면을 보면, 사는 일의 고달픈 고통을 실감케 한다. 카잔차키스가 구성한 이 장면을 구체적으로 보이면 이렇다. 남을 사랑하는 사람 쳐놓고 고통의 끝자락을 맛보지 않은 사람은 거의 없다. 그가 겪어내는 고통의 한 자락 이야기를 보인다.

그러나 프란체스코가 하느님께 기도하기 전에 실베스테르 신부는 빨갛게 달아오른 인두를 환자의 이마에 대었다. 프란체스코는 통렬한 비명을 지르고 기절했다. 우리는 그의 얼굴에 약간의 물을 뿌리고 그를 일으켜 세워 오두막으로 데리고 가서 자리에 눕혔다. 그는 몸을 뒤틀고 구르며 몸부림치기 시작했고 〈죽음 형제〉가 어서 와서 자기를 해방시켜 주도록 소리쳐 불렀다.

실베스테르 신부는 프란체스코 옆에서 기도를 하고 있었고, 나는 바닥에 엎드려 울기 시작했다.

이윽고 경련이 끝나, 프란체스코가 머리를 들었을 때 나는 온몸을 떨었다. 그의 이마에는 두 개의 깊은 상처가 파였고 눈은 분수처럼 피를 뿜었다. 손을 뻗쳐 겨우 나의 팔을 찾은 그가 필사적으로 매달렸다.

'레오 형제.'그가 숨을 헐떡였다. '하느님은 한없이 자비로
우시다고 말해 주세요. 그렇지 않으면 나는 혼란에 빠질 거예
요. 말해 주세요. 하느님께서는 한없이 자비로우시다고. 내가
견딜 수 있도록 힘을 주소서!'

'십자가에 못 박히신 그리스도를 생각하세요.' 내가 대답했
다. '그의 손과 발에 못과 옆구리로부터 흘러나온 피를 생각
하세요.' 프란체스코는 머리를 저었다. '그 분은 하느님이시
고 나는 다지 진흙 덩어리일 뿐이에요!'[20]

이 인용 앞부분에서 프란체스코가 한 말을 나는 이 고통의 결
론으로 읽으려고 한다. 그는 이렇게 말했다. 실베스테로 신부가
그의 눈병 치료를 위해 인두를 들고 왔을 때 프란체스코가 한 말
은 이랬다.

통증도 기도입니다. 실베스테르 신부님. 통증도 역시 기도
예요.……. 그는 한숨 지으며 바닥에 반듯이 들어 누웠다.

깃동 무슨 놈의 삶이 이처럼 사람들의 한 살이에서 고통을 기
도로 여기게 하였으며, 무슨 죄업으로 우리가 사는 이 현상을 이
토록 아픔으로 나아가도록, 기독교는 삶에 무거운 추를 달았을
까? 왜 그랬을까? 도대체 기독교란 어떤 믿음을 우리에게 주려
고 하는가? 처음 이 책을 읽으면서, 내가 느낀 감정은 프란체스
코가 마치, 희극 배우로서 자기 삶을 뒤죽박죽으로 만들어 가는

---

20 카잔차키스, 『성자 프란체스코』 2권(열린 책들, 2008), 370쪽.

것처럼 보았었다. 서양의 중세기라는 시절이 얼마나 더러운 교황권력과 결탁한 왕권 폭력배들에 의해 이리저리 제멋대로 사람들을 죽이거나 짓밟는 악행을 저질렀으면 이런 따위 자기 학대를 커다란 삶의 덕목으로 키우도록 하였을까? 르네상스, 다시 태어난 시대라는 뜻의 이 세대에 접어들면서, 16~17세기로부터, 사람을 본위로 하는 가치체계를 만들어 가려던 사람들이 이 중세기를 암흑기라 불렀다는데, 이렇게 부른 그들조차 실은 왕권이라는 곰팡이 균에 대해서만은 입에 재갈을 물고 있었다. 왕권을 하느님으로부터 물려받았다는 투의 중세기 왕실의 횡포 이야기는 앞으로 우리가 끊임없이 반복해서 뇌까려야 하고 이런 곰팡이 균이 사라질 때까지, 왕권이나 영웅, 지도자 따위 말들은 지워가야 한다. 누가 누구를 지배하고 누가 누구를 엎드려 모셔야 하는가? 이 물음에 대한 프란체스코의 답변을 나는 끄집어내어야 한다. 그러려면 이 나라에 퍼져 있었던 생각과도 줄을 나란히 긋고 프란체스코 선사를 불러와야 한다.

사람이 곧 하늘이니라人乃天! 하느님을 모셔야 하느니라侍天主!

1800년대 중반에 이 나라에 퍼져 나갔던 최재우 선사나 최시형 선사의 가르침은 바로 프란체스코 선사가 일찍이 가르쳤던 말과 같은 궤도에 있다. 이 한반도에도 최제우崔濟愚나 최시형崔時亨 같은 성인이 있었다. 하늘님이나 하느님, 그는 우리들 가슴 속에 또 머리 위에 언제나 잠들고 있다. 그러나 잠든 사람들 가슴 속의 하느님을 부라퀴들은 가진 속임수로 훔쳐다가 사람 사이에 커다란 차별 강폭을 만들어놓았다. 인간 불평등! 이것은 하느님이 애초에 만들어내었을까? 어림없는 관념 굳히기였다. 「인간불평등기원론」, 18세기 프랑스의 한 사람, 장 자크 루소는, 그걸 세상에다 내놓고 떠들기 시작하였다. 사유재산권, 왕이나 그런 날강도들의 위협으로 지상의 재산을 강탈하여 누리는 귀족 양반 따위 쓰레기 같은 부라퀴들의 기름진 밥상이라는 것, 그게 우리들 삶의 문제라는 걸, 그는 이렇게 짚어 내었다. 인터넷에 기록되어 있는 풀이 하나를 옮겨 보이면 이렇다.

18세기 서양 계몽주의 시대에 활동했던 프랑스 사상가 장 자크 루소Jean Jacques Rousseau(1712~1778), 그는 1755년에 출간한 『인간불평등 기원론』에서 인간불평등의 기원은 사유재산 제도에 있다고 하였다. 자연 상태에서 인간은 자기보존의 본능에 맡겨져 서로 고립되어 생활하고, 그 육체적 욕구를 충족시키는 데 전념하였다. 자연인은 미덕도 악덕도 모르고, 신체적 불평등을 제외하고는 거의 평등하였다. 그러나 사유私有와 함께 평등은 사라졌다. 이윽고 부자의 횡령과 가난한 이들에 대한 약탈이 시작되어, 무서운 전쟁상태에 이른다. 부자는 자기 이익을 지키기 위해서 계약에 의한 여러 가지 불평등, 부자와 가난한 이, 강한 놈과 약한 이, 주인과 노예의 상태를 제도화 한다. 따라서 기존의 법, 정치제도는 모두 사유재산제를 보호하도록 만들어진 것이기 때문에 마땅히 바꿔어야 한다고 했으며, 당시의 절대왕제를 비판하였다. 루소는 자연상태의 인간은 '자연인'이라 부르면서, 그들은 모두 자유로운 주체자의 자질과 자기완성의 능력을 갖추고 있다고 보았다. 이것은 자연상태가 '만인에 대한 만인의 투쟁war of each against all'이라는 영국 철학자 토마스 홉스의 견해를 부정한 것이다.

 서양 철학자들 사이에서는, 왕권을 인정하느냐 마느냐 하는, 기로에서 생각들을 고르느라고 들 꽤나 허덕거렸던 것으로 내겐 보인다. 아니지, 이 나라에서도, 제대로 된 앎 꾼들은 그랬다. 왕권이 분명 날강도질이라는 것을 그들이 몰랐을 리가 없지만, 당대에 그것을 발설하는 것은 곧 죽음으로 가는 지름길이었을 터이니, 누가 감히 그런 부라퀴들을 부라퀴라고 부를 수가 있었을까? 이청준 형이 던지고 간 말; (인생 삼불행=일찍 출세하는 것. 부형덕으로 출세하는 것, 그리고 글 잘 쓰는 것)가운데 마지막 부분, '글 잘 쓰는 것'이라는 말은 이럴 때 가슴을 친다. 글을 잘 쓴다는 것은 바른말을 한다는 뜻일 터이고, 세상 돌아가는 꼴을 그 꼴 그대로 적바림해야 한다는 것일 터이니, 글 쓰는 이들이란 늘 작두 위에 앉아 생각하는 사람일 터이다. 그리스 작가 카잔차키스의 『성자 프란체스코』둘째 권 472쪽에는 아주 기막힌 말 하나가 들어 있다. 수도자 친구 레오가 프란체스코에게, 자고새 고기와 따뜻한 국을 산적 두목에게 얻어먹은 것을 고백하면서, 그가 지은 죄 값을 어떻게 치러야 할지를 묻는다. 그는 앞으로 절대로 그런 일을 하지 않겠으며, 항상 이 일을 기억하겠다고, 울먹이며 고백한다. 그러자 프란체스코는 이렇게 말한다.

 〈절대로〉와 〈항상〉이라는 말은 하느님의 단어다!

 절대자 하느님, 하늘님, 그는 정말 있는 것일까? 있다면 어디에? 오직 유일한 존재, 인간의 아니 만물의 있음과 없음을 완전하게 주재하는 이가 곧 하느님이고 신이라는 것. 그것은 믿거나 말거나 두 길밖에 없다. 그러니까 이런 물음은 따지고 보면 가장 어리석은 물음에 속한다. 그렇게 자기 고통을 하느님 찾기라는 발걸음에 맞게 길을 떠난 프란체스코에게 '절대'라는 말이나 '늘'이라는 말은 하느님만 쓸 수 있는 단어라고 말할 수가 있다. 하늘님이 이 세상에는 엄연히 살아 있다고 믿는 사람들에게 하늘님이나 하느님은 틀림없이 존재한다. 또한 그 반대로 믿는 사람들에게는 그런 신이 없다는 것 또한 맞다. 신이나 하느님은 늘 사람들 마음속에만 존재하는 것이니까!

3. 종교역사

이 세상에는 참 많은 종교들이 퍼져 있다. 앞에서 엉성하게 살펴보려다 슬그머니 그만둔 성자나 성인에 대한 물음 가운데, 나는 이 성인들이 당대를 덮고 있던 일체의 정치적 생각 홑이불에 등을 돌려, 철저하게 반역을 저지른 사람들이었고, 그랬기에 그들은 평생 쫓겨나거나 버림받는 그런 삶과 죽음을 맞았다는 것을 계속 밝혔다. 예루살렘의 한 가난한 목수의 아들 예수는 당대 믿음 틀을 장악하였던 유대인들의 엄청난 권력패(사두개파와 바리새파)들에게 고발되고 재판받아 십자가에 못 박혀 죽는 고통을 겪었다고 그들 성경에 기록하여 놓았다. 권력자들에게 반항한 자였으니! 믿음의 독점 권력자들, 그들이 예수를 죽였노라고 뒷사람들이 가르쳐 왔다. 그의 죽음과 고통은 특별히 인류를 위한 고통이며 죽음이라는, 엄청난 교리로, 몸을 바꿔, 여러 종파로 갈라진, 기독교라는 믿음 틀로 번져 나갔다. 종교란 무엇인가? '가르침의 꼭짓점'이라는 뜻을 지닌 이 한자 말 종교 경전에는 아주 많은 말들이 무수한 생각의 덮개처럼 펼쳐지고 있었다. 기독교 성경 신구약에는, 모든 그럴듯한 말들이, 하느님이나 예수님 말씀이라고 기록되어 있고, 그야말로 우리의 삶과 죽음을 주재하는 하느님이라는 것을, 거기다가 죽음 뒷날에도, 이 예수 그리스도의 보살핌을 받아야, 천당 영복을 누릴 수 있다고 믿도록 가르치려는 욕망이 담겨 있다. 욕망, 그것은 어쩌면 우리들 삶을 풍요롭게 하고 또는 더럽히기도 할 성스러운 어떤 것일지도 모른다. 믿음과 욕망은 같은 뿌리로부터 나온 사람 마음의 쓰레기 더미이다. 분노, 멸시, 저주와 살육, 따돌림, 비웃음, 폭력과 패설[21] 따위 수많은 사람만의 더러운 짓거리가 기독교 성경에는 잔뜩 들어 있다. 이민족끼리 부딪쳐 일으키는 갈등이나 이권, 영토, 생활전통, 믿음 틀의 다름 따위가 지중해 연안을 낀 각 민족들 사이에는 오래전부터 있어 왔다. 유일신을 믿는 이스라엘 민족의 민족적 우월감이나 열등감은(우월감이나 열등감은 같은 뿌리에서 나온 질병이다.), 오직 그들이 믿었던 여호와 하느님만이 그것을 정리할 힘이 있다는 믿음을 심기 위해, 다른 믿음을 지닌 이웃 종족들과 가진 분쟁을 일으켰다. 기독교가 들어간 나라 쳐놓고 피를 부르는 분쟁을 일으키지 않은 곳이 없다는 버트란드 러셀의 말을 굳이 빌어오지 않더라도, 이 유대인들의 유일신 믿음 틀이 닿는 곳에는 늘 다툼이 생겼다. 더욱 웃겼던 일은,

---

21 구약성경 「롯기」에는 자기 세 딸과 교대로 성교하여 자손을 퍼뜨렸다는 퍽 음란한 이야기가 있다. 기독교 경전을 문학작품으로 읽는다면, 엄청난 서사와 서정시가 그 속에는 들어 있다. 유대인들의 전설과 신화가 그것이니까.

예수를 매달아 죽였다는 십자가 형상을 등에 진 프랑코 패들이 아랍지역에 쳐들어가 '사람 고기까지 먹어가며', 가진 폭력을 다 휘둘렀다는 이야기다.[22] 그게 사실이었는지 아닌지를 확인할 길이 없다 해도, 너무 굳은 믿음은, 이런 투로 사람들을 무서운 샛길에 빠져 죄를 짓게 만든다. 공산주의도 기독교와 같은 경로로 피를 부르는 분쟁이 생겼다고 러셀은 썼다.[23] 남이 믿는 믿음은 내 믿음의 신을 노하게 하고 나도 노한다. 이것은 존재의 함정이다. 이제 다른 믿음 틀로도 눈을 돌려 보기로 한다. 모든 사람들은 대부분 어떤 믿음에든지 갇혀 지낸다. 우리들 삶이 늘 두려운 탓이다. 어느 순간에 우리는 반드시 사라진다는 그것, 그것이야말로 두려운 깨우침이다. 몇 천 년쯤 살았다고 믿기는 나무나 바위, 드높은 산들이 모두 다 우리를 두렵게 하는 대상이다. 무巫(샤머니즘)신앙이 가장 위대한 종교라는 것은 바로 이것을 나타낸다. 다른 믿음 틀에는 어떤 것이 있을까? 기독교 믿음 틀보다도, 실은 불교 믿음 틀이 더 매력도 있고, 믿음의 뿌리도 깊다.

불교라는 믿음 틀 만들기로 나아간 사키아모니釋迦牟尼얘기. 그는 왕자의 신분이었다. 그런데 그는 자신이 왕이 되어 누릴 수 있는 모든 권력 기회를 모두 버렸다. 무엇인가를 버리기 위해서는, 자기 것으로 착각하게 만드는 둥지였던 집을, 뛰쳐나가야 한다. 그것이 가출이자 출가이다. 안락함이 마련되어 있는 그곳, 그는 그렇게 집을 뛰쳐나가, 고행과 명상으로, 열반에 이른 성인

---

22 아민 말루프 지음, 김미선 옮김, 『아랍인의 눈으로 본 십자군 전쟁』(아침이슬, 2002) 참조.

23 버트란드 러셀, 『광신의 몰락』(연세대학교 교양과목 대학국어 1990년대 연세대출판부 판본 수록)을 보기 바람.

이었다. 그가 우리에게 보여준 삶의 앞길에는 외로움과 아픔이라는 고통과의 피나는 싸움이 있다. 그러나 그는 그것을 나이 어려 일찍 깨달았다. 그는 우리들 삶을 아예 '아픔' 그 자체라고 선언한다. 참으로 심란하기 그지없는 깨우침이었다. 내가 누군지를 안다는 것, 그것이야말로 깨우침의 첫째이다. 그리스 쪽 사람이었던, 소크라테스 또한 우리의 앎이라는 게, 실은 아무것도 '모름'이라는 깨우침에 이르도록 가르쳤다. 그의 철학사상이 비록 종교라는 이름으로 된 '가르침의 꼭짓점'에 닿아, 만들어져 있지는 않았지만, 그를 성인의 반열에 놓고 생각하는 것 또한 우리는 깊이 새겨야 할 무엇인가 있다. '네가 아무것도 모른다는 그걸 안다는 것!', 이런 가르침도 어리석기 짝이 없는 우리들 인생에서는 반드시 짚고 넘어가야 할 깊이를 지니고 있다. 우리가 평생 안다고 믿는 것이야말로, 따지고 보면, 별게 아니었다는 걸 깨우쳐 알기 또한 퍽 어렵다.

유교儒敎라는 믿음 틀도 동양 특히 중국이나 한국에서는 엄청난 힘으로 사람들 삶을 어루만져 왔다. '나의 올바른 나됨(어짊仁)'만이 너에게 '부드럽게 다가서는 발걸음禮'이 될 수 있다는 가르침, 이것 또한 엄청난 깨우침이었고 믿을만한 배움 길이었다. 이런 가르침을 우리는 유학儒學이나 유교로 불러왔다. 이 믿음 틀 또한 권력자들 손아귀에서 이리저리 풀이되어 때로는 왕이나 관리들의 행동을 어거하는 죔쇠로 쓰이기도 하였고, 백성들의 높낮이를 재는 지식잣대로도 쓰여 오랫동안 힘을 써왔다. 그런데 이런 믿음 틀 또한 놀랍게도 지금으로부터 2500여 년 전, 중국 땅 노魯나라 사람이었던, 공자孔子-仲尼라는 사람에 의해 이 원리가 생겨나고 있었다. 그를 우리는 성인의 한 사람으로 배워

왔다. 그는 우리에게, '어짊'을 '지혜'와 '용기'에다 같이 묶어 풀이한 위대한 세 가지 덕성으로 파악하였다. 그렇게 아득한 세월 저쪽에서 가르쳤다는 그 원리가 지금 여기에서도 정말 옳은 것이라고 읽어도 될까? 오늘 이 자리 판단으로 그 얘기들은 옳다. 그 당시 삶 판을 난장판으로 뒤집어 들쑤셔 놓았던 왕이라는 이름의 날강도 패들[24]은 지금도, 그대로 우리들 머릿속에 고스란히 살아 곰팡이 균처럼, 사람들의 머릿속에 촘촘하게 살아 날뛰고 있다. 어깨에 힘깨나 붙었다고 생각하는 패들은 툭하면 사람들을 잡아 죽이거나 개 패듯 패서 무릎을 꿇리고는 하였다. 남이 장만한 음식이나 보금자리를 빼앗아 챙기는 그따위 짐승 짓거리가 여기저기서 펼쳐져 널렸다는 사실 확인으로부터 우리는 나의 자리를 셈해보아야 한다. 모어가 쓴 『유토피아』 책에서 조금 옮겨 보이면 왕이라는 이름의 사람이 어떤 격인지를 알게 한다.

> 또한 그 나라의 모든 인민을 포함해서 만물이 왕의 소유이므로 왕이 아무리 많은 것을 원한다고 하더라도 왕은 결코 잘못을 범하는 것이 아니며, 또한 왕이 자애로와 차압을 하지 않는 경우를 제외하고는 사유 재산이란 존재할 수 없다는 데도 일반인적으로 동의하고 있습니다.[25]

---

24 왕이라는 왈패들은 자기 발에 밟히는 모든 땅덩어리를 제 것이라고 소리 질러 가며 제멋대로 거기 사는 사람들을 묶어 남에게 주기도 하고 빼앗기도 하며, 날강도와 다르지 않는 짓거리들을 저질러 왔고 사람들은 그것을 마땅한 것으로 보아 멍청하게 복종하는 역사로 인류사를 꾸며왔다. 이걸 어쩌면 좋은가?

25 토마스 모어 저, 황문수 역, 『유토피아』(범우사, 1990), 71쪽.

왕은 이런 부라퀴들이고, 사람들 머리를 파고들어 앉아 있는, 곰팡이 실이다. 날강도패! 이 무슨 희극이란 말인가? 자연인 사람들이 지닌, 자연스럽게 살 권리와 스스로 누릴 권리 모두를 빼앗아 누리는, 부라퀴들이 바로 왕이라는 이름을 지닌 못된 존재들이다. 그들이 누리며 저지르는 모든 짓과 생각, 이것이야말로 우리가 머릿속에서 지워가야 할 곰팡이 실인데도, 착한 사람들은 그냥 빼앗기는 그런 존재들로 그들의 분탕질을 눈감거나 받아들인다. 우리들 삶 판이 부조리라는 말은, 이런 사람됨의 층층다리를, 어이없게 만든 말이다.

그게 우리가 짊어지고 어쩔 수 없이 살아야 하는 사람살이라고 믿어야 할 것인가? 아니다. 마땅히 이런 부조리에 맞서는 생각들을 우리는 키워야 하고, 그 거센 믿음의 파도에 맞서야 한다. 그래서 이런 부라퀴들에 대한 반역자들, 진짜 지성인들이 수시로 튀어나와, 그 곰팡이실을 바짝 말려 없애는 일에 나섰던 것이다. 그들은 사랑하여라, 서로 공경하여라, 불쌍히 여겨라, 이렇게 가르치는 말을 웅얼거리며 몽유병자들처럼 떠돌게 되었던 것 같다. 성인이나 군자들의 존재 이유! 어짊이란 무엇인가? 맹자가 말하였다고 전해지는 사단칠정四端七情가운데, 공자가 말하였다는 이른바 '어짊'의 깊은 뜻은, 다 녹아 있다. 내 앞의 모든 대상을 불쌍히 여김惻隱之心은 나와 너의 관계가 가장 가깝게 다가서는 거리 조절 개념일 터이다. 앞에서 아시시의 성자 프란체스코를 이야기하면서 옮겨 보인 '사랑' 개념은 공자의 이 '어짊'과 아주 닮아 있다. 프란체스코가 보여준 것으로 소개된 각종 기적들이 있다. 프란체스코, 그는 그의 완악한 아버지 베르나르도네가 아들을 때리려고 지팡이를 치켜세우자 갑자기 돌처럼 굳어버린 듯이 움직이지 못했다고 했다. 그리고 문둥병 환자들과 입을 맞추자 그들이 모두 사라졌다고 했다.(그리스도 자신이 프란체스코를 시험하기 위해 나타난 화신이라고 덧붙임) 그 앞에서 시끄럽게 우짖던 제비를 프란체스코가 중얼거리자 조용하여졌다고도 했다. 게다가 야생 새들과의 교감이라든지, 굶주린 늑대를 순하게 만든 것이나, 들짐승들과의 교감 이야기는 바로 이 '어짊'이나 너와 나의 거리를 없애는 '사랑'과 이어져 생겨난 불꽃 튀김이었다. 기적! 그것은 사람과 만물 사이에 이이져 튀기는 불꽃같은 어떤 징후이다. 사랑과 어짊을 베풀면서 자기 몸의 피란 피는 모두 쏟아 낸다는 것, 마음의 모든 열정을 다 쏟아 낸다는 것은 만물과 만나는 최후의 길인지도 모른다. 그런 그들만이 기적이라는 신비한 징후를 사람들에게 보이곤 한다. 기적! 그것은 아픔이나 슬픔, 외로움을 이겨낸 사람들이 일으키는 불꽃이다. 불꽃! 프란체스코, 그가 그처럼 좋아한, 빛과 불과 물은 우리들 생명의 원소다. 그래서 그는 야생동물, 굶주린 늑대에게 다정한 말을 걸어 길을 비키게 하였고, 제비의 지저귐을 멈추게 하였으며, 야생 꿩에게 말을 걸어 고운 깃을 펴고 춤추게 하는 기적을 보여 주었다. 이것은 어쩌면 기적이 아닐 수도 있다. 너와 내가 하나로 겹치는 사랑을 실천하는 사람에게 모든 생물이 함께 마음을 나누는 것은 기적이라기보다는 생명의 불꽃을 피우는 존재방식이었을 뿐이다. 그러나 우리는 이런 불꽃을 필요로 하는 어짊이나 사랑에 굶주린 어둠의 자식들이다. 어리석어 늘 가난을 못 견뎌하고 고통을 싫어하며, 외로움을 못 견뎌하며, 존재의 이런 가난에서 벗어나려고 발버둥질이나 치는 우리는 어쩌면 하찮은 흙덩어리일 뿐이다. 나오느니 한숨이오, 터지느니 눈물이로구나!

너와 내가 서로 나뉘어, 먹거나 먹히지 않으려고, 끊임없이 다투거나 흠집 내는 일을 나날의 삶 속에서 저지르고 있으니 너와 나, 나와 만물, 또는 나와 동식물들이 서로 말을 나누고 마음을 주고받는 그런 기적은 이미 아주 먼 곳으로 날아가 버렸다. 이탈리아 아시시든, 까마득히 먼 저 세월 속에서든, 이곳 2012년 한국 땅이든, 이런 기적의 힘을 잃은 것은 같은 꼴 새이다. 그렇기 때문에 프란체스코의 절대 가난 설교는 힘을 낼 수가 있었고, 그의 아픔, 고통을 몸속에 받아들인 삶의 발걸음은 성자의 길일 수가 있었던 것이다. 우리의 몸은 탐욕을 감춘 죄의 흙덩어리이다. 그게 700여 년 앞쪽, 여기로부터 좀 먼, 이탈리아에 살았던 그가 읽은 캄캄한 어둠이었다.

우리들 삶은 근본적으로 고통스러운 것이다. 이 고통을 서로 나누면서 사람됨의 길을 찾는 이야기나 가르침은 종교가 찾아나선 길에 닿지 않을 수가 없다. 이런 종교는 홀로 이루어지는 가르침일 수가 없다. 누군가는 누구를 만나고, 또 누군가는 누군가를 만난다. 그게 우리들 삶이다. 그래서 그들 누군가는 그들에게 서로를 배우거나 가르친다. 아니다, 서로를 전한다. 체온은 말할 것도 없고 마음을 서로에게 전하면서 어울린다. 어울려 살아야 하는 우리들 삶의 문제는 이렇게 얽히면서 맺히거나 묶이는 관계를 풀어가려는 배움과 가르침으로 나아갈 수밖에 없다. 우리 모두가 몸에 묶여 갇힌 존재들이니까. 그것이 가르침의 꼭 짓점인 종교로 나아가는 길이다. 종교 이야기에도 역사는 있다. 역사는 반드시 진짜 있었던 것만을 기록한다는 환상을 우리는 지니고 있다. 정말 그럴까? 누가 그것을 기록하느냐에 따라 역사 기록은 아주 많은 다름이 있을 수 있다는 것, 그것이 나의 생각이다. 꼭 기록해야 할 거기 있음과 그렇지 않은 있음은 얼마든지 이 삶의 더러운 판에 널려 있다. 역사가는 어떤 있음을 꼭 기록해야 하나? 자기가 거기 있었음을 숨기고 싶어하는 사람들의 삶도 있고 자기는 거기 정말 없었다고 주장하고 싶은 사람들도 있다. 제대로 바른 삶을 바라는 일본 사람들이 왜정시대 조선에 와서 함부로 굴었던 자기 조상을 거기 있었다고 떠들고 싶은 눈 바로 뜬 일본 사람이 있을까? 1930년대 당시 살았던 이상李霜 김해경의 작품 속에는 1930년대에 자기는 거기 정말 없었다고 쓰고 있다. 왜 그랬을까? 너무 더러운 삶의 꼬라지를, 1930년대 그 시대에, 그는 너무 가슴 아프게, 살면서 보고 읽고 느꼈기 때문이다. 자기 당대의 삶을 부정하고 싶은 사람들은 의외로 많다. 프란체스코 그도 그런 사람의 하나였다고 나는 읽는다. 야만의 숲 속에 살면서 그런 야만으로부터 벗어나고 싶은 사람은 당대 그곳 삶을 싫어할 수밖에 없다.

　역사가 한 있음의 앞머리와 가운데, 끝을 잇는 이야기들로 꾸며지는 것이라면, 예술이든 문학이든, 종교든 그런 시작과 가운데와 끝은 있다. 아니, 예술이나 문학, 종교가 대상으로 삼는 사람들의 삶 그 자체가 역사 속에는 녹아 있다. 그렇기 때문에 역사는 이야기의 일종이다. '가르침의 꼭짓점'인 종교역사는 기록하기가 정말로 어려운 것들이 있을 수 있다. 현실의 어둠에 눈이 가려져 눈이 먼 사람들인 우리들 가운데 한사람일 뿐인, 그들은 신비로운 이야기 고통을 견디는 그 엄청난 사람됨의 이야기를, 고대로 기록하기에 힘이 부칠 수 있다. 종교역사학자, 그들이야말로, 실증만을 믿으려는 눈가리개에 갇힌 존재들이 아닌가? 그러니 이런 기적이라 일컫는 일을 가끔씩 보이곤 하는 이야기를 곧이곧대로 써 내기가 아주 벅찬 일이다. 더구나 그런 아주 많은 신비한 기적 이야기들 속에서 어떤 것을 우리가 믿고 따라야 할 가르침일지 우리는 쉽게 알기도 어렵다. 더구나 오래전부터 물신(돈이라는 이름으로 몸을 바꾼 신 또는 하느님)의 힘에 떠밀려 살게 된 사람들의 삶 판에서 어떤 가르침이 정말 지켜가야 할 것인지를 가려내기란 어렵다. 우리 모두가 '어리석음'이라는 어둠 속에 갇혀 살고 있기 때문이다. 그래서 성자나 성인의 가르침은 뜻이 깊다. 종교로 만들어진 가르침을 준 지도자들을 우리는 성인이라 불러왔고, 그의 가르침이 우리들 삶의 올바른 갈 길임에도 틀림이 없다. 고통과 외로움, 삶의 시리고 설운 발걸음을 걸어갔던, 일상성 가치에 반역한 성인들! 그들이 오늘날에는 아주 없는가? 앞에서 나는 오늘날 성인이나 성자가 없다고 썼다. 왜 없을까? 실은 여기저기 성인들이 우리와 함께 살고 있다고도 나는 쓰고 싶다. 우리 시대의 성인이나 성자들은 우리 이웃 사이에 널려 있다고도 쓴다. 여기서 나는 이 글의 마지막 물음을 던지려고 한다. 떼나 무리! 이 무리가 지어내는 잘 못된 여러 짓거리 또한 우리는 기억한다. 히틀러 떼! 볼세비키 떼, 살인자 스탈린 무리! 무지막지한 야만인 이등박문과 왜적 떼! 제국주의 돈놀이꾼들 하수인 오바마 떼! 왕조를 꿈꾸던 김일성, 김정일 무리! 치사한 장사치 이명박 떼거리! 한나라당에서 겉옷을 바꾼 새누리당 떼거리! 무슨 종파, 또 무슨 유파 따위 커다란 절이나 교회 건물을 지어놓고, 헛소리로 크게 외치며 들어오는 돈의 숫자나 계산하는 각종 믿음 장사 패, 무리들! 그들이 저지르는 부라퀴 짓거리들에 대해 우리는 알만큼은 안다. 그래도 떼나 무리는 필요한 어떤 것인지? 떼와 떼, 무리와 무리는 늘 싸울 운명을 지고 생겨난 것인지? 막막한 존재의 어둠에 묻혀 외로움이 치명적으로 나를 찌를 때, 그런 그들이 힘을 합해 뭉치거나 맞서 눈을 부라리거나, 그래서 외로운 사람들은 늘 이런 떼나 무리를 이룬다.

어떤 가르침이라든지 배움에는 늘 무리가 필요하다. 무리! 공자도, 예수도, 사키아모니도, 소크라테스도 제자라는 무리를 거느리고 살았었다. 자기를 이해하고 믿으며 따랐던 무리! 이 종교들의 초기 가르침에는, 모두 다, 똑똑한 제자들을 몇몇 거느린 패거리 어로가 있다. 이 여로 속에는 오늘날에도 세계 긱국에 펴져 나가 온통 시끌벅적한 선교활동이 여기저기 번져나간다. 산으로 기어오르든, 남의 나라로 '상갓집 개처럼' 떠돌든, 2012년 전이든, 2500여 년 전이든, 더 많은 수천 년 전이든 삶의 원리는 같다. 낳아서 자라고 죽는 삶의 발자취, 그게 우리가 짊어진 짐이자 축복이다. 그런 삶 판의 원리를 깨우친 이들은 그렇게 바른 말을 하면서 제자 무리들을 거느린 채, 걷고 걸으며 얻어먹거나 굶주리며, 고통스런 삶을 버렸다. 자 이제 어쩔 것인가? 우리들의 이 가볍고도 아프며 외롭고, 슬픈 이 삶 판, 참기 어렵게 무거운 살고 있음의 발걸음을 어디까지 걸어가야 할까? 눈병 고친다고 인두로 지지게 하면서 고통스러워하던 그 고통 끝자락쯤에, 프란체스코가 외쳐 부른 것은 〈죽음 형제〉였다. 이 죽음 형제가 자기를 데려다가 고통을 멈추게 해 달라는 외침을 성인도 내질렀고, 오늘날 우리도 같이 이런 외침을 내지른다. 아아 그만 가고 싶어라! 〈죽음 형제여!〉 그만 나를 데려가 다오, 다오!

4. 아시시의 프란체스코

20세기 그리스 작가 카잔차키스는 그보다 720여 년 전 이집트에 살았던 한 사람 이야기를 『성자 프란체스코』로 썼다. 이집트의 작은 도시 아시시에서 포목상으로 크게 돈을 벌어 잘 살고 있었던, 상인 베르나도네의 아들로 태어난, 프란체스코, 이 반역자이자 성인이라 칭송받던 그의 한 살이는 그야말로 고통의 가시밭길이었다. 왜 그렇게 그는 온몸을 피투성이로 이끌면서 삶을 고행으로 살았을까? 이 글을 쓰는 나는 그렇게 오래전 이탈리아의 역사에 밝지 못한데다가 가톨릭 역사에 대해서도 깊이 알지 못한다. 『성자 프란체스코』라는 문학작품을 통한 해석의 결론으로 나아기 위해서는, 나는 이 성자 프란체스코가 어째서 이탈리아의 작은 도시 아시시에서, 그런 삶을 보여주었는가에 초점을 대지 못하면 안 된다. 왜 그는 많은 다른 사람들이 추구하는 평안하고 여유로운 삶을 마다하고 그토록 치열하게 자기 삶을 고통과 시련의 피투성이 길로 나아갔을까? 그것은 누구의 뜻이었을까?

앞에서 우리가 살펴본 대로 공자가 떠돌며 활동하던 2500여년 전의 삶 판도가 '춘추전국' 시대라는 약육강식의 아주 흉악한 시대였다는 것을 조금 확인하여 말한 바가 있었다. 권력과 재부 쌓기로 남을 억압하면서 거들먹거리는 삶, 그러면서 혈육관계를 넘어서는 참혹한 살육과 음모 이야기는, 우리가 조금도 의심치 않고 믿고 있는, 성인 공자 시대에서 많은 예를 볼 수가 있다. 공자 이야기를 조금 보태면 이런 이야기가 있다. 중국 역사에서 요순시대(唐虞時代라고도 함)를 거쳐 하夏, 은殷, 주周 나라가 고대 통일 중국이었는데, 공자가 태어난 곳은 이 주나라 무武왕의 동생 주공周公이 세운 노나라였다.[26] 이 주공을 공자는 높이 추켜세워, 왕이나 그 아래 권력자들이 본받아야 할 사람으로, 존경 받을만 한 인물이라고 자주 되뇌었다. 이 '주공'이야말로 우리가 무턱대 고 써먹곤 하는 '봉건제도'라는 제후 국가를 만든 장본인이었단 다. 그가 중국의 봉건제도를 처음 만들어 낸 인물이라고 한다.[27] 봉건제도란 무엇인가? 자기에게 순종하는 친척이나 종자들에게 일정한 영토를 주어 다스리되, 제후諸侯로서 왕에게 충성할 것을 맹세케 하는 정치제도, 그것이 봉건제도였다. 왕 아래 제후, 제 후 아래 층층다리 권력자들, 일정한 성과급을 받는 군인, 그 아 래 농민이나 일꾼, 그 아래 노예! 왕이라는 이름의 날강도 패들 은 제멋대로 지상의 땅이나 농토, 바다나 강, 기름진 들판 모두 를 제 것이라고 엄포를 놓은 다음, 자기 말을 잘 듣는 패들을 각 종 벼슬아치 이름으로 층층다리 계급을 만든다. 그것이 곧 권력 이라는 함정이다. 권력은 함정이다. 권력 속에는 사람을 사람답 게 여기지 않는 것까지를 용인 받는 것으로 차가하게 하는 버릇 들이 길러져 왔다. 참혹한 함정이 아닐 수 없다. 그런데도 사람 은 이런 참혹한 권력을 잡기 위해 가진 꼴통을 다 굴리고 떼거리 를 만들어 의견몰이를 자행하며 남의 텃밭을 짓밟는다. 이런 사 람됨의 문제가 시커멓게 더럽혀져 있을 때 성인은 나타난다. 아 니 자주는 그런 텃밭에서는 혁명가가 나오거나 세상을 뒤집어엎

---

26 주공은 주나라 무(武)왕의 동생으로 일찍 죽은 무왕을 대신해서, 조선의 세조처럼 정권을 쥘 수 있었지만, 무왕의 어린 아들 성왕(成王)을 도와 왕 노릇을 잘하도록 끝끝내 가르쳤다고 했 다. 공자가 드높여 공경한 권력자였다.
27 안핑 친 지음, 김기협 옮김, 『공자평전』(돌베개, 2011), 59쪽.

으려는 다른 권력 꿈꾼이 나온다. 그것이 자발적인 것인지, 정말 하늘의 뜻으로 그런 사람이 나타나는 건지, 무척 아쉽지만 헷갈린다. 왕은 지상의 땅이나 하늘, 토지, 강산 모두가 제 것이라고 떠들어대는 이 세상의 가장 큰 도적들이었다. 그래서 그들은 그런 자리에 앉기만 하면, 그에게 반대하는 사람들 목 자르는 일은 말할 것도 없고, 남의 땅도 남에게 맘대로 나눠주는 힘을 행사한다. 먼 옛날 중국 땅 한 곳, 공자가 살았던 시대에 있었던 이야기 하나가 눈을 찌른다. 그처럼 무섭고도 더러운 권력을 잡기 위해, 형제들이 서로 죽고 죽이는, 이야기가 안핑 친의 『공자평전』에 나온다. 조금 옮겨 적어보이면 이렇다.

> 주공과 비교하면 춘추시대의 귀족 가문 출신 대신들은 이기적이고 치사한 존재들로 보인다. 노나라의 3대 가문이 만들어진 과정도 악의와 불신이 넘쳐나는 것이었다. 공자가 태어나기 100년 전, 죽어가는 제후의 세 동생이 하나의 서약을 맺었는데, 그 서약은 계승권을 둘러싼 온갖 음모와 투쟁이 명확한 결과를 가져오지 못하였기 때문에 만들어진 것이었다.[28]

여기 옮겨 보인 내용 이야기 다음에는, 그들 형제가 어떻게 서로 죽고 죽임당하였는지를, 기막힌 이야기로 이어놓고 있다. 권력이 함정이라는 말 속에는 '사람의 사람됨'의 눈높이를 드높이려는 데, 권력이라는 유혹이 엄청난 발걸이로 가로막고 있다는 뜻이 들어 있다. 일단 이 발걸이에 넘어가기만 하면 그는, 그가

---

28 위의 책, 66쪽.

누구이든, 반드시 생각의 낭떠러지에 빠져 허우적댈 수밖에 없다. 몸속에 든 욕망이라는 벌레가 어떤 모습으로 몸꼴을 갖추느냐에 따라 사람은 그 사람됨의 격을 꾸민다. 한 나라를 집어삼킨 왕이라는 자리에 앉아 사람들을 부리는 것이 당연시되던 이런 시대에, 공자는 바르게 사는 길을 찾아, 만나는 사람마다 그 바른 길에 대해 이야기하고, 또 그 바른 길에 서서 바르게 사는 것을 실천하려고 애썼다. 기원전 510년에 로마는 왕권을 폐지하고 450여 년간 로마 정치를 이끌었던 공화정이 되어 이탈리아 중부에서 지중해 전체로 영토를 넓히면서, 북아프리카, 이베리아 반도, 갈리아 남부까지 정복하는 싸움으로 나날을 지새웠다. 귀족과 평민들이 피나는 정치 투쟁을 벌이면서 만들어 놓았던 공화정도 시간이 흐르자, 귀족이 정부를 장악하도록 법을 만들어 귀족들이 날뛰면서, 새로운 귀족 관념이 만들어졌다. 그리고 이 공화정 체제로 밀고 간 이권 장악패들은 이웃 나라를 침범하여 영토를 넓히는 방식으로 제국주의로 몸꼴을 붉게 물들였다. 흐르는 힘을 용龍이라 읽었던 영국의 디 에이치 로렌스 식으로 읽으면 좋은 원리가 하나의 몸꼴을 이룰 때, 처음에는 푸른빛이라고 했다. 그런 원리도 시간이 지나면서 나쁜 욕망으로 물들기 시작하면 어느새 붉은 용으로 되어 독사와 사악한 짓들로 바뀐다고 하였다.[29] 동양에서는 그런 왈짜들의 행패 부림이 마땅한 듯이 버젓이 이루어져 제멋대로 남의 나라를 쳐들어가, 자원과 인력을 빼앗아 챙기는 권력 전쟁이 흐드러지게 벌어졌었다. 우리가

---

29 데이비드 허버트 로렌스 지음, 김명복 옮김, 『디에이치 로렌스 묵시록』(나남 출판사, 1998), 9~20쪽 참조.

익히 알고 있는 춘추전국 시대가 그것이다. 춘추전국 시대 끝자락쯤에 공자는 태어났다(기원전 551~479). 그는 사람됨의 '어짊'을 통해 '반듯함禮'을 실천하는 왕이어야 한다는 이론을 가지고 억지 왕패들을 달래면서 삶의 진정성을 찾아 나섰다. 그를 오늘날 성인의 반열에 놓고 부르며, 그 삶의 궤적과 가르침을 배우는 이유는, 바로 도적과 도둑맞는 사람들의 사람됨, 그들 삶의 잣대를 밝히기 위해서이다. '사람 위에 사람 없고 사람 밑에 사람 없다'는 말은 인류의 엄청난 꿈을 드러낸 수사법이다. 인류 역사상(?) 한 차례도 이 원리가 제대로 지켜져 본 적이 없기 때문에(?), 이런 말은 지금도 여전히 피를 부르며 살아 흐른다. 민주주의, 이 말도 사람들이 만들어 낸 엄청난 말이다. 꿈으로라도 이 말의 속뜻은 지켜지기를 사람들은 바란다.

도둑이나 날강도들은 으슥한 산마루나 골목길에 숨어 있다가 착한 사람들의 재물을 빼앗거나 목숨을 노린다. 그러나 가장 큰 도둑은 나라를 제 것이라고 떠들면서 백성들을 부리고 억누르며 가진 좋은 것 모두를 빼앗아 챙기는 놈들인데, 그들을 사람들은 제왕이나 왕이라 불렀다. 요즘에는 그들을 대통령이나 수상, 지도자, 주석 따위로 불러 사람들의 눈을 속인다. 국가라는 이름의 폭력기관을 만들어 놓고 거기 틀어 앉은 자들은 어리석은 사람들을 속여 그들이 만든 재물이나 문화를 가로챈다.

왕권시대에 왕들은 다 이런 패들이었다. 이 글에서 나는 그런 왕을 부라퀴라 불렀고 못되었거나 못난 놈들이라고 규정지었다. 1182년에 태어나 1226년에 죽은 이탈리아의 프란시스코는, 당대 왕정은 물론이고 교황청의 교황이라는 예수의 후계자들을 자임하던 사람들조차 권력자로 바뀌어 타락한 시대에다 맑고 깨끗한 울림의, 커다란 종소리를 울렸던 성자였다. 성자란 무엇인가? 남들 생애의 고귀함에 눈을 결코 떼지 않으면서, 자기가 사는 발걸음을 걷는 사람을, 사람들은 성자 또는 성인이라고 부른다.

　　진실을 추구하는 자는 먼지보다 겸손해야 한다. 세상은 먼
　　지를 발밑에 짓밟지만, 진실을 추구하는 자는 먼지에게조차
　　짓밟힐 정도로 겸손해야 한다. 그 뒤에야 비로소 그는 진실을
　　보게 될 것이다.[30]

　간디가 영국 제국주의 손에 잡혀 있던 인도 국민들을 향해 걸었던 발자취 또한, 우리는 성인이나 성자 이야기에, 즐겁게 덧붙일 수가 있다. 그 또한 스스로 자신만을 위한 삶을 살지는 않았다. 타락한 시대에 성인이나 훌륭한 인물은 나온다. 나와 너! 나와 너를 하나로 보려는 사람, 이이야말로 모여 살이의 삶을 지탱하는 우리 생애에, 바르게 난 삶 길을 걷는 이이다. 종교란 이런 삶을 살아간 이들의 생애를 뒤쫓도록 가르치는 모임 교본이다.

　교황청이 그때나 지금이나 어떻게 타락했었는지를 밝히는 일이 이 발표의 갈 길은 아니다. 그가 낳고 자라 스스로 하느님의 계시를 받아 문둥병자들을 끌어안고 입 맞추며 그 깨우침을 발닫는 곳 어디든지 찾아 나선 행적이 어째서 이루어졌는지만 밝히면 된다. 그가 살아 전도여행을 벌였던 시기는 화폐경제로 나아가던 시기였다. 화폐, 돈이라는 물질은 사람을 타락시키는 가장 큰 곰팡이 균이다. 돈의 착한 가치를 지키기는 아주 어렵다.

---

30 간디 지음, 박홍규 옮김, 『간디 자서전』(문예출판사, 2007), 36쪽.

포목상인이었던 그 아버지의 재물을 프란체스코가 가난하고 헐 벗을 거지들에게 나누어 주다가 아버지로부터 크게 나무람을 받고, 당장 옷을 벗어 맨몸으로 가난의 표상을 보여준 것은, 하나의 커다란 시대적 징후였다. 돈은 그때나 지금이나 하느님(신)이다. 돈이면 굶주림에서도 벗어날 수 있고, 원하는 여성이나 남성을 즐길 수도 있으며, 큰 집이나 논밭 따위를 가지면서 사람들 위에 올라탈 수도 있다. 황금으로 하여금 옛날 황제들은 민중들 앞에 힘이 되어 과시되도록 만들었다. 그것이야말로 그들이 만든 권력의 무기였다. 그런 황금 권력이 알게 모르게 우리들 마음속에 들어앉아, 어떤 즐거움이나 쾌락, 안락함 따위도 다 살 수 있다고 믿어왔고 지금도 우리는 믿는다. 돈이라는 신이나 하느님으로부터 자유로우려면 커다란 고통과 맞닥뜨려야 한다. 그 첫째 문이 가난이다. 가난이란 사람들이 가장 두려워하는 질병이다. 이런 가난을 벗으로 삼아 평생을 그 가난 고통으로부터 담담하고도 도도하게, 그러면서도 사람됨의 높은 값을 지켜, 버티는 이는 성인이다. 프란체스코가 우리에게 보여준 발자취였다.

나는 꽤 오래전부터 화가인 조광호 신부와 사귀면서 그가 지닌 신부됨의 인격에 존경을 보내오고 있었다. 오늘 이 글을 마무리 지으려고 하면서 그에게 넌지시 아시시의 프란체스코에 대해서 묻는다. 즉각 해박하고도 명쾌한 대답이 나온다. 프란체스코! 신부이니 그런 성인에 대한 이야기가 바로 나오겠지! 그가 내가 내린 결론은 두 가지였다.

첫째는 당시 로마 교황청이 왕권과 결탁하여 아주 더럽게 타락하였으며, 천박하고도 살벌한 왕들의 살육행위에 백성들은 나날의 삶을 전전긍긍하는 태도로 살았다. 그랬기 때문에 그런 성인이 나오게 된 것이다. 그런 성인은 하늘이 내는 것인가? 나는 묻지 않는다. 신부에게 그런 물음은 실례이거나 너무 빤한 이야기를 들어 시시해질까봐 나는 그런 물음까지 나아가지 않았다. 그저 나는 우리가 다루는 이 책 『성자 프란체스코』와 관련된 유럽 중세기 쪽으로 나아갈 필요만 커져 있다고 믿는다. 이런 왕권과 관련된 중세기 이야기 하나를 확인해 보이기로 한다.

> 심하게 말을 더듬이서 '빙어리'라는 별명으로 불린 이 16세의 어린 왕은 처음 얼마간은 이븐 알 카사브의 군정을 지지하는 듯했다. 그는 리드완의 심복들을 남김없이 체포한 뒤 희희낙락하며 목을 베게 하였다. 이븐 알 카사브는 내심 불안해졌다. 그는 젊은 왕에게 피비린내 나는 숙청극을 자행할 것이 아니라 본을 보이기 위해 배신자들을 처단하라고 권유했다. 알프 아르슬란은 그 얘기를 무시했다. 그는 친동생 둘을 죽였으며 무관들과 시종들은 물론 자신의 비위를 거스르는 자들은 가차없이 처단했다. 차츰 백성들은 무서운 진실을 확인하게 되었다. 왕이 미친 것이다.[31]

분수에 맞지 않는 권력이나 금력을 손에 쥔 사람들은 대부분 미친다. 게다가 사람들이 모여 사는 땅이 이런 날강도들에게 더럽혀지면, 당대를 살아가는 많은 사람들은, 하늘을 원망하는 미침증세에 시달린다. 하늘은, 많은 사람들의 통곡소리나 원망의 비통한 울부짖음을 어떤 방식으로든, 바꾸어 놓는다. 하늘의 뜻!

---

31 아민 말루프 지음, 김미선 옮김, 『아랍인의 눈으로 본 십자군 전쟁』(아침이슬, 2002), 140~141쪽.

가톨릭 신부의 눈으로 읽을 때, 더는 어째 볼 도리 없이 더럽혀진 시대에는 반드시 하느님의 손길이 나타난다고 볼 터이다. 조광호 신부가 하느님 이야기만 빼고, 진단한 이야기인데, 나 또한 그의 이야기를 그렇다고 인정한다. 어둠 다음에 반드시 밝음이 오고, 질곡이 쌓인 다음에 또 그것을 치유할 처방은 만들어진다.

둘째는 권력 맛이나 돈의 맛에 미친 시대일수록 눈을 바로 뜬 지성이인이나 성인은 무언가를 보여줄 생각에 몰두한다. 미치지 않은 사람의 길이 어떤 것인지를 가르칠만한 어떤 행위나 생각인데 그 시대가 너무 가혹하게 미쳐 있다면 그 반대 행위조차 미친 것처럼 보일 정도의 격렬하거나 튀어나오는 행적으로 드러날 수밖에 없다는 것. 아시시의 성자 프란체스코가 그렇게 '완전한 가난'을 아내로 삼겠다고 선언하였던 그 시대란 얼마나 돈 신에게 미쳐 있었는지를 읽게 하는 좋은 본보기였다는 내용 이야기, 이것 또한 작가 카잔차키스가 노린 이야기 기법이었다는 것 또한 잊어서는 안 될 터이다!

5. 맺는말

예수의 생애를 고대 이집트 호루스 신화와 비교하여 풀이하는 영상물 『시대정신』 이야기를 나는 앞에서 조금 하였다. 그것을 만든 이들은, 우리 인류가 자연현상인 태양과 별자리 신앙을 본 떠, 믿는 신들을 만들어왔다고 주장한다. 예수의 존재는 바로 인류의 태양숭배 틀로 만들어진, 그런 풀이 속의 오늘날 이름으로 해석된다는 것이었다. 기원전 3000년 전 이집트 신 호루스

Horus는 태양의 움직임을 우화적 상징으로 풀어놓은 자연신 숭배의 원천이었다는 것이다. 그는 12월 25일에 처녀 수태로 출생하였고, 동방의 별이 출생을 지켜보았으며, 세 명의 왕에 의해 숭배되었다. 12세에 신성한 지도자가 되었으며 30세에 성직자 아누프Anup에게 세례를 받고 성직생활을 시작하였으며, 열두 명의 추종자들을 거느리고 방랑하면서 병자를 고치고 물 위를 걸으며, 타이폰의 배신으로 십자가에 못 박혀 죽었다가 사흘 만에 부활하였다. 이 이집트 신화는 다시 기원전 1200년경 12월 25일 처녀Nana 수태로 탄생하는 아티스Attis 신화로 이어져 호루스 신화와 같은 틀로 죽었다가 살아나는 경로로 이행한다. 이런 신화 이야기는 태양을 중심으로 열두 달 동안 바뀌는 별자리와 거기 상응하는 자연의 법칙을 따른다. 이 신화는 사람이나 동식물들이 살아가는 자연신 숭배와 맥을 같이 하는 것이다. 그것을 유대인들이 받아다가 예수 신화를 만들었다는 것이 이 『시대정신』에서 전개하는 이야기의 흐름이다. 그들 신은 모두 빛, 진리, 신, 목자, 신의 양, 주의 아들 따위로 불린다. 겨울 다음에 봄이 오고, 어둠 다음에 빛이 오고, 악마에 대응하는 착한 신이 온다. 공자가 떠돌면서 14년 동안 그토록 험한 대접을 받았던, 그러면서도 올바름을 가르쳤던 것은 이와 같은 삶 판, 더럽혀진 삶 판 위에 내린 하늘의 뜻으로 읽을 수 있다. 그것이 이 프란체스코 해석의 중요한 첫째로 꼽아야 할, 하나의 요점이기도 하다.

둘째, 악마나 사탄이 지배하던 중세기 로마의 더럽혀진 가치를 정화하기 위해 예수가 왔었고,[32] 그 한참 뒤를 이어 프란체스

---

32 영상물 『시대정신』에서 읽는 대로 예수가 만들어진 신화라 하더라도, 자연신이 곧 예수이고

코가 왔다. 유럽의 중세기란 이처럼 썩고 뒤틀어진 사람 삶 판을 휘젓고 다니는 왕권과 교황권이라는 권력이, 착한 사람들을 마구 짓밟아 죽이거나 사람됨의 존엄성을 빼앗아 더럽히던 시대였다는 것을 이런 성자, 성인들을 통해 알게 한다. 카잔차키스가 이집트의 성자 『프란체스코』를 통해 말하고 싶었던 것은 무엇일까? 내가 믿기에 그는, 사람 판을 더럽히는, 스스로 신이라고 불렀던 못된 왕권이나, 그 권력 하수인들인 귀족이니 봉건 영주 따위의 좀벌레 같은 사람, 그들이 곧 악마나 사탄이라는 것을 알리기 위해 이런 글을 썼던 것이다. 악마나 사탄이란 어떤 존재일까? 탐욕을 부추겨 사람으로 하여금 그 탐욕의 노예가 되게 하는 것이 곧 악마이며 사탄이라고 프란체스코는 말한다. 욕망의 악귀, 먹고 먹어도 배가 차지 않는 에릭직톤 같은 욕망의 화신이 곧 악마이고 사탄이다. 그들의 다른 이름은 왕이거나 그들에게 기생하면서 착한 사람들의 피를 짜는 더러운 벼슬아치들이다. 위에서 길게 언급하였던 오늘날의 악마나 사탄은 돈 놀이꾼들, 국제은행마피아들과 그들의 하수인인 전 세계 권력자들이다. 수상이나 왕, 대통령, 지도자라는 이름으로 분장한 권력패들은 일단 모두 악마의 반열에 올려놓아야 한다는 것이 나의 생각이다.

마지막으로 이 작품 『성자 프란체스코』에서 밝힐 수 있는 내용의 결론은 고통이란 우리가 피해 가야 할 그런 행악만이 아니라는 가르침이다. 쾌락이나 평안함, 게으름, 그런 것만을 바라도록 부추기는 이런 시대에, 고통이나 외로움, 절망, 슬픔 따위는, 오

프란체스코로 읽는다고 해도 크게 잘 못될 것은 없다. 신성이란 사람 그 자체 속에 든 것일 터이니까!

히려 우리를 건강하게 정화하는 축복일 수 있다. 고통이나 슬픔, 절망 그리고 절대적인 가난살이와 외로움은 우리가 피해가야 할 그런 덫이 아니라 그것을 통해 스스로 참된 나에 다가가려는 정신만이 우리를 구원에 이르게 한다. 1960년대에 김수영은 그런 고통을 구원의 길로 잡아 시를 씀으로써, 오늘날 그의 시가 빛나는 섬광으로, 우리 앞에 남아 빛난다. 이런 삶의 현상을 작가들은 늘 꿈꾼다. 그런 꿈이 프란체스코를 통해, 카잔차키스가 우리에게 진해 알리고사 하였던, 전망이라고 나는 읽는다. 탐욕에 찌든 몸에 갇혀, 신음하는 영혼의 문제에 대해, 오늘날 우리는 아예 눈을 감고 생각하지 않는다. 영혼 또는 정신, 이것이 우리가 다시 찾아 나서야 하는, 잃어버린 삶의 알짜배기라는 전망, 그것이 이 문학작품 『성자 카잔차키스』의 참된 값이다. 참 잘 읽었다. 꼭 읽어둘 만한 작품이라고 생각한다.

2012년 4월 10일

포위관념과 나의 나됨 찾기

-나의 연구방법론을 찾아서-

1. 서론

오늘 발표하는 이 논의는 몇 낱의 이야기를 가지고 우리가 살면서 뒤집어쓰고 사는 관념의 껍질과 그 몸통이 과연 어떤 것들인지를 살펴보려고 하는 목적을 지니고 있다. 나는 이 글의 형식을 소설이나 산뜻한 산문 또는 시로도 쓸 수 있다고 생각한다. 학문하는 자리에 서면 언제나 이 글쓰기의 방식에서 망설이게 된다. 특히 문학연구에서 이 글쓰기 방식에 관한 굳어진 틀은 거의 고질적인 딱딱함으로 굳어져 있고 이것은 글 읽기를 어렵게 만드는 만성적인 병폐로까지 이어진다. 이제까지 강단에 서서 가르치거나 여기저기 글쓰기를 통해서 내가 보여주려고 하였던 '진실 드러냄'이나 '삶의 길 찾기'의 진정한 모습이 어떤 것이었는지 나는 다시 확인하여 알고 싶다.

우리는 말을 통해 나를 들어내거나 남을 받아들인다. 이 말에 대한 철학적 진술행위들은 서양 쪽 학자들이 꽤 깊이 있게 파들어간 것으로 보이지만[1] 나의 나됨[2]을 찾는 나의 여로에는 크게 도움을 받았다고 생각하지를 않는다.

이 땅의 모든 살아 있음은 자아 둘레에 거대한 우주를 둘러치고 있다. 나는 조선조에 자연과 자아를 둘러 치고 있는 사람의 정경을 그림처럼 그린 시조 한 편을 앞에 적어 이 글 이야기를 시작하려고 한다.

> 십년을 경영하어 초려삼간 지이내니
> 나 한 간 달 한 간에 청풍 한 간 맛겨두고
> 강산은 들일 데 없으니 둘러 두고 보리라
>
> ─정병욱, 〈진청珍靑 370〉, 『시조문학사전』(신구문화사, 1966), 310쪽

땅의 집짓기를 꿈꾸는 모든 사람들의 이 집은 자아를 둘러 치고 있는 우주의 정경이 잘 드러나고 있다. 일체의 당대 정치적, 사회적 걸림돌 이야기가 배제된 상태의 곱고 도도한 이야기가 이 시의 핵심 풍경이다. 도도한 가난살이! 얼핏 보기에 이 시조

---

1 나는 서양의 언어철학자들; 카르나프나 죠지 무어, 비트겐슈타인 등의 논문을 읽은 기억이 있고 이들의 말에 대한 탐색에 감탄한 적이 있지만 그들 서양학자들의 기막힌 말장난, 따지기 놀이에 이미 오래전에 신물이 난 것도 사실이다.

2 나의 '나임'과 '나됨'을 깊이 생각하면 우리말의 깊은 뜻을 볼 수 있다. '나임'은 그것 자체로서의 나 있음을 보이고 '나됨'은 서양철학자들이 만들어 퍼뜨린 아이덴티티(identity)에 걸맞은 뜻일 수 있다. '나임'은 최현배 선생이 잡음씨로 규정한 '이다', '아니다'의 이름씨 꼴 조어인데 그것은 상태를 나타내는 형용어임이 분명하고 '나됨'은 움직씨 '되다'에서 이름씨 꼴 끝바꿈으로 만든 조어이다. '나됨'이야말로 '정체성'이나 '자기 동일성' 따위의 한자어로부터 벗어날 수 있는 학술어라고 나는 판단한다. 그리고 나의 머릿속에서 이미 이 서양말은 없앴다. 사르트르를 읽을 때 프랑스 말을 일본식 한자어로 번역한 즉자(卽自)니 대자(對自)니 하면서 머리를 썩인 적도 있음을 생각하면서 지금은 많이 웃는다. 나를 읽는 사유법 자체가 그들과 우리는 다르다고 믿기 때문이다.

는 십 년 걸려 집 한 채를 짓는다는 것이 400~500년 전이나 지금이나 마찬가지로 집 한 채 지어 갖는다는 것의 어려움을 말하고 있다. 이 시는 나를 자연에 맡겨 그 자연을 있는 그대로 누리려는 사유법을 뼈대삼고 쓰인 시 정신을 드러낸 것이다. 그러나 가만히 아름다운 이 글을 읽으면서 작가가 살았던 당대 포위관념의 씨줄과 날줄들을 생각하면 퍽 우울해진다. 이 작품의 작가는 여러 사람으로 기록되거나 알려져서 정확한 연대 측정이 좀 어렵다. 시조문학은 의외로 작가들이 겹쳐 나타남을 볼 수 있다. 윗 시조 작자를 송순으로 잡으면 이 작품이 쓰여진 연대는 16세기이다.[3] 이 시기에 대한 이야기는 이 글을 이루는 중요한 한 기둥이 될 것이다.[4] 모든 인간은 당시대 정신에 순응하면서 산다. 이 시대정신을 나는 포위관념이라는 말로 읽으려고 한다. 시대정신,[5] 그 시대의 질서를 잡기 위해 만드는 많은 국가의 도덕률

---

3 송순(宋純)은 성종 24년에서 선조 16년대 시조 시인이었으므로 서력으로 1493~1583년대 사람이다. 조선 중기 문신이며 자는 수초(遂初)·성지(誠之), 호는 기촌(企村)·면앙정. 본관은 신평(新平). 전라남도 담양(潭陽) 사람이다. 대표작으로 「면앙정가」가 있다. 15세기 말에서 16세기에 활동한 사람임으로 그가 살던 시대로 올라가려면 조선조가 만들어 가던 정치적 세력 권역을 자세하게 검토해야 한다.

4 포위관념의 한 실례 하나를 나는 16세기를 배경으로 산 황진이 이야기로 삼으려고 한다. 마침 이 이야기를 소재로 한 북한거주 작가 홍석중의 「황진이」와 한국의 현역 여성작가 전경린의 「황진이」가 나와 있다.

5 서양의 문학이론가들 가운데 많은 사람 특히 영국의 매슈 아놀드 같은 사람은 서양의 각 시대를 열거하면서 위대한 시대와 지리멸렬한 시대를 갈라놓고 고전주의 시대와 낭만주의 시대로 구분하여 문학과 자기들 삶을 설명하고 있다. 나는 이런 글 읽기로부터 그들의 말을 바꿀 뿐만 아니라 세상 읽기의 눈깔빛도 바꿀 생각이다. 어쩌면 그런 시대, 그가 위대한 시대라고 이름 지은, 그 시대란 폭력과 억압이 사람들을 꼼짝 못하게 한 권위주의 시대였기가 쉽다는 게 나의 생각이다. 가끔씩 우리가 보곤 하는 서양영화에서 이른바 귀족출신 신사들이 글을 읽으려 할 때 외눈 안경을 한쪽 눈에 끼우는 장면을 보곤 한다. 외눈박이 인간은 본래가 깊이감각이나 균형감각이 없다. 서양인들의 눈깔은 본래부터 외눈박이 눈깔을 지닌 반쪽 지성이어서 그들의 글이나 주장을 우리가 지나친 찬탄의 눈으로 흠모할 필요가 없음을 나는 오래전부터 확인하여 왔다.

과 법률제도 따위는 당대 삶의 모양을 꾸미는 여러 가지 방향이
지만 동시에 그것은 사람들을 억압하기도 한다.[6] 그래서 모든 시
대정신은 한 편 긍정적이면서 동시에 부정적이다. 박경리 선생
이 내세우는 '모순률'[7]에 해당하는 어떤 관념들이 그것이다. 그
것들을 찾아 나선 자리가 나의 이 이야기 내세움으로 전개될 어
떤 말 길이다. 무척 험하고 어려운 이 길에서 우선 들어오는 말
은 '믿다' 동사이다. 이 움직씨 '믿다'를 이름씨로 만들어 읽으면
두 낱의 갈래가 나타난다.

하나는 우리가 믿음이라고 읽는 제움직씨 틀이다. '새는 나른
다.', '내일도 태양은 떠오른다.' 따위! 제 스스로 있음을 뽐내며
우리는 하루하루를 보낸다. 그것은 믿음이라는 틀이 없으면 있
을 수 없는 삶의 한 발자취이다. 살아 있음의 증거는 곧 믿음이
다. 빛이 있음으로 모든 생물이 살고 있다는 믿음은 깊은 심연
속에 내린 있음의 뿌리이다. 그것은 스스로 움직씨의 이름씨꼴
'믿음'이 만들어 낸 근원적인 힘이며 우리들 마음속에 박혀 있는
삶의 빛이다. 햇볕이 없다면 생물이 살 수가 없다. 우리가 자연
이라 부르면서 무조건 따르는 이 햇볕 믿음은 있음 자체에 해당
하는 어떤 조건이다.

다른 하나는 이름씨 '믿다'의 시킴꼴 '믿임'이다. 이것은 남들

---

6 "기호체계는 사실상 기호 '제제'이다. 누구도 기호체계 바깥에서 살아갈 수 없다는 것, 기호체
계가 거의 강제적으로 우리 삶에 부과된다는 점에서 그것은 하나의 체제인 셈이다. 이 기호체
계를 부과하는 것은 각종의 권력들이며, 그 중에서도 가장 크고 강력한 권력은 국가권력이다.
모든 기호체계는 궁극적으로 국가에 의해 관리된다. 우리가 국가와 국가 사이를 오갈 때 유난
히 복잡한 과정을 거쳐야 하는 것도 이 때문이다." 이정우, 「기호체제의 감옥에서 탈주하라」
(한겨레, 2005.02.17.), 14쪽.

7 박경리, 『모순의 수용』(이룸, 2004), 19~29쪽.

에게 자기가 믿는 어떤 믿음을 남들에게 전해 믿도록 요구하거나 설득하는 작용을 말한다. 어떤 점에서 모든 종교는 이런 '믿임'의 결과이기 쉽다. 믿임은 자기가 믿는 믿음을 남에게 집요하게 믿도록 강요하거나 설득하여 세뇌시키는 이들의 행적으로 들어난 믿음이다. 모든 종교가들은 남에게 자기 믿음을 전파하기 위해 갖은 힘을 쓰고 자기 믿음에 따르도록 강요하는 일을 서슴지 않고 온 힘을 다 기울인다. 뒤에서 이 문제와 그들 꼴들을 자세하게 살펴 볼 생각이다. 남들에게 뭔가를 믿게 하는 힘의 작용으로 만들어 지는 이 믿임은 초기에는 일종의 구원길일 수도 있다. 그러나 이것은 대다수가 후반에 오면서 폭력으로 작용함을 보인다. 나는 이런 믿음의 바탕이 착함이되 그 바깥은 대부분 폭력으로 이루어져 있기 십상이라 본다. 여기에는 정치질서나 문화행위, 사회적 변혁 따위의 변환을 동반하면서 벌이는 무수한 사건들이 우리 앞에 떡 버티고 있기 때문에 오늘 나는 이 이야기를 그 쪽으로 이끌고 가려고 한다. 뭔가를 믿는 행위는 살아있음의 가장 밑바탕이 되는 존재의 원인이다. 뿐만 아니라 이 사회를 지탱하고 있는 국가권력에 봉사하는 모든 종류의 기관, 각종 이익집단에 의해 조종되는 언론매체나 각종 초급부터 대학교 교육기관까지, 거기에 일하는 사람들은 알게 모르게 일반 사람들에게 무엇인가를 믿게하는 관념을 퍼뜨리는 숙주이다. 그것은 긍정적인 역할과 동시에 부정적인 힘으로 포위관념을 만들어 낸다.

이 두 낱의 믿기 행위 물결 위에는 사람들이 마주친 여러 세월 동안 험악한 정치질서가 가한 몹쓸 폭력과 억압, 무지몽매한 개 지랄 따위의 추악함이 인류 위에 덮여 씌워 있어서 그 물결의 빛은 핏빛이었다. 그것을 나는 우리 나라 몇 작가의 작품들 이야기를 찾고, 거기 웅크려 도사린 어두운 그림자와 음산한 포위관념을 읽어, 내가 찾아 나선 이 무섭고 흉악한 이 삶의 밭에서 일구어 낼 〈나됨〉의 힘겨운 씨름을 이야기해 보이려고 한다. 끌어올 작가 작품들은 앞 각주 4)에서 달았던 홍석중과 전경린의 같은 이름의 작품 「황진이」 두 편이고 다른 작품은 로마사는 물론 이집트와 그리스를 거쳐 로마에 이르는 신화체계를 꿰뚫어 읽게 하는 웅장한 규모로 풀어 놓은 2004년도 발표작, 현역 중견작가 정찬의 「빌라도의 예수」이다. 우리의 사람살이가 짊이진 법령과 제도, 그리고 율법으로 사람살이를 묶는 종교의식에 관한 포위관념을 밝히는 일은 나의 학문을 어떻게 이룩해야 할지에 대한 마땅한 따짐길이고 나됨을 결정하는 중요한 일이라고 나는 판단한다.

포위관념[8]이란 무엇인가? 앞 머리말에서 밝힌 믿다 동사의 원형인 종교 행위가 가한 억압 용어 말고도 또 다른 변형 이름들이 있다. 이런 말들은 당대 삶의 관계 그물과 행위 규범들로 덮어씌우고 있고 또 그 속에 고통과 절망의 뜻들을 담고 있어서 이것들을 잘 분석해 보면 우리가 수많은 포위관념의 노예임을 확인할 수가 있다. 그래서 나는 앞에 인용한 아주 말끔하고도 산뜻한 시조 한 편에서 맛볼 수 있는 그 문학의 맛 뒤에 웅크린 당대의 포위관념이 어떤 식으로 말 쓰임이나 행동에 제약을 두었던지를 앞으로 구체적으로 살펴보려고 한다.

---

8 이 말쓰기에서 가장 고통스러운 것은 관념이라는 우리 말의 본디말 찾기가 어렵다는 점이다. 포위하다는 뜻은 어쩌면 '둘러싸이다'를 명사형으로 만들면 되지만 이 '관념'은 도무지 그 뽀얀 얼굴을 찾을 수가 없다. 그래서 일단 그대로 둔 채 포위관념으로 쓴다.

2. 포위관념에 덮씌워 사는 사람의 예들

1) 뒤덮힌 억압, 나를 둘러 친 관념, 조선의 감옥

갑오년(1534년), 그러니까 연산군이 내쫓기고 새 임금(중종)
이 대궐 안에 들어 앉은 지 스물여덟번 째 되는 해의 6월 보
름날이었다.

　　　　　-홍석중, 「황진이」(평양문예출판사, 2002), 2쪽

1535년 중종 30년 기생이 된 지 만 5년만인 23세에 진은
나라 안에서 다섯 손가락 안에 꼽히는 명실상부한 명기의 반
열에 올랐다. 당대 기생으로는 한양의 상림춘과 관홍장, 소춘
풍이 송도의 진과 함께 이름을 날리는 정도였다. 진은 광채가
나는 경국지색의 미모와 빼어난 시를 지어 한 시대를 풍미하
는 여류 시인으로서, 그리고 고려의 맥을 잇는 거문고 명인으
로서 특히 인정받았다.

　　　　　-전경린, 「황진이」2(이룸, 2004), 95쪽

위 두 판본 「황진이」가 활동한 시대배경의 한 부분을 인용한
이유는 바로 이 작품의 시대 거리를 알리기 위해서다. 지금으로
부터 4~5백년 전 삶판에 한 여인이 놓여 있었다고 위 두 작가들
은 이야기를 시작한다. 이들 소설 속에서는 각기 인물들이 나오
는데 우선 두 작품 모두가 같은 방식으로 황진이의 인물 됨을 풀
어 이야기해 보이고 있다. 황진이는 앞에서 잠깐 언급하였던 바
와 같이 조선 중기 연산군의 광기가 일으킨 〈무오사화〉(1498년)

를 이른바 '사림 세력들을 축출하고 일부 훈신 세력을 제거한' 그 6년 후 '이번에는 원수를 갚아달라는 생모의 한에 휘둘려 관련자들을 모두 처형하는 대살상극인 〈갑자사화〉'를 벌인 지 12년 뒤인 1513년에 출생한 것으로 작가 전경린은 기록하고 있다. 그러나 동일한 인물을 그린 홍석중의 「황진이」에서 작가는 그 여주인공의 출생년도를 밝히지 않았다. 그러나 이 출생문제는 작품 읽기에 별 의미가 없다. 폭군 연산군과 중종왕 연간에 벌어진 한 범상한 여인과 관련된 사건이고 일상이며 인물의 삶을 그리는 것임으로 시시콜콜 낳고 죽은 연월일을 그렇게 자세하게 할 필요는 없을 수도 있다. 이것 또한 포위관념의 한 어두운 그림자이다. 이 글에서 나는 여러 갈피 역사적 사적이나 야사 기록 따위를 인용하지 않기로 한다. 오직 소설에 기록된 내용을 요약하여 그가 처해 있던 시대 어둠의 그림자가 어떻게 드리워졌는지를 밝히면 된다고 생각한다. 황진이의 출생과 신분에 관한 것들을 요약하면 대략 이렇게 된다. 홍석중 「황진이」에서 다음의 내용들을 살펴보기로 한다.

놈이는 대답 대신 마른 침을 꿀떡 삼켰다. 진이는 이야기를 이었다.

'당신두 잘 아는 것처럼 이제 내 앞에는 세 갈래의 길이 놓여 있어요. 황진사댁의 비천한 개구멍받이 딸로서 어느 부귀한 량반을 골라서 첩실에 들어 않든가…, 시앗싸움에 애간장을말릴 수는 있어도 잘하면 늙어 죽을 때까지 입고 먹는 걱정은 하지 않을 수 있겠죠.

두 번째 길은 어머니가 이 댁의 세전하는 종이니 나도 종문

서에 이름을 올리구 평생 이 집에서 종노릇을 하든가…,모름
지기 남의 웃음거리는 되겠지만 어쨌든 낯 익은 집을 떠나서
정처없이 방황해야 할 뜨내기의 괴로움은 면할 수 있겠죠. 또
종살이가 고달프다고 하지만서두 같은 아버지의 혈육인데 인
정상 다른 종들처럼 당하겠나요.

　세 번째 길은 어머니가 색주가의 논다니루 청교방에서 명
을 마치셨으니 나두 어머니의 전철을 밟아 청루에 몸을 던지
든가…, 이 길은 나로서도 전혀 가늠이 가지 않는 생소하고
무서운 길이예요. 앞길을 도무지 짐작할 수가 없군요.'

　　－홍석중, 앞의 책, 161~162쪽

　위 인용에서 한 있음의 〈나뇜〉을 막는 무시무시한 억압과 온몸
을 칭칭 감고 있는 관념의 질긴 조건 내용은 다음과 같은 것이다.

　첫째, 황진사댁의 귀엽고 아름다운 딸 진이는 하루아침에 천
민 출생임이 밝혀졌다.

　둘째, 이제 그런 천민 출생이 가야 할 길에는 위에 적힌 대로
세 가지 길밖에는 없다. 한 살아 있음이 느낄 이 캄캄하고 절통
한 관념의 묶임은 어떤 힘으로 만들어진 굴레일까? 양반댁 첩살
이, 자기 집 종살이, 색주가의 논다니, 이 세 갈래 길은 16세기
조선 사회 당대 삶의 어떤 모습을 그려 보인다. 첩을 두고도 살
수 있는 사회, 종을 부리며 살 수 있는 사회, 색주가의 논다니를
돈으로 살 수 있는 사회는 오늘날 우리가 우리 삶의 길을 찾으
며 묻는 질문에도 합당한 답이 나와야 할 철학적 명제임에 틀림

없다.[9] 우리가 우리를 묶고 있는 포위관념의 정체를 밝혀야 하는 이유는 바로 여기에 있다.

　'신비한 것이 시작되는 곳에서 진실은 끝나버린다. 절대적인 것이 선언되는 곳에서 진리는 죽어버린다.'고 작가 홍석중은 썼다. 황진이가 자신의 신분이 이렇게 급전직하로 바뀌는 것을 알고 나서 탄식하는 장면에서 작가가 중얼거린 것이다. 이 진술은 진이가 황진사 아버지의 위선과 그들이 믿고 숭배하던 유교적 믿음틀로 덮씌우고 있는 흉악한 관념의 덮이불을 깨우치는 장면이기도 하다. 천민이란 과연 누구인가? 궁궐 속에 앉아 온 백성을 먹여 살린다고, 그는 곧 하늘이 낸 신인이라고 큰 소리 치며 떵떵대는 왕일까? 아니면 남에게 구걸로 삶을 잇는 거지? 함부로 몸을 파는 여인들? 노역으로 자기 삶을 겨우 이어가는 사람들? 위 인용에서 읽히는 것들은 16세기 조선 하늘 밑에 살던 사람들을 칭칭 묶고 있던 족쇄와 그들을 덮어 씌우고 있는 단단하고도 질긴 포위관념이 그렇게 엄혹한 철책이었다는 것이다. 계급. 사람 위에 사람 있고 사람 밑에 사람이 있다고 믿게 만드는 힘은 정말 어디로부터 오는 것일까?

9　전경린은 황진이의 이름을 빌어 다음과 같이 조선조 당대 서얼 금고법이 만들어진 내역을 밝혀 놓았다. 이미 그는 우리가 포위된 채 살고 있는 흉악한 관념의 감옥을 꿰뚫어 읽고 있다.
　　"신분은 하늘이 만든 것이 아닙니다. 이 나라 지배계급이 정한 것이지요. 서얼 차별만 해도 고려 때에는 없었고 신라 때도 없었고 그전에도 없었지요. 하늘 아래 없던 제도를 태종이 만들었습니다. 서얼 출신의 형이 세자로 책봉되었던 것을 못마땅하게 여겨서라는군요."
　　"태종이 원수로 여기던 정도전도 서얼 출신이었으니, 더욱 눈엣 가시였지요. 태종은 왕자의 난을 일으켜 등극하자 서얼금고법을 만들어 과거도 보지 못하게 했어요. 관직으로 나는 길은 봉쇄했지요."
　　"그 삼엄한 법이 한낱 왕 개인의 감정으로 생겨난 것입니다. 그러니 위정자들 한 사람 한 사람의 감정과 이익은 또 어떻겠습니까. 조선의 현실을 규정하고 경계를 짓는 굳건한 법과 규범과 관습이 다 그렇게 생겨난 것입니다." 전경린, 「황진이」2(이룸, 2004), 33~34쪽.

주위의 모든 것이 하나도 달라진 것이 없는데 분명 모든 것이 달라졌다. 오늘 아침까지만 해도 손에 익고 눈에 익고 귀에 익은 모든 것들이 한순간에 눈 설고 손 설고 귀에 설은 한없이 먼 것으로 되어 버렸다. 그처럼 열정적으로 삶을 즐기고 사랑을 갈망하던 쾌활한 편발처녀, 그의 아름다운 꿈은 한순간에 빛을 잃었고 앞에는 사막과 같은 황량한 들판이 가로 놓여 있었다. 꽃도 없고 나비도 없는 메마른 모래땅이.

(그러니 이제부터 나는 누구란 말인가?)

자기는 여전히 자기였다. 그러나 자기가 아니었다.

-홍석중, 앞의 책, 130~140쪽

모든 존재는 누구나 다 내가 누구인지를 찾아 나선 삶의 길손이다. 내가 나라는 것을 어떻게 증명해 보일 것인가? 조선조에는 벼슬살이를 통해서 남 위에 섬으로써 부유한 삶을 사는 것에다가 살아 있는 〈나됨〉의 뜻을 삼았다. 나의 나됨을 찾는 길 위에는 여러 갈래의 정서와 세계읽기, 취미활동, 삶의 목표 따위의 말 자취가 생기게 마련이다. 한 시대의 제도와 관습, 폭력적 억압 속 자리에 서면 각자는, 자기가 처한 입장에 맞게, 거기 합당한 말씨를 쓰게 되어 있다.[10] 황진이는 조선조 초기부터 한 억압

---

10 2005년 2월 5일 자 〈한겨레〉신문 11쪽에 보면 미국의 한 해병대 중장의 말 쓰기와 그에 대한 평가가 다음과 같은 어조로 실려 있다.
"앞서 미국 〈엔비시방송〉 샌디에이고 지국은 미 해병대 '매티스 중장이 1일 캘리포니아 주 샌디에이고에서 열린 이라크전 군사전술 관련 회의에 참석해 전투는 즐거운 일이라며, 사람들에게 총을 쏘는 것도 매우 재미있다,'며 그의 이런 발언에 참석했던 200여명의 청중은 박수를 쳐가며 폭소를 터뜨렸다'고 보도해 파문을 예고했었다. 매티스 중장은 또 '당신이 아프카니스탄에 들어가 여성들이 얼굴을 가리지 않았다고 때리던 못된 놈들을 만났다고 치자'며 '이런 녀석들은 남자다움이라고는 찾아볼 수 없으니, 그런 자들에게 총을 쏘는 건 정말이지 재미있는 일'

자가 한반도 전역에 만들어 널리 펴놓은 그런 포위관념이 엄청난 무게로 덮여 있던 조선조 중기 당대 삶 판을 향해 온몸을 내던짐으로써 살아 있음의 부질없음과 헛된 나됨을 비웃었다. 앞의 두 작가는 이런 한 시대의 인물을 내세워 살아 있음의 진정한 뜻을 지닌 나의 나됨 길을 만들고자 하였다. 황진사의 딸이었다가 출신성분의 차별로 명월이라는 기생으로 나선 황진이와 그가 만난 많은 양반들의 말씀은 각기 다르다. 뿐만 아니라 천민과 양반의 말씨가 다른 것도 이 작품이 어떤 포위관념에 얽혀 있다는 것을 잘 드러낸다.

그들은 각기 그 말씨부터 다르다. 내가 남 위에 있다고 믿는 사람들은 남들에게 쓰는 말씨가 다르다. 낮춤말씨를 쓰는 사람과 높임말을 써야 하는 사람들은 서로가 포위한 자와 포위된 자의 입장으로 갈린다. 어리석기의 크기는 과연 어떻게 다를까? 둘 다 같은 정도로 어리석은 이 삶의 노예들을 제대로 살피는 일이야말로 우리가 학문의 길 찾기에서 성취해야 할 기본 목표라고 나는 주장하려고 하여왔다. 내 학문 길찾기의 한 예이다.

2) 로마제국을 덮씌웠던 포위관념과 예수의 슬픔

사람이 겪는 마음 가운데 '슬픔'은 가장 기본적인 사람됨을 구성한다. 슬픔을 모르는 사람은 이미 사람됨으로부터 멀리 벗어난 사람이기 쉽다. 악마! 남을 수단으로 삼아 나의 행복이나 즐거움, 나의 꿈을 이루려는 생각의 모든 형식을 나는 악마성이라 부르고 그것을 실현하는데 온 힘을 기울이는 사람을 악마라고

이라고 방송은 덧붙였다." 참 어처구니 없고도 천박한 꼴불견이 바로 이런 꼴 새다.

부른다. 각주 10으로 내가 달았던 미국인 해병 중장 매티스 같은 사람은 나의 의견에 따르면 두말할 필요도 없는 악마惡魔이다. 남을 죽임으로써 삶의 어떤 상태를 이루는 경우나 남에게 물건을 팔아야 자신의 재부를 축적하는 상인은 근본적으로 악마성과 결탁한 삶 판의 노예이기 쉽다.[11] 이 각주 11번의 저자가 비판한 카길 이야기 속에 이 저자가 서술한 내용을 보면 이렇다.

카길이 최대의 적으로 꼽는 것은 생계형 농법이나 자급 또는 자립 등, 점점 확대되는 카길의 글로벌 시스템에 통합되어 거기에 의존하게 되는 것에 대한 대안이라고 하는 것들이다.

20세기의 코미디는 모두 이렇게 이들 서양 악마 집단에서 만들어져 번져나가고 있다. 19세기 콜럼버스란 사기꾼이 신대륙 발견자라는 투의 말 퍼뜨림들을 버젓이 믿고 있는 한 시대의 코미디 가운데 콜럼버스만한 코미디언이 어디에 있는가? 그의 그런 국제적 코미디에 의해 칼리브해 섬나라에 평화롭게 살던 착한 종족인 타이노족이 100여 년에 걸쳐 멸종한 이야기는 슬픔을

---

11 전지구인의 먹거리 기반을 장악하려는, 그래서 엄청난 힘으로 지금도 우리의 먹거리 생산을 지배하는 카길 이야기를 읽으면 악마성의 본질을 잘 꿰뚫어 읽을 수 있다. 그들은 말한다. "금세기에 세계적인 차원의 기근문제를 타파하는 데 결정적인 역할을 하리라 기대되는 기관이 출현했습니다. 바로 현대적 글로벌 기업입니다. 카길로 대표되는 그러한 기업들은…우리가 직면한 기아문제에 본질적으로 대처하고자 노력하고 있습니다. 우리는 사람들의 삶에 기본적으로 필요한 재화와 서비스를 공급합니다. 또한 우리가 아니라면 존재하지 않았을 새로운 시장을 개척하고 있습니다. 우리는 필요한 자본을 제공하고, 시장의 효율성 증대에 필요한 기술과 전문지식을 제공하며, 그렇게 해서 증대된 효율로 얻은 경제적 이익을 우리와 거래하는 구매자와 판매자 모두에게 되돌려 줍니다." 브로스터 닌 지음, 안진환 옮김, 『누가 우리의 밥상을 지배하는가』(시대의 창, 2008), 45쪽.

극대화한다.[12] 미국을 신대륙이라 칭한 아메리카 제국 또한 인디언을 안중에 두지 않은 악마들의 기술로 오도된 코미디의 하나이다. 미 대륙에 퍼져 살았던 인디언 원주민들은 언제 멸종될 것인지? 우습고 우습다.

중견작가 정찬은 그의 단편 소설 「깊은 강」[13]을 통해 이 시대 문명이 우리들 있음 뿌리에 드리운 어둠을 절묘하게 보여준 작가였다. 그가 2004년도에 발표한 장편소설 『빌라도의 예수』는 근래 한국문단에서 보기 드문 대자일 뿐만 아니라 치열한 사람됨 찾기와 그 정신성을 보여준 작품이다.

앞에서 나는 전 지구를 뒤덮고 있는 포위관념의 핵심을 '믿음'과 '믿임'이라는 낱말로 나타내려고 하였다. 로마제국의 성립과 패망은 서양 정신을 살피는 데 필수적인 마음 발걸음이다. 정찬은 이 작품을 쓰기 위해 거의 20여 년 동안 로마사와 성경, 이집트 역사를 탐색하였던 것으로 알려져 있다. 근대 제국주의 나라였던 영국과 프랑스 박물관들이 이들 이집트와 로마 시대의 유물들을 빼앗아 차려놓고 관광장사를 벌이고 있는 사정을 생각하면 로마가 1000여 년 동안 제패하였다는 바로 그 시기에 살았던 예수(모세의 뒤를 이은 선지자 여호수아의 그리스어 발음=정찬 작품 주해)의 슬픔과 사람됨의 격조를 신성으로 이끄는 과정 이야기는 포위관념을 풀이하려는 나의 노력에 생생하고도 커다란 재료로 머리에 와 박혔다.

---

12 C. 더글러스 러미스 지음, 최성현/김종철 옮김, 『경제성장이 안되면 우리는 풍요롭지 못할 것인가』(녹색평론사, 2002), 137~140쪽 참조.

13 이 작품은 그의 작품집 『베니스에서 죽다』(문학과 지성사, 2003)에 수록되어 있다.

이 작품은 크게 네 단계로 나뉘어 전개되고 있다. 하나는 작가 자신이 작품을 쓰기 위해 친구의 도움으로 스위스 여행을 감행하는 동안 찾은 우리가 빌라도로 익히 알고 있는 필라투스와 관련된 이야기이다. 다음은 로마 황제들의 계보와 그들의 권력다툼 이야기 속에 맥을 이은 빌라도가 로마가 파견한 속주 유대 땅 총독으로 가기까지의 정치적이고도 종교적인 이야기가 길게 서술되고 있다. 그리고 빌라도가 유대 총독으로 발령받아 간 다음 이야기와 유대인들의 종교 이야기. 마지막으로 예수의 슬픔과 그의 죽음으로 나아가는 신성의 확보 과정 이야기이다. 빌라도라는 이름, 그가 카이사르의 야욕과 패망에 의해 함께 몰락한 귀족 출신 빌라도와 관련된 생애 밝힘 이야기는 이렇게 시작되고 있다.

> 출세의 길은 거의 막혀 있었다. 군인 아니면 상인이 되는 게 최선이었다. 아버지는 상인이 되기를 원했으나 빌라도는 군인을 택했다. 군인이 좋았다기보다는 장사꾼이 싫었다. 또 있었다. 세습귀족 가문의 출신들은 과거 수세대동안 놀고 먹었음에도 여전히 부와 권력을 향유했다. 이 불합리한 사회구조가 빌라도에게 가한 상처는 깊었다. 상처는 욕망을 불러일으켰고, 욕망은 상처를 자극했다. 상처와 욕망을 다스리기에는 상인보다 군인이 더 나았다. 근위대 보병단 부대장이라는 그의 직위는 상처와 욕망의 산물이었다. 로마의 어떤 귀족도 무시할 수 없는 정치군인이 근위대 장교였다.
>
> ―정찬, 『빌라도의 예수』(랜덤하우스 중앙, 2004), 29쪽

황제 칼리굴라, 황제 네로, 황제 비텔리우스, 황제 코두모스, 황제 코두모스의 아내 크리스피나, 황제 아우렐리우스의 딸 루킬라, 황제 페르티낙스, 이들은 모두 제명에 죽지 못하고 남에게 살해된 로마의 악마들이다. 정찬은 이 책 앞머리에다 이들 이름과 살해된 과정을 밝혀 놓았다. 나는 일단 이들이 모두 기원 전후 유럽 전역에 횡행하였던 악마군단이라고 읽었다. 욕망의 악귀, 남을 수단으로 하려는 모든 생명을 악마로 읽으려는 악마설은 니의 자의적인 눈 뜨기의 셜론적 풀이다.

정치군인이었던 빌라도가 티벨리우스 황제에 버금가는 근위대 사령관 세야누스(루키우스 아일리우스 세야누스)의 눈에 띄어 유대 총독으로 임명된 것은 서기 26년 경이었다. 야심이 큰 세야누스는 반유대인이었다. 그는 유대인들을 싫어하였다. 유대인들이 믿는 신은 특별한 것이었다. 로마인들에게 신은 곧 살아있는 황제였다.[14] 뿐만아니라 그들은 에르투리아인들로부터 받아들인 복점술(동물 내장의 빛깔과 모양새를 통해 길흉을 따지는 점술 의식)을 믿었고 잡스런 여러 학파의 철학적 믿음을 지닌 채 황제를 살아있는 신으로 떠받들고 있었다. 그리스의 스토아 철학 사상과 신

---

[14] 이런 신화는 일본인들이 지탱하여 지닌 천황숭배로 오늘날도 그 명성이 자자하다. 일제시대 한국인들에게 강요한 야스쿠니 참배의 본 뜻이 무엇인지를 정확하게 알면 일본 문화의 코미디를 여실하게 읽을 수 있다. 일본에는 살아있는 천황을 비롯하여 야스쿠니에 치장하여 놓은 신들이 즐비하다. 태평양 전쟁을 종결지을 때 맥아더와 결탁한 천황제 유지와 관련지어 일본이 그들 헌법 제1조를 '대일본제국은 만세일계의 천황이 통치한다.'라고 못박아 놓은 내용을 검토해 보면 흥미로운 사실들이 밝혀진다.
"야스쿠니의 논리에서 보면, 현재의 천황은 신 자체가 아니라 어디까지나 '신의 후예'로서 제사를 집행하는 주체다. 이 점에서 기노시타는 'Emperor'를 신의 후예라고 하는 것을 가공의 관념이라고 하는 것은 도저히 용납하기 힘들다고 판단하고, '나는 오히려 기꺼이 천황을 아키쓰미카미(現御神)를 관념으로 바꾸'기로 결정한 것이다." 고모리 요이치(小森陽一) 지음, 송태욱 옮김, 『1945년 8월 15일 천황 히로히토는 이렇게 말하였다』(뿌리와이파리, 2004), 164쪽.

화체계는 이미 오래전 이집트의 오시리스 신화들을 유입하여 일정한 틀로 이루어진 다음 로마에 번성한 채 살아 있었다. 그러나 유대인들이 믿는 종교는 달랐다. 이른바 신명기申命記 사상, 여호와 하나님이 모세에게 약속한 율법을 따르고 믿는, 이들 유대인들의 이런 믿음은 질기고도 뿌리깊은 것이었다. 철저한 로마인으로서 콧대가 높은 유대인들을 좋아한다는 것은 믿기 어려운 일이었다. 로마인들은 당대 세계를 지배하는 악마군단의 일원이고 나라 힘이 가장 강력하며, 피착취와 강제노역으로 헐벗고 굶주리는 남들 위에 서서 누리는 것을 당연한 듯이 받아 먹고 사는 버릇에 길이 든, 그들은 아주 고약한 악마들이었다. 작가는, 오늘날 미국 해병대 매티스 중장과 같은 권력과 고약한 버릇에 길든, 세야누스의 명령을 따라서 귀임지로 가는 도중, 빌라도(로마어로 필라투스)가 전임 유대 총독 안니우스 루프스와 이런 당대의 포위관념으로 씌워진 믿음 틀들에 대한 이야기 나눔 장면을 길게, 아주 정교한 작가의 필치로, 서술하고 있다. 죽음과 부활, 인간과 신성의 문제들에 관해 이 작품은 아주 정교하게 밝혀 놓고 있다. 아마도 수많은 역사와 신화 저술에서 이 작가는 그 지혜를 받아 왔을 터이다. 이집트와 그리스 등 신전에서 행하여진 각종 종교의식과 그 소문을 세상에 퍼뜨린 무수한 믿음의 포위관념들이 이 작품에는 있다. 민중을 속이려면 어떤 틀이든 믿음의 판과 틀을 만들어 내어야 한다. 그것은 악마군단이 지닌 힘의 결속력이며 끈질긴 탐욕부림 결과이고 굳은 포위관념이다.

그런 무서운 제국주의라는 포위관념이 둘러쳐 있던 그 당대 예수의 탄생은 무엇을 뜻하는 것인가? 갈릴리 지역에서 태어나 목수로 살던 예수란 과연 누구인가? 예수가 태어나 목공일을 하던 당대에 갈릴리 지역은 어떤 곳이었나?[15] 당대의 지정학적인 변방, 삶의 바깥 쪽인, 이곳 갈릴리에서 예수는 태어나 목공일을 하였고, 당시대 포위관념이었던 예루살렘 장사치들의 율법과 믿음의 고정관념이라는 부조리[16]에 대항하는 싸움의 선봉에 섰고 그들 유대인들에 의해 죽임을 당함으로써 신격으로 변신, 나됨의 길을 찾았다.

기원전 몇 세기 동안 로마를 중심으로 한 세계에는 정치권력지들의 무지믹지한 권력행사로 숨이 막힐 지경의 두려움의 포위관념이 둘러쳐져 있었고, 로마가 그 위력을 더욱 가중시켜 유

---

15 기원전 721년 북왕국(고대 이스라엘은 북왕국〈이스라엘 왕국〉과 남왕국〈유대 왕국〉으로 나누어져 있었다.-필자)을 멸망시킨 아시리아는 수많은 유대인들을 자기 나라로 끌고 가는 한편 이방인들을 갈릴리로 이주시켰다. 이후 6백여 년 동안 갈릴리는 바빌론, 페르시아, 그리스, 이집트, 시리아 등의 침략을 받아 혼혈인이 많이 생겨났다. 순수한 혈통을 중시하는 정통 유대교 사람들이 갈릴리에 대해 좋은 감정을 가질 수가 없었다. '어리석은 갈릴리 사람'이란 말이 격언처럼 사용되었고 '갈릴리에서는 예언자가 나오지 못한다'는 말이 진실처럼 받아들여졌다. 정찬, 『빌라도의 예수』(랜덤하우스 중앙, 2004), 63쪽.

16 오늘날에도 이런 기독교 신자들에 대한 비난과 동시에 그런 고정관념에 묶여 일체의 나됨에 대한 자기물음을 기피하는 자들은 수없이 많다. 다음의 글을 보인다.

"대부분의 고등 종교는 '보수주의 요새'라고 할 수 있다. 왜냐하면 종교란 과거 전통이 물려준 것들을 재생산하고 강화하는 기능에 더 치우쳐 있기 때문이다. 그래서 다수의 종교인들은 새로운 변화를 모색하는 데 요청되는 '비판의식'보다는 이전 것을 그대로 전승하는 무비판적 '수용의식'이 더욱 강하다. 그래서 종교가 부여한 틀을 벗어나고자 한 사람은 비판이 아닌 '종교화한 심판'을 받는다.

'마녀', '악' 또는 '사탄'이라는 표현은 특정한 종교적 코드에 저항하고, 비판하고, 개혁하고자 하는 이들에게 종교권력을 가진 사람들이 붙여주는 이름표다. 그리고 이 종교화한 심판의 이름표가 붙여지면 정당한 재판의 과정도 생략된 채 무참하게 희생되어 생물학적 죽음이나 사회적 죽음을 당하게 된다. 수백만 명의 여성들이 500여 년에 걸쳐서 마녀로 몰려 끔찍하게 죽임을 당한 중세 유럽에서의 마녀화형 사건은 한 종교가 자행하여 온 '죄악사'의 단면을 보여준다. (중략)

지금도 우리는 이라크 공격을 '악의 무리를 소탕'하는 '신성한' 일로 여기는 무수한 종교인들, 한국의 역사에서 수많은 무고한 인권유린을 자행하는 잣대가 되어 온 국가보안법 폐지에 반대하는 것을 마치 종교적 사명인 양 착각하는 종교인들을 볼 수 있다. 종교적 색채로 가려진 이 비판의식의 부재야말로 '죽음의 문화'를 재생하는 현대판 '악의 축'이 되는 것이다." 강남순, 「종교적 피터팬 신드롬」(한겨레, 2004. 10. 01), 19쪽.

럼 전역을 휩쓸어 사람살이를 힘겹게 하던 당대에 유대 땅에서는 신명기 사상이라는 유대교 포위관념에 대한 반역이 서서히 이루어지고 있었다. 유대인들로부터 극심한 차별과 멸시를 받았던 갈릴리 지방 사람인 마리아와 예수는 그들 예루살렘의 유월절 참배가 지닌 참 뜻 뒤에 깔린 부조리를 몸소 겪는 수모를 견뎠다. 유월절 참배! 신명기 사상의 기초는 여호와 하나님과 모세가 약속한 믿음이다. 이 믿음을 실천하는 요새로 자리잡은 예루살렘에는 수천의 제사장들이 포진해 있다. 현세적 이익과 가까운 사두가이파들과 율법주의에 투철한 바리사이파들로 구성된 이들 예루살렘 성전에는 무겁고도 차가운 포위관념이 둘러쳐 있다. 작품은 이렇게 적고 있다.

성전의 존재 이유는 회생 제물을 바치는 데 있다. 성전에서는 회당에서처럼 설교도 가르침도 없다. 오직 회생 제물을 바치고 기도하며 찬양의 노래를 부른다.

이스라엘인에게 율법은 신과 관계를 맺는 통로다. 즉 율법을 지킴으로써 신의 통치권 안으로 들어간다. 하지만 인간은 불완전한 존재다. 불완전한 존재가 율법을 완전히 지킨다는 것은 불가능하다. 율법을 지키지 못한다는 것은 신과의 관계가 단절된다는 뜻이다. 이 단절을 막기 위한 장치가 회생 제사다. 말하자면 율법을 지키지 못한 것에 대한 속죄행위가 회생 제사로서, 그것을 통해 신과 인간의 균열된 관계는 회복된다. 회생제물이 순결해야 함은 이런 이유에서다. 이 순결을 성전 검사관이 판단한다고 비둘기 포수꾼은 말하고 있었다.

－정찬, 위의 책, 64쪽

목수의 아내 마리아는 남편 요셉이 허무하게 죽자 극심한 가난살이 속에서도 사랑하는 아들 예수로 하여금 예루살렘을 찾아 신과의 소통 의식을 치러주기 위해 푼돈을 모았다. 어렵게 모은 돈으로 유월절에 맞게 예루살렘을 찾은 마리아와 예수가 만난 것은 인간의 더러움과 포악함뿐이었다. 우선 양을 사려고 하니 너무 비싸서 여비를 뺀 돈으로는 이미 살 수가 없다. 어린 양을 회생 제물로 비싼 가격의 돈을 주고 사더라고 일단 성전 안에 들어가면 다시 검사를 받아 퇫자를 맞기 십상이다. 갈릴리 지역 사람들은 말씨부터가 다르기 때문에 예루살렘에 살고 있는 상인들로부터 멸시를 받는 것은 물론이고 순례자들이 많기 때문에 방을 구할 수가 없다. 마리아와 예수는 변두리에 천막을 쳤다. 이 작품에서 예수의 장면이 가장 선명한 부분은 이 장면이다.

마리아는 정결한 제물을 사기 위해 성전 뜰을 바쁘게 돌아다녔으나 돈이 턱없이 모자라다는 것을 알았다. 성전 바깥 가격의 몇 배로 거래되고 있었다. 마리아가 항의하면 상인들은 검사를 마친 험없는 제물과 검사도 안 한 바깥 짐승들의 가격이 같을 수 있겠느냐고 오히려 핀잔을 주었다. 값싼 비둘기를 사는 수밖에 없었다. 그런데 비둘기 한 쌍 값이 성전 바깥 가격의 무려 스무 배였다.

수중의 돈을 다 털면 비둘기는 살 수 있으나 집으로 돌아갈 돈이 부족했다. 어린 양은커녕 비둘기 두 마리조차 사지 못한 마리아는 성전 뜰 구석에 앉아 눈물을 흘렸다. 예수는 마리아가 우는 모습을 멍하니 보고만 있었다. 그가 할 수 있는 일은 아무것도 없었다. 한 남자가 예수에게 다가와 대제사장 가야

파의 장인인 안나스 집안이 성전의 상권을 독점하고 있다고
슬쩍 귀띔했다.

　　　　　　　　　　　　　　　　　　　　　　　-정찬, 위의 책, 67쪽

　다음 장면에는 성전 뜰에서 가야파의 집전으로 양들을 빠르
고 쉽게 죽이는 장면과 피비린내가 진동하는 성전 뜰에 대한 묘
사가 가멸차게 묘사되어 있다. 예수는 마음이 여리고 돈을 아버
지보다도 못 버는 목수로 표현되어 있다. 눈물이 많고 애련이 많
은 이 젊은 예수는 목수 길드에 가입하여 목공일로 돈을 벌었지
만 가난한 사람에게서는 돈을 받지 못하는 그런 사람이다. 어느
날 목공일을 마치고 집에 돌아온 예수는 울고 있었다. 어머니가
물으니 자기가 남을 도울 수 있는 일은 오직 목공으로 돕는 것인
데 오늘은 고쳐줄 문짝도 걸상도 아무것도 없는 혈우병에 걸린
여인을 보고 왔다는 것이었다. 예수는 그런 인물이었다. 법적으
로 유월절 행사에 모든 사람들을 참여하도록 묶어 놓고 회생제
물인 양과 비둘기 장사를 그 대제사장이 벌인다면 기도의 판은
이미 더럽혀진 어떤 것이다.[17] 이런 당대 포위관념에 묶인 예수
의 삶은 그가 선택해야 할 어떤 길 위에 외롭게 놓여있다. 예수
는 그 자신이 '나됨'을 결정해야 할 기로에 섰다. 앞에서 나는 두

---

[17] "밀 수확기에 열리는 오순절(五旬節)이나 포도와 올리브 수확을 기념하는 장막절(帳幕節)과
　　마찬가지로 예루살렘에서 24킬로미터 이내에 거주하는 성인 남자는 유월절 축제에 참가하도
　　록 율법은 명한다. 하지만 예루살렘에 가려면 돈이 필요하다. 여행경비는 물론 제물로 바칠 어
　　린 양을 사야 한다. 노숙할 수 있는 천막은 필수품이다. 마리아와 예수는 예루살렘에 가본 적
　　이 없었다. 요셉은 부지런히 일했으나 세 식구가 먹고 살기에도 빠듯하였다. 요셉의 죽음으로
　　생활의 짐은 예수의 등에 얹혔다. 예수의 벌이는 아버지보다 못했다. 일을 적게 해서가 아니라
　　돈을 제대로 못 받아 오기 때문이었다. 어떤 날에는 오히려 돈을 쓰고 왔다." 같은 책, 48쪽.

작가의 작품 『황진이』를 통해서 황진이가 스스로 선택해야 하는 길 위에 섰음을 기술하였다. 똑같이 예수 또한 자아의 나됨 길을 찾아 어떤 행보를 보이는지를 통해 우리는 나의 안과 바깥, 세계의 중심과 변방이라는 관념의 벽을 허무는 눈길을 키우려고 한다. 그것은 곧 나를 덮고 있는 무겁고 칙칙한 포위관념으로부터 나를 해방하는 길이고, 너의 길과 그의 길을 더듬는 나됨 찾기의 뜀틀이라고도 생각한다.

3. 나됨 길 찾기 고초와 슬픔

슬픔은 사람됨을 결정하는 중요한 정서이다. 사람이 사는 일은 그것 자체가 슬픔이고 아픔이다. 이 슬픔과 아픔의 정서를 어떻게 넘어서서 거기 자아를 세워 나됨을 만드느냐는 오직 자기 자신밖에 없다. 그것 또한 사람이 운명적으로 짊어진 슬픔이고 아픔이며 외로움이다. 앞에서 나는 아주 길게 세 작가의 작품들을 베껴 내가 하고자 하는 말들만을 뽑아 보였다. 황진이와 예수를 덮어 씌우고 있는 당대의 포위관념은 하나가 절대권력을 휘둘러 만든 제도로 사람을 묶었던 계급의 올무였다면 다른 하나는 또한 권력과 세몰이로 사람을 묶어 괴롭히는 그물이다. 권리와 의무의 장전을 제도로 만든 억압기재와 지방색을 가지고 따돌리는 편견, 가진 자와 못 가진 자 사이에 벌어진 마주보기 틈새, 그런 것들은 사람을 사람답게 하는 모든 덕목을 억누르는 속 좁은 사람 집단의 어둠이다. 그런 두터운 어둠의 벽 속에서 황진이나 예수는 자기 방식으로 자아의 나됨을 이루어 내는 데 성공하였다고 나는 파악한다. 이제 이들이 각기 그들 살아갈 길을 찾아 어떤 방식으로 나됨을 만들어 자유를 얻게 되었는지를 밝힐 차례이다.

황진이가 지닌 자아 조건과 스스로 가려 자아를 결정한 내용을 정리하면, 이미 앞에서 일부 예시하였지만, 대체로 다음과 같다.

우선 그는 여성으로 태어났음을 첫째로 확인 기록해야겠다. 여성과 관련된 문제는 동서고금을 막론하고 인류 역사상 뗄래야 뗄 수 없는 물음거리에 속한다. 여성은 근본적으로 수태를 하는 존재이기 때문에 사내들로부터 심한 감시와 박해, 멸시 따위의 복합적인 대우를 받아왔다. 이것은 생존하는 있음의 근본적인 물음 대상인데, 그들의 운명이 그렇게 된 것은, 그들이 사내들보다 아름답고 부드러우며 아이를 밸 수 있는 능력을 지닌 있음 꼴 때문이다. 그리스 신화 어느 이야기 머리에는 남편 제우스와 아내 헤라가 홀로 탄생의 능력을 놓고 씨름하는 장면이 있다. 사내 정액 없이 아이를 낳을 수 있다는 이야기와 여성 자궁과 난자 없이 자식을 낳을 수 있다는 내기 모티프는 여성과 사내의 운명을 시험하는 아주 오래된 따짐법으로 보인다. 사내는 여성의 자궁을 통해서라야만 탄생의 신비를 경험할 수 있고 여성 또한 사내의 정자를 몸에 받는 수모를 견뎌야 그런 신비 체험에 이를 수가 있다. 이 두 있음의 묶음에 의해서만 비로소 존재는 살아 있음꼴로 보여진다. 두 개체를 잇는 짓(행위)이 곧 성이다. 성은 어쩌면 두 존재 모두가 짊어진 수모이거나 덫이기 쉽다. 거부할 수도 제거할 수도 없는 이 덫 수모를 두 존재는 안고 산다.

황진이는 여인의 성을 지닌 존재로 태어났으되 조선조 중기(16세기)왕들이 자의적으로 만들어 놓은 사람됨의 격조와 그 정통성이라는 권력제도 덫에 묶여 나타난 존재이다.[18] 그와 그 시대는 물론이고 지금까지도, 사내 쪽에 서서 읽으면, 사내란 그 자신의 정통성을 유지하려는 끈질긴 열등감에 시달리는 존재이다. 사내가 자아의 나됨을 찾으려 할 때 그는 자기가 살아있어 잘났다는 느낌을 갖고싶어 한다. 이 느낌은 나와 닮은 존재를 이 세상에 있게 할 때에라야만 나됨을 성취한다는 밑도 끝도 없는 열등감으로 되어 알게 모르게 그런 시달림에 젖어 산다. 나 닮은 존재 만들어 놓기, 이것은 사내들이 지닌 엄청난 살아있음의 덫이고 꿈이며 본능이다. 나의 씨앗이 어느 여성 속에 들어가 나 닮은 사람을 만들어 낼 수 있을까 하는 조바심은 평생 사내들을 허우적거리게 만든다. 그런데 여성은 자기가 지닌 자궁 그 자체가 탄생의 방이기 때문에 어떤 씨앗이든 자기가 선택한 사내라면 씨를 받아 자궁에서 키워 그 존재를 있게 한다. 이런 엄청난 생명의 권세와 능력을 지닌 여성은 그래서 언제나 사내들이 노리는 약취와 탄압 먹잇감일 수밖에 없다.

조선조 중기 왕과 그 이익 패들이 만들어 퍼뜨린 두터운 시대

---

18 2004년도에 출간한 중국인 작가 샨사의 작품 『측천무후』 또한 여인을 주인으로 한 작품이다. 그는 당나라 제3대 황제의 황후로 중국 유일의 여황제였다. 그는 남편이 죽자 자기 아들을 황제로 앉혔다가 폐위를 거듭하면서 15년간(690~705) 중국천하를 장악한 여성이었다. 그는, 상인이었다가 장군이 된 아버지의 죽음과 함께 몰락한 가문에서 황궁의 궁녀로 발탁되어, 오직 한 사내 황제 '치노'의 아내 되기만을 기다리다가 죽어가는 만명의 젊고 아름다운 여인들 사이에, 황후로 있다가 스스로 여황제 자리에 올라앉아 중국 천하를 다스렸다. 프랑스어로 집필 발간되었다가 한국어로 번역된 샨사의 장편소설 『측천무후』는 멸시와 박대로 슬픔과 고통을 지녔던 한 여성의 자기 선택과정 이야기를 소설로 기록한 내용이다. 열네 살 때 황궁 내궁 궁녀로 들어간 무(武)씨 성의 조(照), 그는 여성이 지닌 힘과 고통, 슬픔을 무서운 힘으로 견뎌 낸 사람일 뿐만 아니라 많은 사내와 여성들에게 무수한 계급을 만들어 당대의 여론을 몰아간 권력자다. 이 작품은 당나라 당대에 절대권력이라는 무서운 포위관념을 만들어 한 시대 중근동 세상을 떨게 한 인물의 여성됨을 여실하게 보여주는 작품이다. 샨사 지음, 이상해 옮김, 『측천무후』(현대문학사, 2004) 참조.

정신은, 조선 8도 땅 위에 양반과 상민·천민으로 금을 긋고 그들 사이에는 서로 마주 봄(관계)의 뚜렷한 차별이 있다고 만들어 덮어 씌운 촘촘한 거미줄 같은 힘의 그물이 있었다. 그 그물의 힘은 관념몰이를 담당하는 지식꾼들에 의해 엄청난 속도로 퍼져나아 간다. 사대부, 그들은 중국에서 들여온 공자 의견을 요리조리 다듬어 조선 사람들에게 맞는 덮개로 만들어 전국에 퍼뜨리는 그물질을 한다. 이 그물질에서 가장 세력을 부리는 것은 말씀, 말씨이다. 사람들은 말의 감옥에 놓여 산다.[19] 양반이 쓰는 말씨와 상민이나 천민이 쓰는 말씨는 아주 다른 것이었고 그들 같은 종끼리 쓰는 말과 마주보는 이들의 서로 부름 말씨는 다른 것이었다. 말은 사람의 생각을 규제하고 생각은 행동을 지배한다. 사람의 행동을 지배한다는 것은 곧 그 사람의 삶을 온통 지배한다는 뜻이 된다. 모든 시대의 포위관념은 이렇게 말로 이루어져 있다. 어느 시대에나 폭력을 행사하는 권력자들이 쓰는 무기는 물론 총칼과 돈이다. 하지만 그들이 쓰는 가장 큰 무기는 말이다. 누가 누구를 지배하느냐는 왕에게 바치는 언사는 말할 것도 없고 그 주변 떨거지로 있다고 착각하는 동반 서반 양반들에게 천

---

19 황진이가 진정으로 사랑한 서얼 출신 지식인 이사종과의 만남과 대담에서 이사종이 진이에게 한 말에 이런 것이 있다.
"이 나라 벼슬아치들이 과거를 보아 등용이 되는데, 누대로 보아온 과거의 교재가 무엇이오? 중국의 고전인 사서오경이 아니오? 그것을 외워서, 사상을 재료로 삼고 현실을 뼈대로 삼아 적당히 윤색하고 여기저기 잘 끼워 넣고 뒤섞는 기술로 한시 한 편을 구성하면 되는 일이지요. 이 나라 사대부가 하늘처럼 떠받드는 공자는 술이부작(述而不作)이라고 천명을 합니다. 성현의 글을 조탁하여 그 뜻을 잇기는 하지만, 자신의 독창적인 견해를 내세워 무엇인가를 지어내지는 않는다는 말이지요. 그러니, 언어라는 것이 새로운 표현의 글을 짓거나 사상을 만들어서는 안 되고, 선인의 말씀을 열심히 읽고 익혀서 더욱 안정된 사회를 만들고, 굳은 틀 안에서 이전부터 행사해온 기득권을 유지하는 도구일 뿐인 것입니다. 이 얼마나 무서운 감옥이오?" 전경린, 앞의 책, 22~23쪽.

민이나 상민이 부르는 말씨는 아주 달랐다. 예컨대 상감마마, 대감마님, 마님, 아씨, 별당아씨, 아기씨가 그들 양반을 부르는 일반적인 호칭이었다면 쇤네 따위의 자기 낮춤은 하층계급 사람들의 자기 부름이다.[20] '하거라', '말거라', '이냐?', '아니냐' 따위의 '해라'투는 양반 계층 사람들이 어른이건 아이이건 계집이건 사내이건 따지지 않고 아랫사람들에게 쓰던 말투였다.

둘째, 이런 시대에 황진이는 여성으로 태어났다는 것 말고, 그가 열네 살까지 양반대접을 받고 살아 오다가 하루아침에 그가 천민임을 확인받는다. 긴 탄식과 슬픔으로 몸둘 바를 모르다가 스스로 던진 말은 앞에서 따와 보였던 바처럼, 아래의 물음과 답이다.

(그러니 이제부터 나는 누구란 말인가?)
자기는 여전히 자기였다. 그러나 자기가 아니였다.

나의 나임이 이제껏 믿었던 계층이 아닌 것으로 되었을 때 나를 만들어 갈 길은 그 스스로 결정해야 할 고비를 맞는다. 생존의 전제조건이 달라진 경우 나의 나임을 나됨으로 만들어 가야 할 주체는 오직 본인 진이일 뿐이다. 이 작품에서 그가 간 길은 세 번째 길 '기생되기'였다. 노류장화路柳墻花! 이 말투는 오늘날

---

20 오늘날 여론몰이 숙주로 행세하는 방송매체에 나선 이들이 시골의 나이 든 부인이나 아저씨뻘 되는 사람들에게 '어머니', '아버지' 따위로 불러 상대방을 높인답시는 말들을 쓰는 것을 자주 보고 듣는다. 나됨을 낮추고 너됨을 높여 상대방을 안심시키려는 이런 말버릇은 야비한 시대일수록 각계각층에 퍼져 우리를 곤혹스럽게 만드는 익숙한 말투이다. 이 각주는 상대방에게 존경의 뜻을 드러내려는 겸양과 따뜻한 우리 말 존대법을 시비 거는 것과는 아주 다른 풍경 보이기임을 밝혀둔다.

도 가끔씩 문학작품이나 기타 말투에서 엿보이는 말이다. 길가에 늘어진 버들가지나 담 밑에 핀 꽃이라! 아무나 꺾고 만질 수 있는 계집 사람! 과연 그런 본질적인 존재가 세상에 있기나 한 것일까? 창부나 기생됨에 온전하고도 틀림없이 자의적이거나 자발적인 선택이 있다고 단언할 수 있을까? 욕정이 강력하여 그것을 해결하기 위한 방법으로 그 길을 간 여성들이 그들이라고 정말 단정할 수 있을까? 이 물음 또한 어리석지만, 그들을 덮어씌운 당대의 고통스런 억누름과 피할 수 없는 빨려들기의 힘을 고려하지 않고는 제대로 그들을 읽는 것이 아니라고 나는 판단한다.

황진이가 선택하여 간 길이지만, 참기 어렵고 힘겨운 자기 선택의 나됨 찾기 길은 어느 누구에게든 다음과 같은 방식이 되곤 한다.

그 하나. 당대의 포위관념을 부인하는 것. 저항이라 부르는 말씨는 바로 당대 자기 억누름에 대한 부정꼴이다. 누구든 이것을 부정하려고 할 때면 응당 그 포위관념 그물을 던져대는 악당들에 의해 별아별 곳으로부터 공격을 받아 죽거나 아니면 그 패거리로부터 쫓겨나 버림받기 십상이다. 비웃음은 이들 저항자들의 유일한 자기 위안거리이다. 또한 겉으로는 그들 악당 패거리 질서에 따르는 척하면서, 일단 자기 마음의 손아귀 말길에 그가 들어온 때를 이용하여, 가차없이 멸시와 모욕을 주어 차 던진다. 진이는 명월로 이름을 바꾼 다음, 여러 사대부 사내들을 〈명월옥〉 침실로 끌어들인 다음, 그들에게 갖은 묘수로 욕정풀이를 하여주되 결코 마음을 허락하지 않는 방식으로 그들의 재산이나 마음을 거덜내곤 한다. 당나라 때 여황제 측천무후 무조武照가 던진 마음 그물에 걸린 황제 치노가 존재지탱을 위해 그의 가슴 위에서 허우적거리는 장면은 바로 이런 전법이 시대를 뛰어넘어 유효함을 보여준다.[21] 현실적인 강자라고 착각하고 사는 어느 악당들도 그들의 약점은 있다. 젊어서부터 내내 '두통에 관절염과 만성이질까지 겹쳤'(샨사 같은 책, 29쪽)던 당나라 3대 황제 치노나 기타 다른 양반들도 모두 열등감과 약점은 있게 마련이다. 약자이며 마음대로 주무를 수 있다고 여기는 천민의 말 길 속으로 들어오는 순간 그들의 나뙨 성곽은 무너진다. 그것이 황진이가 노린 세상 비웃기였다.

다른 하나는 자기 비움이다. 슬기로운 사람은 마주 보이는 세상 모든 관계로부터 자기 마음속에 눈길을 꽂고 마주 보는 긴장의 욕심을 비움으로써 일체 관계를 무화하는 방법이 있다. 자아를 비운다는 이야기는 불교나 도교의 경전에서 자주 듣는 말씀이다. 자아를 없애고 마음 비운다는 궤변은 우주와 내가 하나로 된다는 원리로 통한다. 더러운 세계, 슬픔과 아픔으로 가득 찬 삶판 안에서 자아 나를 없애는 일은 인간의 꿈이기도 하고 망상이기도 하다. 일제 시대를 살던 천재적인 시인들은 대체로 이런

---

21 샨사 지음, 이상해 옮김, 『측천무후』 하권(현대문학사, 2004), 18~19쪽 참조.
　송우혜의 장편소설 『하얀새』는 병자호란을 배경으로 한 빼어난 작품이다. 전쟁에 진 다음 청나라 심양으로 끌려갔다가 되돌려 받은 조선 젊은 여인들에 관해 사대부가에서는 다음과 같은 관념을 퍼뜨려 젊은 여성들을 절망케 하였다.
　"반드시 적군에게 육체를 겁탈당한 것만이 절개를 잃은 것이 아니다. 사대부 가문의 아녀자로서 포로가 되어 만리 외국에까지 끌려갔다가 돌아온 사실 하나만으로도 이미 절개를 잃은 것이다." 송우혜, 『하얀새』(푸른 숲, 1996), 297~298쪽.
　실제로 이 작품 주인공 승효는 끌려갔을 때 임신중인 만삭이어서 육체를 겁간당할 틈도 없었던 사람이다. 그런데 이 부인에게서 그 집 시어머니는 아이만 뺏어가고 집에서 내쳤다. 우유부단했던 남편이 심양으로 다시 간 아내 승효를 찾아 나섰다가 강에 빠져 죽는 장면은 작가가 내세워 보여준 나뙨 찾기의 절묘한 전술 기법이었다.

수법으로 당대를 거부하였다. 이상이 그 대표적인 작가였다. 황진이가 밤마다 만나는 모든 사내들의 욕정 앞에서 자아를 비우는 일은 우주를 스스로 채우는 일과 엇물려 진행되고 있음을 볼수 있다. 진이와 사랑을 나눈 대부분의 사내들은 그를 자신의 첩으로 묶어 평생 독점하려고 하였다. 그러나 그는 그렇게 묶이는 일을 끝끝내 거부하면서 진정으로 사랑했던 이사종과의 계약 결혼 생활 장면만이 그가 스스로 묶이기를 거부하였던, 사회의 감옥[22]인 마주 봄과 거기 따르는 규범을 지켜가며 세상 읽기에 충실해 본 사건이었다. 진이가 선택한 길은 스스로 누리는 자유였다. 자유! 일체의 관계나 이해에 거리낌이 없는 사람은 자유다. 바라는 것이 없는 사람은 두려움으로부터도 자유다. 마음속 욕망을 없애는 것, 그것은 이 세상에 살면서 이 세상을 버리는 것이고 나를 누리는 것이며 나됨을 찾는 가장 큰 길이다. 황진이가 걸어간 길 위에서 마주친 몬物과 사람 가운데 이렇게 자유로운게 둘이 더 있었다고 작품은 전한다. 박연폭포와 지성인 서화담이 그들이다. 유명한 송도 삼절론! 당대는 배불승유 정책으로 나라 사람들을 묶었던 시절이어서 유생들이 절을 불지르고 승려를 죽이는 일들이 있었다.[23] 현실적인 세력 몰이를 위해 애쓴 많은

---

22 황진이가 이사종과 처음 만나는 자리에서 주고받는 말 내용들은 내가 이 이야기 글에서 밝히려고 애쓰는 포위관념의 기본을 그대로 담고 있다. 아래에 예를 보인다.
   "'명월을 가두고 있는 감옥은 무엇이오?'
   '어미와 아비가 만든 감옥이 첫 번째 감옥이겠지요. 나라에서 만든 온갖 법규와 규제의 감옥이두 번째 감옥이겠고, 한마을에 사는 사람들끼리의 관습과 인정과 통념이 세 번째 감옥이겠고,늘 멀리서나 곁에서나 쳐다보는 타인들의 시선이 네 번째 감옥이겠고, 무엇보다 자기 속에서자기를 감시하고 통제하는 괴물같이 커다란 눈이 다섯 번째 감옥이겠지요.' 선비가 이를 드러내며 웃었다. 번쩍이는 두 눈에 장난기까지 어렸다." 전경린, 앞의 책, 하권 20쪽.
23 중종 33년 1538년에 『동국여지승람』에 실려 있는 전국 명산대찰을 제외한 모든 절을 헐어 없

관념 사냥꾼들 이야기는 황진이 눈을 통해 이 작품 도처에서 요연하게 그려져 보인다. 관념사냥꾼은 언제나 그들이 굳게 믿는 이론이 있다. 이론은 믿음을 낳고 이 믿음은 경우에 따라 어리석은 짓거리를 낳는다.

이 작품 마지막 장면에 오면 황진이가 만난 큰 인물 화담과의 대화에서 자유를 만들어 간 한 삶의 행로를 엿볼 수 있다.

> 제게 몸은 길과 같은 것이었습니다. 한 걸음 한 걸음 길을 밟으면서 길을 버리고 온 것처럼 저는 한 걸음 한 걸음 제 몸을 버리고 여기 이르렀습니다. 사내들이 제 몸을 지나 제 길을 갔듯이 저 역시 제 몸을 지나 나의 길로 끊임없이 왔습니다. 길이 그렇듯, 어느 누가 몸을 목적으로 삼고 누가 몸을 소유할 수 있으며 어찌 몸에 담을 치겠습니까? 길이 그렇듯, 몸 역시 우리 것이 아니지요. 단지 우리가 돌아가는 방법이지요.
>
> -전경린, 위의 책, 276쪽

황진이는 위대한 시인이며 작가였고 음악가, 철학자였으며 나의 나됨을 찾아 성공적으로 자아를 이룩한 사람이었다. 세상은 변하여 없어졌으되 그의 정신과 말쓰기는 오늘날까지 살아 우리 마음속에 남아 있다. 진이를 괴롭히며 더럽고 시끌벅적한 포위 관념에 포위된 채 지지고 볶던 사람들은 없어졌으되 황진이, 그의 이름과 노래 곡목, 시 작품들은 지금도 살아있다.[24]

앤 사건이 있었다. 위의 책, 242쪽 참조.

24 그가 실제로 불러 노래하였고 써서 남겼다는 아름다운 작품 이름들은 이렇다. "「무애」, 「예성

그렇다면 우리가 익히 아는 예수가 찾아 나선 길은 어떤 것이었나? 정찬에 의해 형상화된 예수의 길찾기는 〈신명기 사상〉을 뒤엎는 행적으로 요약된다. 그의 행적을 요약하면 이렇다. 앞에서 이미 나는 야훼가 모세와 맺은 약속이 어떤 식으로 유대인들을 묶어 아픔과 슬픔 속에 던졌는지를 작가 정찬이 치열한 눈길로 보여주었음을 내보였다. 예수는 자기 당대에, 버려진 땅 갈릴리 작은 마을에서 태어나 힘겹게 삶을 지탱하며 살았다.

예수는 가난한 부모 밑에서 힘겹게 삶을 살다가 일찍 죽임을 당한 사람이다. 그런데 그는 신으로 변신하여 모든 민족들에게 떠받들어지기 시작하였다. 오늘날까지 2000여 년 동안 전 세계인의 기림과 믿음의 대상이 되고 있는 그는 누구일까? 사람과 신의 관계는 무엇일까? 죽어서 부활한다는 신화는 무엇일까? 작가는 빌라도가 유대 땅으로 가면서 이집트 알렉산드리아를 들러 도서관을 둘러보고 거기서 학식이 깊은 지리학자들·철학자들과 많은 대화를 나누면서, 자연스럽게, 이집트 오시리스 신화와 그리스 신화의 정수를 치열하게 찾아내 보여주고 있다. 정치인이면서 지성인인 빌라도, 그가 읽었던 그 시대정신은 무엇이었던가? 그는 부임 초기 임지 유대로 가는 도중 유대인들의 생활실태는 물론 정치적 성향 따위에 밝은 이해를 길렀다. 그리고 그가 읽었던 예수는 고도의 사기술을 사용하는 정치가, 책략가였다. 질병을 고치는 기적이라든가 죽은 자를 살게 하는 기술의 문제

강」, 「동백목」, 「한송정」, 「대동강」, 「오관산」, 「장단」, 「금강성」, 「장생포」, 「총석정」, 「처용」, 「사리원」, 「제위보」, 「안동자청」, 「송산」, 「풍입송」, 「안심사」, 「한림별곡」, 「안심사」, 「삼장」, 「자하동」(고려곡이 진에 의해 조선후기로 전수된 사실은 조선 후기 이영유가 기록한 〈기악공 김성기 이야기〉에서 증언된다.)" 전경린, 위의 책, 268쪽.

를 빌라도는 히포크라테스 의술과 각기 신전에 배치되었던 사제들이 지닌 의술능력, 과학적 능력을 숨긴 채 신비화한 신화와 신전 이야기를 상세하게 서술하는 것으로 겹쳐 놓았다.

뒷부분에 이르면서 유대인들이 믿고 따르는 모세와 야훼의 약속 신화 정신인 신명기사상申命記思想이 어떤 꼴로 당대 유대인들을 덮어 씌운 포위관념으로 살아 있었는지를 작가는 선명하게 밝혀 놓는다. 회생양을 제물로 바친다는 예루살렘 순례 관념의 실상이란 결국 그들 시제와 결탁한 상업적 약취와 이어져 있었던 것이다.²⁵ 이 작품에서 분명하게 나타내려고 한 작가의 속뜻은 예수가 어떻게 그 시대의 포위관념을 엎어놓았는지를 밝히는 일이다. 다른 말로 하면 그가 살아있는 모든 것들이 지닌 슬픔과 아픔을 어떻게 내 것으로 받아들임으로써 신격에 이르는지에 대한 고찰이다. 당대의 다툼 골이 깊은 사제 권력으로 만들어진 덮어 씌운 생각 틀은 세속적인 사유법으로 실권을 쥔 사두가이파와 율법주의를 고수함으로써 민중의 지지를 받는 바리사이파로 나누어져 민중위에 덮어 씌워져 있었다. 예수의 어머니 마리아와 예수가 겪었던 예루살렘 순례의 쓰라린 경험은 이 당대의 악마적 힘이 어떤 꼴로 덮여 있었는지를 잘 보여 준다. '대제사장은

---

25 "유대가 독립국가였을 때 대제사장은 종신직이었을 뿐만 아니라 세습되었다. 강대국에 예속되면서부터 흔들렸던 이 제도가 완전히 무너진 것은 헤로데가 왕이 되면서부터였다. 보에투스 가문, 피아비 가문, 카미토스 가문, 안나스 가문이 대제사장직을 놓고 치열한 권력투쟁을 벌였다. 제사권 획득은 곧 권력과 부의 획득이다. 처음에는 보에투스 가문이 위세를 떨쳤다. 하지만 로마가 아르켈라우스를 폐위하고 직접통치로 들어갈 무렵 안나스 가문이 제사권을 쟁취했다. 이 가문의 수장 안나스는 서기 7년 로마의 초대 총독 퀴리노로부터 대제사장직을 받았다. 9년 후 티베리우스가 로마 황제로 즉위할 때 물러났으나 지금도 여전히 사제 계급의 실권자로 군림하고 있었다. 지난 50여 년 동안 대제사장은 거의 안나스 가문에서 나왔다. 가야파는 안나스의 사위였다." 정찬, 앞의 책, 125~126쪽.

신으로부터 전권을 위임받은 자로서 공동체의 죄를 속죄하는 권한을 갖고 있다.'(126쪽) 이런 포위관념 아래에서 예수가 선택해야 할 나뉨 찾기 길은 고통과 함께 사는 삶이었다. 그것은 어쩌면 죽음의 길인 동시에 필연적인 인과관계 속에 놓인 부활의 길이었다. 삶의 슬픔과 고통은 그가 짊어진 짐이고 살아 있음의 불쌍함은 그가 선택할 필연조건과 충분조건으로 살아 있었던 것이다. 포위관념을 만드는 그들 권력이 조직화한 악이었으므로 그것에 대항할 길은 조직폭력을 깨부수는 착함의 길이었기 때문이다. 한 인격이 보편적 신격으로 향하는 곳은 바로 이 지점이다.

이 작품에서 실상 예수가 등장하는 장면은 서너군데에 지나지 않는다. 이 작품의 초점은 예수이지만 그 시점과 서술 방식은 어디까지나 빌라도의 눈이다.[26] 빌라도 그는 예수를 죽이도록 처형의 판결을 내린 장본인이다. 유대 땅에는 예루살렘에 진을 치고 있는 사제단이 있다. '산헤드린'이 바로 그것이다. '사두가이파와 바리사이파로 구성된' 이 산헤드린의 권력은 막강하여 민중에 대한 모든 판결은 이곳에서 이루어진다. 그리고 유대 총독은 그것을 집행하는 그런 제도이다. 그러므로 예수에게 사형선고를 내린 쪽은 '산헤드린', 예루살렘 사제단이었지만, 집행을 결정하는 사람은 유대 총독 빌라도였다. 그러므로 예수를 죽인 책임의 정점에 서 있는 사람은 곧 빌라도였다. 빌라도는 예수 처형을 머뭇거렸을 뿐만 아니라 풀어줄 것을 유도하기도 하였음이 요한복

---

26 글쓰기의 수사법 가운데 '달을 그리기 위해 구름을 그린다(烘雲托月之法)'는 수사법이 있다. 청나라 때 문학평론가 김성탄의 문장론 가운데 한 수사법이다. 정찬은 예수를 그리기 위해 치밀하고도 정교하게 예수라는 달 옆에 빌라도라는 구름을 그려 놓았다.

음에 나와 있다.[27]

예수의 나됨 찾기가 곧 신의 아들됨이라면, 다음과 같은 문제가 해결되지 않으면 안된다. 그 문제의 핵심은 이렇다. 우주를 주재하는 유일신인 야훼가 유독 유대인들만을 선택하였다면, 그래서 이스라엘 왕이라고 고착된 사고로 집착한다면, 이런 믿음들이 유대인을 위한 부족신앙의 범위를 어떻게 넘어설 수가 있을 것인가? 이 신명기사상이란 기실 유대인 부족신앙일 뿐이 아닌가? 이스라엘 왕으로서의 여호아 하나님이 지구상 여러 많은 다른 부족과는 어떤 관련이 있는가? 이 문제는 그리 간단한 해답이 없을 수밖에 없다. 유일신 여호아 하나님은 여전히 지금도 이스라엘 왕으로 믿기지 않는가? 이 문제를 어떻게 풀어야 할 것인가? 그것은 예수의 사람됨이고 그의 신됨에 의해서만 해답이 가능한 것이다. 예수를 죽이라고 판결한 것은 유대인들이었고, 그를 풀어주지 못하게 막은 것도 그들 유대인들이었다. 이 무슨 해괴한 역설이란 말인가? 유대인 종족 사이에 벌인 범속한 권력투쟁이 바로 이 예수 사형이 아니었던가?

빌라도의 공관은 유대의 행정기관이자 지중해의 대표적 항구도시인 카이사리아에 있는 헤로데 궁전 안에 있다. '예루살렘 북서 103킬로미터에 위치한' 헤로데 왕궁 안에 위치한 관저에 정치권력자 빌라도가 있다. 또 하나의 권력기관은 거대한 성곽으

---

27 폴란드 출생 유대계 사람인 란쯔만이 11년 걸려 만든 아우슈비쯔 참사 장면 복원 작품 속에는 어째서 유대인들이 그처럼 혹독한 죽음의 시련을 견뎌야 했는가하는 질문이 있다. 당시 폴란드 기독교인들의 답변으로 예수 처형 당대에 "예수의 죽음이 흘린 피에 대한 죗값은 영원히 우리들 유대인들이 지겠다는" 성경 구절을 밝히는 장면이 나온다. 역사와 신화를 겹쳐 안아 살고 있는 유대인들 역사를 잘 보여주는 내용이다. 9시간 자리 다큐멘타리 영화 『쇼아』의 한 장면이다.

로 둘러싸인 예루살렘의 산헤드린이다. 신성한 '지성소'를 갖춘 이곳은 '고위 사제와 귀족 가문의 출신만을 허용한 사람들로 구성되어' 절대적인 제사권과 재판권을 가진 최고행정기관이었다. 그러므로 당대 유대인들을 다스리는 곳은 유대총독 관저와 '산헤드린'이라는 권력집단인 두 개의 축을 이루고 있었다.[28] 이렇게 두터운 포위권력 속에 놓인 예수의 길은 어떤 것이었나? 두 개의 예리한 권력 집단은 민중을 움직이는 바람잡이에게 잠시도 경계를 늦추지 않는다. 예수의 행적을 예의 주시하는 곳은 바로 이 두 곳이다. 밀정과 정탐자들을 지닌 이 두 꼭짓점을 와해하는 전략이 바로 예수가 살면서 보여준 죽음에 이르는 행적이었다.

앞에서 밝힌대로 예수의 등장은 서너 번 있을 뿐이다. 이 작품에서는, 민중을 선동한다는 예수에 대한 맑은 발걸음과, 그를 정탐하는 포위자들이 예수 행적 결과를 놓고 분석하고 결단하는, 두 그룹 집단의 정치적 악행만이 덧보일 뿐이다. 빌라도 앞에 나타나는 예언자 예수는 이미 부임 초 유대정신을 논하던 노철학

28 이 두 유대교파 사이에는 차이와 공통점이 있는데 사두가이파가 부활을 믿지 않는 반면 율법주의자들인 바리사이파들은 죽음과 부활을 믿는 사람들이다. 사두가이파가 현세적이고 정치적인 집단이라면 바리사이파는 신비주의자 집단에 속한다. 하지만 그들이 예루살렘에 터를 잡고 성소를 지키는 원리에는 이른바 모세 오경의 정신에 묶여 있다는 점이 두 파간의 같은 점이다. 모세 오경을 이 작가가 쓴 각주에서 인용하면 이렇다.
"60) 모세 오경은 39권의 구약성서 가운데 가장 중요한 첫 다섯 권(창세기, 출애굽기, 레위기, 민수기, 신명기)으로 천지창조에서부터 대홍수와 족장들의 시대를 거쳐 이집트 탈출과 광야 유랑, 모세를 통한 야훼의 언약 등으로 이루어져 있다. 오경을 토라라고도 하는데 토라는 가르침·교훈·지시·방향제시 등의 뜻을 갖고 있다. 기원전 3~2세기경 히브리 성서가 그리스어로 번역될 때 토라가 노모스(법, 율법이라는 뜻)로 옮겨지면서 율법 혹은 율법서로 불리기 시작하였다." 정찬, 앞의 책, 128쪽
이런 율법은 커다란 원칙만 있고 구체적인 지침이 없다. 그것을 율법학자들이 섬세하게 만들어 사람들을 그에 따르도록 하여 놓은 것이다. 이것은 조선의 왕과 그 패거리들이 유교 가르침을 정치적 이해관계 포위관념으로 만들어 사람을 구속하는 덫이 되게 한 경우와 거의 같은 꼴이다.

자 필론과의 대화 중간에 석양을 등에 진 청년 사울과의 만남 이후가 된다. 사울은 예수의 제자로 그가 죽은 후 예수의 행적과 말씀을 전한 열두 제자 가운데 앞줄에 선 바울이다. 빌라도가 예수의 신성을 확인하는 장면은 이 사울과의 대담에 의해서이다. 작품의 꼭짓점이라 할만한 이 장면은 짧지만 가히 압도적이다.

민중을 선동하는 유대인의 예언자는 하나님의 뜻을 전하는 사람이다. 예수 앞에서 유대민중을 모아 하나님의 재림을 예언하던 세례자 요한을 죽인 것도 이들 산헤드린 회의에 의한 빌라도의 짓이었고 예수 체포와 재판을 서둘러 집행한 것도 이들의 이해관계를 조절한 결단 결과였다. 로마 속주정책과 관련된 정치적 이해와 산헤드린에 포진한 유대인 귀족 이익집단, 두 종파의, 다급한 결정은 유대민중을 모아 물로 세례를 행하던 요한을 잡아 죽이는 결과를 낳는다. 양이나 비둘기를 회생의 제물로 바치게 하여 신에게 죄를 씻게 한다는 이 엄청난 이익집단이 퍼뜨린 포위관념은 현실적인 물적 이해와 제사장 귀족들의 정치적인 기만행위이고 민중을 먹이로 욕망을 누리는 악마집단이다. 절대자 하나님 이름을 빈 악마집단, 그들이 요한을 죽이고 나자 바로 그 요한, 비록 지방색도 다르고 출신도 다른 예수에게 물로 세례를 준, 그 요한이 없어지자, 잠시 잠잠하던 유대민중 사이에 바람처럼 일어난 주인공이 예수이다. 그는 일정한 장소에 민중을 모아 세례를 주고 설교하던 요한과는 다른 방식으로 헐벗어 병들고 굶주린 백성들을 찾아 나선 예언자였다. 그는 가난한 자와 고통받는 질병으로 슬픔과 고통을 삭이는 예언자로 또는 질병을 고치는 기적 이행자로 나서 폭풍처럼 휘몰아 유대 전역을 술렁거리게 만든다. 두 권력집단의 불안과 두려움은 자기들이 이미 타고 앉아 누려 온 '있음 터전'을 송두리째 뽑힐 걱정에 모아졌다. 예수가 예루살렘 가까이 다가오면서 고쳐준 환자들 이야기나, 심지어 죽었다가 산 사람들에 대한 기적 이야기가, 전역으로 퍼지면서 이들은 바짝 신경을 곤두세워 예수 주변을 감시하여 왔다. 유월절이 다가오는 시점 가까이 이르자 드디어 예수가 예루살렘에 나타났다는 정보가 입수되었다. 예수가 예루살렘에 나타나 채찍을 든 장면은 이렇다.

> 그는 솔로몬의 회랑(성전 지리 내부에는 사방에 걸쳐서 회랑이 있었는데, 솔로몬의 회랑은 동쪽에 있었다.-필자)을 거쳐 이방인의 뜰로 들어섰다. 성소의 현관인 그곳은 혼잡한 장터가 되어 있었다. 환전상과 가축상인, 비둘기 상인은 물론이고 전당포 사람과 돈놀이꾼들이 참배객들을 상대로 장사에 열중하고 있었다. 예수는 환전상의 탁자를 뒤엎었다. 바닥으로 굴러 떨어진 항아리에서 은화가 쏟아져 나왔다. 가축상인의 의자를 내던졌다. 양들은 놀라 이리저리 뛰었다. 염소 가죽으로 만든 채찍으로 비둘기 상인들을 후려쳤다. 새장을 벗어난 비둘기들이 하늘로 흩어졌다.
>
> '하느님의 집을 누가 강도의 소굴로 만들었느냐? 내가 이 집을 헐어버릴 것이니, 다시는 세우지 못하리라.'
>
> 노여움에 서린 목소리였다.
>
> -정찬, 위의 책, 310쪽

동물장사였던 안나스와 그 떨거지들이 놀라 급히 서둘러 예수를 처형하도록 조처한 내용 또한 볼만한 꺼리이다. 유월절 행사에는 절대 사람을 죽이지 못한다는 율법에 따라 유월절이 오기 직전,[29] 안나스가 예수를 놓고 회롱하는 장면, 조급하게 밤에 재판을 열어 사형을 선언하고, 아침에 빌라도를 시켜 집행토록 하는 장면, 예수에게 은밀히 살려주겠다고 유혹하는 장면들이 이 작품을 펄펄 살게 만든다. 유대인들은 예수가 죽은 후 '예수부활 신앙'으로 새로운 종파를 만들어 가고 있었다. 이 새로운 종파의 우두머리는 예수의 제자 사울이었다. 예수 그는 스스로 몸을 죽게 함으로써 아픈 사람들의 고통을 끌어안고 인신人神이 되었다. 사울의 입을 빌어 빌라도가 듣는 예수가 신으로 승격하는 장면 이야기는 이렇다.

　사울의 눈은 충혈되어 있었다.
　'죄없는 어린이가 무서운 고통 속에서 죽어가고 있습니다. 곁에서 그분이 한 일이란 아이를 응시하는 것이었습니다. 무엇을 응시했겠습니까? 아이의 고통을 응시했습니다. 응시한다는 것은 견딘다는 것을 뜻합니다. 견딜 힘이 없으면 눈을 감겠지요. 그분은 눈을 감지 않았습니다. 그분이 견딘 것은 아이의 고통이었습니다. 죽어가는 아이와 함께, 아이와 똑같이 고통을 견디고 있었습니다. 죽어가는 아이를 왜 보고만 있었느냐고 물으셨지요. 그분에게는 아이를 살릴 능력이 없었

---

29 "안나스 수하의 비밀 경찰대가 예수를 체포한 것은 유월절을 하루 앞둔 니산월 13일 밤 9시 무렵이었다. 민간복 차림의 그들은 감람산 기슭의 한 농장을 급습, 예수를 체포하는데 성공했다. 추종자들과의 충돌이 없었던 것은 경찰대가 저항할 틈을 허용하지 않았기 때문이다. 만약을 대비해 농장을 둘러싸고 있던 경찰대는 도주하는 추종자들을 내버려두었다. 안나스의 지시였다. 하늘이 맑고 별빛이 또렷한 봄날의 밤이었다." 정찬 위의 책, 352쪽.

습니다. 고통을 없앨 수도, 줄일 수도 없었습니다. 그분이 할
수 있는 일이란 아이와 고통을 함께 느끼는 것뿐이었습니다.
아이를 살리는 기적을 일으켜 경탄과 환희에 둘러싸인 그분
을 상상해 보았습니다. 신성을 느낄 수가 없었습니다. 진정한
기적은 아이를 살리는 것이 아닙니다. 왜 그 아이만 살립니
까? 고통받는 모든 아이를 살려야지요. 기적의 신성은 스스로
아이의 고통을 온몸으로 느끼는 모습에 깃들어 있었습니다.'

'하지만 대부분의 사람들은 아이를 살리는 기적을 원하오.'

'신을 인간의 도구로 생각하는 자들의 무지이지요.'

'그대의 신은 인류의 고통에 무력한 신이구려.'

'무력하다구요? 천만의 말씀입니다. 우리들의 신은 인간의
고통을 가장 깊이 느낍니다. 고통의 당사자보다 더 깊이 느낍
니다. 하략,

'그 신적인 인간을 내가 죽였군.'

빌라도는 자조적으로 내뱉었다.

'그분에게는 육신의 죽음이 필요했습니다. 꿈의 언어를 견
디기 위해서는 비역사적 공간, 초월의 공간으로 비상할 수밖
에 없었습니다.'

'미묘한 논리군.'

'그 미묘한 논리를 밀고자는 알고 있었습니다.'

-정찬, 위의 책, 399~400쪽

사람을 덮고 있는 무겁고 두려운 포위관념을 깨는 길은 나 스
스로를 버리는 데 있다. 스스로를 버린다는 뜻은 내 앞의 그물을
찢는다는 뜻인데 그것은 나됨 찾기가 요구하는 결단의 용기이고

고통견디기와 이어져 있다. 이것이 작가 정찬이 우리에게 보여주는 예수 삶과 죽음 이야기이고 보편적인 나됨찾기의 길 내용이다. 나됨을 찾는 일에는 언제나 악이라는 장애물이 버티고 있다.[30] 그것을 나는 포위관념이라 불렀는데 이 그물 사이에는 그것을 전파하는 엄청난 아가리들이 모여 있다. 입에서 귀로 입에서 귀와 눈으로 전달되는 관념의 힘은 막강하다. 그것이 제도화되는 순간 악마는 꿈틀거린다. 어쩌면 제도 자체가 악일 수도 있다. 종교 신념이든 철학사상이든, 정치사상이든 그것이 굳은 조직으로 짜여지기 시작하면 악마들이 숨 쉴 틈이 생긴다.

4. 끝내는 말

학문이란 무엇인가? 문학을 연구하는 학문 이름은 정확하게 없다. 문학학? 문예학? 모두 서툰 이름으로 되어 있어서 '문학연구' 정도의 이름으로 학문 명맥을 유지한다. 그것은 그만큼 문학의 범위가 넓고도 엉성하며, 때론 여러 인접학문과 붙어 있기 때

---

30 오늘날 우리는 한 작은 여 스님의 위대한 행적 하나와 만난다. 지율스님! 100일 동안 단식으로 천성산 터널 공사를 중지시킨 그는 결코 간단한 인물이 아니다. 오늘날 우리를 덮쓰우고 있는 포위관념으로 가장 큰 삶의 멍에 자본주의 이념에 의해 확산되는 개발, 개척 논리이다. 거대 기업을 주축으로 하는 이 공룡은 산천초목을 떨게 할 뿐만 아니라, 자연을 황폐하게 함으로써 인간을 주눅들게 한다. 그는 천성산이라는 한 자연물을 매개로 하여 우리들 삶에 커다란 질문을 던졌다. 그는 한 잡지 기자와 대담하는 자리에서 이렇게 말했다.
'사실 천성산은 아무 의미도 아니에요. 우리가 살아왔던 것에 대해 반성한다는 뜻에서 천성산이 내게 말했던 거죠.' '저는 천성산 문제를 통해 자연이 병들기 전에 병들어버린 우리 사회의 구조적인 모습을 보았습니다.' 신동욱, 「지율스님의 목숨이 기운다」(한겨레 21, 2005. 01. 25), 19쪽.
"살려달라!"고 울부짖는 천성산의 음성을 들은 그는 누구인가? 자유인이자 종교인인 이 젊은 영혼은 우리 시대가 볼 수 있는 거인이자 예언자임에 틀림없다.

문이기도 하다. 시, 소설, 희곡, 비평, 수필, 시나리오 따위 여러 갈래의 글쓰기가 문학의 범위 속에 진을 치고 있어서 이 학문은 그야말로 글 쓰기라는 말로 요약되기도 할만한 영역이다. 그러기에 나는 이 쪽에 서서 학문을 말하고 이 글을 정리하려고 한다.

우선 문학은 몬과 일을 읽고 그것을 꼴과 크기, 빛깔, 냄새, 그 지닌 바 뜻과 격, 힘을 읽는 일을 첫째 목표로 한다. 그리고 다음에는 그것들을 '베끼'는 일이다. 작가나 시인, 기타 문인들은 세상의 일과 몬을 베끼는 것으로 일을 삼는다. 그러므로 세상을 읽고 베끼기는 문학 학문의 기본이다. 비평의 일은 이들 세상을 베낀 작가들의 글을 놓고 그가 어떻게 베꼈는지를 읽으면서 그가 베낀 세상에 다시 눈길을 주어 자기 눈깔 조리개와 다르고 같음을 살피면서 자기식 다른말 쓰기 덧칠을 하는 일을 주로 삼는다. 비평은 일차 언어로 된 글을 다시 읽어 2~3차, 또는 4차 언어로 만드는 일을 한다. 4차 언어란 색다른 이론으로 가히 창작에 맞먹는 글쓰기라고 나는 믿는다. 비평가, 그들이 하는 일 가운데는 작가가 그 세상을 어떻게 베꼈느냐를 읽는 일도 중요한 일로 친다.

이제까지 나는 나를 또는 너와 그를 덮어 씌우고 있는 생각의 힘을 포위관념이라 읽어 서너 작품 속에 그려진 이 배경과 거기서 나를 찾아 나선 사람들의 이야기를 베껴 몰아 놓았다. 이제 내 학문 방식에 대한 이야기를 할 차례이다. 내가 무엇인가를 찾아 나선다는 것은 내 깜냥에 따르면 대강 이렇게 된다.

우선 무엇을 배워 안다든지 남을 가르쳐 뭔가를 알게 한다는 것은 이 문장에서 쓰고 있는 바로 그 '무엇'에 대한 기본적인 물음이 들어 있음을 전제로 해야 한다. 우리가 알려고 하는 것은 무엇인가? 무엇을 찾아 알려고 하는가? 내 앞에는 여러 꼴들로 펼쳐져 드러나거나 가끔씩 숨겨진 채 어둠 속에 웅크린 무수한 몬과 일, 그것들이 뭉쳐 만든 세계, 또 그것들을 알게 하는 이름들이 있다. 이름과 그 몸통 꼴, 그것을 수식하는 말씀들이 우리 앞에 둥그렇게 싸여 있다. 나는 무엇을 알기 위하여 여기 왔는가? 또 나는 그 무엇을 왜 알고자 하는가? 이런 물음 앞에서 나는 일단 문학 쪽 학문이란 몬과 일의 이름씨를 정확하게 아는 것이 첫 번째 학문의 길이라고 알고 그렇게 젊은이들에게 가르친다. 놀라운 것은 일찍이 『우리말본』에서 뛰어난 한글학자 최현배는 이름씨 가름에서 서양사람들이 쓰는 굳은 이름씨具象名詞와 빼낸 이름씨抽象名詞 분별은 필요가 없다고 밝혀 놓았다.[31] 그가 비록 우리 말본 틀에서 그렇게 정해 놓았다 하더라도 세상읽기와 그것을 나타내는 문학 쪽에서는 그런 가름이 아주 필요하다. 왜냐하면 몬과 일에도 굳은 모습으로 보이는 것들과 빼낸 것으로 보이는 것들이 있기 때문이다. 굳은 이름씨로 된 일과 몬을 옳고 바르게 나타내는 일만도 엄청나게 어렵고 자잘한 눈길이 필요한 터에 빼낸 이름씨로 불리는 세상의 일과 몬은 그야말로 어려움 가운데 어려움이 가로놓였다. 그러므로 이것들을 옳고 바르게 읽어 익히는 일은 무엇보다도 학문을 함에서 가장 앞서는 뼈대가 된다고 나는 생각한다. '새'라고 불러놓고 그것의 똑같은 꼴을 남들에게 풀이해 보이려면 많은 노력이 필요한데

---

31 최현배, 『우리말본』(정음사, 1980), 216쪽. 호서(湖西)쪽 말본 틀과 호동(湖東) 쪽 우리 말본 틀은 다르기 때문에 별로 쓸데가 없다고 최현배 선생은 보았다. 우리말본 틀에는 굳이 그런 나눔의 뜻이 없는지 모르겠다. 게다가 말본을 새기는 학문에서는 그럴 수밖에 없을지도 모른다. 그러나 문학이나 철학적인 눈길로 몬과 일을 읽으려 할 때엔 이 나눔이 반드시 필요한 것으로 읽힌다. 그러나 나는 최현배 선생이 지어 놓은 이름을 그대로 옮겨 쓴다.

하물며 행복이나 평화, 슬픔, 아픔, 죽음, 부활 따위를 어떻게 바르게 정의할 수가 있는가? '느낌' 같은 말도 그렇게 간단하지 않다. 우선 이런 이름씨로 된 일과 몬(사물)과 그들 각기 격에 따르는 움직임과 꾸밈 따위의 여러 씨를 제대로 읽는 눈길을 기른다는 것이 우리 학문의 심줄에 해당한다.

다음은 이들 꼴과 씨를 제대로 베끼는 연습과 아울러 거기에 이름을 매기는 일도 문학 쪽에서는 학문하기의 중요한 한 일이다. 이 세상은 정말 어떤 꼴로 이루어져 있는가? 이렇게 물을 때 사람들은 어떻게 답변할까? 그들의 답변은 모두 같을까? 그들은 그들의 나임과 나됨을 구분하지 않는 삶을 살고 있기 쉽다. 그들의 나임이 갖춘 격과 위치에 따라서 그 답변은 다르다. 위에서 나는 북한 거주 작가 홍석중과 남한 거주 작가 전경린의 『황진이』를 놓고 그 속에 황진이를 덮어 씌우고 있던 질곡의 질긴 포위관념을 드러내려고 많은 이야기와 처지, 놀람과 슬픔 장면을 작가들의 베낌에 따라 다시 베껴 보였다. 학문하는 우리는 무엇인가를 베낀다. 이런 작가들의 세상 베껴댐을 읽어서 나는 다시 그들이 말한 내용을 다른 말로 베꼈다. 그 베낌의 말 속은 바로 사람들이 일정한 틀의 제도 속에서 편안을 느끼며 살거나 신음하면서도 꼼짝없이 산다는 것이었다. 신음하면서 살되 그것으로부터 벗어나려는 나됨 찾기의 예를 나는 황진이에게서 찾아 보였다.

남북한 작가의 세상 읽기의 차이는 그렇게 크지는 않았다. 그러나 남성 작가라는 입장과 여성 작가라는 입장의 경우에서 오는 차이도 깊이 새겨보면 아주 많았다. 북한의 작가 홍석중은 이를 테면 지족선사 문제를 푸는 장면에서 그의 할아버지이며 임꺽정의 작가인 홍명희의 글쓰기 틀인 악당체를 끌어다 쓴 반면 전경린의 이 장면 풀기는 조심스럽고도 섬세하며 노골적인 성을 기교 삼는 기교를 부리고 있다. 그런 차이는 황진이를 읽는데 별로 큰 장애가 되지 않는다. 그들은 모두 당대의 포위관념이었던 굳은 유교 가르침과 그것을 핑계삼은 왕권 제도의 더러움에 맞서 싸우는 피나는 힘들임이 있다는 것을 높여 보이려고 하고 있었다.

그리고 나서 나는 정찬의 『빌라도의 예수』를 읽어 작가가 베낀 로마의 정신사는 물론이고 유대인들의 슬픔과 아픔, 그들 아파하는 민중들 위에 서서 오랫동안 배부르고 등 따뜻하게 살면서 거들먹거린 거만한 악당들의 모습을 질린 낯색으로 읽었다. 뿐만 아니라 예수를 체포 취조하면서 조롱하던 사두가이파이며 권력자이던 안나스의 뻔뻔스러운 조롱 말투에서 본 악마의 치사한 꼴도 함께 읽었다. 그의 조소에는 예수가 예루살렘을 습격하면서 던진 말에 대한 자기 허물어짐이 담겨 있다.

'하느님의 집을 누가 강도의 소굴로 만들었느냐? 내가 이 집을 헐어버릴 것이니, 다시는 세우지 못하리라.'는 말에 안나스는 기절하다시피 놀라고 있다. 그가 그렇게 스스로 신성의 가면 속에다 만들어 놓은 악취나는 거짓과 악의가 백일하에 드러나는 장면은 이 세상 모든 악마들의 일반적인 모습의 전형으로도 볼 수 있었다. 예수는 그렇게 하여 자아의 나됨을 신됨으로 찾았고 황진이는 자유로운 나됨, 자유로운 글쓰기의 그됨으로 살아 있음을 확인할 수 있었다.

이 글의 본래 뜻은 2천여 년 전 로마나 500여 년 전 우리 조선 역사를 짚는 데 그치지 않는다는 것을 밝히고 싶다. 그것은 오늘날 우리 앞에 무시무시한 권력으로 살아있는 덫임을 밝히고

자 한 것이었으며 또한 이 글의 한 목표이기도 하였다. 아마도 이 시대의 공룡은 아메리카니즘이라 불리는 거대 제국주의일 터이다. 전 지구 상 이 공룡이 가 닿지 않는 곳이 없다. 그들은 광기와 기만, 폭력과 살상으로 전 세계 사람들을 묶어 조여대고 있다. 영어 이데올로기가 세상을 뒤덮는가 하면 민주주의라는 무기로 무장한 그들 악마 군단은 막강한 재력과 의견 퍼뜨림의 무기로 이 시대의 거대한 포위관념을 형성하고 있다. 그들이 가는 곳마다 죽음과 죽임, 싸움은 계속된다. 그들은 하늘과 땅은 물론이고 바다나 산 심지어 계곡물 속에 노니는 메기들까지 다 조절하고 움직이며 물신화한다. 이것이야말로 오늘 우리가 꼭 알고 넘어가야 할 우리들 학자들의 과제이며 극복해야 할 화두이다. 그들은 호시탐탐 우리의 일거수일투족을 감시하며 휘감고 있다. 무서운 일이다.

우리는 어떤 꼴이든 우리를 둘러싸고 있는 포위관념에 시달린다. 특별히 작은 나라, 힘이 없어 남에게 침략을 당하는 나라 백성으로 학문하기는 더욱 더럽고도 무거운 포위관념을 벗어나기 어렵다. 너무 강한 덫에 꽁꽁 묶여 있기 때문이다. 세상 베끼기를 호서인湖西人(서양패) 학자들이 외눈으로 읽어 내놓은 의견을 베끼는 학문은 이미 이류나 삼류학문이고 그 글쓰기가 대부분 말의 쓰레기임을 나는 일찍이 알아 슬픔에 빠진 지 오래되었다. 서럽고 슬프며 아픈 글쓰기의 행로를 오늘은 여기서 이만 마치려고 한다.

2005년 2월 20일

우리문학비평 04
정현기 문학비평집

안중근과 이등박문 현상

1판 1쇄 펴낸날 2015년 10월 20일

지은이 정현기

펴낸이 서채윤
펴낸곳 채륜
책만듦이 김승민
책꾸밈이 이현진

등록 2007년 6월 25일(제2009-11호)
주소 서울 광진구 천호대로 798 현대그린빌 201호
대표전화 02-465-4650 | **팩스** 02-6080-0707
E-mail book@chaeryun.com
Homepage www.chaeryun.com

이 도서의 국립중앙도서관 출판예정도서목록(CIP)은 서지정보유통지원시스템 홈페이지 (http://seoji.nl.go.
kr)와 국가자료공동목록시스템(http://www.nl.go.kr/kolisnet)에서 이용하실 수 있습니다. (CIP제어번호 :
CIP2015026560)